万言万当,不如一默。

——张廷玉

父子宰相·下

陈所巨 白梦 著

张英、张廷玉的政治人生

复旦大学出版社

小印墩（摄影：任国辉）

航拍张廷玉墓园（摄影：吴菲）

龙眠山风光（摄影：吴菲）

文和园中门(摄影:吴菲)

目录

第十九回　痛丧考妣孝子悲戚　举赈西郊兄弟同心 / 359

第二十回　戴名世落第再登第　方灵皋丧妻复娶妻 / 377

第廿一回　南山案发戴生遭斩　皇权衡变方氏削籍 / 393

第廿二回　入书房灵皋蒙圣眷　转刑部衡臣平盗案 / 413

第廿三回　饬吏治书生智伏虎　庆万寿将军喜还都 / 433

第廿四回　围木兰弘历乍惊熊　继大统雍正苦劳心 / 455

第廿五回　月黑风高夜惊回禄　天蓝水碧恩感澄怀 / 472

第廿六回　封丘城士子闹学政　全南山尚书探棚民 / 487

第廿七回　厉兵马初设军机处　理万机总领南书房 / 511

第廿八回　桐城派二祖论古文　耿侍郎逆上招灾祸 / 530

第廿九回　外不避仇力荐能吏　内举避亲固辞探花 / 548

第三十回　赐如意良弼臣还乡　奉圣旨投子寺迁址 / 565

第卅一回　圣眷隆遗诏获配享　臣心忠新帝再施恩 / 584

第卅二回　良弼桥乡众论良弼　吕亭驿路旅待雨停 / 602

第卅三回　蠢家人对垒黄河道　贤宰相诲语澄怀园 / 618

第卅四回　痛麟儿白发悲黑发　承帝宠若澄代若霭 / 637

第卅五回　论进退廷玉触天颜　施皇威老臣蒙厄运 / 654

第卅六回　将错就错天子暗访　抚今追昔良相全身 / 672

后　　记 / 697

创 作 谈　和父子宰相相处的日子 / 700

第十九回
痛丧考妣孝子悲戚　举赈西郊兄弟同心

且说张廷玉连日车马劳顿，又兼大病之后，身体尪羸，来到家中，本为奔母丧，谁知却见了堂上两副灵牌。一时急痛攻心，栽倒在地。

众人七手八脚，又是掐人中，又是敷冷水，好不容易救得醒转。要扶他坐起，那廷玉如何肯依；要跪在地上，又如何支撑得住，只好匍匐着，好一阵痛哭。

你道那另一支灵位是谁？却原来正是那致仕大学士、五亩园主人、廷玉的父亲张英张大人。难怪那五亩园外，墙上挂满挽联挽诗。廷玉回家走的是东门，若走西门，他还将看到，那六尺巷里，靠张家的一侧墙上已被挽联挽诗覆盖得雪白一片。廷玉初时见了那么多的挽联挽幛，心里奇怪母亲之逝怎闹出如此动静？现下才知那些挽联挽诗大半是送给父亲的。

廷玉遭逢母丧，不能侍疾床前，已是痛心疾首。只想着回到家中，还有父亲诸事主持，自己也好利用这一年制假好好侍奉父亲，以免老人家古稀之年，连遭丧妻之痛。如何说是连遭丧妻之痛？原来去年八月，张英侧室夫人，廷瓛的生母刘氏也已过世。没想到父亲竟也驾鹤西归，这其中缘故他一点不知，心中没有丝毫准备。痛定思痛，号啕一番过后，眼前已是连连发黑，支撑不住，这才由着廷璐将自己搀起。不待廷玉发问，廷璐便将父亲去世的前前后后备述端详。

自去年从扬州回桐城后，张英的身体就不似以前壮健。八月，侧室刘氏患滞下之症，红白痢下，发病甚急，家人多有感染。姚夫人亲自视疾床前，竟也染疾。幸得吴友季大胆以芒硝克制，姚夫人及众家人得以病愈，而刘氏终告不治。

张英亲理刘氏丧事，将灵柩送回官山刘氏祖坟厝放，又请地师勘得吕郎坂一块坟地，嘱廷瓛三年后将母亲归葬于此。毕竟是七旬之人，几年来，连丧廷瓒、廷瑚二子，已是伤情不已，刘氏年岁尚不过半百，难免让张英有白头人送黑头人之叹。幸得老妻姚夫人尚陪伴左右，处处宽解。

可是姚夫人自染痢后，那滞下之症并未真的治愈，而是由猛症转成了缓疾，稍重油荤便感轻微腹痛下泄。姚夫人怕家人着急，初时瞒着，只是人渐渐消瘦，竟至不支。六月里腹痛转剧，也死于泄疾。

姚夫人与张英结缡五十余年，当真是伉俪情深，夫唱妇随，这一番打击直令张英手足无措，几近痴傻。廷瑚等人驰书京里，盼着廷玉早日归来，谁知又传来廷玉病重的消息。这里张英便时时头晕心悸，精神倦怠，日日念叨着玉儿怎还不归来。众人既不敢告诉他廷玉染病消息，也不敢在信中告诉廷玉父亲病况。总是怕两个病中之人，闻讯雪上加霜。

重阳之日，张英犹记得是廷玉生日，命家人给姚夫人上供，说是"儿生日，母难日"。当夜忽也患上了泄疾，几至晕厥，吴友季急命煎人参、炙草、炮姜、当归、白芍、陈皮服下。张英自奉俭素，向不食参，这一番人参提气，竟救转过来。幸得府中藏有不少上好人参，都是康熙几次南巡赐的。以后几日便全靠参汤维持。然而张英自知命在旦夕，恐等不得廷玉了。便将廷璐、廷瑑、廷瓛召来床前，嘱咐后事，言是归葬事宜去年已告知廷玉，自己虽已致仕，仍是朝中大臣，一切得按规制办，由廷玉操持，尽可放心。他三人在父亲身边，日昔教训，自不必再留遗言。却有一只包袱要转交廷玉。

如此又延了几日，到得十七日终于溘然而逝。其时廷玉尚在半途。听罢廷璐之言，想想父母双逝，作为人子却不能侍药床前，终是不孝之至。廷玉忍不住自责。待到廷璐拿来父亲留下的包袱，打开来，里面却是一只红木小匣，像煞一函古籍。抽出匣盖，上面一纸写着："玉儿，好藏之，他日载之集中，亦著述中一种也。"原来匣中所藏乃是历年来廷玉寄回的家书。父亲全用蝇头小楷重新誊过，按日期编订成册，封面上大楷书着《玉儿家书》，一共有十二册之多。看着父亲熟悉的字迹，想着年老的父亲将对自己的思念一笔一画地书写出来，将自己的寻常日志和旅途见闻都当作宝贝珍藏。廷玉不觉又是一番大恸。

然而逝者长已矣。接下来，张廷玉强打精神，撑着支离病体经理丧事。他现在是五亩园中的顶梁柱了，诸事都要仰仗他。首先是遣人进京报丧，张英是一品大员，其丧葬事宜当得报知朝廷，按例由礼部定制。

且说朝中此时也已乱套。九月初四日，康熙在塞外行营召集随行诸王大臣，宣布废斥皇太子胤礽。

众人震惊之下，不知太子犯下了如何大错。以往康熙几番出巡，留太子在京执政，群臣多有异议，康熙都极力包容太子，将一切罪过推到索额图身上。

索额图是太子嫡亲舅舅，尚在太子年幼时，索明二人争权揽政，党附索额图之人就被称为太子党，及至后来两败俱伤，索额图被罢相，太子党偃旗息鼓。明眼人都知道那是康熙手段高明，于不经意间解决了皇权危机。四十二年四月，索额图再遭严遣，并交宗人府圈禁。那时谣言沸沸扬扬，都说东宫有异举，索额图被禁后，太子恐怕也要遭殃。谁知太子居然无事，康熙对他依然信任有加。

去年索额图死于禁所，人们都道太子去此羽翼，从此将会安分得多。这次出行塞外，年岁稍大的皇子们全都随行，太子也随侍在父亲左右。

七月，张廷玉病愈返京后，康熙继续巡幸诸蒙古部落。八月返回途中，驻跸热河行宫。这座行宫自康熙四十二年开始营建，至四十七年已经基本建成，康熙年年巡幸塞外，都要在此驻跸行围。行宫内屋舍众多，景点密布。诸皇子都有自己的馆舍，皇帝的宫所及议政之地更是建得富丽堂皇，不亚于北京紫禁城内的皇宫。

九月初四，就在热河行宫，康熙忽然对诸王大臣宣谕："胤礽不法祖德，不遵朕训，肆恶虐众，暴戾淫乱，朕包容二十年矣！及其恶愈张，傫辱廷臣，专擅威福，鸠聚党羽，窥伺朕躬起居动作。皇十八子抱病，诸臣以朕年高，莫不为胤礽忧。胤礽乃亲兄，绝无友爱之意。朕加以责让，愤然发怒，每夜逼近布城，裂缝窥视。从前索额图欲谋大事，朕知而诛之。今胤礽为复仇，朕不卜今日被鸩，明日遇害，昼夜戒慎不宁。似此不仁不孝，太祖太宗世祖所缔造，朕所治平之天下，断不可付此人！"康熙说至此，激愤不已，心痛大作，泪流满面。

众人忙将康熙扶入内室安歇，回头各人细嚼这番话。要说胤礽前所历数之罪状，群臣早已密报过皇上，皇上虽背地里也曾责斥过胤礽，教导他作为仁君要爱养臣下，但在人面前却多有维护。最近一次斥责胤礽却是因皇十八子之病，但遭斥责的并非胤礽一人。皇十八子胤祄年方七岁，与诸年长皇兄们本玩不到一起。病后，自然只是来例行探视一下罢了。皇帝近来心情不好，借胤祄之病发作众人。除了皇四子胤禛当时正陪着皇帝在胤祄身边之外，其他诸皇子均遭到斥责。这似乎也不是废太子的理由。而"窥伺朕躬起居动作……每夜逼近布城，裂缝窥视"等语，众人却是第一回听到。想堂堂一个太子，要见皇上，时时刻刻都可通报入内。何以胤礽却要偷窥呢？这"偷窥"二字，实在不是储君行为。而说到逼近布城，明显是指在外巡幸途中住在行帐中了。看来此"偷窥"行为还不是一日两日了。胤礽何以下作如此？看来皇上怀疑太子要害自己，也不是激怒之言，那么胤礽真的这样禽兽不如吗？

接下来，皇帝下旨，立刻诛杀索额图之子及太子身边侍从数人，并将胤礽交皇长子胤禔监禁。

这一次，对康熙的打击太大。接连数日，康熙夜夜惊梦，心痛之疾时时发作。直待十七日，方起驾回宫。二十四日，康熙诏告天下，正式废黜太子。

十月初，张廷玉在桐获悉太子被废，震惊异常。虽然朝中诸臣对太子多有微词，但都只是希望皇上对他加以约束，让他懂得为君之道，谁也没想到太子会被废。东宫之事，关乎社稷，难道朝中竟要发生"地震"？此时皇上必五心烦躁，父亲的丧报报得实在不是时候。然而，报丧之人已在途中，要想追回也不可能了。静待回音吧。

十一月，家人从京师返回，康熙身边一位四品侍卫随来，宣圣旨一道、御制挽诗一首。张廷玉当即排下香案，跪拜接旨，圣旨写道："张英久侍讲帷，简任机密，老成勤慎，始终不渝。予告后，朕念其衰年，屡有谕旨，令勉加调摄，忽闻病逝，深切轸悼。应得恤典著察例具奏。"礼部尊旨定下祭葬礼仪，又与九卿会议，因张英一生文章华彩，为人端方，议定谥号"文端"。康熙览奏，犹觉不尽如人意，特旨恩赐加祭一次。并御笔亲书挽诗一首："文章末齿秉丝纶，旧德凝承近紫宸。瀚海天山同正略，江干河道与尝新。表贤未及身先没，颐养空谈梦后湮。挥泪长吁叹佐斗，从来伤痛肃雍臣。"

廷玉读着挽诗，泪如雨下。圣上之诗字字句句记载着皇上与父亲君臣之间三十多年的相处旧事，也不啻是对父亲一生从政为人的盖棺定论。首句"文章末齿秉丝纶"，无疑是说父亲执掌典诰，一生文章都是在宣扬皇上的丝纶之音。"旧德凝承近紫宸"，则是说父亲一直作为天子近臣，他的品德堪得待在皇上身边。"瀚海天山同正略"，是指圣上三次亲征噶尔丹，父亲一直扈从身边，参预帷幄，后又总裁编纂《平定朔漠方略》。"江干河道与尝新"，圣上每次南巡阅河，父亲总在身边，即是后来休致在家，也是次次迎驾，更兼圣上还亲临双溪，与父亲盘桓江干河道，共尝各地进贡的时鲜。"表贤未及身先没，颐养空谈梦后湮"，父亲致仕后，每与圣上相见，总是殷情相问，着令颐养身体，并赐人参丸药等。"挥泪长吁叹佐斗，从来伤痛肃雍臣"，可见圣上闻听父亲凶讯，是如何的挥泪长叹。父亲曾在书房中张挂座右铭"惟肃乃雍"，皇上犹记此事，称父亲为恭肃雍和之臣。

除了圣旨挽诗，皇上还另有一手札给廷玉，主要是询问他的病状，嘱他节哀顺变，加意调摄身体，以免自己悬心。又赐金鸡纳霜一包。然而令皇上没有想到的是，廷玉的身体最终不是金鸡纳霜治好的，而是吴友季用常山、青蒿、茵陈等药煎汤长期服用才得以除断病根。

廷玉新丧父母，心里正如没娘的孩子一样彷徨无计，读着圣谕，只感觉父亲般的温暖。

去京的家人还带回一个喜讯：吴夫人于十月初四生下一子。这真是悲中有喜，否中有泰。张廷玉欣喜之余，立即将圣旨、挽诗以及自己得子喜讯一一在父母灵前禀告。他心中坚信，是父母双亲冥冥中给他送来了这个儿子。

为了表达对这个儿子的喜爱，他为孩子取名"若霭"。张家这辈子孙为"若"字辈，廷瓒长子若需由张英亲自起名，此后众人取名皆带"雨"字头。

廷玉为其子取名若霭，"霭""玉"同音，可见他是如何重视这个儿子。

文端公灵柩在五亩园里祭祀七七四十九天之后，廷玉兄弟将其移往龙眠山厝放，又在双溪草堂中重新设灵。自此，廷玉兄弟经常往来县城与龙眠之间。

转眼已到十一月底，冬至前后，廷玉兄弟又往双溪草堂中设祭。在龙眠住了数日，才回城里。却见北拱门外聚集着许多衣衫褴褛的灾民，在凛冽寒风中直冻得瑟瑟发抖。一打听，原来今秋长江水倒灌，县东陈家洲一带秋粮全部被水，颗粒无收。如今水灾过去数月，乡镇公仓储粮已经罄尽，部分赤贫户已经断炊，不得已，只能进县城觅食。而年关将近，县里见大批灾民拥来，只得紧闭城门，以免生乱。

廷玉来到城下，亮出身份牌子，守城士兵见是本城居民，便放将进来。廷玉且不回五亩园，径直来到县衙。

县令白璿正急得抓耳挠腮，县城四门皆被灾民围堵，这大过年的，却如何是好？

门上报到张廷玉来访，白县令的心里倒"咯噔"动了一下，连忙叫请进后堂。

这白璿是康熙四十年来桐的，前任钱县令升任后，他便来此地做官，因吏部考功中平，得以连任。寻常他与五亩园中的致仕大学士张英倒是过从甚密，凡遇县中烦难大事，必往张英处请教。张英又是乐善好施惯了的，每有赈济恤典等事，必慷慨解囊。有老相国带头，桐城的耆宿士绅们当然一呼百诺。如此一来，白县令当政也就游刃有余，再加上前一年四月曾有护驾之功，心想这一任考功当得个绩优，升迁有望了。谁知偏偏今秋县东被水，他倒是将灾情紧急上报，然而朝廷赈粮至今未到，陈家洲难民却已云集县城。若闹出个民变，却如何是好。

正没计较处，张廷玉来访。他想张廷玉是朝中四品大员，又是康熙身边近臣，刚刚从京城回来，若能让他帮着催催朝中赈粮，或可有用。再者他是文端公之子，昔日张英怜贫惜苦，急公好义，不知这张廷玉可有乃父遗风。若有他牵头帮帮自己，这眼前难关怕也渡得过去。

他却不知，廷玉正是找他来商议此事的。

片刻间，廷玉来到后堂，两人见礼罢，分宾主坐下，佣仆献上茶来。廷玉不待白县令启言，单刀直入，开口就问："白大人，城北门外来了大批灾民，此情你可知晓？"

"好教张大人知道，岂止是北门，县城四门都被灾民围住了。"

"然则白大人将作何计较？"

"灾情已经上报，然朝廷赈粮未到，下官正为此焦灼哩。"

"严冬季节，难民留宿郊外，不胜其寒。况年关将近，如此流离失所，终也不是办法。本官倒有些些想法，说出来请贵县参详。"

"张大人请讲，下官洗耳恭听。"

"本官回去立即修书朝廷，想来赈粮不致落空。然则远水不解近渴，请贵县紧急调集全县各乡镇公仓囤粮，不足之数可暂向粮商及城内大户挪借，县府中再拿出帑币，先将难民遣回陈家洲，按户发放钱粮，度过春荒。俟朝廷赈粮一到，再返还所借粮款。明年五谷未熟之前，必将还有一个春荒，本官将力尽所能，集民间之力设厂赈济，务使灾民不致饿殍荒野。"

廷玉此时已在皇上身边历练有年，事事条分缕析，决断有度。经他一说，白县令顿觉思路清晰，连连拱手致谢："有张大人鼎力支持，本县还有什么顾虑。下官这就公告灾民，统统返乡，不日就派员到陈家洲，按户发放钱粮。只是朝廷赈粮之事，还请张大人多多费心。"

"白大人且请放心。赈灾济困，乃朝臣应尽责任。本官焉能坐视乡民于水火而不顾。"

白县令得了廷玉保证，放下心来。当即让师爷写出公榜，四门张贴，言明县府赈灾办法。时近腊月，天寒地冻，那些灾民谁愿呆在这荒郊野地？一见榜文，纷纷返回乡里。

隔一日，县衙赈灾人员果然如期而至，按户造册发放粮款。灾民们这才稍稍安心，这个冬天总算可以勉强度过了。

腊月中，朝廷赈灾公文终于来到。这一年，朝廷共免山东、福建、湖广、安徽等省六十州县灾赋有差。白县令接此公文，方才真的放下心来。

这年的春节，五亩园里一片缟素，并无一丝欢乐气氛。年夜饭在大屋正厅中摆下整整十桌，家中老小包括下人们齐集于此，却因主席空着老太爷和太夫人两个席位，众人心中均感悲戚。

初一无事，初二这一日，五亩园里可忙碌开了。

按桐城乡风，初一不出门，初二拜新灵，初三拜母舅，初四拜丈人……如此一路拜下去，直拜到正月十五闹元宵，这年才算过完。

所谓初二拜新灵，乃是死人为大，先人为尊。凡家中有人上年过世，新灵未走远，尚在家中，亲戚朋友将在正月初二这一日来死者家中祭悼，一来在灵位前磕头跪拜，二来看望死者亲人，以示慰问。

张家亲族众多，文端公生前又有许多至交好友，这一日来五亩园中祭拜者从辰时起直至午时，一直川流不息。城里近郊一般朋友，自是在灵前上炷香，磕个头，然后喝杯茶，坐一坐，即行告辞。但那远路来的亲族以及世交好友，自是要留下来喝杯水酒的，此是表示死者后辈对前来拜祭者的答谢。

中午，就在答谢宴席上，张廷玉将他与廷璐、廷瑑兄弟计议多时的春季赈灾办法和盘托出，那就是仿效当年前辈姚文鳌设厂施粥。

姚文鳌是廷玉的娘家母舅，瑞隐堂主人。他在康熙十年和十八年，两番设厂施粥、赈济灾民之事，在桐城可谓家喻户晓，载诸史册。康熙二十三年设立义仓，也是他和张英所首倡。如今他也已作古，但他的儿子粥郎此刻即在座中。

粥郎大名姚士圭，听廷玉谈起他兄弟三人将牵头在来年春荒时设粥厂之事，想起自己八岁时拿着父亲刊刻石印的募米揭到处劝募，以及十多岁时带着廷玉四乡八镇发放《乞公建义仓引》的情形，第一个带头表示赞成。其他在座诸人都是桐城大姓，像那罗岭的姚士坚，抱晖山庄的吴家，椒园主人孙家，寓居县城的著名乡绅左家、马家等，都纷纷附议。

当下里，便由若霈执笔，各人自报认捐，片刻工夫，众人认捐白米已有五百余石，举杯间设厂赈粥之事已经定夺。白县令也在坐间，看着自己愁煞心头之事顷刻间化为义举美谈，只感动得从座中站起，向众人团团作揖："多谢诸位士绅急公好义，本县真是感激涕零。"

众人纷纷道："白大人不必多礼，这本是吾辈应尽之责。"

正如张廷玉所料，正月刚过，陈家洲灾民便陆续来县城乞食。最初是三人五人，在城中沿户乞讨。桐城人好古风，不管贫富，一般是不会拒绝上门的乞者，多多少少总会盛上一碗饭，饭头上还要挟上些菜肴。清贫人家哪怕是腌咸菜也要挟上一筷子，意思是有菜有饭。然而，乞者渐渐多起来，居民们便不胜其荷。桐城县城逼仄，不过东南两条大街，方圆五里，上千户人家，一下子拥来好几百人讨乞，便觉满街都是乞丐。

廷玉便在城西山脚下的太霞宫中设了粥厂。

这太霞宫是个道观，道士只有师徒二人，山房却有上十间，寻常时候这道观是从不关门的，为的就是让城中的乞丐栖身。乞丐们住在山房中，早起晚归，与两个道士相安无事。道士们只吃青菜白饭，伙食清苦，反不如乞者；但若逢上刮风下雨，大雪封门时，道士们也会多煮几瓢米，邀乞丐们同食。

因了这些缘故，廷玉兄弟在太霞宫设粥厂便有些理所当然了。

陈家洲的灾民家境稍好一点的，或者可找亲戚借贷者，都能靠着赈粮再东挪西借度过春荒。到得四月里，早种的荞麦收割，就可接上五月的麦收，六月的早稻了。但总有一些历来的贫困户，家底子既薄，人丁又不旺，一遇天灾人祸便束手无策。这些人吃完官府赈粮，匆匆在地里撒上荞麦种，便拖家带口外出觅食了。也有人家，把老人壮汉留在家中，将有限的粮食留给他们，老人是要孝养的，壮汉则要做田，妇人便带着孩子们外出乞讨。

廷玉虽在京城做官，但他幼时在桐城住过多年，还曾跟着表兄粥郎走遍了桐城的四乡五镇四十五里，对这些缘故心下清楚，所以去年他便未雨绸缪，定下了设厂施粥的计划。正月里又将募捐之事敲定。此时施为起来便有条不紊。

廷璐负责督促在太霞宫熬粥施赈之事，廷琡负责统计人数，记录账目。廷瓒之子若需已年过二十，乃去年新科举人，颇能代表长房参与族中事务。因他年轻，便令他按粥厂需要，陆续去各家搬运募米。廷瑾染疾在身，便不令他操劳。

听说县城西郊设了粥厂，那灾民便一日多似一日，到后来，竟日达千人。太霞宫中架了十口大锅，每日从晨时起直至酉时，不歇火地熬粥。灾民们倒也安静，每天每人领粥两次，然后便沿西城墙根坐卧等候。廷玉早已让白县令命人沿西城墙搭起了一溜芦席大棚。吴友季此时已经年老，新收了个徒弟叫余霖，这余霖便按师傅吩咐，隔几日便送来大桶的药汤，命众人饮下。新春早寒，众人聚居，最怕惹上瘟疫。吴友季命他用柴胡、茵陈和垂盆草熬汤，汤中加入少许石膏，谓此汤能解毒清热凉血，是预防瘟疫的良方。廷玉又让人每隔十日用石灰水遍洒席棚一次。如此三月下来，近千难民竟只死了一人。

却说那一日，张廷玉和白县令一起来西郊巡视。走过六尺巷，门上守吏打开西成门，却见当门跪着一位少女，头插草标，正在自卖自身。西成门外聚集的都是灾民，谁有钱买人？都围在边上看热闹。一见张廷玉和白璿，都识得是张老宰相之子、设厂施粥的恩人和县令大人，纷纷退让开来。张廷玉走上前去，霭声相问。那女子只是垂泪。旁边众人早已代为回答。原来那女子也是陈家洲难民，这几年家中连连遭祸，先是死了母亲，后来又死了弟妹，只剩下父女两人相依为命。去年家中被水，连茅屋也垮塌了，只好来县城乞讨。而父亲也是病体支离，昨夜终于油干灯尽，撒手去了。她一个女子，身无分文，只得卖身葬父。

张廷玉闻言叹息："此乃孝女啊！"遂命跟随自己的家人小六子速回五亩园，取来一锭十两银子，交给那女子。那女子磕头不止："多谢恩公，小女子葬过父亲，即来府上，为奴为婢，心甘情愿。"

张廷玉命小六子扶起那女子："姑娘请起。些些接济，不足挂齿。难得姑娘一片孝心。白大人，您看这女子家在陈家洲，离此尚有一百多里。我意请大人派一可靠之人，送姑娘及其父遗体回家才是。"

"张大人虑得是，下官这就命人安排。"

"如此甚好。姑娘，回头我再让人给你送石米来，你自回家去罢。我可不能乘人之危，买你做下人。"

"多谢老爷。可小女子孤身一人，无房无产，也是无处存身的。"姑娘说着，又已泪下。

"你难道就没许下婆家？"

"小女子命苦，所许之人也是少年短命，早先死了。"

"那却如何是好？白大人，要不您给这姑娘想想办法，看看你衙门里可有哪个公人能娶了她才好。要不她一个女孩子，孤苦伶仃的，确实教人放心不下。"

"既是如此，张大人放心，一切包在下官身上。必给这女子找一稳妥人家。"

"如此方好，救人需救彻。要不救得了她今日，明日咋办。"

说话间，县衙差人已到，白大人便吩咐如此这般，让人将那女子和其父遗体运回陈家洲安葬。

见此事已经办妥，廷玉又向太霞宫走去。那女子惟有跪地磕头，谢恩不已。

粥厂直办到五月中，灾民方才全部散尽。整整三个月零五天，最多一天熬粥用米十石，总共用米八百二十石，除募米五百八十石，其余二百四十石全由廷玉兄弟扫仓以供。

忙完此事，廷玉终于松了一口气。而令他不能够松气的是朝中局势。

白县令经了赈灾之事，已与廷玉颇具交情，每有邸报，必亲自送来五亩园。上年九月太子被废，这年三月又重新复立。廷玉身在桐城，只能从邸报中读到这一废一立的昭告，其中有何缘故却一概不知。但东宫之事历来敏感，康熙也不是心血来潮之人，这又废又复的实在令人匪夷所思。不过要说废太子是因他有夺位图谋，那么如今复立，定是康熙已稳住了局势。廷玉在康熙身边服侍有年，对康熙的文武韬略是佩服得五体投地，他相信所谓太子党已被康熙制服。

他却不知，这几个月里，朝中像开锅的热水一样热闹了一番。

先是胤礽被执，交皇长子胤禔和皇四子胤禛监守；后又传出胤禔用魔术魇镇太子之事，结果胤禔反获罪被圈禁。大臣们上奏说朝中不可一日无储君，康熙便下令群臣举荐贤能。皇子们这一下子各个露出争储面目，其中皇八子胤禩最为活跃，不久就有百官联名上折，共推胤禩为太子之事。另外也有本奏，推举皇三子胤祉的。一时朝中大臣纷纷投靠，形成了所谓"八爷党"和"三爷党"，加上仍有力主复立胤礽为太子的，仍被称为"太子党"。三党并立，令康熙煞是恼火。推举之事本是康熙自己的倡议，但真的奏本上来却让他大发雷霆，怒道："诸皇子中，如有谋为皇太子者，即国之贼，法所不容。"

众人这才发觉，康熙似乎是有意创造了一个机会，让皇子们的野心得以暴露。结果查来查去，胤禔设魇害太子是受皇八子暗中指使，而此事却是皇三子胤祉向皇上密报，这样皇三子和皇八子都没讨着好。康熙被皇子们之间兄弟相残的手段所震惊。倒是皇四子胤禛在监守废太子期间尽力关照，显示出了兄弟间的友爱，因此颇得帝心。

三月，斩了施术魇镇胤礽的蒙古喇嘛巴汉格隆，胤礽复立为太子。马齐因联名推举皇八子获罪，差点斩首。后来一切烟消云散，马齐革职，其他种种党便作鸟兽散。

廷玉不在京城，倒躲了这一场纷争。事后想想，真是庆幸。

转眼已到六月，上年七月陛辞时，皇上准他在家守制一年。当时他和皇上都不知道父亲也将病殁。现在的情形变化，他想葬了父母之后再返京城，如此便寄书朝廷，请求终制。因为父亲生前曾让廷璐转告廷玉，他和夫人的棺木达上三个年头就即安葬，这样廷玉可在制期内办完一应事宜，不必今后再为安葬父母之事重行请假。

皇上接到廷玉折子，想着张英此举也是为朝廷考虑，不令廷玉再次请假。遂准了其请，让他按制守齐三年，办完一应丧葬事宜再返京城复职。

廷玉定下心来，过了夏天，便进龙眠山为父亲选择归葬之地。他带着廷璐兄弟在凤形地转悠，指给他们看父亲当年自选的归葬之地。父亲爱极龙眠山水，在此筑庐蓄地，他死后永归龙眠，自然是得其所哉。然而兹事体大，父亲所选之地是否符合阴阳风水，廷玉也拿不准主意。最后兄弟们决定还是请位风水先生来堪舆一番方为稳妥。

当时江南一带最著名的堪舆之士莫过于常熟的傅晋了。廷玉修书一封，命家人万顺去常熟延请。九月傅晋到来，拿着罗盘左勘右测，最后指中几块好地，其中就有张英当年选中的双溪西岸观荷亭之上的山坡和金交椅。看来父亲研《易》多年，对阴阳之数也是非常精通了。最后在父母灵前，将几块地做成阄子，焚香祈祷后，廷玉拈起一只，打开一看，正是观荷亭后山。父亲的意志不可改变，冥冥中一切皆有定数。

诸事既定，廷玉便安心在家守制。葬期定在来年冬月。

这一年时间，除了往返龙眠之外，廷玉便在五亩园中读书，他仍住在砚斋中，大屋里现时倒没人住了。张家长辈都已过世，五亩园里只有廷璐、廷瑑、廷瓘以及若霈他们居住。令仪还住在绿荫小艇上，幸得有她操持，弟侄们得以安心学问。

趁着守制无事，廷玉将父亲的著述加以整理。父亲生前在宫中充经筵讲官，他的讲稿都已整理刊印，有《易经衷论》《书经衷论》《四库著录》等。致仕后所著札记以及一生所作诗文尚有数册未及成书，廷玉将其整理成《南巡扈从纪略》《笃素堂文集》《笃素堂诗集》《存诚堂集》《笃素堂杂著》《聪训斋语》和《恒产琐言》七种，加上以前成书的三种，共十种著作。就在五亩园里，请来刻印师傅，用了半年时间刻版，印制出来。

居家两年有余，廷玉心情淡泊，起居有度，身体渐渐壮实。

转眼便到了四十九年秋。九月十七日乃张英忌日，廷玉在双溪草堂为父亲设坛祭奠，双溪村民均来磕头上香。忽报安徽布政使马逸姿来到，廷玉率廷璐迎出里许，在半道上接着马大人。马大人是奉旨来主持祭祀典礼的。钦差一到，祭典立即升格，鼓乐声中，只见马大人身着官服朝靴，外罩黄马褂，带领一群官员向文端公灵位行三跪九叩大礼，然后展读祭文：

谕祭予告经筵讲官文华殿大学士兼礼部尚书加二级谥文端张英文

康熙四十九年岁次庚寅九月十七日

皇帝遣江南安徽宁、池、太、庐、凤、滁、和、广等处承宣布政使司布政使马逸姿，谕祭予告经筵讲官文华殿大学士兼礼部尚书加二级谥文端张英之灵曰：国家慎简，良弼翼赞，鸿猷其有，受知最深，历试咸称，夙夜匪懈，久暂无渝者。必生沐宠荣，殁加优恤，用备饰终之典，以弘惠下之仁。

尔张英禀性冲和，居心醇谨，早登甲第，即践清华，继侍起居，实殚勤慎。表典型于艺苑，播誉望于卿班。简置纶扉，用襄机务，宠而知戒，弥存翼翼之小心；公尔忘私，咸美休休之大度。侍禁廷者垂三十年，守素履者常如一日。正资启沃，长佐升平，乃以衰病乞休，情词恳切，爰命原官致仕，乘传归乡，每当南幸而来迎时，垂存问以眷顾，备加锡赉，用示优隆。顷因尔室云殂，亟命尔子宣慰，讵意忽婴疢疾，遂至沦亡。深切哀恫，载稽典礼；赐以祭葬，谥曰文端。呜呼！贲纶绋于重泉，仪型已藐；垂鼎钟于奕祀，令问长昭。灵其有知，尚克歆飨。

廷玉率众人陪跪在灵前，听罢祭文，啜泣不已。

第十九回　痛丧考妣孝子悲戚　举赈西郊兄弟同心

十月二十四日，马逸姿再次前来致祭，此乃皇帝格外施恩，加祭一次。此次钦差大人还带来了御赐碑文：

> 赐经筵讲官文华殿大学士兼礼部尚书加二级予告谥文端公张英碑文：
>
> 国家慎简良弼，所以赞治化之隆；优恤老成，所以昭恩礼之厚。其有公忠矢节，位益显而弥深；恪慎持身，岁历久而匪懈。其生也克副委任，其殁也宜示褒崇。以励臣工，以光史册，典至钜也。尔张英学术醇粹，器宇弘深，自入词垣，早登讲幄。初启直庐于殿侧，即令珥笔于禁中。清秩频加，爰作翰詹之长；崇阶洊历，旋为典礼之宗。总三署之清华，藉一官之兼摄。遂乃命襄机务，简任纶扉。三十余年常承顾问于左右，百尔庶职具瞻德望之端凝。本缜密以居衷，始终不易；殚靖共以宣力，表里无惭。待物有容，允矣休休之度；守官惟敬，凛哉翼翼之心。如止水之常澄，素怀淡定；若春风之自蔼，善气冲和。公尔忘私，真一心而一德；清而不矫，洵无倚而无偏。正藉老成，共襄上理，乃以年齿渐迈，屡疏陈情，因念劳瘁既深，勉从厥志。许安车而旋里，俾娱老于故园。前者省方莅止，尔犹扶杖来迎。即宠赉之有加，期大年之克享。忽闻溘逝，深切悯伤。旧德久彰，新恩载沛。锡文端之嘉谥，备典礼以酬庸。呜呼！风度犹存，念谟猷于往昔；丝纶重布，贲荣宠于无穷。永峙丰碑，昭垂奕世，不亦休欤。

廷玉立即着人刻石勒碑。其时已近冬月，双溪草堂里住了许多刻石匠人，都在忙着凿刻石人石兽，为张英的葬礼作准备。

十二月初一，是葬礼一应工程竣工的正日子。墓地正前方是四柱汉白玉牌坊一座，高丈五，宽二五丈，两面均阳文镌刻"恩荣"两个朱红大字。牌坊后面赑屃驮着高大的石碑，石碑上阴文凿刻着御赐碑文。往上便是一路三步九级台阶，台阶两边安放着石龟、石羊、石马、石虎、石狮各一对，文武翁仲各一对。台阶之上是拜台，安置着石制供桌、香炉、烛台等祭祀用具。拜台之上已挖出硕大的坟圹。

该日巳时为吉。吉时已到，鼓乐齐鸣，唢呐声咽，火铳和爆竹之声震耳欲聋，万山回应。张英和姚夫人两副棺木从草堂后被移往对面山上坟地安放，廷玉兄弟及亲族人等披麻戴孝，哭声震天。四乡五镇四十五里都有乡绅前来送葬，白县令也带着县衙人等倾巢而出，更有那城里居民和双溪村民前来凑热闹。虽然从厝地到坟地不到一里路程，送葬之人却有几千，那队伍前头已到坟山，后头犹在草堂。

张英夫妇恩爱一生，到了还是前脚走后脚跟，同年殁逝。按当地说法，两夫妻死亡间隔时间在三年以内的为真夫妻，下辈子转世为人还做夫妻。张英在百日之内即追随夫人而去，可算得上是白头偕老，相约来世了。

这几日，接连几个响晴天，太阳照得满山的松树绿得滴油。腊月里刮的竟是暖洋洋的南风秧子，仿佛是十月小阳春天气。那松树棵里，灌木丛中，竟有星星点点的映山红和二月蓝悄悄地开放。合坟时，空气里忽然弥漫着一股似兰似麝的幽香，引来一对硕大的蝴蝶绕坟三匝，然后一路嬉戏着飞过石人石兽，又绕着石碑和牌坊上下翻飞有顷，才蹁跹而去。众人呼啦一下全都跪倒在地，都道那香味是姚夫人最后的体香，那蝴蝶是文端公和姚夫人的阴灵，最后来向大家道别的。

葬礼之后，文端公灵位被送入城里乡贤祠，这里供奉着历代桐城乡贤灵位。张家入祀者颇为众多，张淳、张士维、张秉文、张秉彝以及张廷瓒等都有灵位在此，还有姚文然、姚文鳌等也已先期进入。张英的阴灵来到此处，当是众人团聚，颇不寂寞了。

这一切忙完，接着便是过年。过完年，廷玉准备二月进京。可是临近起程，却收到了吴夫人一封家书，言是京城自去秋流行出痘，若霱也染此疾，遍医不治，已因痘殇。

廷玉阅信，废然长叹。京城一下子变得遥远了。这个寄托了廷玉许多幻想，盼星星盼月亮盼来的孩子，与他这个父亲竟没有一面之缘。

他已四十岁了，这种年龄在别人已是儿孙满堂，他却连一个男丁都还没有。这几年家道不幸，接连殁逝了廷瓒、廷瑑两兄弟，然后是李氏、庶母刘氏和父母亲。

他感到沮丧极了，好在制假虽说足数是二十七个月，一般连头带尾可以休满三年。他现在是五亩园的主人，他忽然对五亩园充满了感情，那感情远远超过了对京城笃素堂的怀念。笃素堂再好，也是皇家的物业。想到皇家，他已离京三年，不知宫中情势如何？他的心很不舒畅，便决定要休满三年制假，到七月再赴京城。

一日无事，廷玉到县衙去访白县令，白县令接着，让进后堂，命人献茶。就见一女子淡衣浅服，小脚挪移，轻盈盈献上茶来。退后几步，敛衽道个万福，莺声燕言道："恩公请用茶。"

廷玉抬头看那女子，十七八岁年纪，长着一张小小的瓜子脸，眉清目秀的，似曾相识，却又想不起来在哪里见过。心说恐怕是白县令家的下人吧，怎的又称自己为恩公？只得问道："姑娘不必多礼。你我并不相识，何以呼为'恩公'。"

"恩公不记得小女子，小女子却一日不敢忘了恩公。"

白县令知廷玉绝想不起来这女子是谁，便道："张大人忘了吗？这女子就是在西成门外卖身葬父的陈家洲孝女啊！姓蔡，叫小青。"

"哦，出脱成这样，真认不出来了。怎的在你府中？"

白县令且不回答廷玉问话，对小青道："你先下去吧。"

小青便又敛衽向廷玉行了个大礼，这才下去。白县令回过头来才对廷玉道："那年大人不是让下官给她寻一稳妥人家吗？下官派人帮她葬了父亲后，就带她回了县里。谁知这小青在我府中待了几日，内人很是喜欢，就留在了身边。也不算是下人，就是给内人做个伴吧。我和内人都觉得这小青又伶俐又勤快，长得也还不错，一时竟没有合适之人可配。"

"是蛮不错。这也是白大人和夫人调教有方啊。一个乡野女子竟出脱得莲花水步的，还真有那么一点翩若惊鸿的意思哩。"

"怎么样？张大人，不若你就收她在房中吧。"

廷玉闻听此言，心中一动。若霭已经殇逝，自己子嗣艰难，康熙所赐的李氏又已死去，为后代计，真的还该纳一房妾才是："只怕小青未必愿意。此时不比前番，前番她无路可走，现下在你府中，还愁找不到一个中意的人家。"

"这个不用担心。实话跟你说吧，下官为大人帮助赈灾一事，一直无以为报。那小青是我一直为大人养着的。我也早已问过小青，她对大人是感激涕零，恨不得结草衔环以报。能在大人您身边服侍，不也是她的福分和造化吗?"

"如此,那就谢过白大人喽。只是这身价银子……"

"不消说得,不消说得。就全当是下官的一番心意,回头择个吉日,我就给您送到五亩园中。"

廷玉纳了小青,心情转而晴朗。那小青是农家孩子,手脚极为勤快,家中虽有下人,但服侍廷玉的事她却不用别人插手,都一桩一件做得妥妥当当的。年岁又小,在廷玉身边非常乖顺,很得廷玉欢心。

如此又过数月,廷玉在五亩园和龙眠双溪两地盘桓,身边有小青为伴,真有点乐不思蜀的味道了。他这才理解了父亲当年为什么时时思念家乡,总想归隐林下。

可是六月里一个消息传来,却让廷玉吓出一身冷汗。赶紧从温柔乡里惊醒,带着蔡氏,快马进京。

事前没有半点预兆,忽然间刑部来人,一路到舒城捉拿余湛,一路往砚庄戴名世家中查抄。白县令闻讯急来告知廷玉,话未开口,刑部官员也已来到五亩园中。廷玉惊问何事,才知《南山集》案发,戴名世已在京下狱。刑部奉旨,兵分两路,一路往江宁捉拿方苞;一路往桐舒两地捉拿余湛,并查抄戴氏山庄。因戴名世与张家一直过从甚密,刑部奉旨顺路来张府告知,戴氏文章已全属查禁之列,请张家早作准备,自行搜检出来,以免今后落人把柄。

戴名世获罪因由尚不全然清楚,但《南山集》是张英转呈给康熙的。康熙当然知道张家存有该书,让自行搜检,乃是保全之意。张廷玉急将戴氏文章检出,除《南山集》外,尚有与父亲的若干书信,全都交给了刑部钦差。

接着白县令便收到了朝廷谕令,在全县范围展开了对戴氏文章的清剿。

廷玉知道此事重大,戴、方二人下狱,自己会不会受牵连?如若自己无事,也得设法营救,如何还能安坐家中?收拾行装,即刻快马回京。

张英享堂。位于龙眠山中,原张英墓前有享堂、神道碑等,后被毁。今仅恢复享堂。(吴菲摄)

龙眠山溪水(白梦摄)

第二十回
戴名世落第再登第　方灵皋丧妻复娶妻

却说那年在沙溪小镇与康熙邂逅，得到皇帝亲口鼓励参加科举，戴名世顿觉信心百倍，豪气干云。当即便收起归隐南山之念，与方苞一起直赴京城。这一回果然是文星高照，时来运转。八月里顺天乡试放榜，竟高中榜首。虽年已五十有三，仍是踌躇满志。那时廷玉刚刚扈从圣上从塞外归来，闻言也替名世高兴。主考果然是李光地，逢人便说此科得中戴名世，他日必为翰林之才。为国取士者，终不使人才埋没，实乃朝廷之福，也是他李榕村之幸。

第二年与方苞一起参加礼部会试。李光地为副主考，张廷玉为同考官。众人都谓此科有戴、方二人，必大为光耀。

二月放榜，方苞果高中第四名，戴名世却是名落孙山。

不久传出消息，同考官户部侍郎汪霦取士不公。戴名世的书卷正是他所阅览。一个授徒半生，著书立说，誉满大江南北的名士之卷，竟被他轻而易举地丢入落卷。阅卷官如此有眼无珠，无数落第士子们趁机起哄。皇帝龙颜不悦，落案查实，原是有人用孔方兄开道，阅卷官使了调包计。卷头都是封实了的，汪霦也不知被调卷子乃是戴名世的。若换了别人，也就罢了，偏偏换到了戴名世头上。那戴是时文高手，会试中众望所属之人，却遭落榜，如何不落口实。也是汪霦老运不济，该当案发，最后汪被褫职问罪。

张廷玉和李光地都安慰戴名世，下科再考。戴名世本来有点心灰意冷，见汪霦被褫职，心下略感安慰。经不住众人一再挽留，遂在京师住下，准备下科再考。

早有王公贵族将他延入家中。这种落地高手最是炙手可热之辈，学问又好，参考经验又丰富，延入家中教导子弟读书是再好不过了。

再说方苞高中第四，一时朝野议论，俨然已成名士。方苞其年三十九岁，长得身高背直，面宽口方，一双眼睛炯炯有神，谈笑间挥洒自如，与人交往态度不卑不亢。上一年七月，他的妻子蔡婉病逝。会试一放榜，他立刻成了京城王公大臣纳婿的焦点。

首先是病退在家的大学士熊赐履，委托李光地为其保媒，要将自己的幺女儿嫁给方苞。熊家这个女孩现年十八，是熊赐履五十八岁上生的，排行最末，也最得父亲宠爱。

李光地不敢怠慢，差人请来方苞，开门见山，将保媒之意说出："熊老相国立朝四十余年，门生遍布，势力强盛。你若成其佳婿，日后必能宏图大展。"

谁知方苞思虑片刻，道："承蒙老师关心，熊老相国错爱。然拙荆殁逝不到一年，尸骨未寒，学生实不忍即刻续弦。"

李光地听了此话，哂然一笑："怕不是理由。熊老相国也没说要立刻成婚，先定下亲事，过个一年半载再娶进门也不迟啊。"

方苞也嘿嘿笑道："老师法眼如炬，学生如何搪塞得过。实乃熊姑娘是相国幺女，必自幼娇生惯养。学生出身寒微，家中除老母外，还有寡嫂及侄辈依居。这般家境，实不敢让相国之女下嫁。此谓门不当户不对也。"

李光地见他说得恳切，便不再勉强："你能不慕虚荣，不攀权贵，气节着实可佳，只怕这耿直之性不见容于人啊。"

辞了老师回到旅店，方苞正想静下心来，温习一番功课，准备几日后的殿试。谁知店家又来敲门：京城九门提督总兵郑大人派人来请。方苞心下奇怪：这郑总兵是个武夫，与自己又素不相识，怎会派人来请自己呢？只得放下书本，踱出房间。郑家来人正在店堂等候，见一书生踱着方步而来，料着必是方苞，便道："你就是方苞？"

方苞心想此人无礼，便不卑不亢道："在下正是方苞，请问阁下是谁？"

"我乃京城九门提督郑大人家奴，嘿嘿，算是郑府管家，你就叫我郑管家好了。"

"原来是管家大人，不知光临敝地，有何指教。"

"嘿嘿，方苞，我是给你报喜来了。"

"会试放榜多时，喜已过去。殿试尚未举行，喜从何来？"

"真是书呆子，就知道考试。我家主人看上你啦，要将小姐许配给你。这不是喜从天降，一步登天吗？我家主人说了，今天请你过去，让小姐见上一面，只要小姐愿意，明天就可以成婚。"

方苞想：既然要让我做你家女婿，好歹也得把我当娇客。可此人态度倨傲，哪有一点把我放在眼里的味道。这样的人家，必是霸道惯了的，自己如何肯去纠缠。便道："多谢你家主人美意。只是方苞一介寒儒，与总兵大人门不当户不对，也就不劳你家小姐相看了。"

"有什么门不当户不对的？我家主人说当就当，说对就对，别人还敢龇牙？我家主人说了，你和小姐成婚后，就在京城送你们一座大宅，把家里人都接到京城来住。再等殿试后，你挣个状元、探花的，不就门当户对了吗？"

"方苞家口众多，来京不便。请管家大人多多致意总兵大人，多谢错爱。方苞实在高攀不起。"

"说来说去，你还是不愿意喽？奇了奇了，怪道说读书人都是呆子，如此好事，你竟推三阻四地不答应。你就不怕我家主人一怒之下，派几个兵丁，把你一绳子绑了过去？"

"方苞若是犯了王法，当然怕总兵大人捉拿。可自古哪有捆绑成夫妻的？总兵大人要像你说的那样胡来，还能做朝廷命官吗？待到殿试时，方苞倒要问问皇上，九门提督能不能派人捉拿女婿。"

那管家见方苞说得煞有介事，便也不敢相强，只得悻悻道："这么一个书呆子，有福不知享。不做我们家女婿也罢，你原也不配做我们家女婿。"

"这你就说对了，凡事都讲究个相配，比如歪瓜配裂枣，弯刀配葫芦瓢，扁锅配了扁锅盖，你说不好罢，它们相配呀。我方苞一介寒儒，只能配那小家碧玉。你们家的小姐是大家闺秀，该配那王孙公子才对。"

这番话，虽说有几分调侃，倒是实情，又抬举了那郑家。管家想想还真对头，也就无话可说了。

方苞一日之内，被人两番说媒，弄得心情极为不快。他想这还没有参加殿试哩，一旦殿试封官，岂不更是媒人踏破门槛了。名世之妻已死去多年，一直也未有人给他提媒；自己妻子去年七月去世，也未见谁提起过此事，这会试一放榜，都想起他来了。世情淡薄一致如此，真令人可怜可叹。

第二日一早，会试同年熊本来访。方苞心下高兴，终于有人来谈谈殿试之事了。

谁知熊本一开口，说出的却是："年兄，舍下有妹，愿为君侍箕帚，可乎？"

"哎呀，老兄，怎么你也开口就是此话呀？"方苞一听这事就烦，也无心去与熊本之乎者也了。

"怎么？不是听说你昨天拒绝了熊老相国和郑总兵家的婚事了吗？难道你真打算一辈子不再娶妻了？"

"当然不是。可你知道我为什么拒绝了熊相国和郑总兵吗？我是嫌自己出身寒微，门不当户不对呀。"

"方兄的意思，也是说你我二家地位悬殊喽。"

"是的。"

"方兄，你也太狷介了罢。家父为人你也不是不知，难道怕我家瞧你不起？况出身也不是天定的，似你老兄才气，立马不就要登龙门，成贵介了吗？"

熊本之父熊一潇曾为工部尚书，家财逾万，对方苞很是赏识。去年方苞进京后曾在他家做过馆，熊一潇对他礼敬有加，熊本也因此与他结成至交。熊家小女方苞也见过，大家闺秀的样子，行不露足，笑不露齿。但方苞总觉得这样的女子好看是好看，做自己的妻子，尤其是续弦，委实不合适，便道："本兄，望你理解小弟难处。令妹是贵族千金，锦衣玉食，深闺良藏。你能忍心她到我家去做后娘，上有衰年翁姑、中年寡嫂，下还有二子二侄。方苞兄弟皆亡，一门重担都在我一人肩上。这箕帚她侍奉得过来吗？"

"唉，话说到这份上，我也就不勉强了。"熊本是聪明人，见方苞说得恳切，也就不再强求。

做媒不成，熊本便与方苞切磋起时文来，毕竟离殿试只有两天了，大家心里都憋着一股劲，要在这最后关头拼命一搏。

中午方苞留饭，熊本也不客气，两人就在店堂里小酌，正酒酣耳热之际，突然一人一把抓住方苞胳膊："可找着你了！"

方苞睁眼一看："吴家表弟，你怎么来了？"

"快，快回家，三姑病危，我是专程来找你报信的。"

方苞闻听此言，惊得酒意顿消。那吴家表弟嘴里的三姑，就是方苞的母亲。方苞一边急急起身，一边对熊本说："本兄，家母病危，小弟得立即赶回上元家中。礼部那里，烦本兄替小弟告假。"

熊本也起身跟着方苞往房中走，嘴里说："方兄，再有两天就要殿试了，好歹再耽两日，别错过了机会。"

方苞回到房中，立即收拾行李，卷起铺盖："家母病危，我哪还有心思参加殿试？"那吴家表弟也已就着刚才方、熊二人的菜肴吃了两碗饭，待他吃完，方苞已收拾妥当。熊本见留他不住，只得摸出荷包，随身带得有约莫八九两碎银，都给了方苞。方苞拱手谢过，道声"后会有期"，便和那表弟一起，两人一骑，飞驰而去。

礼部听到消息，都炸起锅来：那方苞可是有望夺魁的呀！好不容易取得了贡士资格，却失去了殿试机会，仿佛到嘴的鸭子又飞走了。实是可惜！

李光地一听，更是急得火烧眉毛。他是爱才之人，又且功名之心炽盛，实在不忍方苞将这唾手可得的功名放弃，便派人快马加鞭去追赶方苞。

方苞两人一骑，本就不快，加上那马又连日奔波，甚是疲累，走得更慢。当夜，那人追上方苞，却没能说动方苞回心转意，自己的快马反被方苞借去。方苞让他转告李光地："多谢老师美意，功名可以再考，母亲只有一个。"

李光地闻听此节，只好摇头叹息。

那方苞最讲孝悌，小弟未及成年便已殇殁，大哥又是英年早逝。现下家中除老父老母以及自己的二子一女外，还有大哥遗下的大嫂和两个侄儿。这个家中，自己是惟一的支柱。现下母亲病危，家中乱成什么样子已经可想而知，他若不回家主持，于情于理都说不过去。

想起母亲一生辛苦，未尝过半天快活日子，总在亲人的殇逝中被折磨得痛彻肺腑，她的心痛之疾就是这样落下的。父亲背井离乡，从桐城来到上元，一生穷愁潦倒，家中请不起仆佣，一直都是母亲操持家务。现在母亲已是望七之人，还要在家中事事操心。而自己成年后虽也曾设馆教书，为稻粱谋，但近年来忙于科举，竟顾不了家中生计。去年夫人一死，自己也只回家一月，草草办完丧事便又回了京城。把一个乱糟糟的家都丢给了年迈的父母。而母亲终于病倒，自己却没有侍奉床前。现下母亲病危，还不知能不能赶上见母亲一面。一想到此节，他的心就锥扎似的痛，惟有催胯下马匹，快上再加鞭。

幸得老天有眼，待他返家时，母亲已从生死线上挣扎过来。然而殿试之期已过，此科皇上钦点二百八十九名进士，方苞失之交臂，人人替他惋惜。

母亲年岁已高，经此一场大病，身体已彻底垮了。父亲的身体也是七病八痛的。方苞不忍再让父母受苦，便不再远游，就近在江南一带坐馆授徒。

第二年春上，娶了一徐姓女子为续室。徐女乃上元人氏，虽是官宦人家出身，却是清贫自守，知书达礼。与方苞这种旧家子弟可谓是门当户对了。

转瞬又是一年，李光地托人带信，让方苞去京谋职。他虽未能参加殿试，但会试第四名的进士身份是在的，只要有人为其在吏部活动，谋个七品职衔是没问题的。

方苞见家中有了徐氏操持，略觉放心，便也打算来年正月进京。一来像李光地说的，在京谋职；二来戴名世还在京城等待会试，他也想去京城看看他。

谁知不待他动身，腊月里父亲偶感风寒，竟一病不起，数日后去世。方苞办完父亲丧事，便丁忧在家。功名之事只得待三年后再说了。

不说方苞在家丁父忧。且说戴名世三年过后再来参加礼部会试，那已是康熙四十八年了。张廷玉也在家中守制，只名世一人来到京城。但戴名世此番却是马到功成，会试考了个第一。可把李光地乐坏了，此时他已升任大学士，是今科会试主考。

戴名世一生科举艰难，却颇与李光地有缘。乡试也是逢他做主考时中的，会试又逢他做主考才得以考中。若非卷子经人统一誊过，名籍又被密封，恐怕连戴名世自己也觉得是李光地格外关照了。

戴名世此时已五十七岁。他自康熙二十几年便已扬名，算得是个老名士了。他平时作时文都是被书贾刊刻了做考生的范文的，现下终于考了个头名会元，也可说是众望所归了。

朝野上下一时议论纷纷，都说今科状元非戴莫属了。

和方苞当年一样，从会试放榜到举行殿试的十来天时间里，戴名世的馆舍也是宾客盈门。只不过来看他的不是豪门贵族、巨公显宦，而是三教九流。来的目的也不是说媒做保，而纯粹是出于好奇和崇拜。

一天，几位会试落榜的南方考生准备打道回府，行前在淮扬茶馆聚会。席间有人拿出一篇文章，对众人道："敝人有妙文一篇，当可佐酒。诸君若有人能猜出该文作者是谁，来科必吉星高照。"

众人遂一一传看，看了一圈，都击节赞妙。有猜是大学士李光地所作，有猜是前礼部尚书韩菼所作，猜来猜去，那人总是摇头。眼见满座之人谁也猜不出作者，都相顾言道："看来我等下科还是没戏呀！"

有个僧人在邻座饮茶，看这边说得热闹，便凑过来，合掌道："各位施主，有礼了。可否将此文借贫僧一观。"

那人便将文章递过去，那僧人就站着将文章一气读完，道声："阿弥陀佛！此必戴田有之文也！"

那人道："法师果然好眼力！却是从何看出门道？"

"贫僧尝听人说，当今之世，文不雷同者，惟戴田有一人。适才贫僧遍观此文，从头至尾，无一语雷同。故而知之。君有戴先生文，想必与先生熟，可否引贫僧一见？实不相瞒，贫僧出家前也曾是个士子，只是屡试不中，遂看破红尘，遁入空门。然戴先生不屈不挠，终于出人头地，实在令贫僧佩服不已。"

那人道："这有何难，我这就引你去见他。"

原来那落第书生还真是戴名世的朋友，前天来戴处玩耍，见戴正在为殿试练笔，便顺手索了一篇文章，要回家细细揣摩。今天恰在席间展示，也有炫耀之意。所谓猜中作者，下科必吉星高照云云，乃是因戴名世中了今科会员，说他能带来好运也不为过。不想众位做惯八股时文的士子都没猜出，却被一老僧识破,心下佩服老僧眼力;又知名世最喜结交奇人,便答应带他来访名世。果然二人一见如故,相谈甚欢。反把那引荐之人冷落一旁。

一日,跟随戴名世的小厮顺子对戴名世说,他有一个朋友想见戴名世一面。戴名世奇怪了:"你的朋友?干嘛要见我?"

"那人也是个小厮,是小人在前主人家的朋友。他叫四十七,他跟我说,平生所愿,就是见老爷您和方苞方先生一面。"

那小厮是正蓝旗下一位王爷送给名世的,原名叫五十二,顺子是戴名世给他取的名。听他这么一说,戴名世知道了:"哦。你叫五十二,他叫四十七,那么他比你先进王爷家了。他为什么想见我和方先生呢?"

"这四十七平生就喜欢读书认字,从小跟着哥儿们后面偷着学,现在写个信记个账什么的都会。他平生最佩服读书人,读书人里面,他又最佩服您和方先生。看我被王爷送给老爷了,他羡慕得什么似的,要我好好服侍老爷。他说他若能在老爷身边做一天奴才,就死也值了。昨儿在道上遇见他了,他也知道老爷中了会试头名,高兴得什么似的,求我让他悄悄来见上老爷一面。"

"悄悄地干嘛,你明天就跟他说,让他来玩儿就是。"

第二天,顺子果然领着四十七来了。戴名世倒茶让座,把个四十七激动得话都说不出来了。临走,戴名世还送了他一本《南山集偶钞》。

与此相反,每当与达官贵人相与,戴名世便显得有点不合节拍。他性格落拓,褒贬任意,很不入那些随时端着个官架子的道貌岸然者之眼。

一开始,因为他的名声才气,也很有些人想与他结交。可几次下来,经不住他的随心所欲、无所顾忌,很快人们就对他敬而远之了。

其时戴名世年已五十七岁,一生走南闯北,又读了满肚子诗书,按理该是阅尽世态炎凉,懂得人情世故的。但他的性格却太过书生气了。落拓不羁,率性自然。他不知道就在他不经意的谈笑间,往往已将别人得罪了。

他最不该得罪的人是赵申乔。

赵申乔是康熙九年进士,从知县做到左都御史,以清廉著称。他一生仗着自身清廉，最好弹劾别人。正是因为他有这种敢于弹劾的性格，康熙将他擢升到御史位上，那可是个专司弹劾的职位。

一日，戴名世等几个会试同年去拜谢房师，其中有个江南贡士名叫赵凤诏，便是赵申乔之子。李光地留饭，顺便也将赵申乔请了来。

赵申乔性格执拗，不喜赴宴，但李光地请他则是非来不可。一来李光地是大学士，在官职上比他高了一品；更重要的是李光地是今科会试主考，儿子赵凤诏出自他的门下，这份情不能不领。接下来的殿试，李光地又是读卷官，可是得罪不起的。任赵申乔如何刻薄耿直，对于儿子却总归是舐犊情深。李光地请他来作客，倒不是想巴结他什么，但他这人是监察御史，有风闻奏事之权，他又是个有弹劾癖的。李光地一生吃过不少弹劾的亏，现在年龄大了，位置又如此之高，借此与御史搞好关系，保持住晚节，也是非常必要的。

席间，众学生当然都对李光地极尽赞扬，赵申乔多少有点被冷落。

酒过三巡之后，众人不复正襟危坐，言语间便闲谈开来。李光地前日刚听了一则新闻，便说与众人："狐鬼神仙之事，老夫素来不信。盖因生平未曾一遇也。然近日纷纷传说宗学里闹鬼，我总不信。前日去宗学讲朱子，亲见了那顶雨帽，倒不能不信了。"

就有性急的人问是怎么回事，李光地慢条斯理道："大家都知道那宗学在宣武门内石虎胡同，是前朝旧物。以前皇上赐给建宁公主作额驸府，吴三桂反后，额驸被杀，公主回宫中居住，那大宅便空下来，一时无人居住，便荒草丛生，闹起鬼来。后来办了宗学，宗学里白日都是少年子弟，阳气极盛，也未见过什么故事；晚间只有杂役、厨子住在后寮，故事可就多了。有夜间从床上被搬到房外的，有脸上被抹了锅灰的，有把张三的衣裤摄到李四屋中的。不一而足，更别说晚间如厕走道了，几乎人人都被飞石瓦片砸过。然而独有看门的钱老头从未碰到过这些事。钱老头鼻孔朝天，面有癞风，又瘸了一条腿，老丑不堪。人都说他那尊容比鬼更可怕，故鬼也不敢来惹他。前几日下雨，那老钱头抱怨没有雨帽，出门不便。谁知第二天一觉醒来，桌上好端端放了一顶雨帽，还是簇新的哩。遍问宗学中人，都说无人遗帽。人都笑说这老钱头终于也遇上魅事了。"

赵申乔道："那宗学闹鬼之事我也听说过，但还是不信。我看不过是宅大屋深，树木森被，显得有些阴寒之气罢了。那雨帽焉知不是老钱头买来愚弄众人的。"

"我前日听说此事，特为去看了那雨帽，制作绝佳，四围油布，中间攒顶一颗珊瑚珠子，怕不要好几两银子一顶。老钱头是断不肯买那贵重行货的。我当时就笑说那魅可是好魅，怜他老贫，赠以雨帽。"

"子不语怪力乱神，相国这样的理学名臣可不该传言这些无稽之事。"

"老夫也不是有意传言，不过是当作笑话说说，佐酒而已。"

戴名世见赵的语言耿得李光地有些尴尬，便道："鬼神狐魅之事，向不为我等读书人道。盖因我辈胸有文章光华，正气凛然，神远之，鬼惧之。然则不语不等于没有。我昔年曾主讲沧州书院，与一刘姓孝廉友善。刘孝廉家有一书房为狐所据，白昼亦敢与人对语，掷瓦石击人，只是闻其声不见其影罢了。知州董大人素来为人严厉，听说此事，便往刘孝廉家驱狐。董大人站在当屋，盛陈人妖异路之理，忽听檩上有声朗然道：'公为官颇爱民，亦不取钱，故我不敢击公。然公爱民乃好名，不取钱乃畏后患耳，故我亦不避公。公休矣，毋多言取困。'气得董大人掉头就走。阖府上下，独有一粗蠢女仆不畏狐，狐亦不敢击她。刘孝廉便问那狐为何连董大人都不避，独避该妇。那狐道：'此女虽为下役，却乃真孝妇也。鬼神见之犹敛避，何况我辈。'刘孝廉便命该仆居此屋，那狐果然从此绝迹。此事是刘孝廉亲口所言，相信不至虚妄。"

"荒唐！依你所言，那世间良吏，都是沽名钓誉之辈喽？"赵申乔从知县做到知府，都以良吏著称，也曾有人攻击过他爱民乃好名，不取钱乃畏后患。今听戴名世之言，仿佛是借以嘲笑他的。不免有些动怒。

"非也，非也，不是在下所言，乃是那狐所言。赵大人不可错会了意。名世平生最是佩服廉臣良吏的。"

虽然戴名世此言说得诚恳之极，赵申乔仍然觉得极不舒服。他是二品大员，当朝大名鼎鼎的理学名臣，在座都是刚刚通过会试的后学之士，谁曾见过什么大世面，在他和李光地面前都是战战兢兢，不敢随意说话的。惟有这戴名世倚老卖老，仿佛与他们平起平坐一般，说话毫无顾忌。他却不知，戴名世尚在他担任知县时，就已在京城出名，悠游于公卿之间，什么场面没见过？所以戴名世虽是布衣，却早为名士。他这名士做派却也不是故意装来，实在是生性如此，落拓惯了。

这一节就此带过，众人的话头转到科考的笑话上来。李光地言道："昔年老夫主持顺天乡试，为怕遗才，常常抽检落卷。有些错出得精妙绝伦，那读卷官批语更足可令人喷饭。记得有一人将《尚书》里的'昧昧我思之'错写成'妹妹我思之'，阅卷旁批曰'哥哥你错了'。"

众人听了，一阵哄笑，就连赵申乔也撑不住，扑哧一声笑出来："还有更好笑的哩。那年我在商丘知县任上，有一年岁考，试题《鸡鸣》。有个童生文中写道：'鸡者鸣也。不知其为黑鸡耶？其为白鸡耶？其为不黑不白之鸡耶？'试官批曰：'芦花鸡。'"众人先听到不黑不白之鸡时，就有些忍俊不禁了，待听到芦花鸡时，都觉那试官批得妙极，哄然笑倒。李光地正舀了一口汤在喝，喝下一半，听到芦花鸡三字，实在忍不住，笑得连连咳呛。戴名世道："相国饮的可是芦花鸡汤。"众人复又哄笑起来。

谁知那赵申乔的话还未说完，又接道："还有哩。那童生下面又写道：'其为公鸡耶？其为母鸡耶？其为不公不母之鸡耶？'"众人复又笑。赵申乔忍笑道："试官批曰：'是阉鸡。'"话未落音，众人已笑软在席上。

戴名世道："没想到赵大人平时威严耿介，说起笑话来却是谁也及不上。今日酒宴，有赵大人这笑话佐餐，当可千古传扬了。众位可还有什么好笑话，且献上来。"

赵凤诏道："我也想起一个笑话。说的是有个秀才连考三场皆不第，他是落第落怕了，特别忌讳这两个字。一天秀才又去省城赶考，仆人挑着衣被书箱跟在后面。路走长了，担子松了，一阵风来，把秀才放在衣被上的头巾给吹掉了，仆人连忙喊道：'哎呀不好，帽落地了。'秀才很不高兴，对仆人道：'以后记住了，东西掉了不能说落地，要说及地（第）。懂吗？'那仆人点头记住。秀才吩咐仆人卸下担子，把行李捆扎紧了再走，免得再丢三落四。仆人遵命仔细把担子绑了又绑，然后放在肩上试了试，对秀才说：'相公放心，这回保管再怎么也不会及地（第）了。'"

李光地道："这笑话也不错，只是有点叫人哭笑不得。"

座中一人道："学生也说个叫人哭笑不得的笑话吧。且说有个官宦人家，父子二人都是状元出身，便自拟一联贴在门上，以示炫耀。上联是：诗第一，书第一，诗书第一；下联是：父状元，子状元，父子状元。状元府对面是家药铺，药铺老板一看，心中不服，也拟了一联，上联是：熟地一，生地一，熟生地一；下联是：附当归，子当归，附子当归。状元一看，这不是讥讽我家是'畜牲第一''父子当龟'嘛。无奈之下，只得撤了自家的对联。对门药铺一看，也便撤下了对联。"

戴名世道："学生有个笑话，与你这笑话有异曲同工之妙。说的是有户人家，父子二人都是进士出身，儿子中了进士后，老进士高兴，便拟了一联贴在门上，联曰：'父进士，子进士，父子进士；老入官，少入官，老少入官。'第二天一看，不知被哪个促狭鬼改成了'父进土，子进土，父子进土；老入棺，少入棺，老少入棺。'气得那父子俩只好将对联撤了了事。"

谁知这话又让赵申乔多了心：都说戴名世说话刻薄，在座之中，只有我父子同是进士出身，他这笑话是不是影射我父子呢？正在私下里嘀咕，他儿子赵凤诏道："昨日我看前朝科举遗闻，说是有个人屡考不第，又总想搏一功名，总算皇天不负有心人，到了七十三岁高龄，才得遂心愿。于是写了一首诗自嘲道：'读尽诗书五六担，老来方得一青衫。逢人问我年多少，五十年前二十三。'"

赵申乔道："真不知那老朽还考功名做甚？岂不挡了年轻人的晋身之阶。"

在座士子，除了戴名世年已五十七岁之外，其他人都年在四十以下。赵凤诏此言明显有讥讽戴名世之意了。众人都是人中翘楚，自是听出赵家父子刚才听了戴名世之言，多心了。

戴名世却也不解释，反道："自古白发进士也不少哇。不闻唐诗中有'太宗皇帝真长策，赚取英雄尽白头'嘛。唐天复元年有个著名的进士'五老榜'，所中五人皆是七十以上高龄。其中的曹梦征即是敝乡人。他的'泽国江山入战图，生民何计乐樵苏？凭君莫话封侯事，一将功成万骨枯'可是千古绝句啊。"

"原来贵乡的白头考生是有传统的啊！"赵凤诏立刻道。

李光地见话已不甚投机，便自嘲道："老夫也是望七之人了，今科能做主考，下科还不知能不能看到呢！看到你们这些新晋之士，老夫就忍不住高兴，今天是喝高了。你们且散去罢，老夫已有点不胜酒力了。"

众人见李光地发了话，便一一告辞散去。

隔几日殿试，戴名世在那太和殿丹陛之下，仰望皇上。想起在沙溪时皇帝殷勤劝他考取功名之事，心中激动万分。试卷发下，他一挥而就，只觉生平所学都在这一刻如泉水般涌出，上挥下洒，旁征博引，了无阻滞。

李光地等人充任读卷官，就在文渊阁里连夜读卷。反复权衡之后，将名次一一排定，前十名照例要呈送皇帝御览，钦定名次。

南书房里，康熙从后往前逐一读完十本文卷，又与李光地、张玉书、陈廷敬等商量着对试卷作了些点评。基本说来，皇上对此科进士的试卷较为满意，对李光地他们排定的名次也作了肯定。

名次排定，就该拆出卷头，钦定一、二、三甲了。

只见张玉书颤巍巍地站在皇帝身边，从龙案上拿起试卷，拆开卷头，请皇帝看过，交给陈廷敬，由陈廷敬唱出出身名号，再由当值起居注官记录在案。

照旧是从第十名唱起，唱到第三名，也就是一甲第三名探花时，却是江南武进赵凤诏。康熙喜道："凤诏考了一甲，这下赵爱卿该高兴了。"

唱到最后一名，也就是今科头名状元时，却是江南桐城戴名世。康熙惊道："戴名世考了第一？"

李光地拱手道："恭喜圣上！戴名世这可是连中二元啊！"

"这戴名世今年已经五十七岁了吧？朕记得他比朕还大一岁哩。"

"是啊，总算是皇天不负有心人啦。若不是圣上当年勉励，这戴名世早已避居乡间了。"

"还有那个与他在一起的方苞呢？听说上科没有参加殿试，现在怎样？"

"方苞前年丧父，正在家丁忧。"

"那也是个人才，要善加任用。"

"是。微臣记下了。"

"众爱卿，你们看，这金榜排名可还有什么变动？"

李光地斟酌道："臣以为，这赵凤诏是赵御史之子，赵大人清廉耿直，品行高远，是否将凤诏进为二名，以显圣上恩宠。"

"不错。凤诏这孩子朕见过，知书识礼的，朕很喜欢，就把他进为一甲二名罢。李玉，快派人去传赵大人来。"太监李玉已升任总管，闻命立即派人去请赵申乔。

不一刻，赵申乔来到南书房，听说儿子赵凤诏被钦点为一甲二名榜眼，高兴得眉开眼笑，连忙跪下谢恩。

待听到头名状元乃是戴名世时，那赵申乔的脸色可就阴了下来。康熙目光如炬，早已觑见他脸上变化，道："赵爱卿还有什么不满意吗？"

赵申乔忙拱手道："犬子能登一甲，实乃皇恩浩荡，微臣感激涕零。焉能有什么不满意的。只是微臣替圣上想，替朝廷想，都觉得那戴名世点头名状元有些不妥。不为别的，就为他已是年近六旬的老翁，他若点了状元，势必助长高年参考之风。臣听说有的地方县学考秀才，竟有七旬之人拔须染发应考之事。科举取士，原是为国家选拔人才，若似戴名世这样的望六之人取中进士，又能为朝廷效力几年呢？"

李光地道："可自来科举以文章取士，并未规定年限啊。戴名世文章才学都是举世公认的，取他为状元正显得朝廷取士公正，惟才是举。"

赵申乔道："微臣并非特指戴名世不能取为头名。不过文章之事，这一甲二甲之间，究竟能有多大差别？一篇文章，见仁见智，各有千秋罢了。当真众口一词，推崇备至的毕竟不多。"

"赵爱卿此话有理，所以刚才李大人就建议朕把凤诏从三名拔到了二名。"康熙恐李赵二人争执，便将适才李光地的人情卖出。

果然赵申乔转身对李光地一揖到地："多谢李大人抬爱。可微臣仍然希望圣上不要点戴名世为状元。"

"也是啊。朕也觉得这新科状元，两鬓苍苍，满脸折皱，打马游街时也不好看啦。那么赵爱卿，换了戴名世，状元不就是凤诏了吗？"

"圣上明鉴。微臣并非是为一己之私请求状元易人，犬子若为状元，那是皇上恩典，若仍为榜眼，微臣也毫无怨言。重要的是状元的年龄不可太大，自古都说状元郎，哪有什么状元翁的。"

"朕在想啊，若将凤诏取为状元，戴名世可换为榜眼，虽然委屈了一点，究竟也还说得过去。五十七岁的人了嘛，得个榜眼也很可慰了。只是凤诏从第三名一下取为头名，又有些不妥。若将第三名换为头名，那第三名原本就排名第二，要换戴名世很该由他补上，可如此一来凤诏又换回第三了。赵爱卿，这样排名你可愿意？"

赵申乔原想换下戴名世，凤诏就可顺理成章成为头名状元。谁知皇上这样说，凤诏反又回到了第三名。但因上次一见，他对戴名世已心存芥蒂，实在不愿那糟老头子被点状元，心想反正凤诏这个榜眼也是白捡来的，就当李光地没做那人情，自己也可不欠他的。他知道世人关注的其实只是头名状元，至于榜眼、探花，都在一甲之内，也分不出什么高下。便故作坦然道："只要换了戴名世，凤诏排二排三臣都无怨。"

"赵爱卿实乃出以公心。朕索性将凤诏拔了头名吧，也不枉了你为朝廷尽忠尽职。"

赵申乔听了康熙适才那番话，已将一颗心凉了下来，谁知皇上只是试他一试。凤诏毕竟还是被点了状元，真是大喜过望，连忙跪下，磕头不止："臣谢皇上隆恩！愿吾皇万岁万岁万万岁！"

旁边众人都在心下摇头叹息：别看他赵申乔平时清心寡欲，弹劾起别人来也是理直气壮。可对于儿子，终过不了人之常情一关。这状元若换了一不相干的人，可以说他适才所谏是出以公心，可最终换的是赵凤诏，就不能说他没有私心杂念了。

李光地心有不甘，可自来前十名名次都由圣上钦定，朝中大臣之子凡在十名之内的，拆卷之后皇帝一般都要做做顺水人情的。什么从三甲提到二甲，从五名提到四名，只是一甲三名一般是不动的，状元人选更是慎之又慎。但康熙决定要做这个人情，他也没有办法。说实在话，戴名世也确实年龄大了一点，赵申乔提出这个理由，任谁也无法抗辩。

皇榜挂出，这一科，钦点赵凤诏等二百九十二人进士出身。戴名世以五十七岁高龄荣登榜眼，一时竟也传为美谈，他自己更是心满意足。

可是，世上没有不透风的墙。戴名世被换状元一事慢慢传出宫来。戴名世本人倒没说什么，但赵申乔因以廉吏著称，所劾之人实在太多，这些人忌恨于他，便将此事倍加宣扬。赵申乔是惜名如命之人，心中不免为此种下荆棘。

此便是后来戴名世罹祸清朝著名的文字狱《南山集》案的起因。

孔城老街(白梦摄)

方苞纪念亭"望溪亭",位于桐城望溪职校内。(白梦摄)

第廿一回
南山案发戴生遭斩　皇权衡变方氏削籍

戴名世高中后，吏部派官，名世志在修史，如愿点了翰林院编修。赵凤诏倒不想坐冷板凳，按他父亲之意，也是翰林清官难以升迁，便谋了外任，到山西太原府衙赴任。

自此，戴名世在翰林院中晨入暮出，一头钻进故纸堆里。一般规矩，新朝定鼎之后，便即成立史馆，修定前朝国史。清朝自顺治皇帝起，便成立了史馆，到康熙四十八年，已不知选了几多史官，收集了无计其数的前朝史料。可《明史》修修停停，至今未见稿本。戴名世一生有志于史学，他常常叹息的是：明朝三百年无史，恐金匮石室之藏，沦散丧失。早年他弃官不做，甘愿四处游走，也一直是在民间搜集史料。如今面对汗牛充栋的史料典籍，他便像一只飞入花丛中的蜜蜂一样，嗡嗡采蜜，不知疲倦。

他对明史的研究已到了痴迷的程度，逢人便讲。他又是旁若无人，高谈阔论惯了的，无论什么场合，他都要宣讲他关于明史修撰的心得。那就是：世祖入关之后，国朝定鼎，然弘光称帝于南京，隆武称帝于闽、越，永历称帝于两粤、滇、黔，应如实载入史册。此才是史家应尊崇的太史公笔法、《春秋》之意。

其实戴名世所阐述的理论正是当时大多数史家的心声。纵观中华历史，南宋时的赵昺七岁称帝于南海一隅的崖州，第二年元兵追至，宰相陆秀夫负其投海而死，前后不过一年时间，史家尚尽书其事。何况这些朱氏后裔及前朝臣子，在南方立朝建都十七八年，辖地数千里，此乃南明史实，若不书之于史，岂不是史家之过。若秉笔直书，又犯了国朝大忌。盖因吴三桂放清兵入关时，是打着征讨逆贼的幌子。清朝也一直认为自己是从逆贼手中夺得的江山，只因明朝皇帝已吊死在煤山，无人继承宗室，清帝为救民于水火，才立国定朝的。至于后来的朱氏宗室在南方称帝，清朝一概不予承认，否则岂不应将江山社稷还给朱氏。

正是因为有这些些蹊跷，所以才导致《明史》难产。

待到戴名世任职编修时，已是康熙四十八年，清朝定鼎已经六十六年。更由于康熙的励精图治，内除奸贼，外除祸患，平三藩，收台湾，征漠北，抚蒙古，把个中华江山已治理得海晏河清，民富国强。前朝旧臣早已死绝，老百姓对康熙是顶礼膜拜，人们心中不复思念前朝。清廷对于南明称帝之事也就不再像过去那样忌讳。所以戴名世又提出这样的修撰理论，人们也纯是从史学角度来与他切磋，而未曾将他作为反调悖论。

然而，有一人却不这样看，那就是左都御史赵申乔。

赵申乔听得翰林院的编修们在一起商讨戴氏理论，立马想到可以借此除了戴名世。在他眼里，戴名世是个狂生，恃才傲物，高谈阔论，眼中除了李光地没有别人。寻常见了他，只是一揖而已，并无多话。而别说一个小小编修，就是朝中三四品官员，见了他还要让道于侧哩。他却不知，在别人眼里，他和戴名世一样，是个刺儿头，谁也不敢惹他。生怕一个不小心，便被他参劾一本。

戴名世是个书呆子，读多了史书，身上难免浸淫了些书生气，又出身低微，多年怀才不遇，便有些愤世嫉俗，学阮籍的青白眼。他已年近花甲，并不指着升官发财，只想在翰林院中做个史官，安心编一部《明史》足矣。他又何必对权贵低眉顺眼地巴结呢？

他固然恃才傲物，别人也便对他敬而远之。惟有赵申乔心中有事，总觉他对自己的不恭不敬，是因为记恨着换状元之事。赵申乔一生最看重名节，不想这件事落了人们口实，心中着实懊糟。此结越扭越紧，一看见戴名世便不由想起此事。而戴名世绝口不提此事，在他看来，并不是自己品行高尚，不信谣传谣，而是说明他根本就不在乎头名二名，简直就是不屑于去争那个状元。

待到史馆里传出戴氏此论，赵申乔终于精神为之一振：此论若从史学论争上看，不妨说是一种观点；可若从国朝忌讳来讲，简直可以说是大不敬，有干悖逆，按罪当诛九族。只是他这些观点在史馆同仁间说说，只能算是一种学术论辩。自己若风闻奏事，戴名世顶多也只得个训诫，不得再持此论而已。但他这些论点若付诸文字，便是一种事实，再无可辩驳的了。这个狂生，自言早年就在搜集遗落民间的史实，相信以他那好舞文弄墨的性格，是不会不落诸文字的。自己一生劾人无数，但最后落实论罪的并不多，皆因他风闻而奏，查无实据。

功夫不负有心人，还真给他找着了一本《南山集》。

《南山集》是康熙四十年，戴名世的门生尤云鹗汇集老师古文百篇刊刻而成，因当年戴名世已托人在家乡桐城的南山岗下买田置宅，准备归老林下了。他对门生戏言自己的田庄为砚庄，一来形容田庄狭小，仅如一砚而已；二来说自己是以砚为田，笔耕一生之人。又自号南山居士，取陶渊明辞官回乡，"采菊东篱下，幽然见南山"之意。尤云鹗是富家子弟，便邀集众人，捐资刊刻了先生的文集，名曰《南山集偶钞》，以为先生归隐之纪念。谁知文集刊刻出来，一时竟洛阳纸贵，尤云鹗等人反而赚了一笔。

虽说《南山集》其时大行于世，购者如云。然尤云鹗是金陵人氏，那文集也只在江南一带风行一时，京城并未传到，如今又过去了将近十年，再要寻那文集并不容易。但赵申乔想，李光地是戴名世的房师，又是戴惟一看得上眼的人物，他有什么文章墨宝必定会请李光地鉴赏。

于是一天，乃是康熙五十年五月尾，趁赵凤诏回京向吏部述职之机，赵申乔带他一起来拜见李光地。

李光地是大学士，其时张玉书已死，陈廷敬致仕，朝中大学士李光地已排在头名，真正是炙手可热之人。赵凤诏是他门下状元，回到京城，当然第一个要拜见的就是他。

仿佛不经意间，话头便扯到了戴名世头上。戴名世到翰林院后，《明史》馆的史料整理进展神速。李光地兼着翰林院掌院，有这样的人才如何不高兴，《明史》编撰之事又在他脑中回旋。他想奏明皇上，将戴名世由编修擢为修撰，《明史》中的列传就由他来主笔统撰。

听说此事，赵申乔更加焦躁。仿佛不经意间，赵申乔又说起戴氏文章："都说戴氏之文以时文为古文，以古文为时文，既不落八股窠臼，又立诚有物，是课子的佳品。不知老相国处可有其妙文，借予申乔一阅，也好让申乔一饱眼福，更能让儿孙辈学其精华。"

李光地道："戴名世确是稀世大才，他的文章老夫尚且不及。故张文端公也极其推崇于他。我这儿有一本他的《南山集偶钞》，还是当年他托文端公送我的。就借你一观，只千万记着还我。"

"相国放心，我回去就让家人誊抄一份，不出三天，原璧奉还。"

三天后，那本《南山集偶钞》不仅没有还回李府，反而连同一本奏折放到了皇上面前。

原来赵申乔拿到《南山集》后，如获至宝，连夜批读，还真让他看出了许多毛病。其中的《杨维岳传》《吴江两节妇传》《画网巾先生传》《与余生书》等，都明显有干朝廷禁例，前三篇叙述的皆是顺治初年汉人怀念前朝，不肯薙发留辫之事。

当时朝廷有令：不易服薙发者，一律"杀勿赦"，因而是民间有"留发不留头，留头不留发"之说。而《杨维岳传》中的主人公就是一位面对"薙发令"，拒不薙发，自愿绝食而死之人，而此人还曾与抗清名将史可法结交，捐资资助在南京称帝的福王朱由崧。最可怕的是，文末写到杨维岳之死，公然以弘光元年七月二十九日记之，而该年正月国朝就已颁定年号，乃是顺治元年。在戴文中，还明显颂扬杨维岳临死不薙发易服的行为，说是百姓们视其为忠烈，私下里谥其为"文烈公"。

作为进士出身的赵申乔，当然知道所以要以弘光元年而不以顺治元年来记叙杨维岳之死，乃是强调杨临死不做新朝臣民，在他眼里只认明朝，他既然捐资助福王称帝，当然以弘光臣民自许。戴的写法，乃是突出杨维岳对前朝的忠节思想。作为传记，乃是尊重事实，无可厚非。但他既要给戴罗织罪名，置其于死地，当然就要抓住这个把柄。

《画网巾先生传》中，记载的是一位被清兵所执的汉人，因被夺去衣冠，无奈之下，只好天天在头上画上网巾，然后再戴上帽子。网巾乃明朝冠下束发之巾，画网巾先生此举明显是对抗易服令。最后因为不肯薙发，画网巾先生终于"留发不留头",被清兵杀害。

在这篇传记中,戴名世虽然以顺治二年以记其事,但同时又说其年明唐王继皇帝位于福州。这就说明他是承认这位称帝于南海一带的隆武皇帝的。

《吴江两节妇传》则是为两位不知名的妇人作传,这两妇人是张氏兄弟之妻。张氏兄弟本是贩夫走卒,却追随前明遗臣起事抗清,最后都被清兵杀害。两节妇无儿无女,却志不改嫁,甘心为两兄弟守节。有人见她俩生计艰难,劝她们入寺为尼,她俩却说:当尼姑是要薙发的,我们若要薙去头发,死后如何去见地下的夫君。又有乡人见她俩守节终生,便想上报朝廷,旌表她们为节妇,她俩又坚辞不肯。文中虽未明说,但任谁都能看出她俩不肯受的乃是国朝之旌。她俩的守节其实守的并不仅仅是妇人名节,更有忠于前朝的名节。

该文中只以干支记年,而忽略了顺治和康熙诸年号,表示文中主人公,也就是那吴江两节妇,是不承认新朝的。

其实赵申乔比戴名世还年长九岁,又是武进人氏,对于当年汉人不肯降服清朝,抵制薙发留辫,以及追随前明遗臣起事抗清,私下里仍以南明小朝廷年号记事等事由,所见所闻比戴名世还多。他的祖辈也是明朝官员,也曾有过不仕新朝之人,作为理学名臣,这种忠君思想本是他们所崇尚的。

更可作为把柄的是《与余生书》。这篇文章是戴名世写给一个叫余湛的学生的书信,文中不仅清楚地阐述了戴名世认为弘光、隆武、永历三个与顺治朝同时的南明小朝廷都应予以承认,并载诸史册的史学观点,还涉及了永历宫中宦官和方孝标所著《滇黔记闻》等。方孝标乃顺治朝官员,后因故流放宁古塔,吴三桂起兵时,打着反清复明旗号,方孝标便投入其中,授职翰林。后来因看出吴三桂反清,实不为恢复大明,而有自己称帝之心,便降了清军,得以免罪。但方已无心仕途,遂削发出家,自号方空。其人其事,朝中人人尽知,但他的《滇黔记闻》实是无人见识,想必是在吴三桂军中之时,搜集的永历朝旧事。

有了这些证据,赵申乔立即着手写了一份奏折,内容是弹劾翰林院编修戴名世"妄窃文名,恃才放荡。私刻文集,信口游谈。倒置是非,语多狂悖。逞一时之私见,为不经之乱道"。并列举了《南山集》中的许多"悖乱"文字,以及戴名世在诸多场合信口雌黄的"反逆"言论。最后说:"似此狂诞之徒，窃据翰林学士之位，实属滥侧清华，惑乱朝纲。请以大不敬并大逆之罪诛之。"

康熙接到这份奏折，心中着实恼火。《明史》修撰一事中，关于三王称帝要不要秉笔直书，一直是争论不休的焦点。虽然朝廷对此忌讳颇多，然南明小朝廷与顺治朝共始终却是事实。承认也好，不承认也好，都不能抹杀那段真实历史的存在。作为一个熟读史籍的帝王，他知道历史事实能够掩盖一时，却不能篡改永世。改朝换代之年，前后王朝的更迭有着交替并行，也是史籍编年的通常记法。他明知戴名世只是从史学观点在论述此事，并不能因此就说他有悖逆思想。但赵申乔将此作为悖逆之论弹劾，他便不能不将此奏章交六部九卿会议。而一旦立案，戴名世非斩不可。他并不是心疼一个小小的翰林，他恼火的是，《南山集》刊行于世已达十年，并无人指出其叛逆，更没因此掀起什么反清复明的大浪。当年戴名世委托张英送他的《南山集》，他也认真看过，说实话，他不得不佩服戴名世是文章高手，他也从中看出了戴氏由思念前朝到臣服新朝的思想轨迹。这几乎是每一个汉人士大夫的共同归顺之道，也是他当政几十年的成功之处。可赵申乔作为汉人却来挑出这根刺，实乃有嫉贤妒能、文人相轻之嫌。而且他这份奏折不仅要置戴名世于死地，还将掀起一次大狱，就如当年的《明史》案一样。作为晚年的康熙，崇尚宽政，实不愿再兴文字狱。然而他是满人，他不能不站在满人的角度来维护爱新觉罗氏的荣誉；他是帝王，他也不能不维护大清王室的尊严。他只能将这份劾奏下六部九卿会议。

果如康熙所料，面对一本小小的《南山集》，满大臣固然如临大敌，必欲将这种反论彻底剿灭。汉大臣则人人自危，生怕一不小心，也被怀疑为对朝廷不忠。再加上戴名世一贯清高自许，又是新进翰林，在朝中无权无势，且无人缘。最终会议结果，是交刑部立案彻查。

一场大祸顿时掀起。

刑部按图索骥，凡书中提到之人，以及为刻书捐资、作序、刊刻、付印、出售诸人，一律拿到。

方苞不仅系方孝标同宗，又为该书作序，而且还在他家里搜到了《南山集偶抄》的刻版。因为戴名世决定归隐而尚未归隐，那书在金陵刊刻，刻版便暂时寄存在方处。这一下，方苞自然成了戴氏一案中的主要人犯。

一时，刑部狱中人满为患。方苞与戴名世相别数载，不期在狱中相聚。更有那余湛，乃是安徽舒城人氏，早在康熙二十年前，戴名世在舒城设馆授徒时为其学生，与戴名世已三十余年不见了，这时也在狱中相聚。真是相逢无语，悲不自胜。

还有那些刊刻、付印、出售该书之人，只不过是些坊间工人、市中商贾，原不懂书中微言大义，也不幸罹患牢狱之灾。

待到张廷玉匆匆赶回京城之时，那些人犯也已陆续被解到刑部大狱。

接下来的审讯是漫长的。在这漫长的审讯过程中，张廷玉又回到康熙身边，仍然在南书房行走，充日讲起居注官。

对于《南山集》一案，廷玉不敢轻易动问。私下里造访李光地，才知前因后果。方、戴二人都是李光地门生，又都是张廷玉同乡，然此案至此已成铁案，两人都不知从何救起。

一次，朝会过后，趁着无人，李光地试着与康熙论起赵申乔为人，康熙道："申乔为官清廉，然近来有些恃廉而骄。前日竟向朕告状，说他的衙门里有人在背地里议论他，弄得他无颜任职。朕当时就说他了：'天地之大，养容万物，你何以就苛刻如此，不能容人。言官奏事，乃是职分之内，但亦不能枉奏，滥邀虚名。'你且看看这份奏章。"

李光地接过奏章一看，原来是赵申乔的折子，奏曰：每年四至七月，为农忙之时，京师应遵旧例停讼。他的意思是说一般衙门里为图私利，总是要滥接诉讼，拖延审理时限，一场小小争讼官司往往要打上好几个月，这样便误了农时。不如遵照前朝旧制，在此期间禁止诉讼。

可康熙在折子上用朱笔批道："农忙停讼，听之似有理，实乃无益。民非独农也。商讼则废生理，工讼则废手艺。地方官不滥准词状，准则速结，讼亦少矣。若但四至七月停讼而平日滥准词状，又复何益？且此四月至七月间，或有奸民诈害良善，冤向谁诉？八月以后，正当收获，亦非闲时。福建、广东四季皆农时，岂终岁停讼乎？读书当明理事，有益于民，朕即允行，否则断乎不可也！"

听了康熙之言，又看了朱批文字，李光地察言观色，觉得康熙对赵申乔不似以前那样宠幸了，便试探道："臣也以为，申乔是有些恃廉而骄了。只准他劾人,不准人说他。其实背底里说他的人实在不少,就说他劾编修戴名世一事,就有不少人说他是挟私报复。"

"此案你不必说,朕心里有数。《南山集》刊行十年,何以此时才遭劾奏?那戴名世若是大逆之人,又何以要仕我朝?赵申乔不是要诛其心,而是要诛其人啊!然此案已成定案,只能待刑部结正之后再议了。"

张廷玉在旁默默记录,不敢插言。康熙忽然道:"廷玉,你与戴名世是同里人,戴在家乡是个什么情状,你可知道?"

张廷玉连忙恭立答道:"戴名世与先父交好,臣幼年即与他相识。在臣的家乡他自幼被人称为神童,后来以文章名世,在家乡他可算是个闻人,关于他的故事实在不少。臣印象最深的是他少年丧父,十七岁即授徒养亲。因家贫无钱购书,便常常借书而读。臣的家乡有位乡绅姓潘,家中建有藏书楼,可谓藏书万卷。有一次戴名世去潘家借书,那潘老先生有个规矩:书不出楼。戴名世便在他家楼上读书,一夜读完了秦汉史。潘先生不信,翻书索典考校,戴名世对答如流。潘先生惊道:'都说世上有一目十行之人,老夫总不信,今日可算见识了。'此后格外恩准凡戴名世所要之书,随时可以借出。"

康熙道:"那位潘先生是不是《河墅记》里的潘木崖?"

"回禀圣上,正是木崖先生。戴名世边授徒边读书,在木崖先生处获益匪浅,故后来对木崖先生以师称之。圣上连这也知道?"

"朕因了戴氏之案,倒是认真将那《南山集》读了一遍。你且继续,后来他那数峰亭建了没有?"

"回圣上,数峰亭终于只是纸上谈兵。戴名世后来举家迁往金陵,因他母亲是金陵人氏。他后来食从七品俸,文章又常常一字千金,经济倒从容了些。但他把这些钱都捐给家乡修桥了,他家住孔城南山,离县治二十余里,南山麓下有条大河,乡里贫穷,架木为桥,春夏水涨,常常将木桥冲毁,只能摆渡过河,秋冬枯水,便涉水而过。戴名世总想在河上架座石桥,以为永固。后来《南山集》刊刻后,他真的将售书所得建起了一座石桥,便叫了南山桥。此桥建成,再也不为水毁了。百姓们众口交赞,戴名世于是一发不可收,接连又在河上建了六座桥,每隔二里便是一座,分别叫做三里桥、五里桥、八里桥等等。前年他举了翰林之后,又建了一座桥,乡里人拟了桥名叫戴公桥，致信要他题写桥名，他却写了'了了桥'三个字。他说孔城河上一共建起了七座桥，他的心愿已经了却了，所以就叫'了了桥'吧。当地百姓为此还编了一首歌谣传唱，叫做'南山桥，了了桥，孔城百姓都知道。砚庄有个戴名世，他为乡里来修桥。一共修了桥七座，座座都是麻石条。最早修的南山桥，十里大弯变直了。行人打从桥上过，跷起拇指都夸耀。最后修的了了桥，为民之心了却了。'"

李光地道："唉，他这桥名起得不好，简直成了谶语。"

"是啊，朕看这回他是连命都要了却了喔。可惜了一个才子啊。"

"当年若不是在沙溪镇巧遇圣上，他恐怕真的已在南山筑庐而居，在数峰亭里静静地观山数峰哩。"张廷玉道。

李光地道："是啊，若如此，他也不会与赵申乔结怨，也不会招来这杀身之祸了。"

"听你俩意思，这一切都要怪朕喽？"

"微（老）臣不敢！"李、张二人吓得赶紧跪下。

"起来吧！这是私底下说话，朕不怪你们。其实朕更可惜的是方苞哇！记得在沙溪时，他一眼就看出了朕的行藏。朕真的喜欢此人。唉！朕乏了，你们都下去吧。"

李、张二人磕头退下。到无人处，二人计较，都觉皇上对赵申乔态度大不如前，想是有些怪罪他无端挑起这场文字狱。但此案已成铁案，牵连下狱之人已多达三百，最后结果如何谁也无法预料，只能静观其变了。

不说李光地和张廷玉如何想方设法替戴名世等人减罪。且说那刑部狱中，一时关押的都是《南山集》涉案人员。

转眼半年过去，这些人在狱中时时被提审，已个个被折磨得伤痕累累。戴名世、方苞、余湛等要犯均被关押在死囚牢里，时间一长，已渐渐将生死之念放下。都是读书人，天生无饭食犹可，无诗书不成。便生着法子想弄书来看。狱卒都是凶神恶煞般，见这几位书生无钱财可诈，也便不予通融。

这几位书生无书可读，便搜肠刮肚，将腹中藏书互相讲说。那余湛少年时在戴名世馆中就读，不几年戴即离家远行，深以不能再就教于戴氏为憾，这一下子在狱中重逢，竟然依旧以师相称，时常就学问二字求教。戴名世因文罹祸，累及诸门生好友，心中深以为悔，确实也有人因此互相怨怪。今见余湛非但不怪罪自己，还以师事之，心中大为感动。不仅他感动，连方苞也对余湛另眼相看。自是三人常在一起切磋学问，连狱卒都觉得好笑：真是书呆子，死到临头了，还做什么学问？

一天，忽然有人来看戴名世。自打入狱后，这牢里还没人来探过监。众人都觉奇怪，戴名世一看，来人却是四十七。

四十七见着戴名世，叫声"先生"，已是语带哽咽。戴名世深感意外，叹道："世态炎凉，我现在仿佛染上恶疾之人，人人惟恐避之不急，难得你还来看我。"

四十七道："我一个下人，又怕什么牵连。只是我来也是白看先生，既救不了先生，也没什么好东西可孝敬。就带了点酒菜，是小人亲手做的，也是小人的一份心意。望先生不要嫌弃。"

"还说什么嫌弃？我现在想吃一顿饱饭都难。唉，你不是想见方苞先生吗？这位就是。"又对方苞道："这就是我跟你说过的四十七。"

四十七连忙与方苞拱手相见："小人身虽下贱，平生最敬佩读书人。能见识方先生，实在是三生有幸。"

方苞苦笑道："可惜是在这牢房里。听说你曾对人讲，平生所愿，但能见戴先生和我一面。如今我和戴先生都是待死之人，恐怕我们真的只有一面之缘喽。"

"不，二位先生，老天有眼，会保佑你们没事的。小人也会再来看你们的，小人没什么本事，还会做两样小菜，二位先生想吃什么，尽管告诉小人。"

方苞道："现在我们是吃白饭都香，还论什么想吃不想吃。可是三日无饭也不如一日无书难受哇。你若能借几本书来，比什么小菜都管用。"

"小人一定想办法给你们送书来，只不知二位先生要读什么书？"

"若能给我借本《礼记集说》来最好，戴先生要《朱子》，还有这位余先生要《二程》。拜托你想想办法，给我们弄点笔墨来更好。"

"先生们放心，小人会尽快弄来的。"

过了几日，四十七果然将诸人所要之书悉数送来。不久，狱卒又给诸人送来了笔墨纸砚。原来，四十七回家求了自己主人，将戴、方诸人在狱中情况述及。那王爷本来就敬戴名世是个读书种子，便到刑部狱中通融了一下，命给予笔墨。

消息传到朝中，人人私下里叹息：真是些书呆子。李光地为此专门上奏，康熙叹道："我岂不知他们是些读书人？有道是秀才造反，一事无成。漫说他们早已臣服于大清，就真的有什么反论，朕难道会怕？怕他们的不是朕，是读书人自己啊。"

有四十七在中间穿梭，戴名世他们需要什么书籍，都可以从李光地、张廷玉等处弄来。这几个书呆子也仿佛忘记了身系重罪，每日靠墙读书，伏地写字，竟把那刑部大狱当作了自家书房。方苞日日写他的《礼记析疑》，戴名世继续校订他的《朱子大全》，余湛一直致力于二程之学，有戴、方二人在身边为师，那学业进展竟比在舒城家中时还有心得。

冬天来了，北方的冬天本就寒冷，何况在那暗无天日的狱中。戴名世更加消瘦，已是形销骨立。方苞本来正当盛年，体魄健壮，现在只剩下了一副长骨架，加之他日日坐地读书，双腿筋脉受寒，骨节红肿，痛不可当。最惨的是余湛和尤云鹗等人，本是富家子弟，生平没吃过什么苦头，又都生长在南方，没经过北方的严寒。一个个羸瘦之极，终日咳喘，苟延残命。

就在这生不如死之境，方、戴等人犹埋头著书，真是连同室案犯都看不下去了。一日，尤云鹗夺下戴名世手中书本，用力摔在地上，骂道："还读，还读，都是读书惹的祸。"狱中诸人也纷纷道："都死到临头了，还读书有何用呢？"

方苞道："朝闻道，夕死可矣。人之不同于蝼蚁，皆因人有思维理性，不然，与畜类何异？"

方苞在狱中数月，性格越发变得刚毅，他目视众人，疾言厉色，吓得谁也不敢再说话。

好不容易挨过残冬，春天来了，天气暖了，余湛等人的病反而重了，皮肤浮肿，黄得发亮。方苞急得找狱卒理论，让请个郎中来给余湛瞧病。狱卒哂道："在这个监房里的人还想瞧病？就等死吧！"

"这监房与别的监房有何不同吗？"

"不同大着哩。有钱住板屋去。"狱卒不屑与他多说，自顾走了。

方苞还在那里纳闷："什么板屋？"

同室有位犯人姓杜，已入监三年了，对这些早已见惯不怪，便对方苞道："这里是老监。刑部一共有四间老监，一监有五室，狱卒在中央，管四周四个监房。狱卒室中有门与外面相通，屋顶还有天窗通气，其他监室无门窗通气。冬天天冷，人已耗尽体力，到了春天，地气上来，便会起时疫。每年春天时疫起时，互相感染，死者无数哇。"

"那倒也是，这一监四室，关押着两三百人，吃喝拉撒睡都在里面，焉能不病？那板屋又是何处？"

"板屋在监外，有床有桌，有门有窗，本来是给犯案官员和牵连涉案的轻犯住的。但狱中监者见钱眼开，凡有钱者住板屋，每月每人要纳银十两。贫者只能住老监了。老夫是洪洞县令，本来住在板屋，可时日久了，银子花没了，只能转到这老监来了。所以私下里有句话叫做'有钱钱坐牢，无钱人坐牢'"。

"狱中如此胡作非为，难道刑部就不管吗？"

"管啊，管银子呀。你以为那银子就是狱官的吗？他们是与刑部官员共分的。那板屋里如今住着许多死囚大盗，他们有银子使啊。那些轻罪之人反而住在这老监里，许多人不等判决下来，早已疫死其中了。"

"真是棺材里面伸手，死要钱啊。"

"岂止坐监要钱，行刑的时候还要钱呃。"

"行刑时不过一死，难道还有什么可勒索的？"

"可勒索之处多哩。每年秋决，绑缚刑场者，十有五六是陪斩之人。那些人亲身经历，亲眼所见，各种刑法都可舞弊。凡凌迟者，如果家人贿赂到位，行刑者则即先刺心，一刀毙命，然后肢解；否则先解四肢，再割耳鼻，让你受尽千刀万剐，心犹不死。绞刑也是如此，钱到，则一索气绝，否则三缢不死也是常事。大辟无隙可乘吧？那刽子手还会以死者的头颅相挟，银子不到，不给头颅，让你拉回一具无头尸去。"

"唉，狱中真是黑暗之地呀！难怪同监之中，受审回来，有人伤筋动骨，经月不愈，有人只伤皮毛，行走自如。恐都是银子起的作用。"

"谁说不是呢，不仅行刑有弊，还有冒名顶死的哩。"

"事涉生死,这如何顶得?"

"有钱能使鬼推磨,何况人乎?狱中行话,叫做'斩白鸭'。设若那死罪之人家中有钱,自有狱吏为他寻那轻罪家贫之人,许以重金,宁愿为其冒名顶死。那死罪者倒顶了那个罪轻的人的名头活下来。待到大赦时,便能赦出。"

"这可是拿人命当儿戏!难道就不怕露馅?"

"怕什么?上官发现了,也不敢张扬啊。斩已斩了,错已错了。谁嚷嚷出来,上下连坐,都没有好果子吃。所以呀,这些狱吏胆子大着哩。"

一番话,听得狱中人个个心惊肉跳。

果然到了三四月里,狱中时疫大作,每天有人死去,先时一日三四个,多时七八个。戴氏案中,许多人也在这场时疫中死去,余湛挣扎多时,终于在四月十六日夜间死去。

临死之时,余湛一手拉着戴名世,一手拉着方苞,气息奄奄道:"余生能够追随二位先生,死不足惜。只是家中尚有老母,不能奉养,实是不孝哇。"说罢,泪流满面,俄顷气绝。

戴名世放声痛哭:"余生,余生,都是老夫害了你啊。"

方苞痛急之下,以手拍地,凄然高歌:"履道坦兮危机伏,人祸延兮鬼伯促。母遥思兮望子归,子瘐死兮母不知。身虽泯兮痛无涯,天生夫人也而使至于斯!"歌罢,想起自己的七旬老母也在上元家中,日夜为自己忧惧,不禁高叫一声:"娘啊——"大放悲声。

转眼又到秋后,《南山集》一案经一年多审讯,已经鞫实。刑部会议结正,按律量刑:戴名世、尤云鹗凌迟处死,诛九族。犁支和尚一直未揖到踪影,实属接口传闻,恐为子虚乌有之人。方孝标已死,开棺剉尸,诛其子,同宗发配充军。方苞不仅是其同宗,更为《南山集》作序,罪加一等,斩首弃世。其余涉案人等亦分轻重量刑,余湛虽接戴书,但反复查证之下,并未见回书,实属牵连,因已瘐死狱中,不再论罪。

部议之后,交九卿会议。有人道:"戴名世虽犯悖逆之罪,然不过是秀才造反,付诸文字而已,凌迟处死太过惨烈,改为大劈吧。"赵申乔道:"圣上近来政尚宽容,每岁大决,勾者十四三,留者十七八,凌迟必改为斩首,斩首说不定就改为斩监候了。若报戴名世大劈,圣旨下来说不定就会免死。如此大逆之人,若不论死,大清律令尊严何在?"

众人知其必欲置戴于死地,便也不再论争。

戴名世等人在狱中接到结正文字,真是哭的哭,笑的笑。可惜许多轻罪之人,如余湛等,未等到结果,就已枉死狱中。

方苞已写完了《礼记析疑》,正在写《丧礼或问》,便对戴名世道:"我这《丧礼或问》尚未写成,难道自己的丧期就已到了么?可惜了是死于大刑,不能为礼了。"

戴名世道:"《朱子大全》已经完成,我也算是死而无憾了。"

康熙接到具结案卷,果然对众人道:"明年乃朕六十大寿,杀人太过,有干戾气。"

案卷在南书房里留中多日,一直到第二年二月,朱批下来,涉案诸人减罪甚多。只戴名世、尤云鹗斩首弃市,合族不再诛连。方孝标开棺戮尸,其子免死,合族发往黑龙江充军。方苞暂押监中,容后再议。

原来,早在前几天,康熙在南书房与诸人商议六十圣寿庆典事宜,诸臣工大赞康熙圣迹,再一次要上尊号,康熙依旧不准。他的意思是要与民同乐,于是定于三月中旬,天气和暖之日,在畅春园里举行宴会,各省可派年满六十以上的地方耆宿和朝廷致仕废黜官员前来贺寿。在点到废黜官员时,康熙特为关照:"四十四年被褫职的汪霦如今已有八十岁了吧,是个宿儒啊。别忘了让他来,博学鸿儒科的老人不多了。"

张廷玉道:"微臣前日听礼部人说,汪霦已于月前殁逝。"

康熙听说汪霦死了,默然良久,叹道:"汪霦已死,再无人能为古文了。"

李光地顺口答道:"惟戴名世案中方苞能!"

康熙道:"是啊,方苞学问,天下莫不闻啦。"

原来那汪霦是个大儒,最能为古文诗词,乃是康熙十二年博学鸿儒科取的士。前番因取士不公而被夺职后,羞愤交加,加之年事已高,便一病不起,不久前在家乡谢世。礼部按品级给制礼葬,他乃三品废官,自然不必惊动皇上。是以康熙今日才得消息，至有此叹。李光地趁机为方苞进言，更增加了康熙赦免方苞的决心。然而兹事体大，他得慎之又慎，择机而行。

不说京城皇上借六十大寿圣诞之名为众人减罪，且说那千里之外的桐城。刑部具案结正消息在腊月年底传到孔城：戴名世凌迟处死，九族连坐诛杀。那砚庄上空，顿时阴云惨淡，戴氏族人抱头痛哭。

时近年关，已是腊月二十四，桐城风俗，称此日为小年，意思是自这一日起，就算开始进入过年程序了。照例在这一日上坟，接祖宗魂灵回家过年。

是日，天上刮起了北风，南山岗上家家坟头鞭炮炸响，哭声震天。

这顿小年夜饭是开在庄头戴氏宗祠里的，家家都把最好的年货拿了出来，女人们忙了一天，到傍黑时分，整整摆上了十二桌酒席。孩子们提前穿上了准备在大年初一穿的新衣，男人们用大碗斟酒，祭天祭地祭祖宗。他们在祖宗的灵前痛哭流涕，诉说那曾经高中榜眼，让戴氏宗族扬名乡里的后辈戴名世，如今闯下了灭门大祸。合族人等与其被押往京城，死在异乡刑场，不如自裁，死在家乡，还能与祖宗的魂灵为伴。族中长者已经议定，合族沉塘，时间就在今夜，地点就在庄前清水塘。愿祖宗们的魂灵保佑他们黄泉路上走得顺利。

祈祷过后，人人大碗喝酒，大块吃肉。他们要把自己灌醉，好借酒胆。他们都是贫苦人，一年难得吃几回肉，这回要做个饱肚子鬼。

祠堂里白烛高烧，北风从门窗里扑进来，风吹烛芯，烛火飘摇，烛泪斑斑。蜡尽之时，人们酒足饭饱之后，点起一盏盏白灯笼，擎起一支支白幡纸标，扶老携幼，走出祠堂。不知何时，天上已飘起鹅毛大雪，南山岗上仿佛披上了一件丧服。人们默默踩着积雪，一路逶迤，来到山岗下的清水塘。那是砚庄的当家塘，全庄人的吃水塘，因水质优良，终年清澈，所以名为清水塘。

大雪纷纷而下，天黑得像一口大锅，罩住了砚庄。没有人看见砚庄人是怎样扶着拉着扯着抱着投入塘中的，也没有人听见砚庄人是怎样哭着喊着叫着骂着沉入塘底的。远处的人们都在小年夜里尽情地预演着过年的细节，筹划着如何在剩下的日子里杀猪、宰羊、洒扫庭除，以迎接即将到来的大年

第廿一回　南山案发戴生遭斩　皇权衡变方氏削籍

春节。

第二天，有人前来砚庄走动，全庄已被大雪覆盖，家家户户门窗洞开，合庄却寻不出一丝人迹，只见清水塘边上插着一支支白幡，在雪天雪地之中瑟瑟飘摇。砚庄十六户男女老少九十六口，全部于昨夜沉入塘底，那冤太深太深，那尸首太沉太沉，沉入塘底不肯浮起，而塘水也已冻结，冻成了一具硕大的水晶棺材。

待到来年冰消雪融，皇上赦免消息传来，乡亲们不忍砚庄人冤沉塘底，便在塘边焚香祷告，那九十六具尸首才从塘中一一浮起，每具尸体都仰面朝天。据说溺水之人，死后面部向上，便是屈死之鬼。他们面朝青天，是要向青天诉说冤苦，讨还公道。

乡亲们将这些尸首打捞起来，安葬在南山岗上。

从此砚庄便成了一座废庄，没有人敢迁来此地居住。清水塘更成了一口鬼塘，据说每当天阴下雪时，那塘水便由清转浑，黑更之后，便会从那塘底水中传出凄凄的鬼哭之声。

幸得名世堂弟辅世曾随其迁往金陵，后来便在金陵定居，才得以躲过此劫。戴氏一门也得以靠他传宗接代，不致灭族。

砚庄上演的悲剧戴名世并不知道，他只知道皇上已赦免了他的族人，也将他的凌迟碎剐改成了大劈斩首。

至此，他已彻底绝了求生之念，仰天而啸："罢罢罢，父母归天，妻死无子，女已嫁人，我戴名世赤条条来，可以赤条条无牵挂而去了。干净啊干净！干干净净！"

康熙五十二年二月初十，戴名世终于被押上了刑场。虽然家乡桐城的二月已是春风杨柳，但北京菜市口杀人场上依旧是天寒地冻。戴名世犯的是悖逆大罪，旧日同僚无人敢来送行，他祸在文字，也无人忍心来送行。只有四十七赶着一辆驴车，车上一口薄皮棺材，默默跟在囚车后面，他要为先生收尸。

午时已到，监斩官前来验明正身，一面吩咐给戴名世除下刑枷，一面道："戴翰林，你我昔日同僚，无仇无怨，我这也是奉旨行事，你黄泉路上可别怪我。"戴名世一看，监斩官乃是刑部侍郎张某，此人也是翰林出身，他脑中忽然电光石火想起一件事,不禁哈哈大笑:"好好好,妙妙妙,翰林监斩斩翰林。张翰林,烦你将此话转告万岁,就说戴某终于对上了。"

"什么对上了?"

"张大人不必细问,你尽管将此话告诉圣上便是,圣上自知。"

围观百姓本来嫌戴是个文人,文人死时大多痛哭流涕,不似江洋大盗会在法场上高喊:"砍掉脑袋碗大疤,十八年后老子又是一条好汉。"那样就会赚得一阵喝彩。谁知这不起眼的瘦老头临死时反而哈哈大笑,人们虽没听清他与监斩官说了些什么,但那仰天大笑是听得真切明白的,众人不禁轰然大叫:"大声点,听不清啊!"

戴名世被这气氛一激,竟真的豪迈起来,对着众人高声吟出一首诗来——"朝辞白帝彩云间,千里江陵一日还,两岸猿声啼不住,轻舟已过万重山。"吟罢,"哈哈哈哈"一阵狂笑。

来看杀人的围观者都是好热闹的,众人虽不太明白这老头何以要吟此诗,但足以看出他那视死如归的气概,便又轰然叫道:"好!这个文官有骨气!砍掉脑袋碗大疤,十八年后又是一条好汉啦!"倒替他喊出了那刑场上最村俗豪迈的壮语。

轰叫声中,张侍郎的令箭掷下:"斩!"刽子手手起刀落,戴名世的一腔热血直冲天空,然后化作万点血雨缓缓洒下。

而就在刽子手的鬼头刀将要落在戴名世脖颈上的刹那间,他的灵魂倏地从体内钻出,云端里传来一阵悠悠的丝竹之声,那灵魂回头看一眼地上的皮囊,已是身首异处。正彷徨间,空中一个声音叫道:"徒儿接着!"

戴名世循声望去,原来云端里站着吕仙洞宾,旁边还有一人便是老友方舟。只见吕洞宾左手轻轻一拂,一支如椽大笔已悠然飘到跟前,戴名世忽然福至心灵,跨上那支大笔,就如骑在飞鸟身上一般,飞向吕洞宾身边,拱手道:"师傅,原来是你来接我呀!"

"我和方舟等你多时了,前番接你你不去,致有今日之祸。走吧!"

戴名世又向方舟一揖,三人竟飘然而去。

"等等我!"方苞急得大叫一声,惊醒过来。

原来戴名世被押走后,方苞伤心过度,加之在狱中被囚过久,身体已羸弱不堪，竟至昏厥过去。恍惚中那灵魂竟跟着戴名世来到刑场，眼见戴名世将被斩首之前脱身而去，被吕洞宾接着；而他大哥就站在吕洞宾的身边，众人却都对他视若无睹。等到他们飘然飞去之时，方苞也想相跟而去，正急得大叫，那飘忽之魂却忽然间重如铁陀，重新跌回了身体。惊醒过来，满身冷汗，心知戴名世已经去了。但适才之事似梦非梦，想是自己曾经听过戴名世述说过吕翁祠祈梦一事，当时大哥刚刚逝去，饶是方苞不信邪异之人，也私心里盼望大哥真的随了吕洞宾而去。今日戴名世遭斩，自己一定心中又默默祈盼他能离苦得乐，超凡成仙。

张侍郎来到南书房中缴旨，报奏戴名世已斩。康熙正与几位老大臣散座议事，闻言默然半晌，微叹一声问道："唉！那书呆子临死可有什么话说？"

张侍郎再跪叩头："回禀万岁，戴名世让微臣转奏皇上，说是'翰林监斩斩翰林'，还说什么他对上了。臣也不知此话何意，想必是对微臣监斩颇有怪罪。"

"他对上了？什么意思？"康熙沉吟着。张廷玉正侍立在皇上身边，便道："圣上难道忘了沙溪镇上的对联？"

"哦。"康熙恍然大悟，"木匠打枷枷木匠，翰林监斩斩翰林。真是一语成谶啊！难道朕的一副对联，竟要一个翰林学士用性命来对吗？众位爱卿，你们说说，朕诛杀这样一个手无缚鸡之力的文人学士，临死还在想着对对子的书呆子，朕能算得上是一位明君吗？"

众人见康熙自责，吓得齐刷刷跪在地上。那张侍郎道："启禀皇上，戴名世临死并未有半句怨言，他是吟着李白的《早发白帝城》，大笑而死的。"

"《早发白帝城》？那就是怨啊！当年大唐皇帝能赦免参与叛乱的李翰林，如今我这大清皇帝却不肯饶恕一个笔墨干禁的戴翰林。你们说，朕算得上一位明君吗？"

张侍郎这才想起，《早发白帝城》原来正是李白因参与永王的夺位阴谋，被叛大逆，理当斩首，后由斩首改为流徙，可尚未到达流徙之地，中途又接到赦免诏书，立即登舟返回。那一日千里的快乐心情可想而知，因而才气大发，吟出了"朝辞白帝彩云间，千里江陵一日还"的千古绝唱。而戴名世在行刑前高吟此诗，虽表现了其视死如归的豪迈气概，然仔细思之，却有反讽意味。

众人见康熙一再自责，都吓得跪地噤声，不敢说话。赵申乔一贯以耿直著称，又是戴案的始作俑者，便跪前一步，道："圣上不可自责过甚，戴氏一案，您已赦了多人，这也不过是杀一儆百之意。"

康熙一听，心中怒火都冲着赵申乔而来，不禁拍案而起，直趋赵申乔身边，厉声道："赵申乔，你说，戴名世真的就有悖逆之心吗？真的死不足惜、死不足赦吗？是的，杀一儆百！够了，够了，杀一个已经够了。朕绝不再杀方苞！张廷玉，拟旨。"

"是。"张廷玉赶紧从地上爬起，援笔在手。

康熙在地上急走几步，亢声道："戴名世案内方苞，学问天下莫不闻，着免死下武英殿修书。全家削籍，充入旗下为奴。"

说罢，甩手出了南书房，留下一地臣子仍跪着不敢抬头。

再说那四十七将戴名世尸首敛入棺中，因了张侍郎关照，刽子手倒也没有为难四十七，提着辫子将戴名世被砍下的头颅扔了给他。那四十七流着眼泪将戴名世的头颅安放在脖子上，擦尽血迹，他仔细端详着这位曾令他敬仰莫名的文学大家。只见戴名世面相安详，嘴角带笑，似没有感到行刑时的痛苦，然而他的双眼是大睁着的，任四十七如何用双手去抹，总也无法将他的双眼合上。

戴名世的灵柩寄放在吕翁祠里，每逢清明冬至，都有人悄悄去给他上香。

若干年后，当《南山集》案被人们渐渐淡忘，戴辅世来到京城，在方苞的帮助下找到四十七，将戴名世的灵柩扶回桐城，葬于南山岗，此是后话。

戴名世墓,位于桐城市孔城镇,为安徽省重点文物保护单位。(陈汐摄)

戴名世墓,位于桐城市孔城镇,为安徽省重点文物保护单位。(陈汐摄)

第廿二回
入书房灵皋蒙圣眷　转刑部衡臣平盗案

且说方苞正在狱中等死,不料皇三子诚亲王胤祉率王府太监来到方苞狱中。

只听那太监宣旨道:

奉天承运,皇帝诏曰:戴名世案内方苞,学问天下莫不闻,着免死下武英殿修书,革除功名,阖家削去汉籍,充入旗下为奴。钦此!

方苞自料必死之人,忽然闻此赦死诏书,不啻天语纶音,一个劲磕头谢恩。那太监指着胤祉道:"这就是诚亲王,现管着武英殿,今后就是你的主子了。"

方苞复又对诚亲王磕头:"罪囚方苞谢过诚亲王。"

胤祉拉起方苞道:"以后就不是罪囚了,皇阿玛敬重方先生学问,下特旨免死,让先生到武英殿,以后小王诸事还要请教。"

"奴、奴、奴才不敢。诚亲王乃是奴、奴才的主、主、主子……"方苞知道削去汉籍,充入旗下,便意味着自己全家人从此就是旗下奴才,但这奴才、主子二词,从他口中说出,却是那样艰难。

好在诚亲王礼贤下士,蔼声道:"削籍为奴,乃是国家律令,不得不为之。然先生在小王面前不必拘礼,奴才二字今后休再提起。"

"方苞谢过诚亲王。"方苞倏忽间由死转生,转而又由汉人变成旗奴,心中大起大落,大羞大辱,那免死之欢,偷生之耻,竟一齐涌上心头,胸中酸苦不已,听了诚亲王此言,方才泣出声来。

那诚亲王胤祉在康熙诸皇子中是最肯读书的一个,因此康熙派他管着武英殿。武英殿下设修书局,清朝入关后,非常注重满汉文化的交融,到康熙中年后,国家承平久安,更加注重典籍的编撰整理工作。武英殿下聚集着当时许多知名学者,也有不少是戴罪在此修书的。比如因耿精忠反清一案中受牵连下狱论死的著名学者陈梦雷,就被康熙特赦,在武英殿下修出了一万卷的《古今图书集成》。而当年见嫉于阿山,被康熙从江宁带回的陈鹏年,也曾在武英殿修书,不过此刻他又被起用为苏州知府了。

胤祉经了上次太子被废,诸皇子争储不果,反美为丑一事之后,便绝了争位念头,一心一意去做他的学问了。去年太子再度被废,诸皇子又在暗地里培植党羽,蠢蠢欲动。也有人想投靠于他,拉他结党,因为皇长子和皇太子都已被圈禁,他这个皇三子是目前排名最长的皇子了。按"有嫡立嫡,无嫡立长"的成例,他被立储的可能性最大。但胤祉已领教了他那位乾纲独断的皇阿玛的手段,再也不敢造次了。

他打定主意,安安心心做他的诚亲王,反而赢得了父皇的欢心。这次父皇把方苞下到武英殿,私下里叮嘱他一定要对这个罪奴动之以情,尊之以礼。不仅要让他的学问为朝廷所用,更要从他身上化解汉人士子们对《南山集》案的怨愤。千秋万代之后,本朝文字狱的历史说不定还要从他身上得以粉饰。

计在当代,虑及千秋,这才是帝王之术。对于皇阿玛的庙谟天心,他能不佩服得五体投地?

所以,他将方苞接出刑部狱后,立即赐了一座宅第给他,让他将老母、寡嫂及妻儿人等,统统从上元接来京城。方苞受到这样的礼遇,能不对皇上和诚亲王感恩戴德,以死相报?

接下来的三月十八日,是康熙六十寿诞,接连数日,皇上都在乾清宫接见各省前来朝贺人等。不知接见之暇,他有没有想起过那位不久前被斩于菜市口的戴名世,乃是与他同月同日所生之人。那人去年在囚牢里度过了他的六十岁生日,今年再也不用过生日了,今后也不再需要过生日了。

三月二十五日,康熙在畅春园宴请在京诸王大臣及六十五岁以上微末官吏。二十七日,再在畅春园宴请各省来京贺寿老人。两次宴请人数将近千人,张廷玉所作的起居注上因而名之为"千叟宴"。

俗话说"大难不死,必有后福",这话用在方苞身上,一点也不为过。

待到方苞从上元将家搬到京城后,便一心一意在武英殿里编起书来,他是戴罪之身,原想忍辱偷生,像陈梦雷一样在这修书局里了此残生罢了。没承想,好运竟接连而至。

先是湖广总督表奏,湖南山区苗民近来人心向化,自愿接受约束,乞请朝廷颁文表彰。此乃春秋笔法,微言大义之文,非大手笔不能担纲,李光地便荐说方苞可担此任。康熙正想见识方苞能耐,便召来三阿哥,让将此任交给方苞。

方苞是立等可就,一篇《湖南洞苗归化碑文》,不足八百字,从盘古开天辟地说到如今的王道乐土,从尧舜禹汤说到当今圣上,真个是洋洋大观,挥洒自如,起承转合,一气呵成。

康熙看那一笔正楷,字字如刻板一般端凝齐整,只此便非一日之功,心中先就有几分喜欢。那字还令他想起了在沙溪所见的方苞,年轻、沉稳、高挑、端正,目光视人不偏不倚、不躲不闪,浑身上下无一处不显出正人君子的正直坦荡。

再看那文章内容,只觉字字珠玑,句句璀璨,通篇如锦如缎,光华万丈,竟挑不出一丝瑕疵。禁不住赞道:"方苞实乃大才,此即是翰林中老辈兼旬就之,不能过也!传旨,让方苞过来见朕。"

方苞交了文章,以为不过是职分之内的任务。忽然传内宫面圣,真是吓得浑身一激灵。他是因文罹祸之人,刚刚获释,难免有些杯弓蛇影。然而是福不是祸,是祸躲不过,只得跟着传旨太监亦步亦趋而去。

到了乾清宫,康熙正与李光地在西暖阁里等他。那方苞是初次进宫,也来不及细看四周陈设,趋进门来,先行了三跪九叩大礼,口称万岁,谢了皇上不杀之恩,然后跪在地上,不敢抬头。

康熙见他进门时脚步略显踉跄,身材瘦削,脸上皱纹重叠,已不复当年沙溪小镇上行云流水的儒雅模样。心知这两年的狱中生活对他折磨太过，不觉有些心酸，对方苞道："起来说话吧。"

方苞闻言站起，谁知跪得久了，他的腿又在狱中得了痛风之症，一站之下，竟不着力，扑通一声又跪了下去。这一跪猝不及防，着地太实，痛得方苞倒吸一口凉气。康熙已看出蹊跷，问道："怎么，跪得久了，腿麻了不成？"

张廷玉忙代方苞奏道："启禀皇上，方先生的腿在狱中受了风寒，得了痛风之疾。"

"哦。唉！衡臣，你去扶方先生起来。赐座。"

张廷玉道声"是"，过去搀起方苞，引他坐到下首的一张春凳上。在这西暖阁里，只有李光地这样的老大臣才有赐座的荣幸，张廷玉一般都是侍立着的，皇上给方苞赐座，实乃天大的荣幸。方苞至此也将一颗悬着的心放下。

"方苞，朕适才看了你的《碑文》，甚合朕意。先生实是大才，然未经过殿试，今日朕就要在此当面试你一试，如何？"

"当凭圣上命题，奴才必竭尽全力。"方苞赶紧站起躬身回道。

"朕要你以音律为题，作一篇策论。光地，你说命个什么题？"

"回圣上，就命题《黄钟为万事根本论》，可否？"李光地应声道。

"好。朕命你在两个时辰内作出此论。"

"奴才遵旨。"方苞说完此话，张廷玉早已命太监搬来一张小案，放好纸墨笔砚。

一时间，西暖阁里鸦默无声。康熙、李光地各自拿起一本书卷来读，张廷玉总是有记不完的笔记，每当无事差遣时，他便悄没声息地在一旁整理文字。方苞端坐案前，凝神思索了约莫一袋烟工夫，然后援笔在手，落墨如行云流水，略无阻滞，不消一个时辰，已将一篇洋洋千言的《黄钟为万事根本论》做完。这回大约是为了赶时间，字是写的行书。但他的行书较别人而言，也还是要端正得多，显出其人的端方性格。

那三人都是一边读书写字，一边注视着方苞的动静，见他搁下笔，也都放下了手中的事情，抬头看他。只见方苞又将文章从头至尾通读一遍，认定没有问题了，才起坐磕头："回禀圣上，奴才交卷。"

张廷玉忙走过来，先扶起方苞，然后将那策论捧给皇上。康熙逐字逐句读那文章，边读边点头，面色和霁。廷玉便与方苞四目对视，略略点头，意思是这篇策论定能通过了。康熙读完文章，又交给李光地。待李光地读过，便问："李爱卿，你就是朕的读卷官，凭你看，方苞此篇，若放在平时殿试卷里，该评个几等几名。"

"回圣上，以老臣愚见，该是一等头名。"

"哈哈哈，那不就是状元喽。"

"皇上，当年方苞因母病归里，未及参加殿试，如若不然，说不定早摘了丙戌科的状元了。"

"好！方苞，殿试不仅要作策论，还要有一首诗赋的，不知你还敢试否？"

"圣上有命，奴才焉敢说不能。奴才请以万寿为题写首贺诗。"

"罢了，千叟宴上，朕已得了太多的贺诗了。朕一人寿诞算得了什么？万国安即朕之安，万民福即朕之福。前日朕巡幸西郊，见今岁稻谷长势喜人，你就以此为题作首诗来。"

方苞工于古文，对诗词一道并不上心，但他父祖辈都是著名诗人，尤其是他的父亲，一生贫困潦倒，没留下一分钱积蓄，却留下了三千余首诗赋。所以方苞从小浸淫于此，写首诗实在是小菜一碟，信手拈来而已。

当下方苞不假思索，便立成一篇《时和年丰庆祝赋》。

康熙已走下御座，来到方苞身后，看他立成此诗，不禁击节赞叹："好好好，丰年景象，歌舞升平，尽在其中了。朕就准你通过殿试了。不过这不是正式测试，朕也不想封你为官。朕要你白衣入值南书房，给朕做个顾问。你可有话说？"

方苞怎么也没想到有这等好事。这南书房可是国家机枢之地，寻常两榜进士，头名状元，要想进入也是不容易的。当下跪倒在地，伏在康熙脚下，声音哽咽道："奴才谢主隆恩，感不粉身以报。"

"起来吧。方苞，朕以国法故，不能太过矫枉。然朕也知你是汉人出身，这奴才二字从今免了。廷玉，你知会众人，对方苞统以先生相称。"

"是。"张廷玉答着，搀起激动不已的方苞。

方苞一下子从阶下囚成了座上宾，命运的扑朔迷离谁人能够把握？

自此，方苞进入南书房，日日与皇上形影不离，凡事顾问，诸事称旨，康熙对他的宠幸不下于当年的高士奇。只不过方苞为人严肃，不卑不亢，不似高士奇那样诙谐逗趣，更不似高士奇那样揽权营私。所以，朝中人等也无人敢来与他兜答，只是敬而远之。

不说方苞从此交上好运，张廷玉这一年也是喜事连连。

先是万寿圣诞，康熙恩赐有功之臣，廷玉得了个奉直大夫头衔，那故去十多年的发妻姚氏被封为宜人。

接着江南恩科发榜，家乡两个弟弟廷璐、廷瑑同榜中式。张廷玉接到喜报，便传书回桐，让廷璐、廷瑑并侄儿若霈同来京城，参加下科会试。可是因廷瓘病重，家中兄弟商量，让廷璐明年带若霈来京，廷瑑暂留桐城主持家政。

是年暑月，康熙照例在避暑山庄避暑。自四十七年废太子之后，康熙一直为储位之事心中不乐。后来虽然重立胤礽为太子，但一废一立，太子似乎并未从中汲取教训，反而变本加厉，更加乖张跋扈，培植亲信，排除异己，没有一点仁君风范，更何谈贤明二字。康熙日日忧烦，这好不容易坐稳的大清江山，若传到此子手中，焉能守成，更莫谈兴盛。思之再三，终于于五十一年十一月再度废黜了胤礽的太子储位。从此再不提立储之事，任诸皇子费尽心机，任众大臣费尽猜测，终究打听不出谁是康熙心中既定的接班人。

其实，康熙心里也确实费尽踌躇。他曾对胤礽着意栽培，不承想他如此不成器，让自己三十多年的心血付诸东流。他子嗣众多，已有二十三个皇子，但自废胤礽后，诸皇子间的夺储之争实在让他心伤，互相钩心斗角到恨不能置对方于死地，哪有什么兄弟人伦。这就是皇家骨肉吗？这就是一父所生的同胞兄弟吗？

所以，第二次废太子后，他打定主意不再急于立储位，免得再在骨肉兄弟间掀起一场争储大战。他要默默观察，暗中栽培，务必找准最佳人选。

如此一想，天开地阔，他的心痛之疾也渐渐痊愈。

好在这几年国家承平，年丰民富，自三十年实行各省轮流蠲免钱粮以来，去年又下了永不加赋的旨令。老百姓自是欢欣鼓舞，感恩戴德。这一点从这年万寿节举国欢庆，就可看出。当年跟着自己创业的老臣虽大多殁逝，然而新锐后起已渐渐长成。南书房里张廷玉比起其父的精干勤勉，有过之而无不及；方苞学问经济都远胜于高士奇，却不似高士奇贪墨。有这两人在自己左右，真可谓是得心应手。几个大阿哥各自分管部务，也算称职。

这样的国情民政，可谓是既无内忧，又无外患。他也就可无为而治，安享几年清福了。

所以，这年在热河，他的心情格外舒畅。

这避暑山庄自大清开国始便为皇家狩猎之地。满人自谓是从马上得来的天下，这狩猎行围、马步弓箭的当家本事可不能丢掉。加之要怀柔塞外，安抚蒙古诸部落，这避暑山庄便是最好的会盟之地。所以自康熙四十年，国库丰盈之后，每年都要拨出专款用于山庄营建，如今历时十多年，已是初具规模。

庄中说不尽的亭台楼阁、宫殿馆舍，皆依山傍水，取天然而夺天工。这一日，六旬之年的康熙皇帝心情舒畅，左手携着李光地，右手携着方苞，身后跟着张廷玉与诸皇子们，或安步当车，或乘舆骑马，把个避暑山庄逛遍。每到一处，便指景命名，什么"烟波致爽""芝径云堤""万壑松风""水芳岩秀"等等。诸位都是饱读诗书的大雅之人，取景命名还不是拿手好戏？便依着皇上的兴致，一共凑成了三十六景。分别是：烟波致爽、芝径云堤、无暑清凉、延薰山馆、水芳岩秀、万壑松风、松鹤清越、云山胜地、四面云山、北枕双峰、西岭晨霞、锤峰落照、南山积雪、梨花伴月、曲水荷香、风泉清听、濠濮间想、天宇咸畅、暖溜暄波、泉源石壁、青枫绿屿、莺啭乔木、香远益清、金莲映日、远近泉声、云帆月舫、芳渚临流、云容水态、澄泉绕石、澄波叠翠、石矶观鱼、镜水云岑、双湖夹镜、长虹饮练、甫田丛樾、水流云在。

接下来的数日，康熙还是日日带着众人在园中闲逛，李光地毕竟是年过七旬之人，便不令他多陪；方苞虽患痛风之疾，然康熙命他住在"暖溜暄波"附近，日日以温泉沐浴，那痛风之疾竟得大愈。所以天天陪着康熙到处游走，竟能胜任。

康熙每到一处，便动诗兴，他要将这三十六景题诗作赋。张廷玉自然是随时随地笔墨侍候。

如此游了数日，终于将三十六景赋完。张廷玉将那些诗稿整理出来，康熙又和方苞、李光地反复推敲，最后定稿，名为《热河三十六景》，着令张廷玉负责刻印成集。

李光地私下里对方、张二人道："皇上总算恢复了往日志趣。你们不知，皇上自幼就爱题诗作赋，即使戎马倥偬也不改其趣，哪一年作诗都不下五十首。可自打四十七年废太子后，至今五年了，总共才作五六首诗，其中还包括给廷玉父亲文端公的挽诗。如今圣上诗兴大发，一下子就作诗三十六首，真正又是当年文采飞扬的圣上了。"

其实关于康熙喜欢作诗这一点，廷玉早年便曾听父亲说过。他初入南书房时，年年扈从圣驾南巡北狩，康熙一路吟诗题词的过人才智他也曾见识过。只是四十七年后，他便在家守制，后来他还朝，正逢《南山集》案发，又兼着再次废黜太子诸事，弄得朝中空气十分乖戾，人人自危，康熙也是心情沉重，倒真的没注意到诗词什么的。听李光地一说，细细想来，才知这几年，康熙不仅身体欠安，心情也确实糟糕透了。

回想上一年十一月再度废太子时，康熙的朱谕："前次废置，情实愤懑；此次毫不介意，谈笑处之而已。"再仔细诵读御制《热河三十六景》，张廷玉不由得对康熙更加佩服。

且剪取那三十六首诗赋中的数首，稍微领略一番皇家第一园林当年的盛况，兼而鉴赏一下这位文治武功的康熙大帝的诗作。

烟波致爽　并序

热河地既高敞，气亦清朗，无蒙雾霾氛，柳宗元记所谓旷如也。四围秀岭，十里澄湖，致有爽气。云山胜地之南，有屋七楹，遂以"烟波致爽"颜其额焉。

山庄频避暑，静默少喧哗。
北控远烟息，南临近壑嘉。
春归鱼出浪，秋敛雁横沙。
触目皆仙草，迎窗遍药花。
炎风昼致爽，绵雨夜方赊。
土厚登双谷，泉甘剖翠瓜。
古人戍武备，今卒断鸣笳。

生理农商事，聚民至万家。

芝径云堤　并序

央水为堤，逶迤曲折。径分三枝，列大小洲三，形若芝英，若云朵，复若如意。有二桥通舟楫。

万机少暇出丹阙，乐水乐山好难歇。
避暑漠北土脉肥，访问村老寻石碣。
众云蒙古牧马场，并乏人家无枯骨。
草木茂，绝蚊蝎，泉水佳，人少疾。
因而乘骑阅河隈，湾湾曲曲满林樾。
测量荒野阅水平，庄田勿动树勿发。
自然天成地就势，不待人力假虚设。
君不见，磬锤峰，独峙山麓立其东。
又不见，万壑松，偃盖重林造化同。
煦妪光临承露照，青葱色转频岁丰。
游豫常思伤民力，又恐偏劳土木工。
命匠先开芝径堤，随山依水揉辐齐。
司农莫动帑金费，宁拙舍巧洽群黎。
边垣利刃岂可恃，荒淫无道有青史。
知警知戒勉在兹，方能示众抚遐迩。
虽无峻宇有云楼，登临不解几重愁。
连岩绝涧四时景，怜我晚年宵旰忧。
若使扶养留精力，同心治理再精求。
气和重农紫宸志，烽火不烟亿万秋。

无暑清凉　并序

循"芝径"北行，折而少东，过小山下，红莲满渚，绿树缘堤。面南夏屋轩敞，长廊联络，为"无暑清凉"。山爽微来，水风微度，泠然善也。

畏景先愁永昼长，晚年好静意彷徨。

三庚退暑清风至,九夏迎凉称物芳。
意惜始终宵旰志,踟蹰自问济时方。
谷神不守还崇政,暂养回心山水庄。

天宇咸畅　　调（万斯年）曲并序

湖中一山突兀,顶有平台,架屋三楹,北即上帝阁也。仰接层霄,俯临碧水,如登妙高峰上。北固烟云,海门风月,皆归一览。

通阁新霞应卜居,人烟不到丽晴虚。
云叶淡巧万峰明,雁过初,宾鸿侣,
鸥雨秋花遍洲屿。

暖溜暄波　　并序

"曲水"之南,过小阜,有水自宫墙外流入,盖汤泉余波也。喷薄直下,层石齿齿,如漱玉液;飞珠溅沫,犹带云蒸霞蔚之势。

水源暖溜辄蠲疴,涌出阴阳涤荡多。
怀保分流无近远,穷檐尽诵自然歌。

云帆月舫　　调（太平时）并序

临水仿舟形为阁。广一室,袤数倍之,周以石栏。疏窗掩映,宛如驾轻云,浮明月。上有楼,可登眺,亦如舵楼也。

阁影凌波不动涛,接灵鳌。蓬莱别殿挂云霄,粲挥毫。
四季风光总无竭,卧闻箫。后乐先忧熏弦意,蕴羲爻。

这些诗不仅有长有短,收放自如,还有几首是按词牌填的词,这在康熙一生的诗歌创作中是极为罕见的。"诗重词轻"是当时文人的普遍观点。康熙一生作诗多以七律、五律为主,很少填词。而《热河三十六景》之中,却有好几首词,可以想见他当时且歌且咏,心情是多么的天高云淡。

九月中旬,天气转凉,康熙一行打马还京。一个绝大的喜讯正等着张廷玉:吴夫人刚刚诞下一个男孩。更为令人惊奇的是,此子竟和其父同月同日同时而生,也是九月初九重阳正午时分降临人世。

张廷玉抱着襁褓中的小小婴儿，激动得莫可名状。他已经四十二岁了，一直子嗣艰难。前番好不容易得了霱儿，谁知与他这个做父亲的竟没有一面之缘。如今他已有了四个女儿，可男孩才这一个。他祈祷上苍，既然这孩子与自己同月同日同时生，必然与自己有天大的缘分，愿他也与自己有同样的命运，哪怕把自己后半生的福祉给他，也要保佑他健康长大。同时，他也祈祷张家的列祖列宗，保佑他的孩儿，保佑他这一房的香火得以延续，保佑他从此子孙昌盛。

想来想去，他决定给这孩子取名"霭"。他想起母亲曾对他说过，他的降生时辰本是正午，阳刚太盛，恐折福寿，所以对外一律说是辰时，取辰时日初生，以减重阳之盛。那么这孩子也生在正午，重阳再加正午，那阳气薰炽，取个"霭"字，以阴其盛。再者他又不由得想到了若霱，"霱"乃瑞云，"霱""玉"同音，他这样一点小小的爱子之念竟也为天所不容，还要将若霱带走。那么"霭"与"霱"正好相反，"霭"是郁云，霭气如雾，躲在山岚里，但愿这孩子不要引起太多的注意。待到若霭长成之后，为抵消"霭"之郁气。张廷玉又送他一字为"景采"，又号"晴岚"，喻意从此可以云开雾散，晴岚显露，景象万千了。此是后话，略作交代。

若霭的降生给张家带来了喜庆，也使张廷玉的心情云开月朗。平日里老成持重，一言难求，只知埋头做事的他，在南书房里也变得时有说笑了。

一日，经筵过后，康熙想去御花园里活动活动身体，便命方苞和张廷玉随行。

这是一个深秋时节难得的晴好天气，御花园里除了经霜的秋菊，已是花尽叶残。康熙已有些老年心境，禁不住叹道："好花不长开，好景不长在。人生转瞬就是百年，朕也如这深秋天气，枝叶凋零喽。"

张廷玉道："圣上何以要作此叹息。以臣看来，这北方的秋天，天高气爽，长空万里，一碧如洗，还要胜过春天几倍呢。好花应时，您看这秋菊，黄的黄得灿烂，白的白如瑞雪，经霜之后愈显其神，不比那娇弱春花更为高尚。"

"那是你有一碧如洗、澄空万里的胸怀呀！唉，方苞，寻常总听你说话，今日怎么不吭声了。"

"回圣上，不是方苞不吭声，是衡臣今日话多，抢了我的话头。"

"是啊,廷玉,寻常难得听你开言,今日怎么一番话说得如此天高地远。"

"是吗?微臣看这天气实在令人爱煞,不觉就多言了几句。"

"衡臣,圣上说得对,不是这天气令人爱煞,乃是你胸中自有晴空万里。皇上,您道衡臣如何这般喜形于色?"

"如何?"

"乃是因为他生了儿子啊!"

"是吗?廷玉,这可是大喜事啊。如何不告诉朕?"

"回禀皇上,这是微臣的小小家事,焉敢惊动圣上。"

"在别人是小小家事,在你可不一样。你父亲在日时,就为你的子嗣操心。前番朕特为送你一个小妾,不想又死了。如今你有几个妻妾,这孩子是谁生的。"

"回皇上,是微臣的继室吴氏所生。微臣现有一妻一妾,小妾蔡氏去年生下了一女。如今微臣已有四女一男了。"

"还不够哇。你看朕已有了二十多个儿子,子女孙儿在一起,怕有一百多喽,朕还嫌不够哩!"

"微臣福薄,哪能与皇上相比。"

"方苞哇,廷玉就是这样,时时怀着敬慎之心,他父亲如此,他兄长如此,如今他也是如此啊。"

"是啊,衡臣一门父子三人都在皇上身边服侍,家乡人都为此骄傲哩。"

"方苞哇,回头记着提醒朕,朕要题块匾给廷玉。"

"不知皇上要提何字?"

"'澄怀'二字,你看如何?"

"好!皇上是说衡臣的胸襟犹如这万里晴空,一碧如澄。"

"不,微臣以为,皇上是勉励微臣为人要如这澄澈蓝天,虚怀若谷。"

"这就是朕为什么喜欢廷玉的缘故。他什么时候都自省自警,惕惕厉厉,如他父亲一样,有古大臣之风啊。"

第二日,皇上果然手书"澄怀"二字,赐给廷玉,允他制匾,悬于厅堂。

转眼又过去两年,到了康熙五十四年,廷璐及若需正在廷玉府中等待参加会试,谁知廷玉却又被钦点为同考官。这可有点出乎大家意料,因为五十一年会试,廷玉已任过一回同考官,那次因他阅卷仔细,取士公正,皇上还特别褒奖,升他为司经局洗马。按旧例,一个人是不会接连两次任会试考官的,但既被钦点,便无可推辞。与三十六年的廷玉一样,廷璐、若霱此科只好回避了。

若霱是年轻人,尚能安心读书。廷璐已年过四十,穷尽诗书,总想有所作为。恰好方苞来访,听他说起在家赋闲难受,便立邀他去武英殿修书处。那方苞虽在南书房行走,还兼着武英殿里修书任务。因康熙对他宠爱日浓,几乎每天都泡在南书房,修书进度实在太过迟缓。他正在编修乐律,对于此道廷璐也很精通,他想廷璐若能给他做个助手那是再好不过了。第二日将此事奏明皇上,因那廷璐是张英之子,廷玉之弟,皇上哪有不准的。于是廷璐便安下心来,在修书处当起了个编外修撰。

三月中旬,会试开考后,张廷玉等便住进了文华殿里。考卷尚未送达,众人等得无聊,便围在一起扯闲篇。廷玉素来喜静不喜闹,一个人守在房中看书,忽见同考官徐某进来,将门掩上,坐到廷玉对面,道:"张大人,有道是六耳不同谋,你看这更深夜静之时,若你我之间有什么机密之事,当不为第三者知。"

张廷玉是何等机警之人,在这会试阅卷馆里,焉能听不出徐某之意。便站起身来,走到窗前,说:"徐大人想必知道'暮夜怀金'之典。"说罢推开窗户,冰冷的月色立即如水银般泻进来,廷玉对月吟道:"帘前月色明如昼,莫作人间暮夜看。"

徐某道声"惭愧",转身出门。他也是翰林出身,焉能不知"暮夜怀金"典之来由。那说的是东汉名臣杨震,在任东莱太守时,有个故人深夜来访,见四下无人,便从怀中摸出十两黄金欲对其行贿。杨震怒道:"你我是故人,难道不知我的脾气?"那人道:"夜深人静,无人知道。"杨震道:"天知、地知、你知、我知,共有'四知',何谓无知?"那人道声"惭愧",默默退下。徐某的"惭愧"二字,正是由此而来。

四月里,会试榜发,共取士一百九十七人,其中十五人出自张廷玉分校卷中。有道是公道自在人心,不久坊间便传出歌谣,将那同考官一一编排,张廷玉得的评语是：张洗马洁己奉公。那徐翰林因了廷玉的一席话，竟也不敢造次，秉公取士，出闱后将前番受人之贿悉数退还，因而他的考语也不差。

这里礼部刚忙完会试，那里吏部便报来迁转翰林官名单。那位徐翰林因取士公正，获得美誉，竟被选了外任。离京前，徐翰林专程来到廷玉府上，对廷玉道："多谢张大人，'暮夜怀金'之典再不敢忘。"

再说康熙审阅过几位迁转翰林的名单，对李光地道："你是大学士，管着吏部，又是翰林院掌院。眼里不要只看见外廷翰林，像张廷玉这样的翰林，在内廷行走，其辛劳数倍于外廷，也应加以升迁，以示奖励。"

既然皇上发了话，李光地焉敢怠慢，立刻知会吏部。吏部便上奏，请先授张廷玉庶子俸禄，一旦出缺，立即授以实职。康熙准奏。五月，右春坊右庶子出缺，张廷玉立即补了该职并兼翰林院侍读学士。六月，再升侍讲学士。寻常人三五年尚且不能得到一度升迁，张廷玉两月之内一迁再迁。康熙对他的恩宠可想而知。张廷玉在朝中的声望也愈来愈高，谁不想巴结于他？无奈他日里上朝，晚上回家，从不无故参加同僚聚会，在朝中也是无朋无党，无帮无派，让人无隙可乘。

十一月，蔡氏又为他生了一子，取名若霭。可惜第二年七月，蔡氏染上了副伤寒，不治而亡。那若霭未满周岁，尚在哺乳期，当然也难逃劫数，随母而去。张廷玉当时正陪着皇上在塞外行围，待到九月回京，他母子早已尸冷骨寒。

由是，廷玉对若霭更加爱护，一有闲暇，便陪着儿子玩。那孩子已是三岁了，长得聪明伶俐，张廷玉虽忙，但廷璐、若需都已开始教他识字。晚间退朝，张廷玉最大的乐事便是将若霭抱在腿上，听他口齿不清地背《三字经》。

五十五年，从口外行围回京后，康熙的心痛之疾又犯了。这回情况比上次严重，心悸加头晕，半边手脚麻木。太医调治了月余，只是控制了病情，终于没有完全痊愈。他的右手时常麻木、颤抖，有时发作起来竟不能握笔。好在有方苞和张廷玉在身边，许多旨意便由他二人代写。而不得不亲自动笔的朱批，康熙竟还有一手绝活：可以左手写字。当然这是绝对机密，只有方苞、张廷玉等几个贴身近臣知道。

李光地的身体也大不如前,既老且病。然而康熙身边仅剩下有数的几位老臣了,实在舍不得让他致仕。李光地也有些舍不得那大学士之位,便请假在家养病。

另一位老臣赵申乔,这一年也遇到了一件大事。那就是他的爱子,时任太原知府的赵凤诏,因贪墨被参,刑部立案,被逮下狱。那赵申乔是极爱面子之人,一生劾人无数,又一贯以廉吏自居,没想到临到老年,家中却出了这等丑事。赵申乔比李光地小了两岁,此时已是七十三岁高龄,也还留在任上。受此打击,在朝中如何能抬起头来。便上了一道奏折,说自己教子无方,请求皇上夺其官职。康熙面露愠色怒道:"若以年老请休,乃是人之常情;若为此事请夺官,难道是想要挟朕吗?朕偏不许。"赵申乔既羞且愤,也恹恹病倒。然而皇上不许他离职,他也只得忍辱含羞,带病上朝。那些因《南山集》案对他心怀不满之人,这下子心里都暗暗高兴,说他是"现世报,来得快"。

后来到了五十六年,赵凤诏受贿三十万两被查实,也在北京菜市口被问斩。赵申乔于五十九年病死家中,总算康熙仁慈,念在赵申乔一生清廉的份上,不令再追缴赃银。还有一段后话,也不能不提,那就是康熙死后,到了雍正六年,新任湖广总督迈柱,查出前任官员亏空库银,其中竟有赵申乔任职湖南时的亏空。按律当如数追缴,交归国库,雍正也学其父,下旨特免了赵申乔应缴银两。这赵申乔一生以清廉著称,是清政府特树的榜样,除了他劾戴名世一案,掀起了一场历史上有名的文字狱之外,这两次特免应追缴赃银之事,也只能说明赵申乔这个榜样是有水分的。

言归正传,回过头来,还是说张廷玉之事。

自五十五年康熙手足麻痹之后,他才真正地感到自己老了。老年的康熙不再像年轻时那么阳刚杀伐,他喜欢现在的太平盛世,喜欢怀柔、宽政,垂拱而治。

但他的心是清明的,他知道必须培养好下一辈人才了。方苞已被他安置在蒙养斋里,寻常不见出来,而皇上一有空便往蒙养斋去。想来方苞已成了他最贴心的顾问。

就在蒙养斋里，皇上对方苞说："朕想放廷玉到部里去。"

方苞问："皇上想先派他到哪个部？"

"先从礼部起吧。"

"对，他父亲是从礼部起家的。"

"朕的意思，你都知道？"

"皇上是想为未来的储君培植几个栋梁之材。"

"是的，廷玉在朕身边十多年了，还有他的父兄，都在朕的身边呆过，朕相信自己不会看错人。"

"皇上法眼如炬，当然不会看错。"

"朕要让他到各部转一圈，都熟悉熟悉。"

"皇上考虑的真是周到，一个好的辅臣，应熟知各部事务，方能得心应手的协理诸事。"

于是，十二月底，廷玉接到圣旨，升任内阁学士兼礼部侍郎。

礼部是诚亲王管着，又有方苞一层关系，廷玉自然干得如鱼得水。

五十六年正月，廷瓛病了多年之后，逝去。廷玉刚到礼部，无法分身，只好让廷璐和若霈回家治丧。

五十七年三月，廷璐回京参加会试，一路顺风，高中榜首。四月殿试，竟拔了一甲二名榜眼，当即授了翰林院编修，入值南书房。朝中人都说，皇上简直离不开张家人。自十六年始设南书房，张英即是第一个入值之人；张英升了礼部尚书，张廷瓒便接着入值；张廷瓒死后不到两年，张廷玉便入值；如今张廷玉升礼部侍郎不到两年，张廷璐又进入了南书房。这张家父子与皇上真是缘分深厚哇。

若霈一试不中，无意再试。因他是张英之孙，廷瓒之子，廷玉之侄，朝中谁人不知，便以举人身份入内阁做了个中书舍人，后升转广西梧州知府，颇有政声。惜乎像其父一样，中年谢世，未能进一步发达。此是枝末，略作交代。

张廷玉在礼部干了三年，于五十九年十月转任刑部侍郎。因为当时刑部有一宗大案，需要勘结。这是个好机会，康熙要让廷玉去历练一番。

原来山东境内出了一支叛匪，头目叫做王公美，本是一帮私盐贩子。因山东地处海滨，盐场众多，私盐帮子也不少。这些人长年行脚在外，也就练就了一身本领。先是盐帮之间互相火拼,那王公美得以胜出,声势壮大,难免想入非非,心说我这样做个帮主,终究不过是一私盐贩子,躲躲藏藏,还要受官府挤压。不若占山为王,像那梁山好汉一样,大碗喝酒,大块吃肉,岂不快哉。于是几个小头目一商量,便呼啸上山,打起了"仁义王"旗号,干起了打家劫舍、劫富济贫的勾当。

他那里不过是个草寇,倒提醒了一位有心人。这人便是青州秀才鞠士林,这鞠士林屡试不中,又不肯老死乡里,总想着有一天能出人头地。见"仁义王"出世,他便上山自荐,做了军师。军师自然是要出谋划策的,鞠军师的计策便是:打出天理教的旗号!以便于招兵买马,壮大队伍。

这天理教乃是白莲教中的一支。只因白莲教教主白莲花是一女侠,王公美的山寨里实在找不出可以当权的女人,所以只好归在天理教门下。这一下,果然引得附近州县的不法之徒前来啸聚。一些家无寸土的贫民佃户也来投奔,以便混口饭吃。然而这一彪人马,终究不过是些乌合之众。当官府带兵上山围剿时,便作鸟兽散。那些大小头目,负隅顽抗者,被拿下了一百五十余人,悉数关进山东大牢。济南巡抚上奏朝廷,请求速将众叛匪解往京师,交刑部会审。

康熙览奏,心想这大批叛匪若押往京城,途中甚不安全。不若让刑部派员就地审理为妥。于是,将廷玉调往刑部,让他在那侍郎任上熟悉了两月,第二年二月便派他前往山东办案。

行前,康熙在内宫单独接见廷玉,忧心忡忡道:"这些人啸聚山林,图谋不轨,又有邪教参与其中。若照例审察,由科到部,一级一级查办下来,非两年不能结案。此事不宜久拖,久拖则恐别生事端。朕要你就地审讯明确,当正法者就地正法,当发遣者带回京师发遣。这是朕给你的特旨,先斩后奏,不必再行请旨。"

二月三日,张廷玉带着几个随从从京都出发,一路快马加鞭,来到济南。连夜调阅案卷,细读供词,将此案来龙去脉理了个清清楚楚,方才召集众人会议,大庭广众之下,张廷玉出语惊人:"各位大人,本官连日来细读案卷,得出一结论,王公美一案,实系盗案,非叛案也。"

此言一出,众皆哗然,纷纷道:"张大人何出此言?"

廷玉道:"你看那供词之中,什么'仁义王''义勇王'等,像煞起义英雄。再看那些属下名号,什么'飞腿将军''神拳将军''打虎将军''狗肉将军'等,不过是些市井诨名而已。再看这些人物出身,除了鞠士林是个秀才,余者皆是腹中空空的粗人,这些人能有什么反叛大志,不过是些打家劫舍的盗匪罢了。所以本官以为,此案当作盗案审,不当以叛案定。不知诸公意下如何?"

众人纷纷道:"张大人明鉴。如此最好,谁愿境内出叛匪呢?"

"既然如此,以本官之见,此案还宜从宽处置。诸位大人请看,这些人供出的名下匪众,不下两千,而细察之,皆是无业游民,无田佃户,实是来混饭吃的。我意罪在首恶,应惩恶释从,方显当今圣上仁德。"

"听凭钦差大人定夺。"

接下来,张廷玉亲自坐堂,将那狱中一百五十七人逐个审理。最后结案时,定下死罪七人,就地正法。流放三十五人。还有二十五人实为无辜牵连,即行释放。其余九十名盗匪按律当割断脚筋,可是考虑到其中七十二人已在围剿之时受伤致残,便不再另加刑罚,免罪释放,实际被挑断脚筋者只有十八人。

一场惊动朝野的反叛大案,最后竟如此轻描淡写地以盗案审结。当地文武官员虽然高兴,但也不免担心,有人道:"大人如此宽刑,仁则仁矣!然而尚有数千匪党未擒拿到案,若不将拿到之人严惩示众,使之畏惧,只恐以后还要生事。"

张廷玉道:"大凡乌合之众,必有一二巨恶为之倡率。只要诛其首恶,其余胁从者,皆可使之洗心革面,杀戮太过,反致戾气,招致民怨。"

"我等此虑也不独为地方,实是为大人着想。只恐日后死灰复燃,朝廷怪罪下来,张大人恐难辞其咎。"

廷玉似乎听出话中有话,便道:"在这山东地方出此匪案,难道众位大人就没有失察、疏纵之罪?认真追究起来,只怕通省文武官员,自抚镇至典吏,千、把总兵,无一人可免。本官因你们捕贼有功已上报朝廷,予以免议。这也是本官上体圣上之意,以仁为本罢了。诸位不必为张某担心,本官此次领旨办案,实在是秉着'皇上如天,有好生之德;罪疑惟轻,功疑为重'的宗旨行事。难道要本官为了你们地方防患今后,就草菅民命吗?"

一席话,说得众人再不敢多言。谁都知道张廷玉是皇上身边近臣,此番又是拥有先斩后奏之权的钦差,他的作为谁敢多问。

廷玉回到京城复命后,康熙龙心大悦。他一直以仁德治国,若出叛案,岂不是他这位天子无德。既是盗案,那性质就大不一样了。

张廷玉如此体贴圣心,又在手握生死予夺大权之时,能够如此谨慎行事,其仁心厚德体现无疑。

康熙从此更加器重他了。

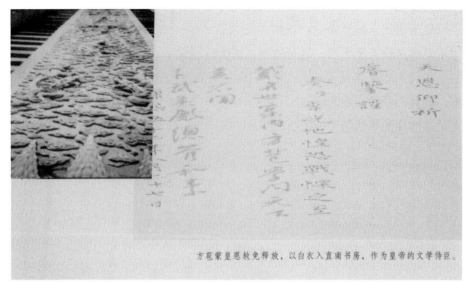

方苞蒙皇恩赦免释放，以白衣入直南书房，作为皇帝的文学侍臣。

康熙皇帝赦免方苞手迹，摄于桐城博物馆。（白梦摄）

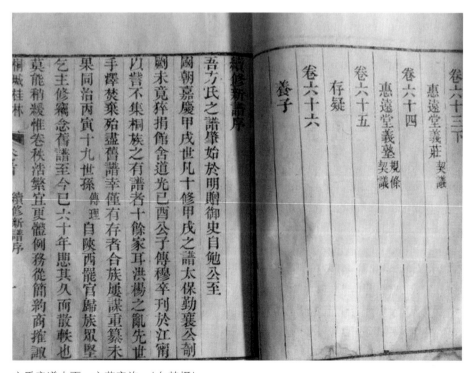

方氏家谱内页：方苞家族。（白梦摄）

第廿三回
饬吏治书生智伏虎　庆万寿将军喜还都

自张廷玉升任内阁学士兼礼部侍郎之后，每年圣驾出口外避暑时，便不令他扈从，而是将他留在北京批本。这就给了他很大的锻炼才干的机会，也给了他接触诸皇子的机会。

那时，皇三子胤祉管着礼部，皇四子胤禛管着户部，皇八子胤禩管着吏部。康熙是有意要让诸皇子们历练历练的，他要在实际操作中发现他们的人品和才干，以最终选出一个可以托付江山的接班人。

诸皇子也都看出康熙对张廷玉的刻意栽培，都愿与他结交。无奈张廷玉秉承"廷臣不得与皇子结交"的圣训，对诸皇子一律一视同仁，只有政务上的联系，而没有私下里的交往。他寻常又不多言一句，饶是皇八子为人最是亲和，张廷玉对他也终是毕恭毕敬。不过皇八子很快就见识了张廷玉平淡外表下的果断干练。因为办完王公美案后，张廷玉于当年六月又转到了吏部。

在康熙诸位年长皇子中，皇八子胤禩人缘最好，他为人谦和，对属下仁慈，有"八贤王"之称。因而前次康熙下旨廷臣举荐太子人选时，推举他的人最多。人们都觉得他像康熙一样，心地宽厚，为人和蔼，风趣幽默。谁知这些优点康熙仿佛看不见，而他执掌吏部后，康熙却斥责他御下不严，致使政务松弛，吏治不清。

康熙对方苞道："人都以为皇八子像朕，朕年轻时也是这样荒于政务吗？

现在一则朕老了，没了当年锐气，更是朕想退居后台，让皇子们去历练。其实胤禛只学到了朕的皮毛，没学到朕的精髓呀！"

张廷玉接到调任吏部侍郎的谕旨后，便去找方苞商量。方苞告诉他：皇上对当前的吏治极不满意，正是因为他办理王公美一案极为称职，所以康熙才又让他去吏部，是希望他去整饬吏治的。这时候皇八子还在做好人，实在是不识时务。

方苞最后说："衡臣，要是兄弟猜得不错，不出一年，你又会转去户部。"

"你是说，要让我在各部待个遍？"

"当然，皇上是在为未来的天子培养经世之才哩。文端公的宰相之位，你是笃定要做的。"

"可惜皇上心中，至今还未有储君人选啊。"

"快了，其实皇上已经有所侧重了。"

"你是说雍亲王？"

"怎么，你也看出来了？"

"自打那年皇上赐圆明园给雍亲王，我就觉着皇上有些偏爱皇四子了。这几年，皇上又屡屡对他委以重任，不知你注意没有，雍亲王在诸皇子中，是参加祭祀大典最多的一个。"

"还是你聪明。可惜朝中似这般心明眼亮的人并不多，大家还以为皇上是向着皇八子或皇十四子哩。"

"老兄，你真以为人们看不出吗？是雍亲王为人古板，御下极严，那些贪墨之辈不想他主政罢了。"

"也是，就说最近他在户部，查出历年库银亏空数百万两。这几年西北军务，耗费钱粮巨量，亏得雍亲王周旋，这一点也很得圣上赏识呢。前日皇上对我说，现在国库只有存银八百万两了。皇上为此很是痛心，他说自五十一年的五千万两到如今的八百万两，都是他晚年宽政之故。所以皇上是下决心要整饬吏治了。"

吏部是个肥差，每年来京营运升职捐官纳爵者不计其数。这些人见张侍郎新到任，谁不前来巴结。无奈廷玉定下规矩：一不在家谈公事，有事请到部汇禀；二不收礼；三不与宴；四不观剧。

可偏有人不信邪，以为张侍郎不过是嘴上说说，做做样子罢了。仍有人深夜前往他的府邸求见。可是不管造访者是如何来头，他一句在家不谈公事便拒人于千里之外。若来人还不识相，一定要迂回到那求官谋职之事上，他便轻描淡写地说："你若以不可行之事求我，我直指其不可行而谢之。虽然你现在心中不乐，然而终究知道我是为你好，让你早断妄念，省得劳心费力，最后落个人财两空。你所求之事若是可行，我必秉公而定，又何劳你耗财耗资。我知道现在官场之上，通行的是'商量'二字，可左一个商量，右一个商量，不过是让人妄生觊觎之心，他好在这商量之中营谋私利。今日说白给你，该信我所言了罢。"

虽是轻描淡写之言，然而已直陈吏部选官之弊。这些人都是在官场中混油了的，自己虽对上送礼，对下也是如此诈财的。话说白了，当然就没有言外之意了，只好拎着礼物，揣着银票原路回家。

对于宴请之事，他更是敬谢不敏，理由是：自小脾胃弱，有医者告诫，少食养生，你们拉我赴宴，不是敬我，而是害我。

所谓观剧则是，当时盛行请戏班子，唱堂会。官僚之间逢年过节，生日寿诞，常常在家唱戏数日，以为是风雅之事，更为便于同僚间互相拉拢亲近。人都以为张廷玉既是翰墨文臣，必定也是好此一道的。谁知，张廷玉一句话回得硬邦邦的："先父居京数十年，戏班子从没进过门。六十大寿时，先慈用请戏班子的钱制棉衣百套，施舍贫寒之人。两大人作的榜样，廷玉自幼不观剧，不听戏，也不让戏班进门。所以于此道一窍不通。"

一个人如此，两个人如此，碰壁的人多了，话自然就传开了，张廷玉的"四不"规矩也就让人信服了。再没有人到他门上去自讨没趣。部属下官见侍郎大人如此，也就不敢造次。吏部风气竟于不知不觉间端肃了许多。

张廷玉见时机已到，便召集部属会议，他推心置腹地告诫大家："本官以为，大臣统率下属之道，非但是以我约束人，正需以人约束我。我若有何行为不谨，你们自然便会竞相效法，而且会变本加厉。我若说想去喝茶，下属必定说干脆喝酒去罢；我若想去喝酒，你们必定马上就去张罗宴席。如今我自己以身作则，希望你们多加监督。如果我有什么卖官鬻爵的贪墨之事，你们尽可放心大胆地步我后尘。否则的话，请你们像我一样，以'四不'约束自己。"

有道是上梁不正下梁歪,正人必先正己。张廷玉来到吏部之后,从自身做起,每天按时点卯坐班,勤廉并举。他又是个惜言如金的人,部属对他都有些敬而畏之。如此上行下效,不出一月,吏部的荒嬉之风竟一扫而空。就像他挂在公堂上的匾书一样,"惟肃乃雍"。那还是他的先父文端公的手迹,当年挂在自家堂屋中的。如今廷玉请人复制一匾,挂在吏部公堂之上。

部院堂上的风气正了,这只是廷玉到任后要做的第一件事。然而要整饬吏治,必须惩一儆百,真正治几个墨吏,方能使人敬畏,正本清源。

说到墨吏,人人都道刑部侍郎阿锡鼐的师爷张文是当头一个。那张师爷仗着有阿大人这把黄伞罩着,在部里为所欲为,又与狱吏勾结,私改案卷,伪造文书,上下串通,种种贪赃枉法之事不一而足。此人贪墨胃口极大,做事又极胆大妄为,人们背地里给他取了个绰号叫"张老虎"。谁知他却不以为意,张口闭口竟自称"虎爷"。

张廷玉在刑部时即对此人的枉法行为有所耳闻,无奈当时他是左侍郎,阿锡鼐是右侍郎,大他半级。再加上他在刑部只呆了半年,其实是皇上特旨调他去办王公美案的,其他事情都无暇顾及。但他那时就暗下决心,一定要除掉张老虎这个害群之马。

然而这张老虎之所以能够横行霸道,当然也有他的一套经验和办法。他上有阿大人罩着,下有众胥吏通同作弊,要想扳倒他实在也不是件容易事。张廷玉思谋良久:打蛇要打七寸,若想一箭中的,需得如此这般……

戌时初刻,张师爷迈着四方步,嘴里哼着昆山小调,优哉游哉地踱出刑部衙门,照壁旁边翘首而立的张府管家赶忙趋上前来,向着张师爷施一大礼,毕恭毕敬道:"张大人请上轿,我们家公子早已在如意楼等着了。"

张师爷嘴里"嗯"了一声,那管家一招手,早已等在照壁外面的一乘小轿立刻抬了过来。张师爷撩袍上轿,管家扶着轿杆,一路叮嘱轿夫走慢点,免得颠着大人。

这样的情景在张师爷已是司空见惯。寻常想走他门路的人太多了,若不是刑部郎中姚大人引见,他也不会答应去见什么张公子。不过那案卷他看了，并没有什么大的牵连妨碍，要他做点什么手脚简直是小菜一碟，所以他便答应来赴宴。只是姚士暨那个老滑头自己却并不一同前来，也好，那姚大人是部里出名的耿头人，要不怎么混到老还是个郎中呢？若他来了，他虎爷还真不好答应什么事情。倒不是他怕了那姚老头，只是不想让他抓住自己什么把柄。

到得如意楼，张公子早已在楼下迎着。那张公子操一口南方口音极重的官话，在张师爷听来多少有点山东驴子学马叫的滑稽。再看那着装：一件香云纱的绸袍，外罩紫色团花镶银狐皮背心，脚蹬双梁皂靴，手摇檀木折扇。这样的花花公子张师爷在绍兴时见得多了，别瞧长得人五人六的，其实是绣花枕头中看不中用，肚子里没几分货色，全仗着家中豪富，整日里出入青楼妓馆，空有一个风流倜傥的外表而已。

上得楼上包间，张公子请张师爷坐了首席，自己在下首坐了，管家便张罗上酒菜，同酒菜一同上来的还有两个戏子。张师爷认出是和盛班的红花和绿朵，那俩戏子也早已认出张师爷，叫声"张爷"，一拥上来，左一个，右一个，把个张师爷揉得左摇右晃。张师爷笑道："好好好，爷老了，别揉得爷头晕。红花坐我旁边，绿朵去给张公子斟酒。"

绿朵莺声燕语道："张爷您偏心，为何不让花姐去陪张公子？"话是这般说，人还是起身往张公子身边坐过来。

那张公子赶紧起身让道："既然二位都是张大人的熟客，不如都去陪张大人罢，免得张大人厚此薄彼，得罪了娇娘。"

红花道："这位公子您可别听朵妹瞎说，哪回张爷不是偏着她的。张爷您说，您叫的条子，是不是绿朵最多？"

"不是罢，你们和盛班的两块招牌我寻常还不容易叫到罢。老实说，张公子今天花了多少银子，你们才接的条子。"

绿朵道："张公子嘛，那手笔可是大，我们姐妹每人二十两，说是陪得客人高兴了，还有赏。谁知客人是张爷您哩？"

"是我怎么样？便不肯来？"

"哪里呀！要知是您老，一两银子没有，我们也赶着来的呀！"

"嘁，嘁，嘁，看这小嘴多甜，红花你可多学着点。"

红花站起身道："既然张爷那么喜欢绿朵的小嘴，就让绿朵来陪您好了，我去张公子那边坐。"

张公子道:"我说不要厚此薄彼嘛!看,这不得罪喽?其实呀,本公子今日专请张大人一个客人,你们二位可得好好侍候着。去,都坐在张爷身边!"

有这两个活宝在座,那酒桌上气氛还能消停。一时喝酒,一时唱小曲,一时讲笑话,直闹到亥时人静,那张师爷方才意兴阑珊。挥手让红花、绿朵退下,屋里只剩下二人与那一直在旁服侍的管家。这时,张师爷才慢条斯理地说:"那个案子我看了,疑点不少,刑部复审时,很容易就水落石出。"

张公子忙凑上前来:"那张大人的意思……"

"不过你既然找到我,我虎爷的名声可是早已在外,什么案子不能办成铁案?只看你要什么样的结果。"

"愿闻其详,请张大人赐教。"

"老实说,这个案子,你们下面报来的是死罪,可内中许多事情悬而未决:比如案犯始终咬定不认识死者,那就排除了故意杀人的罪名,顶多不过定个失手伤人。况且复审时案犯供称,是因庄中失窃,他半夜听到喊抓贼才起来捉贼的,谁知出门即被贼人打昏在地,醒来却见身旁躺着个死人。稀里糊涂被下了大狱。后来是屈打成招,才承认人是他失手打死的。现在他反告你东家少爷看上了他未过门的媳妇,所以才栽赃于他,想置他于死地,好霸夺其妻,因为有人私下告诉他,他那女人已被你纳妾了。此案证人都是你的家人,他们虽然众口一词咬定死者也是你家佃户,与案犯素有闲隙,是故意杀人致死的。但既然案犯翻了供,必定要传证人再审,你能保证那些证人的证言都是真的吗?说实话,此案复审官姚大人可是个审案的好手,此人在刑部呆了三十多年了,什么伎俩看不出,人又耿直,你从他那里是休想走通门路的。我还真不明白,他怎么肯带你的管家来见我。"

"实不相瞒,张大人,正是因为那姚大人软硬不吃,才有明眼人指点我来找大人您。我们不都姓张嘛,又都是浙江人氏,我们就谎称是您的亲戚,多年不见,断了联系,找不着您家,他哪里怀疑,便领着管家去找您了嘛。"

"这件案子到底怎么回事?把实情说给我听听。"

"真人面前不说假话,大人您明鉴。委实如那杨天亮所说,正是小的在他的订婚宴上,看上了他的未婚娘子。那小女子实在可人,撩得人寝食难安。我正想如何把她弄到手，恰巧那一天，一个乞丐死在庄外，小的就让人把那尸首藏起，到晚间喊起捉贼，引那杨天亮出来，一棍子打晕，然后将尸首放在他旁边，谎称是他打死的。后来一路使钱，说他与死者都是我庄中佃户，素来有仇，将他办成了个故意杀人的铁案。谁知解到京师，又碰上了那么个较真的姚郎中，那杨天亮就翻了供。您老指教，小的该怎么做。"

"这事若在别的郎中手里，也没什么难办。只要银子到了，胡乱审过，维持原判就是。可是如今是姚大人管着此案，他是断断私了不成的。我一个小小书吏，他是上司，也不敢帮你去碰那个壁。"

"那小的岂不死路一条？姚大人说了，一旦案子审实，就要治我的诬告之罪。"

"姚大人那里走不通，难道就没别的路子了？"

"好我的张大人呐，您就别卖关子了。到底有什么好办法，只要能治死那个杨天亮，花多少钱子都成。"

"说到银子，确实要花不少，这事不是一人就能办得的。如今之计，只有让案犯闭口。"

"如何让他闭口？"

"人死不就闭口了吗？"

"如何才能让他死呢？"

"刑部狱中多有与我相好的，反正是死囚，死了也就死了呗。人死如灯灭，死人不能再开口，这案子还怎么审下去？"

"那得多少银子才能摆平此事？"

张师爷伸出左手，用拇指和食指做了个"八"字。

张公子试探道："八百两？"

"喊，八百两？那可是一条人命啊！"

"八千两！"

"这八千两，我得给狱中五千，毕竟事情要靠他们办。还有部里也要打点，我一个小小书吏，还不仗着是阿大人的门下，人家才撂我。我也要孝敬别人啊。这八千两，说实话，最后落在我腰包里的，也不过就是一千两罢。干还是不干，在于你。"

"干，干，干！这是一千两银票，您老先收着，算是定钱。明日戌时，还是这里,我准时候着,一定将七千两银票奉上。"

"也不用一下子给那么多,明天你再给我两千两,其余五千两事成之后再付不迟。我这人讲究公平买卖,一五一十,绝不诓骗人家。"

"那是,那是。"

"好,就此告辞。明日准时来此地,你也不必再派人去接了,免得让人看见不好。"

"是,是,明日,小的准时在此恭候。"

第二日,戌时刚过,张师爷果然如约来到如意楼,张公子早已在包间里恭候。见面拱手,坐下,双方已不需多话。张公子从怀中摸出一沓银票,放在桌上,用手轻轻推了过去,张师爷一张一张从桌上拣起,每张二百两,一共十张。验罢,便对折起来,正要揣入怀中,包间的门忽然打开,几个人一拥而进,当头一人竟是曾任刑部左侍郎,如今是吏部右侍郎的张廷玉大人,后面紧跟着的是刑部郎中姚士暨。

那张师爷正愣怔间,只听那张公子叫道:"二叔,大舅。"顷刻间,他什么都明白了,拿着银票的手下意识地一松,银票撒了一地。

"拿下!"张大人声音不高,可张师爷听了还是浑身一颤,一点老虎的威风也没有了。

原来,那张公子却是张若霈所扮,扮家人的乃是吏部一老书吏。那张若霈在内阁办事,虽与各部官员多有接触,但张师爷只是刑部的小小书吏,如何认识他。张廷玉为了掌握证据,便从姚士暨的手上挑出了这么一宗案件,演了这么一出戏,其实真正的张公子及管家已押往刑部狱中去了。后来此案终以杨天亮无罪释放,张公子及一众作伪证者都受到了应有的惩罚而告终。

那张老虎一被拿下,消息很快从如意楼传出。张廷玉前脚刚回家,后脚就有人前来说情,无非是让他网开一面;也有人为他考虑,怕他得罪了阿大人。张廷玉笑着说:"人赃俱获,已经拿下。我也是骑虎难下了呀。诸位不必为我考虑,既为吏部堂官,选贤任能、铲除腐败便是分内之事。否则,要吏部何用。"说着,那脸色便严峻起来,声音也高了几分:"胥吏作奸犯科,舞文弄法之事愈演愈烈,张老虎一案,尚涉及刑部狱官,当一体治罪。我意已决,诸位多说无益。"

这一夜,张府的大门直到三更方才关上。

第二日早朝，阿大人面黑如墨，却有不少人悄悄对廷玉竖起大拇指，更有那平时相与得好的同僚戏言他昨晚演了一曲"武松打虎"。

散朝之后，康熙命廷玉随到南书房。一进门，方苞便对他上下左右地打量。弄得廷玉也莫名其妙地在自己身上左看右看，生怕袍服冠戴有什么不妥。方苞逗够了他，方哈哈笑道："真看不出哇，衡臣，你一介文弱书生，手无缚鸡之力，竟还有伏虎之胆。"

廷玉也笑道："什么虎呀？狐假虎威，不过是条癞皮狗罢了。"

"哈哈哈，廷玉说得好。什么虎呀，不就是阿锡鼐门房里的一条狗嘛。朕已申斥过了阿锡鼐，廷玉，你就放心办罢。"

"皇上圣明，微臣正是有点怵阿大人哩。"

"朕果然没看错人。你是翰林出身，一直在内廷行走，人或以为你只能事以词章哩。朕昨日问徐元梦，说是康熙十六年以前的进士，如今只剩下他一人了。想当年，朕的身边有明珠、熊赐履、李光地，还有你父亲等许多经世能臣，如今一个个都先朕而去了。长江后浪推前浪，朕的当务之急，就是为将来的嗣君培养人才啊。"

"皇上龙体康健，何以就虑得那么久远。"

"唉，人有生老病死。朕不是糊涂帝君，想什么长生不老之事。朕年事已高，身体的事自己心里有数。廷玉呀，民间可是有男做九、女做十的说法？"

"是，臣的家乡桐城就有这乡风。"

"朕明年六十九了，也想把七十大寿提前过了。你们以为如何？"

方苞拍手道："好哇。皇上这几年病病痛痛的，做个大寿，冲冲喜，说不定身体会更健旺哩。"

"方苞何时也学会拍马屁了？你天天与朕在一起，还不知道朕的身体是一天不如一天，一年不如一年了吗？廷玉父亲常说'君子知命'，朕是皇帝，难道竟不如君子见识，朕是怕等不到七十周岁了。"

"皇上！"方苞和张廷玉急得同时叫了一声。

"你们不必着急。朕是想让你们帮朕想想明年万寿节的事。朕想召抚远大将军还朝，还想明春再办个千叟宴。可好？"

"好哇。圣上万寿，百官屡次要上尊号都不许，总是想着与民同乐。圣上的胸襟，确实堪比古代之尧舜呐！"方苞道。

"现在西北绥靖，抚远大将军功不可没。皇上已有三年多没见着十四阿哥了罢。是该让他回来了。"廷玉也道。

原来，当年的噶尔丹之侄策妄阿拉布坦占据伊犁之后，经过二十年的养精蓄锐，已是兵强马壮，便又起了称雄西部的野心。康熙五十六年，他乘西藏内部教派之争出兵西藏并企图染指青海。朝廷接到警报，立即派王师前往征剿。皇十四子胤禵被授命为抚远大将军，代康熙出征。

胤禵相貌酷似康熙，自幼就很得父亲喜欢。他精于骑射，熟读兵书，颇具统帅才能。在第一次废太子之后，当皇长子、皇八子、皇三子争夺储位之时，他认为最有可能取胜的是八阿哥，遂加入其阵营。后来大阿哥被圈禁，三阿哥与八阿哥也没讨着好，但十四阿哥还是与八阿哥走得很近。

西北战事起时，康熙真想再来一次御驾亲征，灭一灭西部宵小的野心。无奈自己年事已高，又体弱多病，手足经常颤抖浮肿，实在无法驰骋疆场了。便决定选一位皇子代父亲征，这样庶几不减皇家风范。

诸皇子们于是又蠢蠢欲动起来，要知道这趟差事不仅可以让自己建功立业，在朝中树立威信，而且可以掌握兵权，大大提高自身地位。父皇春秋已高，虽绝口不言立太子的事，但此事终究要有个定夺。大清朝是从马背上得来的天下，焉知父皇不是想借此机会培养接班人哩。

众阿哥纷纷上表，表示自己愿代父远征的精白之心。三阿哥是个文人，经了那次争储事件之后已心灰意冷，再不去想什么储位了。四阿哥一贯没有争储之心，又一直在父亲身边帮助处理杂务，当然也走不开。五阿哥胤祺更是像没有这人一样，静悄悄的。他的生母是宜妃，宜妃深得康熙欢心却一直没被立后，那是因为她极为聪明，看得透彻。她不仅自己不争宠，也告诫儿子不要卷入皇位之争。生在帝王之家已是极大的福分，若还贪心不足，小心惹来杀身之祸。因了这份聪明，五阿哥倒也什么都没少。四十八年，康熙圈禁皇长子，复立胤礽为太子后，又封了三位皇子为和硕亲王，那就是诚亲王胤祉、雍亲王胤禛和恒亲王胤祺。封了亲王的胤祺仍然静悄悄的，一个圈子也不加入，过着他快乐逍遥的亲王生活。

剩下来最具竞争力的便是八阿哥和十四阿哥了，他们都上了战表。还有被圈禁着的大阿哥和废太子，也都委托四阿哥致意皇上，表示愿意带罪立功。

康熙最终选中了十四阿哥胤禵，封他为抚远大将军，并授于他大将军王的称号，又调派精兵强将，充实西北军务。五十六年腊月，康熙亲在太和殿授予胤禵大将军印信，又在朝阳门举行隆重的阅兵仪式，送胤禵出征。

十四阿哥果然颇具军事天才，他驻节西宁，指挥若定，很快就打了几个胜仗。到五十九年，大兵入藏，撵走了策妄阿拉布坦，彻底控制住了西北战局。

朝廷不断接到捷报，康熙龙心大悦，让方苞代拟了一篇《御制平定西藏碑文》，发往军前，命勒石于大昭寺前。十四阿哥的地位也在人们心中悄悄上升。

康熙六十年十月，抚远大将军胤禵应召凯旋归来，为父亲祝寿。

此时的胤禵真是今非昔比，除了父皇的接见、勉慰、嘉奖之外，朝廷上下谁不对他刮目相看。人们私下里甚至在议论：恐怕康熙要将皇位传于十四阿哥了。

八阿哥与十四阿哥素为一党，既然自己继位无望，那么就保十四弟登上王位罢。两兄弟私下里交心，十四阿哥非常感动，表示一旦自己真的登上大宝，一定诸事倚仗八阿哥。他是非常敬佩八阿哥为人的，也深知八阿哥在诸王大臣心目中的地位。如果自己能得到八阿哥的支持，那么继位之后的经理国事，就会得心应手得多。

十四阿哥的继位之心已经膨胀了起来。然而八阿哥告诉他的另一个消息却又给他浇了一盆凉水：那就是四阿哥在朝中的地位越来越巩固。

四阿哥和十四阿哥是同母所生的嫡亲兄弟，按理在诸皇子中，两人应该关系最好。可是偏偏这两人性格不同，志趣大异。在胤禵眼里，四阿哥是那种箩柴米细的人，只知埋头干事，缺少大智大勇，而且还有点愚忠，这从他对废太子的态度上就可看出。他以前是太子手下办事最为得力的一个，太子被废后，人们对其避之唯恐不及，只有四阿哥还把他当大哥待，这岂不是傻？父皇怎么会传位于他呢？

然而事情往往出乎人的意料之外，正是因为废太子之事，才让康熙对皇四子格外有了好感。当初废太子后，诸皇子各个显出争夺储位的丑恶嘴脸，忙着去联络亲信，缔结党羽，只有皇四子胤禛日昔陪在自己身边，既体贴父亲的伤痛之心，又顾及兄弟之间人伦，每每替废太子说好话。后来康熙果然复立胤礽为太子，并封胤禛为亲王，帮太子处理政务，心想这兄弟俩若能联手治国，未必不是好事。谁知太子终究不是可造之才，他复位后，更加肆无忌惮，荒诞不经。最后终于连胤禛也对他失去了信心。

在协助太子治国的时日，胤禛的才干显露无遗。他心思缜密，行为干练，只是寻常不苟言笑，下属对他是畏大于敬。然而正是这个冷面皇子，在康熙老年体弱多病之时，来父皇处请安的次数最多。

老年的康熙身边，常常跟着方苞的影子。方苞也是一个冷面之人，但又最讲孝悌。他对这个皇四子倒是大有惺惺相惜之意。寻常言谈间当然也就对雍亲王大加赞赏。

康熙心中正犹豫到底是将皇位传于四阿哥还是十四阿哥之际，一个新情况的出现终于让康熙下定了决心。

前面已经说过，康熙因近来自觉身体不好，想提前一年过万寿节，还沿袭六十大寿的旧例，举办千叟宴，众人同乐。康熙的生日本是农历三月十八，但除夕这天，天降瑞雪，把个紫禁城点缀得粉妆玉砌。第二天元旦，张廷玉照例一早就来宫中请安，中午康熙赐宴，这是他进入南书房后每年必定的事了。后来他虽到了礼部、刑部和吏部，但还留在内阁批本，康熙依然经常派他额外的差事。他差不多还像个南书房中的秘书一样，日日与皇上见面。

且说元旦这日康熙赐宴，与宴的除了张廷玉之外，还有张廷璐和方苞等在南书房中行走之人。席间，康熙忽然道："瑞雪兆丰年。去冬京畿干旱，昨夜这场大雪下得及时，朕心中甚是欢悦。这是老天对朕的嘉奖。方苞，你看是否该将千叟宴提前到这几日来办？正好一来赏雪，二来也正是过年期间，喜庆嘛！"

方苞道："只是那样就来不及通知各省进京拜寿的人了。"

"朕就是不想劳民伤财，才打算提前庆寿的。上次六十大寿的时候，各省都来京贺寿,劳动民生太大。今年咱们悄悄把寿过了,明年下一道谕旨,民间就不必再为万寿节劳力费心了。不过,不知朕能不能等到明年此时了……"

"皇上,今日元旦,怎可如此说……"众人都急着阻止。

康熙摆手道:"朕是天子,百无禁忌。你们不必担心,朕死之后,必选一个刚毅不可夺志之人来做你们的新君。"

"皇上万岁!……"众人又急了。

"自古哪有什么万岁之人。不说这些了,廷玉,朕想就在这几日举办千叟宴,就由你和雍亲王来打理此事。将在京的文武百官、满汉大臣满六十以上者全都请来,就在这乾清宫丹陛之上,朕要与百官同赏瑞雪,把盏共欢。"

"微臣遵旨。皇上要赏雪,最好就在近几日,雪后初晴,最是喜气。明日初二,就是上好佳日,不若就是明天罢。"

"行,就是明天。"

"那微臣这就去雍亲王府,与他商办此事。"

"不忙,再喝一杯酒去。"

"谢皇上!"张廷玉接过皇上亲斟的一杯酒,一饮而尽。然后便匆匆辞出。

雍亲王府在圆明园,圆明园是畅春园的一部分。雍亲王原先的府第在皇城之内,康熙三十三年所建,康熙在四十八年封胤禛为亲王时,又将此园赐给了他。

张廷玉到了雍王府,歇下轿子,门上侍卫是认识的,便让了进去,早有小苏拉太监过来领路。

转过一道门洞,里面便是雍亲王的书房,寻常胤禛便在这里接见宾客。今日是新年元旦,显然胤禛不在书房,因为三个穿着皮裘的皇子正在院中打雪仗。

一只雪球飞奔过来,正要打在背对着张廷玉的少年身上,那少年身子一闪就要躲开,但此时他感觉身后有人进来,便又将身子闪了回来,那雪球正正打在他身上,顿时残雪碎溅。那两个皇子立时兴奋地大叫:"打中喽!打中喽!"

这位被打中者却不再理他们,一边拍打着身上的碎雪一边回过头来,见来者是位五十来岁的清癯半老之人，穿着三品朝服，便走过来施礼道："这位大人是来寻阿玛的吧？"

"正是，下官奉皇上之命来与雍亲王议事。"张廷玉一边回答，一边打量这孩子：只见他约莫十一二岁年纪，长得长身玉立，眉俊目朗，一双黑漆漆的眼睛看人时不躲不闪，态度沉稳，像个小大人似的。再看另两人，一个已是十六七岁的青年模样，一个胖墩墩的尚是一团稚气。心中便猜这定是雍亲王的三个王子了。面前这个不消说是四阿哥了。

原来清朝规矩，大臣不得与王室私底下交往，以免结党。当然这只是面上的规定，私底下来往者大有人在。但张廷玉是个循规蹈矩的人，行事绝不越雷池半步。凡公事都在朝堂之上解决，若不是今天正值新年放假，千叟宴又是明天就要办妥的事，他也不会急着到王府里来。所以这雍王府他还是第一次进来，虽知雍亲王有三个长成的皇子，分别是三阿哥、四阿哥和五阿哥，今日也是第一次见到。

那四阿哥听说来人是找父亲议事的，便过来牵着张廷玉的手，说："阿玛在后园，这位大人您先在书房等候，我马上去请阿玛。小心，脚下滑，慢点走。"

这小小少年竟然一点皇子派头都不摆，扶着张廷玉亦步亦趋地往书房走。张廷玉见进来时，从大门到门里，一路上甬道上的雪都扫尽了，惟独这院中却还是白雪覆盖成一片，便好奇道："怎么这院中的雪不扫出一条路来？"

"阿玛说喜欢这雪一片洁净的样子，每年这院中的雪都不令打扫，一定待它自己慢慢融化。"这孩子回答着，那两个皇子闲在那里，还在叫唤："四阿哥被打怕了吧？接着打呀！"

"还打？一会阿玛来了不骂咱们！快散了罢。"

"怕什么？今日不是元旦嘛！难道还要我们读书？"三阿哥虽然已是成人，可说话的口气仿佛还不如四阿哥懂事。

那四阿哥直将张廷玉引进书房，吩咐跟进来的太监沏茶，自己便往后院去请父亲，临走还不忘告诉那院中的两兄弟快快散了。

张廷玉知道雍亲王前面的两个儿子都早殇了，现存的三阿哥弘时已于去年成亲，四阿哥叫弘历，五阿哥叫弘昼。都说雍亲王教子严格，今日见了弘历，这孩子着实让张廷玉喜欢。由弘历又想到若霭，两人年龄相仿，也都有些少年老成的样子，他的心中更由不得升起一缕慈父之情。

太监送上茶来，张廷玉接过，一边捧着茶暖手，一边四下里打量胤禛的书房。书房里陈设简朴，一张大炕，上面摆着几案和软垫，几个硕大的书橱靠墙放着。地下还有一张书案，也是极大，案上文房四宝、书籍宗卷都摆放得整整齐齐，显出主人是个勤谨的人。通室没见名画古玩，只有墙上挂着几幅字，其中一幅题为《自疑》的诗，落款是圆明居士自题。张廷玉知道圆明居士是雍亲王的外号，便认真看那诗，字是端正的行楷，诗是一首绝句："谁道空门最上乘，漫言白日可飞升。垂裳宇内一闲客，不衲人间个野僧。"严格说来，这算不上一首诗，不过是胤禛以佛教徒自居的一种表白。张廷玉听说雍亲王亲善佛徒，好与出家人谈佛论道，但没想到他竟以自己是个不着僧服的野僧自比，这倒让张廷玉这种专务书经的儒家信徒不好理解。

正思量间，弘历已将父亲请来，胤禛一见来者是张廷玉，便挡住他，不让他跪下见礼。又引他到炕上让座，张廷玉仄着身子坐了，胤禛又对弘历道："这位是张大人，你行过礼了吗？"

弘历复又过来行礼，张廷玉赶紧拦住，对胤禛道："王爷，这位是四阿哥罢，好聪明知礼的孩子。定是王爷教导有方。"

"张大人过奖了，不过小王的几个阿哥，确实要数弘历懂事些。去吧，今日元旦，不必读书了，去陪陪你娘。"

"是，孩儿退下了。"弘历退出书房，屋里两个大人一直目送他走远，眼里都不由充满了慈爱。

待弘历走远，张廷玉才想起此行的目的。两人都是极为干练的人，当下计议妥当：由张廷玉领吏部负责通知在京文武百官六十岁以上者，胤禛则负责通知皇亲宗室。宫中御厨定是忙不过来的，不过没关系，让几个亲王家的厨子都去宫中帮忙。

正月初二，雪霁初晴，乾清宫中雪映红日，格外的银装素裹，玉宇琼楼。好在菜是以火锅为主，不怕它冷，何况那千余人聚在一起，君臣同欢，虽是露天雪地，那热烈的气氛早已将寒冷驱得一干二净。

康熙大笑道："今日乾清宫四周白雪皑皑，在座诸位也是头顶白雪之人了。朕也已是古稀老人喽，咱们把酒共欢，不能无诗。朕先作一首，你们在坐之人，每人和诗一首，一个都不能缺，统统载入史册。"

康熙略作沉思，便吟出一首诗来："百里山川积素妍，古稀白发会琼筵。还须尚齿勿尊爵，且向长眉拜瑞年。莫讶君臣同健壮，愿偕亿兆共昌延。万机惟我无休暇，七十衰龄未歇肩。"

众人传看张廷玉录下的御制《千叟宴》诗，各自搜肠刮肚，依韵相和。张廷璐等南书房中行走的后生们忙着帮诸位老大人记录，偶有诗思滞涩的，他们便帮着斟酌提句，直闹了有一个时辰，才把所有人的和诗录完。

这场千叟宴，从巳正直到未正，足足吃了两个时辰，康熙方命散席。待送走诸位耆老，张廷玉和胤禛等人这才一屁股坐倒在残席上，浑身简直像散了架一般。

千叟宴之后，康熙的精神一直很好，身体也仿佛比往年健旺。三月十八日是他的正生日，但既已在正月初二喜庆过了，到了生日这天，就不过是在宫中接受了一下皇子皇孙们的祝拜。康熙有皇子二十多个，皇孙过百，哪里记得清谁是谁？也就是各房领着来尽个意思而已。

胤禛比别的皇子们细心，他知道父亲老了，怕闹喜静，便提前于三月十二日请父亲来自己府中游园赏花，也是尽孝祝寿之意。

圆明园中有个牡丹台，三月正是牡丹盛开的季节，那牡丹台上的牡丹这年开得特别繁盛，最大的一株魏紫有一人多高，那满树的花朵把花枝压得低垂下来，仿佛一树紫云。另一株姚黄也是绝世佳品，每朵花都像一只花球，最大的一朵花径有一尺大小。还有一株绿牡丹更为罕见，碧绿的叶，豆绿的花，不近前细看，还分不出哪是花哪是叶哩。

其时，康熙就住在畅春园里，胤禛日日过去请安，在牡丹开得最盛的时候，他便请皇上来园中观赏。皇爷爷来了，皇孙们自然要来拜见。就在牡丹台，康熙第一次注意到了弘历。

也与张廷玉一样，他首先惊讶于这个小小少年的老成大方。磕头拜见了康熙之后，这个皇孙便一直挽着皇爷爷的手，扶着他踽踽而行，显得亲热极了。而弘时、弘昼只知跟在后面，显得呆板得多。弘历自己挽着康熙，那原本扶着皇上的太监便闲了下来，弘历让他去扶跟着皇上一起来的方苞，因为方苞腿不好，走路微微有点瘸。但方苞哪敢让太监扶着自己，摆手让太监走开。

康熙细看弘历，丰神俊逸，眉目含春，身材长匀，面白肤润，鼻梁两侧微现几粒麻点。便回头问胤禛："四阿哥出过痘了？"

胤禛忙答道："五岁时就出过了。"

在牡丹台，弘历一一指点康熙看那牡丹，告诉他魏紫一共有一百一十一朵，姚黄有四十五朵，豆绿有五十六朵，玉版白只有十八朵，不过数它最香……康熙看着他伶俐的样子，倒不去看花了，道："难为你都数得那么清楚。"

胤禛便斥道："怎么不专心读书，倒有闲心来花园里数花？"

"回阿玛话。孩儿是因为皇爷爷要来赏牡丹，今儿早晨特地来数的，好说给皇爷爷听啊。"

"好孙儿，难为你有这份心。"康熙喜得眉开眼笑。

胤禛见父皇高兴，便也高兴起来，道："这孩子，就是比别人心思多。"

康熙见满园牡丹姹紫嫣红，煞是好看，又想着胤禛孝顺，诸皇子中只有他时时关注着自己的喜怒哀乐，人都说他是冷面皇子，其实内里他的心最热。再看皇孙绕膝，实在是有些天伦之乐的样子。他不觉也收起了帝王之尊，流露出寻常人的祖孙情趣来。只见他指着满园牡丹，对三个皇孙道："你们谁能背首牡丹诗来给皇爷爷听，背得好的皇爷爷有赏。"

弘时见弘历一直跟在康熙身边，有说有笑的，心中早已不大受用，这时便抢上前来，道："诗仙李白曾在御花园里陪皇上赏牡丹，进献清平调三首，孙儿就给皇爷爷背来。其一：云想衣裳花想容，春风拂槛露华浓。若非群玉山头见，会向瑶台月下逢。其二：一枝红艳露凝香，云雨巫山枉断肠。借问汉宫谁得似，可怜飞燕倚新妆。其三：名花倾国两相欢，长得君王带笑看。解释春风无限恨，沈香亭北倚阑干。"

他一口气把李白的三首诗全部背完，康熙果然点头赞好："嗯，不错。难得的是对景，都是皇上赏花嘛。哈哈哈哈。弘历，你也能背么？只怕再找不到对景的了。"

弘历便道："那我就背一首皇帝写的咏牡丹的诗吧：晨葩吐禁苑，花蒂就新晴。玉版参仙蕊，金丝杂绿英。色含泼墨发，气逐彩云生。莫讶清平调，天香自有情。"

"这是谁的诗，听着挺耳熟，还是皇帝写的，是哪一位皇帝？方苞，你知道吗？"

"回皇上，那不是您自己御制诗集中的《咏牡丹》嘛！"

"哈哈哈，是吗？你看这人老了，就是没用，自己写的诗都忘了。亏得我这乖孙儿，倒记得爷爷写的诗。"

"皇爷爷，您御制诗集中的诗，孙儿全都能背。"

"是吗？乖孙儿，爷爷的诗写得不好，你可别光背爷爷的诗。那唐诗宋词也要背。"

"孙儿都背得。孙儿还是觉得皇爷爷的诗写得好。诗者心之声也，皇爷爷的诗里都是爱民之声。其实，皇爷爷并不怎么喜欢牡丹，倒是更喜欢莲花、梅花和兰花。"

"噢，何以见得？"康熙觉得有趣。

"皇爷爷的御制诗集里咏牡丹的只有两首，咏梅花、兰花的各有十多首，咏莲花的有二十六首哩。"

"哈哈哈哈……"康熙情不自禁地大笑起来，"哎呀，皇爷爷的心思都被你看透啦。你知道皇爷爷为什么偏爱梅花、兰花、莲花吗？"

弘历道："梅花凌霜傲雪，兰花清逸自然，皇爷爷是喜欢它们那种品质。那莲花嘛，皇爷爷是赞赏它隐含着的'清廉'二字。"

"周敦颐的《爱莲说》读过没有？"

"读过。"接着弘历便一口气将《爱莲说》背诵出来。

康熙大为满意，连声道："好，好，好！背得好，一字不差。"

弘昼见哥哥们都背了诗，得了皇爷爷的夸奖，便也急着道："皇爷爷，我也会背牡丹诗：牡丹花下死，做鬼也风流。"

"哈哈哈哈，这是什么诗？"弘昼与弘历同岁，但比弘历个矮。康熙见他胖墩墩的还是一团稚气，竟说出这么两句不伦不类的"诗"来，不禁乐得哈哈大笑。众人也都不知这诗的出处，胤禛斥道："哪里学来的淫词秽调？"

"回皇爷爷，回阿玛，五弟说的是戏文。上回给八皇叔拜寿，在他家看戏，戏文里有这么一句。"听了弘历的解释，人们才明白过来。

康熙笑道："好好好，你这也算背上来了。有赏，都有赏。"

赏过牡丹，胤禛请父皇到自己的书房中歇息。康熙靠在炕上，也是一眼便注意到了那首《自疑》诗，便道："老四，怎的越来越崇佛了？我大清可是以儒教治天下的。"

"回皇阿玛话，儿臣并非独独崇佛，只是佛理之中，蕴含万千神机。幼时皇阿玛曾责儿臣性格喜怒不定，儿臣为了明心见性，便深究佛理，竟有些心得。"

"有些什么心得？说给朕听听。"

"儿臣以为，儒释道三教各有所长，佛能治心，道能治身，儒则能治平天下。"

"嗯，你能明白这个道理最好，万不可以佛废儒。"

"是，儿臣明白。"

从雍王府回到畅春园，康熙问方苞："你觉得弘历怎么样？"

"弘历聪明天纵，少年老成，最难得的是有仁心。我听衡臣说过，上次他为千叟宴的事来雍王府，正逢弘历他们三个阿哥在打雪仗，一只雪球飞过来，弘历正要躲开，发现身后有人，便不躲不闪，任雪球砸在自己身上。衡臣为此盛赞弘历是仁义之人。"

"你说朕算不算得上一个有仁义的皇帝。"

"皇上当然是仁君、圣君、贤君。"

"儒家之道，最重一个仁字。你说胤禛有没有仁心？"

"雍亲王面冷心热，仁者孝为先，雍亲王最重孝悌。再者说，雍亲王崇佛，佛教以慈悲为本，慈悲心不就是最大的仁心吗？"

"方苞，朕到底该传位于四阿哥还是十四阿哥？"

"皇上，这话方苞可不敢乱说。不过当年明成祖立高炽为太子时，却是因为看上了他有个好儿子啊。"

"弘历是有些英雄气象。朕想把他接到身边来教养一段，到底看看他的造化。"

"弘历若得皇上亲自调教,一定能成大器。皇上若能选中一个好圣孙,将来必有三代盛世景象。"

"李玉,你去雍王府,把三个阿哥的生辰八字都拿来。"

太监李玉答应着,赶紧去了。

三个阿哥的生辰八字都拿来了,康熙却只把弘时和弘历的八字命人送出宫去,找坊间随便什么卦师批注一下四柱。

二人的八字很快传回康熙手中,弘时的八字批得很少,说是短命之格,不推也罢。

弘历的八字却密密麻麻写了一大张纸。弘历出生于康熙五十年八月十三日子时,那四柱分别是:辛卯、丁酉、庚午、丙子。批曰:此命富贵天然,柱中子午卯酉全见,为四位纯全格。占得性格异常,聪明秀气出众,为人仁孝,学必文武精微。幼岁总见浮灾,并不妨碍。运交十六岁为之得运,该当身健,诸事遂心,志向更佳。命中看得妻星最贤最能,子息极多,寿元高厚。柱中四方成格祯祥,五福俱全。今岁壬寅,流年天喜星坐命,天福星守岁,四季祯祥,喜福安宁。

康熙看罢批语,心中惊异:弘历竟有如此好的天命造化,实乃我爱新觉罗氏祖上有德,我大清江山后继有人。此时,在康熙的心中,已决定将皇位传于胤禛了。然而,鉴于以前的教训,他必须谨慎行事。所以,他让人立即将弘历的八字珍藏起来,不令外界知道。

十八日,各房来畅春园拜寿请安,康熙特将弘历引给后妃们。弘历长相俊秀,礼法有度,深得后妃们喜爱。

二十五日,康熙再度来到圆明园,他告诉胤禛,那日后妃们见了弘历之后,都很喜欢他,自己也是七旬老人了,想有个皇孙在膝前承欢,而弘历最伶俐合适不过,因此他要接弘历去宫中教养。

胤禛正愁着忙于外务,不能常在父皇身边侍候,如今让儿子去代自己尽孝,有何不肯。弘历本人自然对皇爷爷敬爱有加,听说要接自己去宫中,更是欢欣鼓舞。弘时正嫌这个弟弟在家中聪明伶俐,最讨父亲欢心,如今滚到宫中,不在王府碍眼,岂非好事?他已经结婚成家,当然也不会去争那养在皇爷爷身边的恩宠。倒是其他几个年长的阿哥,家中一般有与弘历差不多年岁的哥儿，偏没弘历这份荣幸，心中由不得泛起苦酸。

四月，康熙降旨，再次命胤禵前往西宁。这回胤禵可有些不乐意了，西北军务已经靖绥，有那么多将军各安己命，又无紧要战事，如何非得自己这个大将军王前去坐镇。何况他在西北吃了三年多的辛苦，如今回到京城才不到半年，父皇如何又要赶自己去吃苦呢？联想到康熙将弘历带进宫中抚养，他觉得自己在父皇心目中的地位有了动摇。这些年，每到冬天，父皇的身体就要犯病，自己若远在西宁，一旦宫中有不测之变，如何赶得回来？太子至今未定，难道自己在西北建立的功业还不足以奠定地位？

然而，君命不可违，他只得带着落寞的心情离开京城，再度前往西宁。

紫禁城今貌①

紫禁城今貌②

①② 图片来源：https://pixabay.com/zh/photos/。

第廿四回
围木兰弘历乍惊熊　继大统雍正苦劳心

且说自康熙五十五年,张廷玉升任内阁学士以来,由礼部转刑部再到吏部,部务办得有条不紊。年年圣驾从五月到九月都要到口外避暑,张廷玉作为内阁学士留京批本,也事事称旨,康熙对他是愈来愈加信任和倚重。

然而与他仕途的顺利相比,他的家庭生活可说是不幸的。蔡氏和李氏一样,死时都极年轻,嫁给他不过四五年光景,便都无声无息地去了。对于她们的死,张廷玉虽不像对珊儿那样念念不忘,但也是极其痛苦的。为了减轻他的哀痛,吴夫人于五十八年六月又为他纳了一个小妾施氏。

施氏就是顺天府人,时年才十五岁,因家贫经人介绍欲来张府中当丫头。吴夫人见她面团团的带着福相,便作主纳她为妾。果然在张廷玉的众多妻妾中,她是寿命最长的一个。并且她为张廷玉所生的儿子张若溎也非常有出息,官至内阁学士、刑部尚书,赠太子太保,谥勤恪公。她也因其子的功名被诰封为一品太夫人。此是后话,略过不题。

再说若靆死后,吴夫人曾于五十六年十一月又生下一子,取名若雲,可惜三岁时又因出痘而死。六十年十二月初六日,吴夫人再诞一子,张廷玉此时已是五十岁的人了,若霭也已八岁,若雲又刚刚死了,这孩子才是他的第二个儿子,如何不欢喜?思来想去,要取个好名字。因族中子弟众多,雨字头的好字儿都已用完,自堂侄若涵起,已经开始改用水字旁的字了,雨水雨水，雨字和水字本就有相通之义。在水字旁里，他当然首先想到的是"澄"字，因为皇上曾嘉勉他"澄怀"二字，于是这个孩子便取名若澄。

屈指算来，直到康熙六十一年时，张廷玉虽曾娶过发妻（姚士珊）、续妻（吴氏）、三妾（扬州李氏、桐城蔡氏、顺天施氏）；生过五子（若霭、若霈、若隶、若雲、若澄）。其实落下的只有续妻吴氏、新纳的顺天施氏一妻一妾和若霭、若澄两个儿子。

自康熙三十八年之后的二十多年时间，张廷玉一方面是仕途上的一帆风顺，一方面是家庭生活中的屡遭死丧，除了他的妻、妾、子女之外，这些年他还死去了父、母、庶母以及廷瓒、廷璋和廷瑾三个兄弟。

他的精神一次又一次经受着失去亲人的痛苦和折磨，惟有拼命地劳碌，忙于无尽的事务，才能让他从这些悲痛之中解脱出来。他甚至怀疑过自己，是不是像民间说的，命太硬，克妻克子克死了那么多的亲人。然而岁月流转，阴阳参合，非人力所能为，命运的玄机也非常人所能逆料。所幸的是，自康熙六十年之后，张廷玉的命运再次走向极盛。接下来的二十年，将是他人生中最为辉煌的岁月，是他作为一个盛世良臣为国为民鞠躬尽瘁的岁月，也是他作为一个有血有肉的个体享受天伦之乐，看着家族兴旺的美好岁月。

康熙六十一年五月，圣驾照例到口外避暑，张廷玉照例奉旨留京。九月圣驾回銮，张廷玉前往古北口迎驾。康熙从辇中看见廷玉跪在道旁，忙命龙辇停下，召廷玉来到辇前。

廷玉忙躬身上前道："数月不见天颜，皇上龙体似觉比几月前更加健旺了。"

康熙拍着廷玉的肩膀道："爱卿倒是更清减了些，想是太过操劳了。这几年都留你在京批本，偏劳你了。十月南苑行围着你扈从，朕有年头没跟你一起纵马驰骋了。"

"谢皇上！"一席话，说得张廷玉心中温暖，差一点涌出泪来。

"走吧！爱卿你就走在皇辇边上，陪着朕一路说说话。"

自打发现了弘历，康熙心中更加坚定了让胤禛接班继位的念头。储君大事既定，他的心情也就好了很多。弘历果然不负他所望，在避暑山庄的几个月里,弘历几乎天天在他身边盘桓。他的寝宫在烟波致爽,弘历便住在万壑松风。那小家伙有个天然本事,能讨得人见人爱,不仅后妃们喜欢他这个大头圣孙,就是皇叔们也都个个喜欢他这个侄儿,争着教他本事。皇十七叔最精于火器,弘历便缠着让教他火枪;皇二十叔骑射本领最佳,弘历便跟在他后面驰骋。这个小家伙天资过人,学什么都是一学就会。读书过目成诵,练武也是技艺过人。康熙看着越发喜欢。十几年来,他在诸皇子中反复考察,最终觉得惟有皇四子最为刚毅干练,也有仁心孝义,是继承大统之才。微觉不足的是他刚毅有余,怀柔不够。直至看见弘历,觉得真是天生奇才,聪明、睿智、雅量、风流,文武技艺,一样不缺,再加上他那五福俱全、长寿多子的好八字,传位于皇四子,将来再由此子继承江山,大清朝必可享百年盛世。前望古人,有百年盛世之朝能数出几个?在康熙眼里,也只能顾到孙子辈了,再远,就不是他所能虑及的了。

康熙对弘历的着意栽培,朝臣们都看在了眼里,再加上雍亲王这几年参赞政事最多,事事皆得康熙赞语,储君是谁已经不言自明。只是康熙第二次废太子后曾发过话:今后谁也不准再提立储之事,否则格杀勿论。

唯一知道内情的人是方苞,方苞不是朝臣,他是康熙晚年时的布衣朋友。在蒙养斋,康熙与他无话不谈。他们谈到了雍亲王继位的难题之一便是太子党的阻挠,好在这些年太子党已被分化瓦解得不成气候。然而为防万一,一旦自己不测,胤礽、胤礽还是该杀;难题之二是八爷党,胤禩上次举太子不成,这几年表面上不动声色,暗地里一直没有停止结党,皇九子、皇十子一直是他的心腹,就连皇十四子胤禵也投入八爷党中,这是康熙始料未及的。本来以为胤禵与胤禛乃一母同胞,应该相互间比别的皇子更加亲近,所以康熙让十四子参赞西北军务,掌握兵权,目的是为胤禛登基保驾。谁知胤禵不知天高地厚,自己也起了觊觎帝位之心,上次回朝他不与四阿哥亲近,反而私下里与八阿哥串通一气。康熙冷眼看着这一切,无奈之下,只好仍将他打发到西北军营,以免在朝中生事。

康熙表面上不提立储之事,内地里却为雍亲王的上台做着各种准备工作。在大臣方面,他着意培养的是张廷玉。自张廷玉父亲张英起就深得康熙信任,廷玉自己也在康熙身边服侍了十几年,他的勤勉和谨慎不是一朝一夕装出来的，而是来自他的修养和天性。这几年他辗转各部，又在内阁批本，已将朝中政务尽熟于心，将来可作朝中栋梁。

这一切，他都让方苞为他记录下来，连同他六十余年的文治武功和理国经验，都详细整理成书，只待他死后，好留给继位者参照。

十月，康熙带领诸皇子赴木兰围场狩猎，命张廷玉扈从。

张廷玉是个儒臣，对狩猎可是一窍不通，只是跟在康熙身边看热闹。康熙也已年老体衰，再也无法驰骋马上，弯弓射箭了。但他喜欢狩猎，无力挽弓，他便用火枪射猎。

这一天，诸皇子们各自带着家丁从四面行围，摇旗呐喊，把个热河草场上的野兽惊得四处奔逃，包围圈越来越小，猎物被集中到一处，各人大显身手，尽情猎获，最后围场上只剩下一头黑熊和几头小鹿，全都奔逃得精疲力竭，奄奄一息。康熙举手一枪，那黑熊应身倒下，众人齐声欢呼，弘历打马上前，叫道："皇爷爷，我去替你将黑熊拖过来。"

说时迟，那时快，不待众人回过味来，那弘历骑着一匹枣红马，已射箭般的冲进场内。不料那黑熊并未死绝，吃痛之余，呼地一下从地上站起，后腿站立，提起前腿，就要向那冲自己而来的马匹扑去。那马吃一大惊，竟吓得猛一停蹄，差点将弘历摔将下来。围观众人更是惊得失声大叫，有几个侍卫已经冲进场去，准备将弘历抢回。却见那弘历一提缰绳，将马控住，巧妙地一转笼头，竟将马又转回头来。那熊扑无可扑，竟愣在了原地。说时迟，那时快，康熙早已又发一枪，这回那熊可是死透了。

众侍卫护住弘历，却见他面不改色心不慌，硬是又去将那黑熊拖了回来。

张廷玉见康熙虽然强自镇定，其实已吓得面色苍白，便劝康熙回帐。康熙回到帐中，犹自心惊不已，张廷玉更是面无人色，连连道："幸亏慢了一步，若再快一步，到了跟前，那熊一扑，后果不堪设想。也亏得弘历机智，竟能临危不惧。"

康熙道："是啊。弘历确是有福之人，也有英雄气象。廷玉啊，你是朕的心腹，你知道朕将传位于谁，朕是寄厚望于你的。朕死之后，望你能像辅佐朕一样辅佐嗣君。"

张廷玉听了此话，由不得眼圈一红："皇上龙体康健，何出此言？"

"朕不是个糊涂君王，生老病死，人生无常，朕终归是要死的，这也没有什么可忌讳的。"

"皇上放心，廷玉世受皇恩，不管嗣君是谁，廷玉都将尽心竭力，鞠躬尽瘁。"

"朕就知道你会的。你是朕最放心的人了。朕让你到刑部、吏部，又几次让你留京批本，你可知朕的深意。"

"微臣知道，圣上是要微臣多加熟悉政务。"

"明年朕还要放你到户部去，国家大事，惟吏、户、刑为要。朕这些年有些宽政，致使吏纲松弛，国家钱粮也多有亏空，刑部更不少贪赃枉法之事，这些朕心中都有数得很。然朕年已老矣，无力再大加杀伐了。这些积弊都要留给嗣君去矫枉。廷玉，你在吏部的作为很好，明年到了户部，最要紧的是如何收回钱粮和安妥棚民的事。"

"微臣记下了。"

康熙毕竟年齿已迈，又兼近年来为诸皇子争位之事，更是伤透了脑筋，年年病痛缠身，体力已经衰竭。这次行围，又受了些风寒，黑熊之事没吓着弘历，反吓着了康熙。是夜康熙心痛之疾复发，第二日便返回了京城。

那是康熙六十一年十一月初七日，圣驾回銮后直接去了畅春园。初九日，龙体愈加不适，便命雍亲王代自己去南郊举行冬至祭天大礼。胤禛接旨，来到父亲榻前辞行，见父亲病势比前一日又稍重了些，遂跪在榻前，用手为父亲按摩。康熙的腿又浮肿起来，胤禛抚着父亲的腿，不禁红了眼圈，哽咽道："皇阿玛，儿臣这一去斋所，几天不能来父皇身边服侍，儿臣实在放心不下父皇的身体。"

康熙道："父皇知道你孝顺。郊祭是社稷大事，非你不能代表父皇。你安心去罢，父皇这里有你众多兄弟在哩。"

胤禛又为父亲按摩了一阵手脚，见康熙似乎有了睡意，方悄悄退出。去南郊斋所沐浴更衣，准备冬至的祭天大典。

十二日夜间，康熙自觉病势沉重，其时大学士马齐正领着张廷玉等一班朝臣在外值宿，便召他进来，又让张廷玉进来记录。自打康熙病重之后，方苞一直陪在他身边，只听康熙道："马爱卿，你是首辅大臣，今日朕有些话当面向你说清，凭方苞作证，廷玉记录，以后你要依朕所言行事。"

马齐见康熙声音微弱，一字一句吃力地说着，像是交代后事，吓得跪在榻前磕头不止："圣上有何吩咐，微臣敢不听命。"张廷玉也早已援笔在手，跪伏在榻前记录。

"朕自知此番天命到了，有些话不能不说了。你们都怪朕为何不立储君，其实朕心中早已看中了一个人，只是不能说出来，说出来怕给他招来杀身之祸呀。朕这些儿子，为争储位虎视眈眈，什么下作手段都使得出来。朕只有等到这最后一刻才能宣布传位于谁。朕今日就说给你，朕第四子雍亲王最贤，我死后立他为嗣皇，胤禛第二子弘历有英雄气象，必封为太子。这就是朕对于嗣君的遗诏。朕的后妃中，宜妃与朕情意最厚，我死后不忍让其独居深宫，让恒亲王接回王府奉养。"

原来，皇帝大行之后，除继位的嗣君之母可以凭借其子之荣，加封为皇后、皇太后，继续住在内宫外，其余嫔妃才人照例都要移入冷宫过完后半生。康熙一生与宜妃笃爱，而他自佟佳氏死后一直未再封后，后来诸皇子夺位，更不宜随便封后了。因为谁封后，则意味着其子便是嫡子，当封为太子。宜妃顾全大局，不仅不要求自己封后，还教导其子胤祺不要结党，安心做个亲王。所以除四阿哥胤禛外，五阿哥胤祺便是康熙最可信赖的人了，胤祺现在已奉命往东陵祭祖，康熙怕不能亲自叮嘱于他，所以将遗言留给马齐等人：在他死后，让恒亲王胤祺将其母宜妃接回王府奉养。这是康熙的格外恩典，也是他对宜妃格外厚爱的表示。

康熙挣扎着说完这些，已是汗湿满头，衰弱不堪。他说一句，马齐磕头应一句，待到说完，马齐也不知磕了多少头。马齐也是七十多岁的人了，哪能挡得住这生离死别的劲头，老泪纵横，如雨而下。张廷玉更是手不停书，泪流满面。倒是方苞，皇上说的这些早已都与他密议过，所以并不惊讶。此时便过来搀起马齐和廷玉，又传太医进来把脉。太医把过脉后，倒觉脉象似比以前平稳，但已是细若游丝。退出外室，对马齐等人轻轻摇了摇头。众人知是回天无力了，心头都像压了千斤大石般沉重。

康熙似乎说得累了，昏睡过去。

马齐听完康熙的话，已知康熙将不久于人世了，便命传下话去，连夜将在京王大臣、五品以上官员全都召到畅春园。

第二日，天刚蒙蒙亮，康熙便睁开了眼睛，轻轻叹了口气："天亮了，又是一天了。"

守在外间的马齐听见动静，赶紧进内跪下请安，康熙道："马大人，你让皇子们都进来罢，朕有话要说。"

马齐退出来，命在外庐守候的诸皇子们进内请安。诚亲王便带着众人鱼贯入内，一齐跪在榻前。康熙斜靠在卧榻上，一一看过众皇子，没见胤禛和胤祺，这才想起已分派他二人去南郊和东陵祭天祭祖，便对诚亲王道："速派人去传胤禛来。"

诚亲王道："那祭天大典谁来主持？"

"让胤禛指派个人代为主持罢。"

"那五弟呢？要不要也派人请回来？"

"不用了，东陵太远，来不及了，有你们在就行了。速派人去传胤禛回来！"

诚亲王见父亲已有些不耐烦，便不敢多言，赶紧派侍卫快马去请胤禛。

这里，诸皇子还都跪在地上，康熙歇了一晌，又命人传隆科多进来。隆科多进来之后，也挨着众皇子跪下，康熙道："你是国舅，跪到前面来。"

原来这隆科多是佟国维之子，康熙二十八年死去的皇后佟佳氏之弟，自然也就是诸皇子的国舅爷了。康熙在临死之前给诸皇子们下诏，有这样一位国舅作证，也算是皇族中长辈了。

众人依次跪好，康熙方缓缓道："十几年来，朕绝口不提储君之事，是不想让你们兄弟不和。今日朕要当着你们的面宣谕：皇四子人品贵重，深肖朕躬，必能克承大统，着继朕登基，即皇帝位。着国舅隆科多为顾命大臣。你们都听清楚了吗？"

此话原在众人意料当中，诚亲王等人都磕头领命。然而皇八子胤禩和皇九子、皇十子三人却杵在那里，不肯磕头。这是八爷党中三个中坚力量，一直处心积虑地想要夺得皇位，没想到父亲今日明明白白地将皇位传给了老四。这八爷固然是心有不甘，九爷、十爷也大失所望，所以一时竟愣住了。

康熙看在眼里，气上心头，厉声道："怎么，老八，你们不服吗？隆科多，你是顾命大臣，若有人抗旨，你该知道怎么做？"

"是，微臣遵旨！"

在隆科多和众皇子们的逼视下，八爷、九爷、十爷只得磕下头去。

康熙又闭上眼睛，假寐过去。底下众皇子们还跪在那里，谁也不敢动。还是隆科多最先站起，请众人到外厅守候。

雍亲王在南郊斋所接到圣旨，心知父皇一定病重，否则不会在此时召自己回来。于是一路快马加鞭，赶回畅春园。见诸皇子和王大臣们都在，便知情况不妙，急忙赶到御榻前，见康熙正静静地躺着，便忍泪跪上前去，抚着康熙的手，叫声"父皇"，已是声音哽咽。

康熙睁开眼，见是胤禛，便道："你来了，好，好。父皇已经不行了，只等你回来。"

"父皇，儿臣不许您说这样的话。"

"人总是要死的，你回来了就好，朕都安排好了。"说完此话，痰涌上来，康熙一阵急喘，昏厥过去。胤禛连叫几声"父皇"，守在外间的太医忙一齐涌进，抚胸捶背，让康熙安静下来。然而，这位辛劳一生的皇帝终于深深地感到累了，他沉沉睡去，再不愿醒来。

此时是巳末午初，康熙这一觉直睡了四个时辰，到了戌时，方睁开眼睛，环视了一下围在身边的众人：胤禛、隆科多、马齐、张廷玉、方苞……他的脸上微微露出一丝笑意，眼中的光芒渐渐黯淡，像一盏熬干的油灯在渐渐熄灭，最后火花一闪，康熙的喉间"咯咚"一下，终于停止了呼吸。

胤禛叫声"父皇"，眼前一黑，晕倒在地。

不待太医说话，众人都知皇上已去。然而谁也不愿相信这是事实，直待太医首领上前按脉良久，又与众太医小声计议一番，最后齐齐跪下，说出："各位大人，龙驭上宾，皇上去了。"众人才敢哭出声来。守在外间的皇子们也一齐拥入寝宫，围着康熙的遗体放声大哭。只八爷心思阴郁，还沉浸在父亲要传位于四阿哥的沮丧中，既对父亲不满，那眼中自然无法流出泪来。

然而，一切都在意料之中了。这里众人都深知此刻自己的使命，太医已将胤禛救醒过来，胤禛又扑在康熙的遗体上号啕大哭。隆科多整整衣冠，一声"大行皇帝遗诏"，吓得众人呼啦一片俯首于地。只听隆科多手捧遗诏，一字一顿，高声宣道："步军统领兼理藩院尚书，顾命大臣隆科多奉大行皇帝遗命，宣读遗诏：皇四子人品贵重，深肖朕躬，着继朕登基，即皇帝位。钦此。康熙六十一年十一月十二日子时正刻。"

马齐、张廷玉已搀着哭成一团的胤禛站起，闻听自己登基，胤禛似乎惊得一时不知所措，急痛攻心，又要昏倒。这里由诚亲王带头，众人已经跪下，齐声道："请皇上节哀，请皇上登基。"

胤禛泪流满面，由张廷玉等人搀扶着接受了朝拜。八爷等人此时已是无计可施，也不情不愿地磕头称臣。皇兄皇弟们朝拜既罢，文武百官也齐来朝贺。那里八爷终于忍不住了，悄悄走出屋外，站在冬夜的寒风中，冷眼看着屋里的灯光人影，听着一阵阵乱糟糟的哭声。

胤禛此时还无法从失去父皇的悲痛中清醒过来，大臣们却不能不清醒。众人计议，将康熙的遗体入殓之后，移往乾清宫。

大行皇帝崩世，举国致哀，这治丧事宜委实是件大事。胤禛在康熙梓宫前守灵数日，终于想到这是他登基后最急于要办的一件大事。

十五日，张廷玉正在吏部斋宿，忽接内侍传旨：大行皇帝崩逝，大事典礼繁多，文章关系紧要，侍郎张廷玉为人老成，特旨陛授礼部尚书，二品资政大夫，协同翰林院掌院学士办理文章之事。

张廷玉磕头接旨后，内侍赶紧捧上二品朝服数珠。张廷玉立即更换朝服，前往乾清宫谢恩。是时，胤禛就在东厢席地而坐，日夜守灵。含泪接受了廷玉的叩谢，就命廷玉在外间侍候。

胤禛既已登基称帝，第一要务便是给大行皇帝拟定谥号，给新君拟定年号，此都是礼部当为之事。好在翰林院中颇多学究，廷玉领着众人议来议去，康熙一生文治武功，守成之中还兼创业，平三藩，治河务，征西域，收台湾，安内抚外，定边划疆，永不加赋……这种种丰功伟业怎么尊谥都不为过。于是将那歌功颂德的文字拟出了一条又一条，拿去请新帝定夺，胤禛总也不满意，反复多次，最后定下了"合天弘运文武睿哲恭俭宽裕孝敬诚信功德大成"二十个字，谥曰"仁皇帝"，庙号"圣祖"。

至于新帝年号，则简单多了，胤禛道："圣祖当年封朕为和硕亲王时，就许以'雍正'二字，取'雍和正大'之意，朕一直按圣祖之意修身克己，庶几不负圣祖之心。就以此二字为年号罢。"

议定下一年为雍正元年。诸皇子原名中"胤"字照例要避新君之讳，一律改为"允"字。雍正之母德妃也自然母凭子贵，被追封为康熙的孝恭仁皇后，同时也因雍正登基，被尊称为皇太后。

国不可一日无君，群臣请雍正节哀上朝理事。雍正坚持要守丧三个月，以代民间三年之礼。于是封皇八弟允禩为廉亲王，皇十三弟允祥为怡亲王，与大学士马齐、理藩院尚书隆科多为总理事务大臣。召皇十四弟——远在西宁的大将军王还京奔丧。

诸事安排妥当，雍正自在东厢守灵。外有总理事务大臣办理朝政，内有资政大夫张廷玉在身边顾问。方苞也早已将在蒙养斋为康熙所作的生前语录献上。

雍正蓬首垢面，就在东厢房里席地坐卧，精心研读大行皇帝的遗言，并多次召见方苞，详细探寻康熙晚年思想。

原来康熙晚年对国家吏治败坏、府库空虚、八爷党居心叵测预谋夺位诸事悉皆清楚。之所以选雍正接位，乃是看中了他性格中有刚毅不可夺志的一面，而且勤政务实，对百姓有仁爱之心。兼之他的四阿哥弘历福慧过人，天资聪颖，是将来位登大宝的好材料。康熙希望他即位后能励精图治，改革积弊，光大祖业，乂安民生。并对四阿哥弘历善加栽培，庶几可使爱新觉罗氏江山得以代代相传。对于朝中大臣，康熙也善加剖析，对于几位主要能臣都分别有所论述，他晚年着意栽培张廷玉，便是为嗣君预选的经国辅世之材。有关他继位之后的大政国策，康熙也多有教导。

雍正含泪读着大行皇帝特为自己登基预留的著作，思谋着圣祖的英明睿智。然而他毕竟年已四十五岁，做亲王多年，参赞皇家大事和国事大事不知凡几，对于施政之道当然也有自己的主见。

虽在内宫守灵，但雍正的圣旨却雪片一样从东厢飞出，亏得张廷玉记忆力过人，有过耳不忘之功，又有一心多用之能，更兼曾在南书房行走多年，公文体例自是极为熟稔。雍正想到一事，即召他入内，他则一边听旨一边拟旨，往往是雍正的话刚落音，他的旨稿也已拟就。呈给雍正御览，然后出外间誊清发出。如此数日下来，次次称旨。雍正这才见识了他的才能，心下赞叹：父皇果然识人。情不自禁地对张廷玉道："爱卿真是天纵奇才！朕昔年在藩邸时，不便与廷臣交接，所以与卿一直未曾相识。后来奉皇考之命会同大学士办理公事，卿以学士身份在内阁批本，朕初次与卿相接，便觉气度端凝，应对明晰，心下便很是爱重。询之旁人，方知卿乃吾师张师傅之子，心中更喜：吾师有子矣！后见卿在刑部、吏部任上皆有作为，更为喜慰。今见卿在朕身边，居心忠赤，办事敬诚，不愧是皇考教养所成之伟器，以辅弼朕躬。每思及此，朕便对皇考的苦心孤诣感激涕零。"

说罢，雍正已是泪流满面，张廷玉则伏身下拜。他对康熙的感情自不必说，而作为一个一生奉儒家为经典的贤良臣子，此刻，他也正一点一点把对康熙的忠诚移植到雍正身上。

雍正不像晚年的康熙那样和蔼可亲，雍容大度。相反，他给人的感觉总是过于严正端肃，不苟言笑。而张廷玉也是一个惜言如金的人。这样的君臣二人，即使同处一室，也可以整日无话，各忙各的事，各想各的心思，相互间却不觉半点尴尬。然而一旦有事相商，雍正像前番那样长篇大论也不在少数。张廷玉则是应对从容，张弛皆适。

康熙晚年最为担心的就是诸皇子争位之事，他怕雍正即位之后，太子党作祟，自己又委实不忍心诛杀亲子，所以曾留下密诏，让雍正继位之后立即诛杀被囚的皇长子和废太子。但雍正多年学佛，毕竟有仁心慈念，况且废太子和皇长子被囚多年，早已没有了气焰。雍正不仅没有诛杀二位皇兄，还封允礽之子弘皙为理郡王。对于在朝中根基最深的八爷党，他也是采取了充分的怀柔之策，封允禩为和硕亲王，总理事务大臣，就是想让他归顺于自己。无奈允禩多年做着皇帝梦，如今一旦破灭，实在心有不甘。他那一党并未真心臣服，以致为自己日后招来祸患。此是皇族内部争权事务，与百姓们无关，作为臣民庶子，皇权统治下的平民百姓，但求有一个行仁施德的好皇帝，当求有一帮治世经邦的能臣良吏，给百姓一个安居乐业的太平盛世足矣！

雍正继位,除了伤心父皇崩逝之外,惟一的不快却是来自自己的同胞兄弟,皇十四弟允禵。这位大将军王自在西北取得战功之后,便有些沾沾自喜,以为皇位有自己的一份;又私下里与八爷党勾结一起,先是要拥八爷为首,后八爷招来康熙的嫌隙,十四爷反掌握了兵权,众人又商议拥十四爷为首。这是他们党内互相间的勾结情由,目的是夺得皇权,至于掌权之后到底帝位谁属,恐怕另有一番争斗。

总之,允禵在军中接到回京奔丧的诏书,心中真是既悲且愤,一切算盘尽皆落空,四阿哥已然登上大宝。其实四月里康熙命他再回西宁时,他就预感到父皇对自己的不信任了。但他天性桀骜不驯,当年曾为拥立八爷的事气得康熙拿起火枪要一枪崩了他,幸得五阿哥天性仁厚,死死将父皇抱住,他才趁机跑掉。这时,他又如何肯在那么个闷头驴似的四阿哥面前俯首称臣。

来到乾清宫,他在父亲灵柩前大哭一场,口口声声哭诉自己远在西宁,竟未能见父亲最后一面。心中却是怨恨父亲将自己发配得那么远,以至于无法乘乱夺宫。

哭过祭过,照例该来拜见新君了。他却对着雍正不跪不拜,大剌剌地坐在椅上,两腿叉开,正对着席地而坐的雍正,反比他高出一头。

众人见他来者不善,都吓得不知所以,怡亲王允祥正要上前斥责,张廷玉一把拉住,他怕这个十四阿哥是个愣头青,怡亲王压他不住。果然这时该上的是顾命大臣隆科多,他是国舅,在他面前,十四阿哥是晚辈。然而,面对隆科多的斥责,十四阿哥竟是起身拂袖而去。终于不肯给雍正叩头,表示不承认他这个皇帝。

允禵对新君的公然藐视,最痛心的还是刚刚升为皇太后的德妃。德妃一共生有三子,胤禛是长子,允禵是幼子,中间还有个儿子允祚五岁时就死了。如今只有这么两个儿子,却成了生死对头,她这做母亲的心中是如何凄苦。本来后宫嫔妃历来都是母凭子贵,她是因为生了胤禛才被封为德妃的,后来又接连生下二子,尤其胤禛作为年长皇子颇得康熙信任,所以她在后宫中的地位也一直很稳固,如今更是贵为皇太后。可手心手背都是肉,允禵的大不敬态度必然会给雍正的继位造成不良影响,也会给他自己招来祸患。无论如何,这都不是她所希望的结局。更可怕的是,允禵一回京,又和八爷党搅在了一起，今后他还会做出什么大不敬的事来，实在连她这做母亲的也放心不下。

皇太后已是六十多岁的人了，又患有哮喘病多年，自康熙驾崩之后，伤心太过，旧疾复发。这回又因允禵的事情担心生气，那病势越发重了。一日，趁雍正前来问安之机，太后问起他将如何处置允禵，雍正答道："太后放心，儿皇不想为难十四弟，只是十四弟的性格太过刚烈，恐得锉磨锉磨。明年父皇梓宫安放山陵，朕准备让十四弟去守陵。"

皇太后叹息一声："唉，国家大事，我是不懂，也不想过问。只讨你一句话，允禵是你的同胞兄弟，无论今后他怎样忤逆不敬，只求你总看在为娘的面上，留他一条生路。"

"太后放心，儿皇不会同胞相残。"

第二年四月，康熙梓宫安放东陵，雍正果然加封允禵为恂郡王，命其守护陵寝。

三个月的守灵，不啻于闭关静思。三个月过后，已是雍正元年二月。雍正走出东厢，正式上朝，立即颁下一系列旨意：首先是自康熙五十一年以来，各省历年积欠银粮数千万两，致使国库空虚，着令三年之内补齐，否则该省官员一律褫官夺职。接着是恩抚旧臣，康熙朝的元老们各各加官晋爵，该致仕的致仕，该升官的升官，各部院臣工、地方大吏一一安排妥当。

张廷玉又被进封为一品光禄大夫、协办大学士、翰林院掌院学士、《明史》馆总裁、《圣祖仁皇帝实录》副总裁，那死去多年的夫人姚氏也被封为一品夫人。

张英昔年在上书房教授太子时，雍正等几个年长的皇子也跟着太子一同在上书房读书，指给他的师傅其实是顾八代。但上书房里师傅上课，诸皇子们常常在一起听讲，念及于此，雍正在追赠顾八代为太子太傅的同时，也追赠张英为太子太傅，张英的姚氏夫人也被追赠为一品太夫人。

接着，张廷玉又被授命为诸皇子师，赐太子少保。同时授命的还有朱轼和徐元梦。上书房里，朱轼、张廷玉、徐元梦端坐在太师椅上，皇三子弘时、皇四子弘历、皇五子弘昼恭恭敬敬地上前，正要给众位师傅施礼，内务府总管匆匆赶来，道："圣上有旨，皇子拜见众位师傅，当行跪拜之礼。"

一席话，唬得张廷玉等人赶紧从座上站起，那弘时等人就要跪拜下去，众师傅一人一个连忙扯住，要知道这三位皇子中，终有一人要成为将来的帝王，谁人能承受得起他的大礼？

拉扯之下，最后还是行了揖礼。雍正又早已派人送来三桌酒宴并内宫各色蟒缎丝绸及笔墨纸砚等作为皇子们的拜师之礼。

张廷玉由不得想起当年的父亲也是在这上书房里，如此这般地接受着废太子允礽及当今皇上的礼拜。

方苞因进献圣祖语录有功，雍正特下诏将其合族赦还原籍。方苞闻讯，涕泪交流，作为一个汉人，还有什么比没入旗籍，给旗人为奴更为耻辱的呢？他忍辱偷生多年，如今终于还宗归祖了。赶紧进宫谢恩，恰逢怡亲王、马齐、张廷玉都在南书房议事，雍正见方苞泪流满面，磕头谢恩，便对众人道："朕以方苞故，赦其合族。"停了半晌，又道，"方苞功德不细啊！"众人都听出雍正之意，似是嘉勉方苞晚年在圣祖身边，对自己的即位以及弘历邀宠起到了一定作用。但此事涉及皇室机密，自是无人敢答腔。方苞闻言，也只能是心存感激，泣不成声。

雍正示意张廷玉将方苞扶起，赐坐。又道："方先生，朕知你在守父制时犯事被逮下狱，后老母又在京故去，一直未曾归葬。特准假一年，回乡安葬父母，祭奠祖坟。一年后回京，朕还要重用你。"

方苞领了合族赦还原籍的圣旨和一年特假，自扶母亲灵柩回上元，与父亲合葬。又回故乡桐城，在列祖列宗坟前焚香祷告，宣读圣谕，算是告慰先人，洗了没籍的耻辱。当然，他也没忘了去那孔城南山岗上，在戴名世坟前哭祭一番。戴名世虽是被朝廷处决的钦犯，然而家乡桐城人对这位才子是充满同情和敬重的。康熙五十五年，戴辅世悄悄将他的灵柩从北京运回，葬在南山岗上，一片乱坟中，那座最大的墓地便是戴名世的坟冢，四周乱坟则是沉塘的冤魂。一个高高的土冢，虽无墓碑，然远近妇孺，皆称此为榜眼坟。方苞一打听便着。

不说方苞回乡祭祖，再说京城之事。新君登基，照例要开恩科取士。雍正命朱轼与张廷玉主持顺天乡试。张廷玉因家中堂弟廷珩及侄儿多人都要参加今科考试，便来请求回避。雍正道："爱卿不必多虑，你是主考官，下面还有同考官多人，首轮阅卷自有他们把关取舍，况试卷都是弥封的，答卷都重新誊过，闱内制度严密，要作假徇私也不是易事。朕知你人品端方，对你非常信任。你也知朕如今并无几个可信赖之人，国家取士是大事，今年又是朕即位后的恩科，务必要公正，方能取信于天下士子。朕不许你回避，并特许你等考官家人子弟一同应试。今后官生都可一体应试，不必采取回避制度。因为朕今后要你任主考的机会太多，次次回避，你家子弟就无法参加考试了。这岂不也是一种不公平。"

"圣上虑事虽然正大光明，难免外间小人口舌生非。依微臣愚见，参试官生不若另行设场考试，按普通考生所取比例另行阅卷录取。如此既可不必因回避误了考期，又实际起到了回避作用。也免了无知人的口舌。"

"也好，就依爱卿所言罢。回避官生待正考取士之后，再按同等比例定员另考。"

这一科，参加顺天乡试的考生有六千一百多人，最后取中二百九十三人。发榜之后，人人称善，个个道公。因朱轼和张廷玉都是朝臣中有名的端方之士，又同为翰林院掌院，那些同考官谁不是翰林，谁敢在掌院面前乱做手脚？

雍正登基之后的第一件大事张廷玉就办得漂漂亮亮。雍正圣心大悦，赐张廷玉折扇一柄。张廷玉拜受之后，打开一看，上面御笔亲书五言诗一首：《赐尚书张廷玉》：峻望三台近，崇班八座尊。栋梁才不忝，葵藿志常存。大政资经书，吁谟待讨论。还期作霖雨，为国沛殊恩。

张廷玉展读之下，不觉震惊：都道雍正是个冷面君王，其实他的心思是何等缜密。难怪方苞一直说他是面冷心热。

接下来，便是另行择人举行回避官生的考试。张廷玉家有堂弟及侄辈多人参试，按比例取中四人，拆卷一看，竟有三人都是张家子弟，其中有堂弟张廷珩、胞侄也就是张廷璐之子张若震和堂侄张若涵。

满朝文武真是惊叹不已，张家自张英始，人才辈出，也不知祖上积了多大功德，以至于如此的子孙昌盛。

廷玉则庆幸官生另行回避考试，若非如此，自己作为主考官，亲族之中三人中试，纵凭的是真才实学，也难堵好事者悠悠之口。

按理会试当在乡试第二年举行，因是新帝登基后特开的恩科，所以雍正命乡试之后立即举行会试。又点朱轼与张廷玉为正考官，张廷璐则为同考官。廷玉、廷璐又要以亲眷参试相辞，雍正当然不许，仍然是回避官生另场考试，按比例取额。

此科会试，张家除以上三人与试外，还有早已在江南乡试中取得举人资格的廷玉五弟张廷瑑。

会试期间，张廷玉等人在闱中阅卷，不得外出。雍正多次派人送来宫中糕点果品，以示关怀。后听说廷玉偶感风寒咳嗽，更是天天派人动问，直感动得闱中阅卷官员声容动色。

会试放榜，士子欢欣。廷玉家中又是大庆，因那回避官生场中，张家又有三人中试，那便是张廷瑑、张廷珩和张若涵。

接下来是殿试，雍正可不像康熙那般无为而治，他一直高高坐在御座之上，看着满场二百七十名准进士考完交卷，方才起身。

参加殿试之人除非特殊情况交了白卷，否则都是要赐进士的，所以殿试读卷官只是论个排名而已，并无什么私弊可作。但张廷玉还是要辞，雍正哪里肯依，当着众人道："爱卿放心阅卷，朕知你公正无私。"

廷玉只好忝列其中，好在众人同在一起推敲，定出等次。然后将前十卷恭呈御览。雍正也是看得十分仔细，看到第五卷时，雍正不觉频频点头，道："众位爱卿，朕觉这一卷应置一甲，为何却排在第五。"

众人不言，都将眼睛望向廷玉，廷玉上前道："此乃臣堂弟张廷珩之卷。因是回避官生场中所取，照例不能置一甲。"

"可惜了。倒是朕不让你回避的错了。那就取在二甲第一罢，此人也是经邦之才，文字颇合朕意，朕要留他在南书房行走。"

廷玉赶紧跪下磕头："微臣代弟谢皇上圣恩！"

雍正元年，癸卯恩科，共赐二百四十六人进士出身，状元乃是于振，授翰林院修撰，其余一、二甲授翰林院编修，独有张廷珩留在南书房行走，张廷瑑、张若涵被选了庶吉士。

张氏一门，一科之内，三人同中进士，实是古今罕有之事。桐城文风炽盛，由此也可见一斑。不由世人不服。

再说大行皇帝葬礼既毕，新帝登基恩科又已完成，此两件都是举国大事，也是礼部的重要部务。两事办结之后，雍正便下旨调张廷玉任户部尚书。

张廷玉接旨，照例要来谢恩。雍正在乾清宫西暖阁里等他，跪拜之后，雍正召他到身边坐下，道："户部掌管钱粮之事，乃是国家命脉所在。圣祖在世时，就有意让你去户部。后来圣祖宾天，诸多大事要礼部办理，朕才不得不让你去礼部主持。如今幸赖皇天保佑，爱卿尽力，诸般大典已成。朕已下诏三年之内，各省收回历年积欠钱粮，此是户部大事。爱卿智能过人，在刑部、吏部任上屡屡建功，朝中人人钦服。朕将此大任托付于你，相信你会不负朕望。"

"臣一门上下，自先父起，世受圣恩，自当竭力图报。户部收回钱粮之事，涉及甚广，圣祖晚年崇尚宽政，以致各省官员有恃无恐，留下积弊。如今矫枉必须过正，看来臣不能不得罪人了。"

"朕深知户部积弊，此事也不能让你一人去承担恶名。朕已命怡亲王总理此事，以后可与怡亲王多多联系。"

"怡亲王刚正不阿，有他作主，微臣更加有胆了。"

"怡亲王是朕最信得过的皇弟，你是朕最信得过的大臣。"

"谢皇上嘉勉。臣这就去请怡亲王示下。"

第廿五回
月黑风高夜惊回禄　天蓝水碧恩感澄怀

怡亲王允祥在做贝子时就与四阿哥最为交好，康熙后来常常派雍亲王参赞政务，也往往让允祥做其助手。现在允祥可是个大忙人，他受命与八阿哥廉亲王允禩一起总理国家大事，然而八阿哥却一直没从失去帝位的懊恼中恢复过来。

允禩自康熙四十七年太子首次被废以后就处心积虑地想夺储位，后遭康熙痛斥，没打着狐狸反惹了一身骚。但他夺位之心并未就此死去，反而把九阿哥、十阿哥招揽在自己麾下；后见十四阿哥掌握了兵权，又将他拉拢进来，以图日后强行夺位。没想到康熙临终之时心智清醒，当着诸阿哥的面将皇位传给了老四。他在无可奈何之下，只得俯首称臣。然而心中究竟不服。还有他那一党众人，本都想拥他上台之后，好分得一杯羹，如今美梦也都成了泡影，如何能够心甘？他虽被封为和硕亲王、总理事务大臣，但一直消极怠慢，如何肯真心帮雍正理事经国，巴不得看皇上的笑话。

马齐年岁已老，七病八痛的，上朝的日子少，养病的日子多。隆科多是众人的舅舅，既不敢得罪雍正，也不好太拂了八爷等人。所以也是左摩右抚，想四方充好人。

朝中大事小事，只忙了怡亲王一人。张廷玉知他忙碌，寻他不需去王府，肯定在朝中。

果然就在户部找到了他。原来户部尚书田从典已接到圣旨,被封为协办大学士,不再任户部尚书。他知道如今连正宗的大学士都病的病,老的老,管不了什么大事,何况他一个协办大学士,又没有了部院实职,其实是明升暗降。皇上是怪他办理清收钱粮之事不力。然而这件事得罪人太多,何况国库亏空,他本人及户部许多官员自身都有私欠,若要各省还款,势必部中官员带头还清欠款才成。他倒也不是还不起欠款,但部中大大小小官员,十之有九都欠公款,大家守着共同利益,谁也不愿带头还款。回想康熙朝时,也曾多次下旨催还公款,但最后都不了了之,这次大家也还在观风,想看看是不是可以拖得过去。谁知雍正却是动真格的,悄没声地就把他给换了。

张廷玉来时,怡亲王正在召集部中官员会议。见了廷玉,一看新老尚书都在,就此一并在会上做了个交接,算是既迎了新,又送了旧。

会议过后,怡亲王与张廷玉作了一番长谈。两人都是参政多年的能人,对朝中积弊和国家大政了然于心。作为吏部,首要任务当然是清理积欠。康熙五十一年,国库存银已达五千万两,圣祖皇帝当年下诏,以该年赋税为定额,此后滋生人丁永不加赋。可是现在国库存银仅止八百万两,一则户部历任堂官、属吏侵吞积欠,二则各省地方也总是拖欠赋税,节流自用。国家财力已是捉襟见肘,若不赶紧收回欠款,充盈国库,将动摇国之根本。然而一旦清理积欠,势必要牵扯出贪官墨吏,好在雍正的想法与他们一样,就此整饬吏治。

户部的第二要务,便是棚民问题。原来江西、浙江等地与福建、广东交界之处的山林中,近年来聚积了大批无业游民,私自在山上开荒种地。这些人无籍无贯,搭棚而居,因而被呼为"棚民"。他们处在两省交界之地,地方无法管制,又怕日久生事,便屡屡上书户部,要求派人查清他们的籍贯,遣送回原籍。此事涉及"逃人"等法,且人数众多,处理不当,也是祸患。所以张廷玉与怡亲王商量,想去实地考察,弄清情况,再作结论。

一个亲王,一个大臣,就户部事务推心置腹,作了一番长谈。收回积欠是雍正继位之后的第一个大动作,此事只能办好,不能办砸。

张廷玉从户部出来后,心情轻松了许多,有怡亲王给他撑腰,他的胆子就壮多了。

回到家中，天已断黑，一大家人还未吃饭，正等着他。在桐城时，几房兄弟都住在五亩园里，在京城也一样，虽然廷璐已在京居官多年，但一直与廷玉住在一起，他们住的房子还是当年内务府分给张英的住宅，就在西安门内，靠近瀛台。门外牌号是张宅，里面堂屋挂的匾额是"笃素堂"，还是当年张英的手迹。廷瑑、廷珩和若涵是来应试的，暂时也都住在笃素堂里。

一大家人围在一起吃着晚饭，谈着近来的诸多开心之事，真是其乐融融。

饭后，几兄弟又在一起喝茶聊天，直到钟敲戌时，方才各自回房。张廷玉又到书房里将一日之事作了笔记，这是他做起居注官时养成的习惯，每日记笔记。以前每隔一段时间，他就将日记打包寄给父母，算是向父母汇报自己的生活起居。如今父母已逝去多年，他在记日记时还会常常想起他们，仿佛他们的在天之灵还能看见他的日记。今天的日记父亲看了一定高兴，因为他从礼部转到了户部，吏户礼兵刑工，虽同为部院，但户部职务显然要比礼部更为重要。记完日记，又看了一会书。直到钟楼上报到亥时，方才起身，准备回房睡觉。

此时是五月天气，北方最为和煦的时节。张廷玉吹熄了台灯，走进庭院，月黑风高，疏星朗朗，四周万籁俱寂。他朝灯火阑珊的皇宫方向看了一眼，然后深深地吸了一口气，初夏的寒凉被吸入胸廓，顿觉五脏六腑像清水洗过一样，爽洁无比。

明天是他到户部上任的第一天，户部这个烂摊子能不能治好，明天的开头很重要，好在他已成竹在胸。今晚是要好好睡上一觉。

若澄还小，满算起来，才一岁半，尚未断奶。张家没请过奶妈，若霭、若澄也都是吴夫人亲自奶大的。现在吴夫人仍带着若澄睡觉，张廷玉知她辛苦，便不去打扰她，往施氏房中去了。

刚要进门，忽然天井里旋起一股阴风，将张廷玉背后的袍襟撩起好高，他感到仿佛一桶冷水向他背后泼来，忍不住打了个激灵，赶紧一步跨进门去，复身将房门闩死。

半夜时分，张廷玉睡得正熟，忽然吴夫人房中传出若澄的哭声，那哭声十分高亢，把众人都吵醒了。接着便听见吴夫人的哄拍声，然而若澄号哭着，就是不肯歇息。施氏见张廷玉要披衣起床，便一把拉住他，道："老爷你睡吧，我过去看看。"

谁知施氏刚一出门，就见一个黑影"嗖"的一声窜往后厢，吓得她大叫一声："有贼！抓贼呀！"

她这一叫，众人都抢起身来，却哪里是贼，竟是放火之人。后厢先烧起来，那火势冲天一样，迅速往正堂和前厅烧来。张廷玉知是有人纵火，必定先浇了火油，便呼喊众人逃生，金银细软，一样东西都不要顾及。一边叫着，一边往若霭房中跑去。若霭机警，已从房中跑出，张廷玉一把将他拉到身边，吴夫人也抱着若澄跑了出来，若澄这才止了哭泣，哽噎着看那火光。众人都站在天井里，眼见四周房屋瞬间成了一片火海。

张府的冲天大火早已惊动了西安门侍卫和周围住户，人们赶来救火，那火哪还有救？大家眼睁睁看着整幢房屋烧成了灰烬。

侍卫们早已将张大人一家围了起来，清点人数，却少了家人万四儿。侍卫们寻到后院，却发现万四儿已经死了，和他倒在一起的还有一个黑衣人也已气绝。万四儿是被黑衣人的刀砍死的，黑衣人是被万四儿手上的斧头砍死的。

张府之火烧得蹊跷，此是西安门内禁地，谁有如此大胆？张廷玉是朝中一品大臣，此事显是政敌所为。除他而外，其他大臣有没有危险？侍卫们紧张起来，四下里一搜查，发现隔了一家的朱轼府中，也有火油浇地的痕迹，想来是两班人同时作案，这边张家惊动起来，那边朱家放火之人动作迟了一步，没来得及下手。

西安门侍卫不敢怠慢，连夜将纵火之事报进宫中。天尚未亮，乾清宫太监便来传张廷玉和朱轼进见。二人来到宫中，只见雍正气得脸色乌青，在地上走来走去。一见二人，便道："他们这是要除掉朕的左右手哇。"

张廷玉赶紧劝道："皇上息怒。此事不宜张扬，着人私下里侦查即可。"

朱轼也道："幸得皇天保佑，只烧了房屋，没酿成大祸。"

雍正道："张爱卿，受惊了。朕已命内务府速查官房一所，赐你居住。

另发帑币一千两,助你安家。家中人众都无碍罢?"

"谢皇上圣恩。微臣合家人众安全,只死了一个家人。"

这时,内务府总管进来奏报:已腾出官房一所,就在原宅之东里许,请张大人过去看看。

雍正道:"张爱卿今日不必上朝,处置一下家事罢。"

张廷玉道:"回禀圣上,臣的家事自有家人料理。今日是臣到户部任上第一天,焉能不去。圣上放心,廷玉知道孰轻孰重。"

辰时,张廷玉无事人一样照常上朝。同僚问起昨夜起火之事,他只答是家人用火不慎,遭了回禄。

朝会过后,便往户部坐堂。对户部属下的第一次讲话,竟如在吏部时所说的同出一辙:"我现虽为户部之首,然大臣统率属下之道:非但以我约束人,正需以人约束我。我能做到的,大家必须做到。我若有什么差池,你们尽可效而法之,法而过之。身为户部官员,执掌国家钱粮之事,第一要务便是一个'廉'字。而养廉之道,莫如能忍。古人有言:'有钱用钱,无钱用命。'诸位都有朝廷例份俸禄,然家产有厚有薄,人口有多有寡,不能互相攀比,养成奢靡之风。本官自通籍以来,在朝为官已二十多年,历任礼部、刑部、吏部,没有什么政绩可资吹嘘,惟有一个'廉'字可以自许。能做到此一'廉'字,乃因本官能做到一个'忍'字。所谓'忍',便是拼命忍住不取非分之财。武侯《诫子书》曰:'君子之行,静以修身,俭以养德。'望诸位都能以此言为戒。"

人人都知张廷玉刚刚遭了回禄之灾,家中财产悉数烧毁,都想看他如何治家,是否能不借不贪。更有那心怀叵测之人趁机给他送去银票,言明慰问之意。张廷玉哪里会收?谢道:"我说过'有钱用钱,无钱用命',我是命中有此回禄之灾,如何能借此苟取非分之财?"

对外张府之火是场天灾,对内已经查明,那黑衣人实出自十四阿哥府上。皇太后闻听此言,又惊又怒,竟然哮喘起来,旧疾复发,一病不起。倒是雍正劝慰母亲:"十四弟远在东陵,此事必不是他主谋,朕会彻查清楚的。"然而太后已心如死灰,既忧长子在位是否安稳,又忧幼子如此胡闹,只怕终究性命难保。忧心伤肺，喘疾更甚，几天之后便追随康熙大行而去。

雍正惊痛之余，也感到后怕：这些人已公然对张廷玉和朱轼下手，自己在宫中就绝对安全吗？万一……他不敢再想……

处理完太后的丧事，已是三月之后。八月的一天，雍正将众位王大臣都请到了乾清宫，当着众人的面，他打开一只锦绣金盒，将一份诏书放在里面。他告诉众人，自己思来想去，决定秘密立储。这盒中写有遗诏，一旦自己死去，众位就可打开此盒，取出诏书，自然就知道嗣君是谁。说罢，便锁上锦盒，命太监当众放到前厅的"正大光明"匾额之后。

诸王大臣眼睁睁看着那只锦盒被安放到"正大光明"匾额之后，心中都在猜测储君是谁。当然从种种迹象看，弘历的可能性最大，不过弘时现为长子，又已成年生子，倒也未必没有可能。然而猜测归猜测，终究无法知道答案，因此谁要想此时起就讨好储君，为自己的今后铺路，那也就是不可能的了。

人们不得不佩服雍正心思缜密。

起火之事，也让张廷玉多了一份心思。他对廷璐、廷瑑道："我们兄弟不能再住在一起了，纵火是冲我来的，今后会不会再有什么不测还很难说。我们三兄弟分开居住，免得共同遭殃。"

廷璐、廷瑑虽然兄弟情深，又是大家庭中合族聚居惯了的，然而他们都是精细过人的，尤其廷璐在南书房入值，深知雍正继位后的危险所在，而二哥是雍正此刻最为倚重的大臣，必然成为政敌攻击的重要目标。他的顾虑是非常有道理的，兄弟们在一起虽可互相照料，但毕竟张氏一脉，只剩下他们三兄弟了。设若那天不是皇天有眼，让若澄半夜大哭起来，惊醒了大家，撞破了贼人的诡计，他们阖家满门只怕都成了火中的冤魂了。

计议之后，决定廷璐另置房宅，与廷瑑住在一起。只留廷玉一人住在禁城之内的官宅中。

这场大火，烧去了兄弟三人在京的全部财产。然而他们在桐城还都有产业，除雍正赐银千两之外，不久桐城家中也送来银票。张廷璐便在小绒线胡同里买下了一处四合院，和廷瑑在此安家。后来廷璐点了河南、江苏等地学政，此宅便由廷瑑一家居住。

堂弟廷珩和堂侄若涵也都在京城分别置宅，将桐城的家眷接了过去。张氏家族如此兴旺发达，真令满朝文武羡极。

大火过后，张廷玉最心疼的不是家中金银细软，而是康熙和雍正赐给他的许多御用物品和他历年来的诗文著述，包括那匣父亲为他精心整编收藏的家书日志。这些都是他视为无价的财产，如今悉数毁于火中，怎不叫他心疼和落泪。

雍正究竟放心不下张廷玉和朱轼的安全，他们都住在西安门内的官宅里，虽是禁城之内，然住户多杂，不便于单独保护，房屋也过于狭小粗陋，不足以体现自己对他们的格外施恩。

于是，雍正便将西郊圆明园之东的两座小园，分别赐予张廷玉和朱轼。

西郊一带为皇家禁苑，方圆数十里住的都是皇亲国戚，小民百姓不敢靠近此地，四周羽林侍卫日夜巡逻，每个园中还分别派有侍卫守护。安全系数自然大大提高了。

雍正除在乾清宫居住理事外，一年之中也有多半时间住在圆明园中。张廷玉的园子与圆明园相距不到半里，几步就能走到，如此一来，皇上召见他也便十分方便。

张廷玉接到雍正如此厚重的赏赐，真是感动得不知从何说起。

这一天，乃是九月，暮秋时节，雍正从乾清宫移驾圆明园，朝中主要大臣也随驾来到西郊。雍正难得静下心来，领着张廷玉和朱轼亲去看园。因赏给张廷玉的园子离圆明园最近，便先去此园。

金风送爽，秋阳高照，几朵云彩像蓝缎上的白色织锦，闲闲地泊在高空之上。雍正坐着一乘肩舆，带着张廷玉、朱轼等人从圆明园出来，一路闲话着，一路往东。

远远就见那翻修一新的园子掩映在花木丛中。且走且近，但见园门是一进飞檐翘角的门楼，门楼两边是一带粉砖青檐的砌花围墙。赭色大门刚刚重新油漆过，在阳光下格外醒目，宽大的门廊像个大厅，门阶两边各蹲伏着一只汉白玉石麒麟。远远望去，恰如一座王府般威严肃穆。进得园子，里面是一条长长的碎石甬道，甬道两旁奇花异草举目皆是，太湖怪石、假山亭阁，应有尽有。中间一带主要建筑共有三进，都是高堂大轩，雕梁画栋。后花园中竟有活水流过，清流若带，微波如澜，缓缓注入一口池塘。塘中有残荷数径，塘边有曲榭长廊，长廊尽头是一片翠竹修篁。翠竹林中，有小屋一楹，做书房最佳。

张廷玉一路走来，一路惊叹。这座园子，远远大过桐城的五亩园，园中建筑也是皇家风范，非民间可比，那荷塘竹林更是胜过双溪草堂和赐金园中景胜多矣。

雍正坐在肩舆之上，与廷玉在园中游了一圈，问："爱卿，这座园子如何？还满意吧！"

廷玉忙拱手谢道："廷玉何德何能，蒙皇上赐居如此名园广厦，微臣实在受之有愧。"

"你和朱轼就是朕的左膀右臂，朕必使你们安居禁苑，方才放心得下。爱卿，园子已经看过，可想到如何命名？"

"启奏圣上，这座园子碧水涟漪，不染尘滓，令微臣想起十年前，圣祖仁皇帝曾御书赐臣'澄怀'二字，勉臣做人要如碧澄蓝天，虚怀若谷。臣觉得就以'澄怀'二字为此园命名最为切恰，也让微臣住在园中，时刻谨记两朝圣主之恩，万死以报。"

"好。爱卿不愧是圣祖调教出来的人才，是圣祖给朕的最好遗产啊。朕也赐你一副对联吧，就挂在后园的书房里：绿荷池畔吟新句，翠竹林中披异书。朕知道你忙于部务，然《明史》和《圣祖实录》也要抽空编写。待明年方苞还朝，朕就着他帮你编撰《圣祖实录》，你和他都在圣祖身边服侍多年，圣德神功无不亲知灼见，纂修《实录》之责惟你二人可以任之。"

"谢皇上赐联。臣世受国恩，仰蒙圣祖和吾皇信任，虽恪尽所能，难报万一。惟有鞠躬尽瘁，死而后已。"

张廷玉既得赐居名园，迁移之日，同僚自然前来恭贺。无奈张廷玉既不受礼，又不宴客，众人也不过是来园中游走一番，观光而已。

张廷玉新遭回禄，家中财产荡然无存，一应什物，包括衣帽鞋袜都得从头制起。虽有雍正赐银千两，然而廷璐买房置产是一笔不小开支，京城房产价高，那所房子置办下来，耗银在千两以上，仅靠桐城家乡送来的银子是不够的，廷玉便资助了些，手中存银已是不多。如今要搬进这豪华硕大的澄怀园中，园子是皇家的，园中器具什物却要自家置办。以他的财力，只能置办些粗笨的家具了。

然而厅房雕梁画栋，太过华丽，粗笨家什放置其中就觉刺目，颇不相称。同僚们来观光后，不免背地里议论。一日，户部侍郎赖成额也来园中观赏，他是满洲贵族出身，从小锦衣玉食惯了的，对于起居用度颇为讲究。他看着张府中的铺陈摆设，都是些桌椅床凳等生活必需品，连一件像样的珍玩字画都没有，终于忍不住了，对张廷玉道："有道是宝刀配金鞘，宝马配玉鞍，张大人，皇上赏您这么一座好园子，就配上这些粗笨器具，太简陋了罢。是无钱置办，还是张大人天性俭啬？若是没钱，您说句话，我老赖给您送来呀！"

"多谢赖大人好意。张某也不是有意俭啬，只是无意于此。物为我用嘛！够用就行了。吃饭有饭桌，读书有书案，坐有凳，眠有床，这不就够了吗？设若放置许多珍玩杂物，时时要拂拭灰尘，又要防它损坏，竟不是物为我用，而是我为物役了。先父在朝时，居京数十年，一直住在笃素堂官宅里，虽然后来人口众多，屋甚狭小，人皆劝其另置私宅。然先父始终不曾在京置业，他说致仕之后终归要回桐城家乡的，何必要在意这些身外之物，反受其累。张某自幼居家，用具皆是粗陋，因而养成习惯，竟是奢华不来。"

赖成额叹道："满朝官吏要都像你这样清心寡欲，哪来什么拖欠公款之事。这些年，咱们是铺张惯了，互相攀比，奢侈无度，以至于不贪不成啊。"

"张某初到户部，诸事还要赖大人支撑。"

"没的说，我老赖带头还款就是。"

怡亲王允祥听说此事，也来到澄怀园中。对廷玉道："张大人如何俭省至此，虽说居家行事，不能过于铺张奢华，然也要配得上你的身份。这里有一千两银票，是本王赏你的，你不可推辞。"

廷玉忙道："微臣前番蒙圣上赐内帑千金，以作移家之费，置办什物绰绰有余。只是臣乃读书人，自幼留心的是政治经济，于享用一途素不在意。如今又蒙圣上和王爷器重，委以重任，时时惕厉，惟恐草率行事，误了朝政，哪有余暇去讲究服饰器用，徒劳神智。"

"正因如此,本王要格外关照于你。你是圣上的股肱之臣,如今本王总理事务,诸事还要赖你助手,所以本王也不想你为家事劳神分智。赏你银两,便是不欲你为家用操心啊。本王知你清廉,不取非分之财。这可不是贿银,是赏银。"

廷玉还有何话说,只得双手接过:"谢王爷赏赐!"

有道是"公生明,廉生威"。张廷玉到户部之后,一改户部的荒嬉作风,自己寻常不苟言笑,端庄肃穆,其他堂官、司官们便也都端穆起来。

户部执掌各省钱粮之事,一贯是肥差红缺,以往勒拿卡要是常有之事,吃请看戏更是稀松平常,部中坐堂办公的人少,坐四方打马吊牌的人多。张廷玉上午朝会,在内宫行走,下午则到部办公,常见部中人缺张少李,详察之下,方知聚众赌博去了。

一日,众人正赌得起劲,忽见张大人踱了进来,众人惊恐,纷纷站起,廷玉道:"请坐请坐,诸位这是在做何功课?"

众人见问,哑然面对:明摆着是在打马吊,这张大人不愠不怒,倒问在做何功课。他这葫芦里到底卖的是什么药?

廷玉笑道:"怎么,本官有不明白处,诸位竟不肯指教?"

见问不过,一人嗫嚅道:"回大人,下官们一时糊涂,办公时间打马吊,实是不该……"

"哦,原来这就是马吊哇!本官可是第一次见识,如何玩法,倒真要好好讨教讨教。"

众人见张大人面含春色,大有兴趣,便赶紧让出一方,请他入座。那张廷玉对马吊牌是一窍不通,从"十万贯""万贯""索子""文钱"问起,如何做庄,如何算番,如何下本,兴味盎然地学了半天。

就有人献媚道:"张大人要学此道,下官那里有《马吊牌经》和《叶子谱》,回头给张大人送去。"

张廷玉闻听此言,"唰"的一声将拿在手中纸牌摔在桌上,斥道:"好哇,还真当学问做了。难怪先父生平最恶马吊,谓其有巧思,聪明之人,一入其中,即迷不知返。所以自幼我家兄弟诸人未曾见识过马吊,今日算是开了眼界。学了半天,马吊没有入门,倒知道了你们一场马吊下来,输赢动辄十两百两，试问你们年俸不过十几两，养家糊口尚且不敷，如何有闲钱作此勾当？还有你，是来京解送钱粮的外省官罢，办完公务，如何不速回任上，在京里勾结上官，是何道理？尝闻民间赌博，动则鬻田卖宅，甚至以妻妾抵债，弄得家破人亡的不在少数。官吏沉溺于此，不但无心公务，且易流入贪墨不法。诸位好自为之，今日是首次发现，本官不予追究。自此约法三章，若再发现公干时间聚众赌博，一次罚俸半年，二次引咎思过，三次革职回家。别怪本官制度严厉，本官幼承家教，先父曾刻此图章，每写家书，必用此印章钤于书尾。本官谨受其教，以致今年五十多岁了，还是初次见识马吊为何物。如今我兄弟也以此教导子孙，诸位也请看看这图章罢，或许可以触目惊心。"说罢，掷下一枚图章，拂袖而去。

众人见张大人由嬉转威，早已吓得瞠目结舌。待他走远，才拿起那枚图章来看，当见阳文镌刻的是："马吊淫巧，众恶之门；纸牌入手，非吾子孙。"显见得张大人今日之意是"马吊入手，非吾部属"了。

对于马吊牌、打双陆等赌博之风的厌恶，雍正皇帝显然比张廷玉更甚。不久，朝廷便正式下了禁赌令，明文规定民间禁设赌坊，朝廷官员即使私下玩乐，也不许涉及银钱，否则将按律治罪。

其实户部的赌博之风，乃是向地方官索贿手法之一种，其他部院也有此事，只没有户部这么普遍成风罢了。朝廷明令禁赌之后，无疑也堵了他们的一条财路。

被堵的财路还不止这一条。一天，银库司官来请批文，说是某省解来库银，这是随递上的各县钱粮细目，可是此目内误将"元氏县"写成"先民县"，如此马虎潦草，当打回批文，驳问该省。

张廷玉接过细目一看，哂然一笑，道："不必驳问该省，只驳问贵司书吏便知。"

司官道："大人何出此言？正是本司书吏审查细目时，发现了错误，如何倒要驳问于他？"

"你这个司官啊，实在也糊涂，不知被你的书吏糊弄了多少次？你且细想，若是'先民县'误写为'元氏县'，当是外省之错。现在可是'元氏县'写成了'先民县'，分明是你的书吏添笔作伪，以向解官诈取钱财。这等伎俩，也太过儿戏了，你难道真的看不出来？"

"大人不愧经多识广，下官这才知道胥吏作耗，竟没把我这个司官放在眼里，几乎被他愚弄了。哼，下官这就请他走人。"

"本官在刑部时，经见此类伎俩多了。这些小吏，靠此发财，只怕岁入比你这司官多了去了。上官勒索下官，下官必勒索百姓。近年来，各地耗羡越征越高，有的竟高于正项税银。如此下去，百姓何堪忍受？只得拖欠正银。于国无利，却养肥了一群硕鼠贪官。"

司官仔细一想，是啊，一省地方，下辖几个州县？还能轻易将县名写错？而自己手下属吏捣鬼，要将"元氏"改为"先民"，只不过略微动笔即可，恍然悟道："大人虑的是。下官在库司，每见外省解官，在京挥霍无度，实在是比京官阔气得多。"

"本部掌管钱粮，关乎国计民生。当今圣上深悉治国之道，所以第一道谕令便是收回积欠。如今各省动作得如何？"

"都还在相互观望着呢。"

"他们望的是京官堂部。上面不动作，下面必以为是干打雷，不下雨。就像前几年一样，屡次申斥归还积欠，最后都不了了之。不过，这次若还再观望，那就是不识时务了。当今圣上初登大宝，决心改革积弊，励精图治，他从户部开刀，你们可不要碰到刀刃上。你的欠款还清了吗？"

"回大人，下官已决定卖掉在京房产，再让家中卖些田地，不出三月，必还清欠款。"

"卖了房产，你如何居住？家中有多少田地？都卖了，是否会影响生计？"

"谢大人关心！不瞒大人说，这十几年来，我们在户部，实在也闹得不像话，你贪我也贪，你欠我也欠，竟拿国库当作私产了。下官在京城有三处房产，卖掉两处，还有一处留着居住。乡下这些年也置下了几千亩地，卖掉一些，不影响生计。这人啊，就是贪心不足。其实日不过三餐，眠不过七尺，这道理谁都懂，就是见钱眼开，忍不住。"

"你能这样推心置腹，本官很感谢你。你想你一个六品司官，岁入不过几十两银子，有那么多财产不明霸着来路不正吗？先父为官一生，官至一品，多次蒙圣祖皇帝赐金，一生也不过置田千亩，还是羸瘦瘠田。本官也居官二十多年了，现食一品俸禄，却未曾置过一椽一地。"

"正是张大人自身清廉过硬，我等才惭愧得很呐。有道是'上行下效'，如果上官都像张大人这样廉洁自守，我们下官又哪敢轻举妄动呐。不瞒您说，以前在户部，你若太过清廉耿直，必被认为胶柱鼓瑟，不得上官信任，也不得同僚人缘。"

"那如今本官来了之后，此风是否可以改过呢？"

"大人自身清廉，就是最好的榜样。大人无贪墨之心，必当能用人惟贤。既如此，谁不克己修身，一心向上呢。久而久之，清风渐起，颓风自然败落。"

"说得好，你们都是朝廷官吏，读尽圣贤之书方考取的功名。这修身、齐家、治国之道，一刻都不能忘。"

"谢大人教诲。"

"你若真觉得我说得在理，就赶紧把欠款还上罢。皇上下诏已几个月了，大家还在互相观望，心存侥幸。看来是有人不见棺材不掉泪呀。"

仿佛是为了印证张廷玉的话，不久，户部侍郎赖成额被革职，原因是带头欠款，御下不严。经查，户部官员历年来积欠国库公款累计达一百五十万两，赖成额一人就侵占了三十万两。就算他带头还清了欠款，还是遭到了革职处分。

这是一个信号，人们终于认识到雍正此回的清欠运动是动真格的了。户部有张廷玉坐纛，其实就表明了雍正的决心。

张廷玉在朝为官二十余年，他的"廉"是出了名的，而他在吏部处置"张老虎"的手段也在朝中传得神乎其神。户部官吏要想在他手下保住饭碗，还清欠款当是第一要务。在赖成额革职之后，人们终于不再观望。接下来便是各显神通，有钱的当即还钱，无钱的也到处借债。不出一年，户部历任堂官及部吏便将一百五十万两的巨额欠款悉数还清。

户部带头，各省还有何话说。纷纷报来计划，保证三年还清历年积欠。对于欠款大户江浙等省，皇上则派出钦差，帮助清理积欠，追讨债务。

在清欠运动中，又查出内务府官员李英贵伙同他人冒支正项钱粮一百余万两案，于是将一干人犯锁拿治罪，家产抄没充公。还有山西巡抚苏克济勒索属下州县银两巨万，也被抄没家产，归还国库。

在这场为期三年的清欠运动中，因此落马和败家的官员不在少数。雍正皇帝也落下了寡恩、刻薄等骂名。但他毕竟治的是贪官墨吏，反的是奢靡之风。正是由于他坚决以强硬手段收回钱粮，整饬吏治，才使一度陷入困境的国家经济重新振兴起来。到雍正五年，国库存银已达六千余万两，超过了康熙朝最为兴盛时期。各省地方财政也都仓盈库足，账实两符。

也正是在这场清欠运动中，雍正才真正见识了张廷玉天才的经世济邦手段。接下来的"摊丁入亩""编棚入户"和修改"逃人法"、建立"养廉银"等重大改革措施，都是在张廷玉执掌户部时推行出台的。

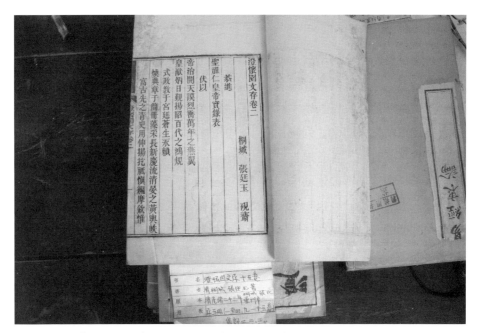

张廷玉作品《澄怀园文存》,现存桐城图书馆。(白梦摄)

第廿六回
封丘城士子闹学政　全南山尚书探棚民

雍正二年三月，皇上在中南海御稻田举行耕籍大典，以示关心民谟，重视农耕。张廷玉是户部尚书，也称大司农，因户部兼管农桑之事。照例皇上亲耕，大司农从耕。

御稻田里，前面一柄犁铧缠上了明黄绸缎，黄牛已经驾轭，身上也披上了黄绸，后面的牛和犁上则用的是红绸。

辰时正刻，皇驾卤簿在鼓乐声中逶迤而来，文武百官随驾而至，把个御稻田围了个严严实实。

雍正帝头戴皇冠，身着龙袍，焚香礼拜，祈求皇天后土、四方神灵保佑一年风调雨顺，五谷丰登。文武百官也在张廷玉的带领下，祭过天地和神农氏。然后，鼓乐停下，雍正走向田头，扶犁举鞭，催动耕牛，张廷玉紧随其后，也走下田去，扶犁躬耕。

那牛也不知驯了多少次，竟稳稳地一路向前犁去。皇上耕籍，照常例是三耕，雍正帝一连耕了三垄，停下耕犁，喘一口气，意犹未尽，又犁了一垄，方走上田来。张廷玉也随之三耕之后，再加一耕。

看着自己亲耕的土地，嗅着泥土的馨香，雍正终于从繁杂的政务中醒过神来，感到了一种自即位以来从未有过的轻松。他笑对张廷玉道："大司农，你这田犁得不错嘛。咱们君臣就做一对农夫也是蛮合格的呀。"

"回禀圣上,微臣是耕读之家,昔年在家乡读书时,每当春耕秋收农忙季节,都要到农庄上帮忙务农。这是先父定下的规制。没想到圣上的田也犁得这么好。"

"圣祖自幼教诲我们兄弟,要爱养百姓。民者国之本,生计在畎田。圣祖自己亲自种植御稻,每年都要把种子分给我们兄弟,让我们在各自的庄子上种植。朕也是从小就扶过犁,耕过田的。"

"微臣居京之后,二十多年没扶过犁了,今日初耕时,真有点手忙脚乱了。"

"朕可没有手生,朕在藩邸时,年年春耕还是要亲到田庄去的。朕其实不想做这个皇帝,朝乾夕惕,宵衣旰食,有见不完的臣工,批不完的奏折。朕要做个农夫多好。"

"可是农夫人人做得,皇帝可不是人人能做的。做个好农夫容易,做个好皇帝可不容易啊。圣上宵旰勤政,正是百姓之福啊。就如今日的亲耕,百姓们知道皇上这样重视农桑,必精心理田。"

"可是朕最近接连收到密折,各地都有豪绅霸产之事。富者田连千里,贫者无立锥之地。天下百姓都是朕的子民,朕不愿有一人流离失所,衣食无着啊。李卫上了一个'摊丁入亩'的折子,我已批到你部,回头你仔细看看。还有江浙一带'棚民'之事,听说你力排众议,到底有何想法?"

"'棚民'之事微臣已思虑多时,回头仔细向圣上禀报。"

原来雍正在康熙末年为亲王时,便执掌户部之事,那时"棚民"就已逐渐成势,赣、浙、闽三省都曾为此上过奏折。若非后来圣祖宾天,他已决定亲往棚民聚集的三省交界之地访察一趟,以便掌握实情,合理解决。

近日,他又接连收到江西、浙江等地奏折,说是近来"棚民"滋事日甚,已有啸聚山林之势,因事涉多省,地方难以协调,请朝廷火速议决。

谕旨朱批王大臣、九卿会议此事,会上众人多以为该让几省共同派兵围剿,强行驱散,永绝后患。独张廷玉提出异议,以为应该'以抚代剿'。他是户部掌首,棚民之事涉及逃人、户籍,正是他的本部事务。他既有不同意见,众人当然不好强行决议。

张廷玉对此事的考虑自然比别人更为慎重。和雍正一样,对于棚民问题，他也是早有所虑。那还是康熙皇帝在六十一年时给他出了这个题目。

鉴于前次在刑部时现场办案的经验，张廷玉觉得对于"棚民"之事不能光看条奏，需得实地考察，摸清底细，取得第一手资料，定出合理的解决方案。

当晚，张廷玉秘密请见雍正。雍正还在灯下批阅奏章，听得张廷玉求见，立刻传见。

跪拜赐坐之后，张廷玉道："微臣特来禀报'棚民'之事。"

"朕正想听你的见解。"

"圣上爱养百姓，视天下子民皆为赤子。臣思'棚民'也是百姓之一种，其流离失业原因有待勘查。到底如何啸聚生事，是否结党为祸，也当侦得实证。从表奏上看，亦不排除地方害怕担责，枉自夸大以报的情况。臣于康熙五十七年奉圣祖钦命办理山东盗案，便深有体会。所以臣想微服前往衢州、广信等地，探查实情，再作定断。"

"爱卿之意和朕不谋而合。朕为亲王时就曾想过微服探访此事。爱卿不愧是圣祖调教出来的，忠公体国，能察朕爱民之心，实是赤心办事的贤良臣子。"

"上体君王，下护百姓，乃人臣之本分。先父赐臣'衡臣'二字，就是要臣一肩挑两头，左顾右盼，做个'衡臣'。"

"张师傅不愧贤臣良相，教子有方啊。衡臣，朕就委你钦差，赐你黄马褂，着微服私访'棚民'之事。"

"微臣领旨。"

"另外，朕想让你带四阿哥一起去。朕自幼年就跟着圣祖皇帝南巡北狩，长了不少见识。朕的皇子们可是一直养在深宫的。朕也没有工夫出去巡狩，无法带他们出宫。四阿哥智慧过人，是圣祖看上的皇孙，圣祖曾嘱朕善加爱养。朕想让他经见世面，体察民情，长些见识。"

"可是皇上，臣这次是微服私访，所去之地可都是险地呀。四阿哥身份尊贵，微臣怕担不起这个责任。"

"爱卿放心，四阿哥有些拳脚，知道如何保护自己。你是朕的股肱重臣，朕也不能让你轻涉险地。朕会派大内高手一路暗中保护的。"

"如此的话，臣想将犬子若霭也带去。一则可以给四阿哥做个伴，二则关键时刻也可起到鱼目之用。"

"若霭多大了？朕体会你的苦心，你的儿子也是珠玉，而非鱼目呀！"

"回圣上，犬子若霭今年十二岁了，比四阿哥小了两岁，正好可扮作一对兄弟。"

"好，明日带若霭进宫，朕要赐宴。"

"谢皇上隆恩。"

第二日午后，张廷玉遵旨带若霭觐见。四阿哥弘历已先在乾清宫中，站在雍正的御座旁边。若霭进得门来，先让父亲行罢跪拜之礼，然后才上前一步，有板有眼地行了三跪九叩大礼，口称"吾皇万岁万万岁"。雍正见他跪在那里，便赐他站着说话，他方才起立，站到父亲身旁。

雍正见他生得眉清目秀，举止端庄有度，便心生喜欢，招手让他过来。若霭看一眼父亲，见父亲颔首，便走到御座前站定。

雍正拉着他的手，上下看了一遍，道："嗯，好一副聪明隽秀的模样，只是长得不太像你父亲，比你父亲还要隽秀，想必是像母亲吧。"

"回万岁的话，若霭长得也不像母亲，父亲常说我长得像大伯。"

"嗯，朕知道你大伯是圣祖皇帝身边近臣，只是无缘一见。"

张廷玉道："回圣上，若霭长得跟臣的大哥极为相像。臣的大哥相貌俊秀，性格温和，曾深得圣祖皇帝喜爱。"

"朕像若霭这么大时在上书房读书，那时就听说张师傅的长子善绘丹青，后来还在圣祖皇帝那儿看见过他画的扇面。不知这份天才若霭像不像他。"

"皇上圣明，臣这几个兄弟中，就臣是个读死书的，其他几个倒是琴棋书画都来得，只是没有大哥精湛。可惜臣的大哥死得早，没能亲自教导若霭，不过若霭自幼倒跟着他三叔廷璐和堂兄若需习字学画，虽不好，也能涂鸦几笔。"

弘历最喜风雅，听了若霭善画，忍不住叫道："啊呀太好了，张师傅，回头让若霭给我画几把扇面，行吗？"

"四阿哥喜欢，让他画就是了。只他还是孩子，画技太拙，怕不入四阿哥青目。"

"好了，弘历，别闹了。这一路你和若霭同行，要画多少扇子不行。只是你要听张师傅的话，不许耍皇子脾气。还有若霭比你小，是你弟弟，你要处处关照于他。知道吗？"

"皇阿玛放心，孩儿一定听张师傅的话，和若霭做好兄弟。皇阿玛您也要说话算数，只要孩儿这次不闯纰漏，下次还让张师傅带孩儿出去。"

"那是自然，君无戏言嘛。好了，别饶舌了，你看若霭多沉稳，不多一句话。"雍正虽语带训斥，但眼含笑意，看得出他对弘历这个儿子是打心眼里的喜爱。

"有其父必有其子嘛。张师傅就是惜言如金的人，他的儿子当然也就不饶舌喽。"

"那你的饶舌是像朕喽？"

"不，皇阿玛一字千金，孩儿爱说笑，是跟皇爷爷学的。"

"你以为你皇爷爷从来就那么爱说笑哇。像你这般大时，你皇爷爷已经除鳌拜，亲政事，日理万机了。你见到的皇爷爷只是晚年的皇爷爷罢了。好了好了，留着你的饶舌一路上慢慢跟你张师傅和若霭说去。"雍正慈爱地拍拍儿子的肩膀，又拉起若霭的手交到他手中，道："去，你领若霭坐下面案上，让你张师傅坐在朕的旁边。传膳。"

雍正寻常在朝严肃多于和煦，来陛见的官员都战战栗栗的，就是张廷玉几乎日日见他，也难得见到他如此轻松地说话。显然在弘历面前，他并不严苛，反倒是个慈父。张廷玉想，满人自来提倡的是"抱孙不抱子"，所以一般父子之间都不苟言笑，雍正之所以如此爱养弘历，除了圣祖对弘历格外宠爱之外，恐也与雍正子嗣不多有关。这一点，他自己是深有体会的。他如今已五十三岁了，才若霭、若澄两个儿子，而且若霭年才十二，若澄还不到三岁。雍正比他小六岁，也是四十七岁的人了，长子弘时也还不到二十岁，弘历、弘昼都才十四岁。两人都是殇过多子的人，自然对成林的儿子们格外护爱。过去人结婚早，父子年龄相差在三十岁以上，也多少有些隔辈的情怀了。所以皇上也和自己一样，难免对儿子慈多于严。

席间，雍正又叮嘱了许多，交代弘历在外的身份是廷玉的侄儿、若霭的堂哥，所以要向侍奉长辈那样侍奉廷玉，绝对不能耍皇子脾气，露出破绽。

这对于弘历来说，做起来一点不难，因为张廷玉本来就是他上书房中的师傅，平时就执弟子礼，惯了。若霭斯文得像个女孩子，也很讨他喜欢，皇阿玛不叮嘱，他也会像阿哥一样护着他的。

雍正崇尚节俭，寻常饮食都只有一荤两素，也不饮酒。今日特加了两个荤菜，一壶黄酒。君臣二人各饮了几小杯，便不再饮。这对君臣可是天生的搭档，张廷玉自幼脾胃虚弱，不能多食，且饮食清淡，长年以茶代酒。雍正是在藩邸时学佛多年，常常吃斋，所以寻常都以素食为主。

饭罢，献上茶来，雍正知道张廷玉最好此道，对饮茶也颇有讲究，特为让人用玉泉山水泡了上好的龙井，张廷玉果然喝得心旷神怡，连连赞好。雍正便让太监传旨，将这龙井抬上一篓，送到张廷玉府上。

张廷玉忙要跪谢，雍正摆手止住："爱卿实心为朕办事，几片茶叶何足道哉。"

饮着茶，雍正示意弘历带若霭去外间等候，这里他又对张廷玉道："衡臣，近日朕接田文镜折子，奏报他那里有种田高手，亩产要高出常人二三成，他奏请朝廷给予表彰。你是大司农，此事如何考虑？"

"农桑乃民本，民富国安宁。田文镜的奏请不是没有道理，朝廷表彰可起到以一带百的作用。"

"朕的意思想索性创一个'老农制'，各县都推选出一两个种田高手，赏给九品顶戴，以示荣宠。"

"皇上高明，如此一来，'老农'有了职衔，便可指导当地的农桑种植事宜。臣此番往浙赣，不若就走西路，经河南看看，可好。"

"行，去会会田文镜，朕看此人是个实心办事的能臣，你替朕去考察考察他。另外，去年朕点了廷璐为河南学政，你也可顺路去看看他。"

"谢圣上恩典。臣父子兄弟都久值内廷，廷璐第一次放外任，臣怕他不能胜任，是该去看看他。"

"这你放心，廷璐在南书房当值有年，在圣祖和朕身边都待过，皇帝身边的人，还当不好一个小小的学政。若不是廷珩进了南书房，朕还舍不得放廷璐外任呢。"

"臣知道圣上是为廷璐好，学政是个肥差，光是门生一年三节例有贽敬就很可观。臣特为要叮嘱他的就是一个'廉'字，惟有'廉'才能'清'。

否则必不能公正为国家执掌文衡。"

"师门赘献是成例，也不过微薄的一二两银子，此乃人之常情，尊师重道，不为贪墨。朕是要整饬吏治，廓清朝纲。但若这一点都不容，便是太过胶柱鼓瑟了。"

"圣上所言极是。然学生有富有贫，为学政者，例份的赘敬还应考虑到奖掖救济贫而好学之人。有教无类，方体儒门教育之道。"

"哈哈，爱卿是要乃弟'取之于斯，用之于斯'喽。"

"臣只是要告诫廷璐，既为督学，当平等护爱每一个士子。先父和长兄殁逝多年，臣既为长，对弟侄辈当有教训之责。"

"好了，你回澄怀园罢。明日起程，晚上好好和家人聚聚。回头朕还要让内务府送份笔墨纸砚去，你顺路带去，赏给廷璐。"

"微臣代廷璐谢过皇上。"

第二天，一辆马车悄悄从正阳门出京，没有人知道车上坐着一位一品大员和一位当今皇子。几个着短打扮长随模样的人徒步走在车后，寻常人看不出来，其实稍有眼力的人便会从手脚行动上看出他们是身负武功之人，连他们也只知奉旨保护张大人和张家两位公子，而不知那大公子其实竟是皇子。一个穿长衫的管家模样的人骑在马上，管家姓文，终日戴着一顶六合一统的瓜皮帽，从不见摘下。其实他是一位光头和尚，法号文觉，那条辫子乃是假的，摘下帽子岂不露了破绽。文觉和尚是代雍正出家的替身和尚，早在几年前就进入了雍王府，他一身武功，此行的任务是专为保护弘历皇子的。

这一行人掩了身份，韬光养晦，行藏不露。逶逶迤迤地走在官道上，实在也不稀奇，通京大道上南来北往多的是这种客商。

只是这种客商不住店，而住驿。这也不奇怪，兴许人家是为皇家采办的官商哩。

客商姓张，管家管他叫张二爷，高挑身材，面白无须，清清瘦瘦的南人模样，操一口南方口音的官话，穿一件香云纱的长袍，手上的折扇合多开少，恰有一种务实多于风雅的感觉。带着两个男孩，说大不大，说小不小，都是眉清目秀，举止端庄，让人一见就觉这种人才，学习经商是有点委屈了，倒比许多读书种子还要灵秀。攀谈起来，果然是南方世家出身，读书不成，改行从商，靠着家中有人在朝为官，便走了官商一路，专门为宫中采办茶叶、海货等。两个男孩，一子一侄，都在私塾读书，这是第一次出门，见习一下商务。

一路上晓行衣宿，无有惊险。若霭长这么大，还是第一次出京；弘历虽曾随父亲和皇祖去过避暑山庄，但那是大队人马，仪仗卤薄的，一点自由也没有。这一回可是小鸟出笼，大开眼界了。

两个孩子不肯总坐在车轿里，一会儿骑马，一会儿步行，沿途看不尽的明媚春光，繁华集镇。

从京城出发，途经保定、邯郸，到了安阳，便是河南地界了。正是插秧季节，布谷啼鸣，人勤春好，驿道两旁田连阡陌，远舍近村，人烟蔚蔚，时闻田间劳作的人们欢歌笑语。张廷玉也时不时走下车来，步行一程，偶尔驻足，问问做田人收成如何，赋税可堪承受？

农人们告诉他，这几年黄河修好了，不再决口，反倒淤出了好些肥地。去年刚刚到任的大吏田文镜鼓励开荒，常常到田间地头与百姓请教农事，叨问家常，是个爱民的好官哩。收成嘛，只要老天开眼，不涝不旱，地里不会长出金子，但粮食总是有的。赋税是重了些，但自田大人来后，火耗银子已降了一分。田大人还在与百姓商量，想要将丁银摊入亩数，若真能如此，可是咱穷人之福了。为什么呢，咱穷人地少人多哇！摊丁入亩了，就公平了嘛！只怕没那等好事，那田多人少的富户不干呀。自来官府都是替富人说话的，咱穷人命贱，没人管。

张廷玉告诉他们："当今圣上可是要管穷人的。这种'田连千里，竟少丁差；地无立锥，反多徭役'的现象是要变革的。今年直隶已开始试行'摊丁入亩'了。如果田大人有决心，可能河南很快也就要施行了。"

"啊呀，你这位客官的话要当真，那咱们可要天天给雍正爷烧高香了！"

一行人且看且走，在河南境内行了几日，到了省城开封。

中原乃富庶之地，开封又是个古城，甫进城门，便是说不尽的市井繁华，人气兴旺，街面商铺林立，道上行人熙来攘往，不独弘历和若霭早已跳下马车，就是张廷玉也忍不住挑起了车帘，一路张望。

弘历指着沿途的店铺行人，兴奋地对若霭道："快看，快看啊，这就是

《清明上河图》里的汴京啊。回头你也给我画一把《清明上河图》的扇面。"

"这我徒手可画不好，得回京以后照图临摹才成。可惜我见过的《清明上河图》也都是赝品。"

"没关系，内务府藏了好多字画，回头我带你去看。不过你给我画扇面就画现在看到的就好。"

"那就不是《清明上河图》啦。"

"有什么关系，不是张择端的北宋《清明上河图》，是我大清张若霭的《清明上河图》嘛！"

张廷玉也忍不住下车步行，走在两个少年身后，听着他们的谈话，颇觉有趣。这个弘历，难怪识人无数的康熙皇帝会从上百个皇孙中独独挑上他，确有些过人之处。

学政府离包公祠不远，廷璐事先并未接到消息，猛可里见了二哥和侄儿，真是惊喜万分。廷玉自来谨慎，此行是微服钦差，不便透露目的，更兼带着弘历，责任何其重大！只告诉廷璐因直隶已试行"摊丁入亩"，此番是奉旨微服前往河南、江浙一带考察此事的，看明年能不能推而广之。因是要来河南，若霭思念三叔，便带了来，也好一路长长见识。另一位洪哥儿是替别人顺路带往浙江的。

廷璐、廷玉都是南书房出来的人，知道"事贵缜密"的道理，自来居家不议朝政，即是兄弟之间也是当说便听，不说则不问。

当下廷璐便不多问，安顿众人住下。这里兄弟二人约有半年多不见了。相互叙了些家常，问了各自家眷安好，便谈些学政上的事。廷璐是江南人氏，初到河南，于民风一节尚有些不惯，他告诉廷玉："中土之人比南人粗豪，河南生员可不像江南士子，温文尔雅，埋头诗书。我来任上不过半年，就接到不少生员告学官者，动辄几人联名，或言拔廪不公，或言考棚作弊。"

廷玉道："胥吏舞弊之事，或是有的。你为学政，总督一省教务，不比在南书房，胳肢窝里过日月，奉旨办差。如今要学会督率属下。"

"这一节我也想到了，总归说了，在我任内的事我负责，前任的旧账我可不想管。为什么呢？我们这巡抚田大人呐，可是个急性子，见着风就是雨。这写帖子告阴状的事，总也不能听信一面之词罢。可田大人呐，要听说了什么,非得先把人治了再说。"

"说起田大人,我倒正要问问,此人也是去年刚上任的吧。政声如何?"

"田大人倒是个清官,爱民如子。他上任后,首先就把火耗银子降了一分。又鼓励开荒,还说要上报朝廷,推行官绅一体纳粮,直隶不是已经摊丁入亩了吗?他也想在河南推行。这些政策都是于穷民有益,而于绅衿富户不利的。难免豪绅仕宦不喜欢他。可他也有一条,凡士子跟贫民打官司,不问青红皂白,十有八九输的是士子。为什么呢?先入为主了嘛,心先就偏向了。所以啊,士子们不喜欢他,造了好些谣,说什么他是纳捐出身,不是正科,所以不喜读书人。这样一个局面,我这学政可有点为难了。"

"你秉公吧。官绅一体纳粮,摊丁入亩,降低火耗,都是惠及万千百姓的仁政。当今皇上决心兴利除弊,励精图治,革除数百年之颓风陋习。我们当臣子的,应体会君心圣意。士子乃国之精英,应比普通民众更体贴朝廷才是。不能站在自身角度,光考虑一己利益。那就失了儒家之道了。"

"是啊,我想官学里应先将这些道理讲清,然后可以晓谕大众。可田大人耿得很,他是不屑于和士子们舌辩的。凡有政令,一纸下来,推行就是。"

"这田大人我是肯定要见的。怎么样,就以你名义作东罢,请他过来谈谈。免得我去巡抚衙门,袍服官带的,还要他破费。"

"这我可不敢。这田大人可是个苦行僧,从不赴宴的。你若请他,他首先就派你一个居心不良。你去见他自去见他,他顶多也就让你在驿馆里吃官饭,不会宴请你的。你还是明日白天去巡抚衙门见他罢,今儿晚上我在'依水而居'给你们接风洗尘。"

"这位田大人如此胶柱鼓瑟么?难怪人说清官多严刻,且盛气凌人。其实居官清廉乃分内之事。若能如是想,方是处之泰然。"

"这也难怪他。火耗银子降得那么低,是实打实的火耗,没有昧下一毫。这样的清官若没有家中财产帮衬,光靠俸禄也只有养家糊口而已。"

"这倒也是,要想官清,不在火耗上盘剥百姓,中饱私囊,还得有'养廉银'才成,毕竟开府建衙,迎来送往的礼节还是要有的。"

"这是你户部大堂应该考虑的事,可与我无关。你有养廉银,于我学政府自然有好处。你若没有,我也不会贪墨一分。毕竟咱们还有些家产帮衬啊。"

"我这次来,还给你带了一百两银票呢,助你做个清官。学政是个肥差,我怕把你熏坏了。"

"放心吧,二哥!我们兄弟是什么出身?若连我都坏了,还是文端公之子,你这个户部清尚书之弟吗?你何必又给我银子,家中地产我们可是一样的份额呀。你有,我也有哇。你就比我高了二品,那俸禄也有限,一年也多不了几十两银子。"

"嘿,要说我这清官当得可真不冤。圣祖皇帝手上不时赏赐不说,当今圣上更是多有嘉赏。前回失火又赐银子又赐园子,后来怡亲王来澄怀园,说我陈设太过粗陋,又赏了一千两银子。哪用得了呢?我也给了廷璆一百两,又给家中三姐寄了一百两,这是该当你得的,同沾君泽嘛。"

"好了,我收下了。还有圣上的赏赐,回去代我谢恩吧。走,今儿可是我自掏腰包请你和若霭,不会假公济私,动用公款请你这个一品大员的。"

"依水而居"就在汴水河畔,是当地有名的酒楼。当晚,张廷璐在此宴请张廷玉一行。

开封是汴京古城,自北宋起夜市就极为有名,一到晚间,汴水河畔灯火辉煌,水底楼头,相映成趣,酒楼歌肆,游船画舫,其繁华景致不输金陵秦淮。

与众多笙歌丝竹、南曲昆腔的酒楼相比,"依水而居"是极为雅洁的一间,酒楼内没有歌妓侑酒,除非客人自己带有女眷,否则店内也不给叫条子。张家兄弟幼承家训,"戏子娼家不进门",自来对于弹唱一道都不甚热衷,天性喜静不喜闹。所以廷璐选中了这家。

楼上雅间花窗打开,下面便临着汴河。风从水上吹来,带着轻轻的寒意,拂过微醺的面庞,格外惬意。弘历也不善饮,但他却生来事事要强,像个小大人似的和众人都干了一杯,此时面现酡色,便从席上退下,拉着若霭伏在窗口看风景。看汴河两岸的灿烂灯火,听远处传来的轻歌曼曲和隐隐的捣衣声。

文觉和尚入红尘俗世中修行,颇能随机应变,他的斋戒并不严,虽不吃鱼肉,但肉边菜还是吃得的。否则,硬要餐餐斋饭素食,岂不容易让人看出破绽。那几位大内高手此时也都换上了绸袍马褂,俨然是一群富商豪客。这些人都好酒量，千盅不醉。张氏兄弟量浅，他们也不做作，撇了主人，相互间喝了个痛快，十余日的旅途奔波之累一扫而光。

第二日，张廷玉依然便服轻裘，不带从人，只让张廷璐引着来拜会田文镜。

两人幸亏到得早，田文镜正要外出，见学政领着个不绅不商模样的人来了，只得退回后衙，拱手虚礼一下，让了座，也不献茶，开头便道："张大人，有事快讲，咱还要下乡哩。"

廷璐道："不是本学寻你，是这位张大人奉旨来见你。"

田文镜一听"奉旨"二字，赶紧跪下："吾皇万岁万万岁！圣上龙体安好？"

廷玉道："圣躬安！田文镜起来回话。"

田文镜听说眼前之人原来便是当朝从一品协办大学士、户部尚书张廷玉大人，赶紧再次施礼，这回可不敢敷衍，深深一揖，几至及地。廷玉还了一揖，两人都归座坐定。

引见既罢，廷璐知廷玉与田大人有事要谈，便先告辞出去。田大人早知廷璐乃廷玉兄弟，当着廷玉的面，也不敢怠慢了，直把廷璐送出中门。

复身回来，田大人又命献茶。二人这才有空相互打量。

张廷玉见田大人面色黧黑，身体干瘦，神态严肃，不擅言笑，若非身上穿着二品朝服，简直不能把他与朝廷命官联系起来，倒像个刚从田地里回来的老农。

田文镜看张廷玉穿一身香云纱的绸袍，外罩一件团花马褂，态度闲适，一看就是个富家翁。纵然知道了他的真实身份，也还是不能想象，眼前这个儒雅熙和的人，竟然还有平山东匪案和在吏部制伏张老虎之能。他是不太佩服读书人的，可眼前这个读书人却有一种胸藏万壑的气度，不能不叫他折服。

张廷玉呷了口茶，问起了河南的政务农事。田文镜张口就报，举凡人丁多少、地亩多少、正赋多少、耗羡多少乃至最高亩产多少等，这些数字他都烂熟于胸。张廷玉自己是个能臣，特别喜欢这种干练利索的人。

田文镜又谈了他上任后鼓励开荒的情况，他自己在捐官之前就曾是一个田庄的庄头，自幼对农业生产有着浓厚的感情，也熟知下层贫苦百姓的生活状况。所以自打康熙二十二年当县令起，在他治下就积极鼓励开荒种粮。而且他认为有功名之人不纳税赋是一大陋习，不仅国家损失了大笔税赋，而且会使贫者愈贫，富者愈富。更可恶的是，因此出现的寄名田地也越来越多，霸产夺地之事也时有发生。

所谓寄名田地，乃是有些穷苦人家为逃避税赋，私下里将田产归在有功名的官绅名下，可久而久之，难免会有人见财起意，趁机霸夺田产，若发生此事，穷人往往告状无门。这就是为什么在田文镜手上，只要是百姓与有功名的士绅打官司，十有八九判百姓胜诉的原因。

张廷玉又问了他对摊丁入亩和耗羡归公的看法，接着谈到皇上对他的奖掖种田能手的想法非常重视，准备创立"老农制"，让各县都推举种田高手，朝廷给予顶戴，让他们参赞农事。

田文镜听此，高兴得喜形于色："皇上圣明，这可真是亘古未有的创举啊！朝廷如此重视农耕，实乃天下苍生之福。文镜替百姓们额手称庆。"

一个从一品，一个从二品的朝廷重臣，一个科班出身，一个杂绊出身，相谈得十分投机。

田文镜的茶叶实在难喝，但张廷玉谈得口干舌燥，还是忍着喝了几盅。

时近中午，张廷玉辞出，田文镜果然一路送他到了驿馆。驿丞见巡抚大人来了，赶紧过来伺候。张廷玉等人的身份只是为朝廷办事的差官，巡抚大人倒吩咐按最高标准接待，还自己亲自作陪，令驿丞有点丈二金刚摸不着头脑。

弘历是闲不住的，又带着若霭和文觉在市上玩了一圈，买了许多白面折扇回来，说是要若霭将一路景色画下来，再配上他的题跋和诗句，岂不也是此行的一大纪念。回到驿中，见了田文镜，倒不甚喜欢，觉得他太有点乌糟邋遢了，有损朝廷命官形象。田文镜自也没把这位洪哥儿放在眼里，这种世家子弟，手不扶犁，脚不履地，满口的子曰诗云，满脑袋的风花雪月，知道什么民生经济？绣花枕头罢了。

会过张廷璐和田文镜，在河南的事务便办完了。一行人继续往南行走。过信阳，经湖北云梦、汉川、鄂州等地，到了江西，又经德化、庐陵，方到了赣州府。在赣州府歇了一日，第二日赶往全南，全南山里便是棚户聚集之地了。

当晚歇在全南城外十里处的寨头驿。这是全南县最后一个官驿了，过了此驿便是山道，翻过大山便是广东地界。

驿丞见惯了客商，可是像张老爷这么气派的大商家却不多见。山里棚民的主要经济作物是茶叶和苎麻，每年春秋两季都有客商来此收购贩运。如今正是春茶上市季节，茶商已陆续到来，都住在这驿馆里。县里的书办也来了，就在驿馆里收税。

这寨头镇本来无驿，只因山区棚户越来越多，茶麻竹木交易越来越盛，县里特为在此处设了驿站，以防止棚户进城交易，影响县城治安。

驿站颇大，有三进房屋，每进十二间，计三十六间，还不包括驿丞和差吏的住房。张廷玉等人要了三间上房，当晚在驿中宴请先到的茶商。茶商们都是老熟人了，只张廷玉是新来的，听说这位张爷来自京城，要替内务府采办茶叶，茶商们自然都来巴结。张廷玉便在席间向众人打听情况，相邀明日一同进山，谁知众茶商道："张爷，我们可没那胆，这些年来，我们年年来收茶，都是在这寨头镇交易，谁也没敢往山里去过。"

"那是为何？"

"听说那山里棚户都是三五成群，聚居深山，悍野得很。官兵都剿灭不了，我们商人带有钱货，谁敢轻涉险地。张爷要收茶，只需在此等候，他们茶上市了，自然就会送来此处。"

"不成啊，内务府中用茶讲究，我得实地去看山势、土质和雾岚，方才能够定出茶的品级好坏来，否则办事不力，这条财路也就丢了。"

"断了财路也比送了性命好哇。"

"没那么严重吧？我带的随从不少，是来做生意，送银子给他们的，不信山里住的都是土匪。"

"若全是土匪，就该靠打家劫舍过日子，不必种茶叶桑麻了。"弘历坐在一旁听他们说话，这时忍不住插了一句。

"这位小哥可是初生牛犊不怕虎。不瞒你说，就你这斯文模样儿，那山路就够你攀的。"

张廷玉趁机问："不知这寨头镇到山里棚户处有多少里山路？"

茶商们纷纷道："这个我们可不知。张爷真要去，等山上人下来时，你随他们去吧。否则的话，您没找着他们，怕就被虎狼吃了。"

"不知他们什么时候下来？"

"快了，就这一两日了。我们过了清明便来此等候，他们的头茶也就在此前后开摘。"

第二日，山里果然有人挑着茶叶来了。来者共有三人，一个姓林，两个姓孙，早有相熟的茶商将他们的茶叶买下。卖完茶叶，三人便靠屋檐边坐了，向驿丞讨了三碗水，就着凉水吃起了干粮。那干粮是金黄的玉米饼子，看着惹眼，吃起来可是干粉直撒。

张廷玉趁机走上前道："这干粮又冷又硬的，如何吃得，几位请来房中坐坐，看看我们的饭也就要上了，一齐吃吧。"

三人吓得连连摆手："无功不受禄，大爷不用客气，我们山里人吃干的喝冷的惯了。"

张廷玉道："几位不用客气，还真不是无功受禄，在下是有事相求。"

"大爷您能有什么事求到我们呢？"

"坐下边吃边说吧。"

三人硬被拉进房来，拿捏着坐下，张廷玉道："在下也是茶商，想和你们一起进山看看，若山地、茶种都好的话，在下要的数目可大。"

"那是好事啊。大爷您这般贵重的人要进山，在山里可还是头一次呢。"

"山道好走吗？有多远？马车能不能走？"

"最近的山寨也有二十里地，现在就走，天黑前肯定能到。大爷定是不惯走山路的，马车可上不了山，骑驴倒行。"

"那就成，吃了饭我就随你们上山。文管家，你去镇上买几匹驴来，回头我和黑三他们进山，你和两个少爷就留在这驿中。"

弘历叫道："大伯，那可不成，我要跟您进山。"

"山高路险，你就不要去了。"

"那怎么成，您说好教我识茶做生意的，我不去实地看过，光在书本上读《茶经》怎么行。"

"那好吧，你和你若弟都去，文管家也去。"

众人匆匆饭罢，将车马行李寄在驿中，便跟着三人往山里去。驿中商人都送到镇外，看着他们的背影消失在深山之中，众人不禁摇头：这张爷胆也真大，谁不知这山里是棚户啸聚之地，他们竟然毫不犹豫地涉险。可见这皇家生意也不好做呀。

弘历和若霭毕竟年轻，不知疲累，嫌那毛驴背上颠簸，小哥俩便牵着毛驴步行在后。看着林、孙三人上山如履平地、健步如飞的样子，弘历忍不住悄声问若霭："你说他像山贼吗？"

"不像，山贼必定凶神恶煞的，我看他们倒老实得可怜。"

"这一路行了有二十多天了，一点惊险没有，不知进山之后如何？唉，你是想遇险还是怕遇险？"

"当然怕遇险，好好的太平日月不过，为什么要想遇险呢？"

"临危不惧方显英雄本色呀。我自幼练拳脚，可还没真正跟人较量过哩。"

"所以你就盼着能有一次机会，显示显示，是吧？我可从来没学过拳脚，打起架来，可帮不了你。"

"不用你帮，到时我会护着你的。"

"哪能呢？若是有什么险处，你可赶紧跑，别管我。你的命比我矜贵。"

"这是张师傅说的吧。我有天地神灵保佑着，才不会有事呢。"

这小哥俩在后面唠嗑，张廷玉则骑在驴上，一路跟林、孙三人说话，三人操着粤语口音很重的官话，听起来十分费力。饶是他们经常跟外界客商打交道，那官话也实在蹩脚，一句话重复多遍，也只能勉强听个大概。

问起来历，原来三人都是从广东过来的，最早来的是林家，还是躲三藩之乱时进的山，在山里住了有四十多年。这位姓林的三十几岁年纪，便是生在山里的，他到得最远的地方就是全南县。其他两位姓孙的是堂兄弟，迁来山里也有十几年了。他们家族因人多田少，不堪丁银徭役之苦，才躲进深山的。待到问起他们家究竟原籍何处，三人便讳莫如深了。只说来这山里的人大多是佃户，有的与人结了仇，输了官司，在本籍无法居住了，便来到这山中开荒生产，谋条生路。

"你们离乡背井，来到这深山老林，有没有想过叶落归根，回到原籍？"

张廷玉问。

"何处黄土不埋人。我家在这山里住了有四十多年了，我在这山里出生，打小就把这里当作家了。"那林姓棚民道。

孙氏兄弟则说："要说我们背井离乡也是万不得已，家乡好哇，祖坟都在那里哩。可人得吃饭过日子呀。我们兄弟都不是懒人，但在家乡一年做到头，总有交不清的官粮，还不尽的税。在这山里，只要你肯做，开多少荒都成。我们家现在有田有地，种粮种茶，自给自足，还有余呐。"

"那怎么听说还有人结伙下山，拦路打劫呢？"

"那也是没办法的事。去年干旱，山里缺水，粮食和苎麻收成都不好，有些新来的贫户人家无法生活，便结伙去山下行劫，结果招来了官兵，毁了几个寨子哩。"

"就是啊，你们这样没有户籍，朝廷也管顾不了。否则受灾了还可以赈济嘛。"

"张爷您说的可是京城里的话，您在天子脚下，哪知边城远地百姓的生活呀。朝廷的赈粮，能到老百姓手中的有几颗，还不都肥了贪官污吏。"

"可是普天之下莫非王土，率土之滨莫非王臣。你们这样没有户籍，不受约束，终归是流民啊。为什么不编入本县呢？"

"县官们哪管我们死活，只顾着把税收了就得。"

"那你们想不想有户籍身份呢？"

"能不想吗？承您说的，我们现在是流民，就像没娘的孩子，谁都能欺负。平时吧，谁也不管你，可是你想交易点货物，谁都来伸手。全南还算好的，设了驿站，公平交易，按制纳税。山那边的县还动不动派兵丁来山里收税哩。说我们是三不管，其实谁都管。"

一路说着话，不觉已到了半山腰上，山洼里不时现出村庄景象。棚民们告诉张廷玉，这山里棚户一般都是聚族而居，有三五户一处的，有十八九户一处的。林姓棚民居住的林家棚最大，有三十六户人家，二百五十多口人，因为来山里久了，繁衍生息，人口渐多，庄子大了，便成了一个集镇，左近的棚民们逢初一、十五都来赶集。

太阳还未下山时，他们一行便到达了林家棚，张廷玉掏出怀表看了看，才交酉时。林姓棚民便邀张廷玉一行在他们庄子住下，张廷玉听说他们是最大的棚户区，也正想在此歇脚。孙家棚还有一段山路，于是孙氏兄弟告别众人，继续往山里行去。

这林家棚果然成了一个集镇，三十六户人家家家沿路搭棚，那山路便成了一条街道。庄头甚至还有一座小小的土地庙，庙里有青石刻绘的土地公公和土地婆婆。弘历和若霭从没见过这么小的庙宇，觉得煞是新鲜。

一行人的到来将全庄的人都惊动了，家家户户都开门出来观看。那林姓青年直把他们带到自己棚中，他的棚屋在街道正中位置，棚屋甚是高大宽敞。

这家主人便是那青年之父，年龄比张廷玉稍长，约莫六十来岁，身膀结实，面色红润，比一般山里人显得精明。

张廷玉拱手与他见礼罢，便自表身份，言明想来此地看茶。那老人很庄重地点头，请众人坐下。老人的地方口音更重，简直难于交流，他的儿子便在旁通译。好在张廷玉并不着急，慢慢地与他们交谈，得知原来此人便是这林家棚的中心人物，人称族长。

对于张廷玉的到来，他是打心眼里高兴，因为他们这个庄子家家种茶，若真能与张廷玉做成生意，那茶的销路就不成问题了。难得的是张廷玉还那般诚心，亲来深山里看茶，他们这棚户山区，除了官兵和税差，可有年头没来过外客了。

张廷玉见林家的棚屋造得十分高大宽敞，只是茅竹搭架，芦席作墙，不甚结实，也不耐寒。这里虽地处东南，天气不甚寒冷，然而高山之上，潮气太大，棚屋透风透湿，只好在屋中挖一火塘，用以驱除湿气。便问："您老在此居住四十多年了，为何不建座木楼石屋呢？"

"张爷您不知道我们棚户的苦哇，不定哪天官家就来剿你，拆你的屋，毁你的地。我们是被他们剿怕了，这棚屋造起来简单，你拆了我再建，你来了我就躲山里去。这深山密林的，随便一躲他们就没办法了。"

"在这一片山里，像你们这样的棚户大约有多少人呢？"

"打从躲耿藩那会就开始有人往山里跑，后来亲族之间常有人来投奔，谁也不知这山里到底有多少这样的庄子，我估摸着总不下千户，有近万口人吧。"

"那也很可观喽。假如把你们编成户籍,纳入官家管理,不是可以成村成镇甚至成县吗?"

"官家都要把我们赶回原籍去,谁来给你户籍呢?"

"那你们就这样永远做流民,后代怎么办?总不与外界交通,你们不渐渐变成不知王化的野人了吗?"

"我们也没好办法,反正自己管自己吧。我们也是心向王化的。前年有个秀才犯了事,逃进山来,我便留他在此住下,办了个私塾,教孩子们读书识字哩。"

"哇呀,这里还有私塾?林大哥,快带我和若弟去看看。"弘历听说此处还有学堂,大感兴趣,立时就要去看。

张廷玉道:"走,一起去看看吧。"

学堂就在棚街最末尾处,这条街也不过半里路长,几步就走到了。

夕阳已被山梁吃下去半边,晚霞映得山林红成一片,夜岚和炊烟升起来,仿佛一层层红色的轻纱,将整个棚区笼罩着,恍若仙境。张廷玉由不得想:难怪棚民们不愿迁出此山哩。

私塾已经下学,先生是位三十来岁的青年人,正在生火做饭,见族长领着一行外人来了,不知何事,赶紧迎出来。族长说明来意,先生便请众人参观学堂。只见一间大堂里摆着一排排整齐的桌凳,先生教案靠着北墙,北墙上挂着一幅大成至圣先师像,两边贴着对联:读书不为稻粱谋,德行更比才能重。张廷玉看那字体端庄厚重,便道:"先生的墨书很见功力啊。什么出身?"

"唉,在下也曾是县学生,不合跟人争事,得罪了族人,在家乡待不下去了,一气之下跑到这山里来了,教书坐馆,倒也逍遥自在。"

"像你这样读过书,有过功名的人在这棚户里还有没有?"

"有是有的,虽说真正有过功名的不多,但我听说很多大点的棚区都有私塾,还有武馆哩。"

"那这些人没有户籍,无法去考功名,奔前程,岂不可惜?"

"那也是没办法之事。这棚区的人生息久了,自成社会,读书明理,学武保家,大约就是这样想的吧。"

"唉，先生，您这字不错，可画不成啊。这大成至圣先师简直画得像村口的土地爷一个模样。"弘历站在那画前指点着说。

"没办法呀，这山里哪来丹青妙手呢？我就胡乱涂抹呗。你这位公子说的是，这大成至圣先师还真不能画得这样不伦不类，也太不尊重了。族长，下次托人去县城请画师画一幅好的吧。"

"不用请，我这位兄弟保管画得比你们县城的画师强。"弘历指着若霭道。

"洪哥你净瞎说，我哪能画好了？"若霭生性腼腆，见弘历大大咧咧地推荐自己，忍不住脸红了。

张廷玉慈爱地一笑，对若霭道："你就画一幅吧，你的画挂在这深山里也很过得去了。"

"是，父亲。"

看罢学堂，众人又回到族长的大棚，晚饭已经摆上桌了，獐麂野味，蘑菇竹笋，山里的好东西摆了一满桌。众人都走得累了，这顿饭真吃得比什么时候都香。

夜间，众人就在族长的大棚堂屋里搭起了许多竹床，围着那火塘，火塘里加了耐烧的栗树木段。听着棚外山风掠过树梢，流水淌过山谷，张廷玉想：这些人与这山林土地已经融为一体了，硬要将他们遣返原籍实在不是个好主意。

第二日，鸟鸣清辉，露洒林叶，张廷玉跟着林族长上山去看茶。此时，正是采茶季节，满山满坡的茶园里到处都是采茶人忙碌的身影。族长告诉他：这里人每年收入茶叶占了三分之一；另三分之二是麻，那苎麻已长得有人高，忙完茶季就要开割了，一年割三次。茶麻收入已够开销，虽有少量稻田，但粮食是不够吃的，要靠山下买来，其他还有香菇、干笋等，都可货卖。

张廷玉家中在龙眠山里也有茶园，谈起茶的种植、采摘、炒制等，自有一套学问，说他是个茶商，那老者竟毫不怀疑。

下午，张廷玉又到附近看了几个棚区，也都与林家棚大同小异，都以种植茶麻为业，人也都忠厚老实。

　　弘历和若霭这回没跟张廷玉同去，他们来到了林先生的学馆，当真为林先生画了一幅大成至圣先师像。若霭在学堂里天天要参拜这孔圣人，画样早已烂熟于心，那一张雍容端肃的圣人像画成后，喜得林先生直搓手。弘历道："若弟的画得配上我的字，我来写副对联吧。"当即挥毫草书一幅长联："风声雨声读书声声声入耳，家事国事天下事事事关心。"这一对少年，年方弱冠，字画功底就如此了得，胸襟又如此博大，林先生不由啧啧称奇，连连赞道："佩服！佩服！"

　　次日无事，众人在山里又耽搁了一天，主要是等茶叶。因有这京城来的大客商坐地等茶，林家棚家家户户连日连夜将头遍茶全都采摘炒制出来。第四日，张廷玉一行才带着五百多斤茶叶下山，驴子背上都驮了茶叶，扮作随从的大内高手们也都成了挑夫。可茶叶是泡货，仍然挑不下，那林家儿子又带了十来个棚民帮忙，直把他们送到了寨头驿。

　　见他们一行人众安全返回，寨头驿中的茶商们都沸腾起来，纷纷来探消息。张廷玉便将山里情形跟众人说了，便有人也动了心，说是很该去山里看看，说不定茶价还能便宜点。

　　张廷玉觉得自己真是不虚此行，对于棚民之事他已有了一整套的解决办法，只等回京后禀明皇上。

　　林家棚的茶叶确实堪称上品，尤其是其中的一百多斤雀舌。众人便在全南县置了几辆大车，将茶叶打包得结结实实的，装车返回。

　　来去不过半个多月，谁知再经河南时，张廷璐已出了大事。

　　原来，汛期将至，田文镜下令各州县未雨绸缪，加固河堤，封丘县令王大人知道田文镜看不上士子，又要上疏朝廷，推行官绅一体纳粮。为迎合上意，王大人便下令封丘今年修河护堤，官绅一体都有差役。有人出人，无人出钱。

　　官绅们做人上人做惯了，如何听得此话，尤其是那些县学生员们，顿觉斯文扫地。他们本就看不上纳捐出身的田文镜和王县令，觉得他们是有意与读书人过不去。自来士子们最容易闹事，三人成虎，暗地里约定要给县太爷点颜色看看。

春季县试开始了，省里的学政也来了，王大人陪着张廷璐来了县学，考棚里竟空无一人。这里正纳闷：人都去了哪里？早有衙役来禀报：县学的士子们都在县衙大堂里坐地哩。说是要罢考，除非王大人收回官绅一体修河的成命，否则便不入考棚。

王大人听得此言，气得眼睛发绿，怒道："真是锅巴爬到饭上头，反了他们了！要本县收回成命，绝无可能。张大人，你看看这些士子，眼里还有我这个朝廷命官吗？"

张廷璐顾不得询问前因后果，急道："王大人别说这么多了，快回县衙劝学生们回考棚要紧！"

来到县衙，士子们一看学政来了，纷纷上前理论："张大人，王大人要我们去修河，不是侮辱斯文吗？"

张廷璐问明情由，对众人道："你们是封丘百姓，当听父母官差遣。本学政无权过问贵县政事，但我要劝大家，快回考棚。"

"不回！不回！除非王大人收回成命。"士子们众口一词。

"要本县收回成命，休想！我看你们众口一词，分明是早有预谋，要与官府分庭抗礼呢。"王大人气得吹胡子瞪眼，"快！快马飞报巡抚大人，就说本县士子罢试闹事，让巡抚大人快派人来弹压。"

"回大人，在下早已派人快马往开封去报巡抚大人了。"说话的是封丘县的刑名师爷。

张廷璐知道田文镜的脾气，见风就是雨；也知道王大人决不肯让步。眼下只能快点劝住士子们了："你们寒窗苦读，为的是什么？不就是'功名'二字吗？你们可知如此一闹，会有什么结果？本学政劝你们速回考棚，否则你们的功名可就全成泡影了。"

士子们这才仔细一想，罢试的后果定是革去学籍，那么功名前程可不就统统没了吗？原以为如此一闹，县令怕事，定要依了他们，谁知那王大人理直气壮的，不定要怎么治他们哩。胳膊终归拧不过大腿，既然学政大人劝他们回考棚，就卖他一个面子，也给自己下了台阶。

于是，士子们垂头丧气，乖乖回到考棚。

然而已经来不及了，下午省里便来了一队官兵，带来了巡抚大人的手令：将聚集县衙闹事的士子们统统收监。官兵们十万火急地到来，却见士子们正在考棚里安安静静地答卷，哪有什么聚众之事。

张大人见官兵到来，便将情况详细一说，最后道："既然士子们已经知错改过，便不必再追究了吧。"

官差道："那么就请张大人、王大人与我们同回，这些话还是您亲自去跟田大人说罢。"

回到开封，田文镜正要杀鸡给猴看，如何肯轻易放过此事？责令王县令回去，查出带头闹事之人，革去学籍功名，永不得参加考试。士子闹事，学政自然有约束不力之过，着将张廷璐押往京城，请刑部、吏部会审定夺。

张廷玉闻听此讯，立即赶往学政府。可怜廷璐夫人独自守在后衙里，正不知如何是好。廷玉当下让她收拾行李，随自己回京。

心中急着廷璐之事，一路快马加鞭往回赶，却在直隶道上会着了张若霈。若霈是廷璐次子，因在京城课读，没同父母一起来河南。他现正要赶往河南接母亲回京，见二伯已将她带了回来，煞是高兴。

廷玉急问廷璐之事，若霈道："皇上消息比谁都快，父亲尚未回京，礼部就接到谕旨，说是封丘士子闹事，并未形成后果。学政虽有约束不力之过，但既已将事态消弭，不宜再加处罚。父亲如今官复原职，还回翰林院任上去了。所以差孩儿去接母亲回京。"

一场祸事，来得快，去得也快。廷玉闻讯好不喜欢。更喜的是这一行带着四阿哥在外行走了一月有余，终于行藏不露，明日便可安全抵京了。

回到京城，若霈自和母亲回小绒线胡同。众人将弘历送回圆明园，若霭也回了澄怀园。张廷玉又忙着进宫复命，先谢了皇上宽宥廷璐之恩，然后便将一路情形向雍正仔细汇报一遍。皇上高兴，便留他在宫中便宴。

第二天，张廷玉便为棚民之事上了一份奏折，其略曰：

> 浙江之衢州等府、江西之广信等府与福建连界，江西之赣州等府又与广东连界，闽广无籍之徒流移失业者荷锸而来，垦山开荒，种茶植

麻，搭棚居住深山之中。或数家一处，或数十家一处，呼朋引类，滋养生息，日久愈多。既不可驱令回籍，又不能编入县册。来去任意，出入无常。偶遇年谷不登辄结党盗窃，为害地方。

臣以为亲民之官莫如守令，请敕下浙赣督抚查明，有麻棚之州县，秉公拣选才守兼优之员，保题补授。庶平时抚驭有方，流民奉其约束；临事捕缉有法，匪党不至蔓延。至安插之后，善为抚绥，并取具五家连环互结，又严行保甲之法，不时稽查。其中若有膂力技勇之人与读书向学之子，许其报明本县申详，上司分别考验，加恩收录。如此则虽欲为非而不敢，虽能为非而不愿矣。

管见如此，未知当否？并请敕令督抚悉心筹划，因地制宜，详议具奏。

雍正接到奏折，立刻加了朱批：着该部（户部）发与江西浙江督抚详议具奏。

廷玉拿着朱批谕旨回到户部，众人这才知道张大人此番竟然微服私访了深山棚民。

户部立即将张大人的奏折和朱批谕旨发往江浙，江浙地方大吏接旨，焉敢怠慢，立刻着手调查棚民情况，造册上报，各各拿出具体意见，编棚入户。张廷玉所亲往的全南县被升格为虔南厅，下辖三县，赣州棚民统统被编入三县册中。

林家棚被改为林家庄，棚民们高兴地拆棚建房，却不知这一切原来都赖春天里来此购茶的客商张爷。

第廿七回
厉兵马初设军机处　理万机总领南书房

这一路行程，途经直隶、河南、湖北、江西等省，除了调查棚民之事，张廷玉沿途还就赋税钱粮、丁差徭役、贱民乐户等事进行了明查暗访。处理完棚民之事，他又将这些户部职分内的事情一一密奏。

不久，雍正帝便下诏出台了一系列改革举措，陆续推行了"摊丁入亩""耗羡归公""官绅一体纳粮"等政策，并修改了"逃人法"，向八旗子弟配送土地，令他们学会自食其力。又将历朝遗留下来的"惰民""乐户"等所谓"贱民"除籍为良。

所谓"惰民"，出在浙江绍兴府，相传乃是元军灭宋后，将俘虏集中于绍兴一带，令他们世世代代为"惰民"，无田无地且不准从事正当职业，只能操些驱鬼、殓尸、发丧等贱业。而"乐户"乃是明朝永乐皇帝夺位时，不肯附逆的建文旧臣，这些人被斩杀后，他们的妻女被罚入教坊司，即为官妓，而且世世代代，永操此业。

这些人本是忠良之后，却落得如此下场，几百年来受尽屈辱，不得翻身。还有各地的什么"丐户""世仆""伴当""旦民"等，都是些因祖上获罪而殃及世代子孙，被剥夺了正常生存权利的极下等人。

雍正皇帝将这些人的贱籍统统革除，还其正当的人格地位。此举不啻救这些人于水火之中。

然而，这一系列惠政仁策，泽被的是普通百姓和下层人众，同时官绅贵族的利益则受到了损害。这些人有苦说不出，便借雍正改革旗务，清除政敌八爷党之事，散布流言，给他按上了残暴、刻薄、寡恩等骂名。至于张廷玉，在皇权绝对统一的大清朝，他作为户部尚书，只是政策的执行者，人们无法归罪于他，但政敌们也分明知道他在其中所起的作用。无奈他自身清廉如水，找不到一点可资攻击的借口，终于有人在他娶过几房妻妾之事上做起了文章。一些好事之徒指桑骂槐，写起了所谓野史逸闻，将一个日理万机、勤于政务的朝廷重臣演绎成了采花戏蝶的好色之徒。

前面已经交代过，张廷玉因发妻早丧，娶了续妻；后又因子嗣艰难娶了几房小妾，但他的小妾也如他的儿子一样难于长久。且说蔡氏死后，吴夫人于康熙六十一年又为他纳了顺天施氏为妾，但施氏进门之后一直未曾开怀生育。吴夫人又因雍正元年那场大火受了惊吓，当时她尚在若澄哺乳期内，经此一吓，奶水全无，经血也不再正常，此后一直未孕。想想张廷玉已是望六之人了，才只若霭、若澄两个儿子，若澄尚未出痘，能不能长成还不肯定，张家可是有三个儿子因出痘而死啊。每想及此，吴夫人就心下不安。终于，雍正四年又为廷玉纳了一妾，这回纳的是桐城人，也姓吴，其实就是吴夫人的远房妹子。这位妹子的肚子很是争气，第二年就为张家添了一子，取名若淑。仿佛是受了感应，施氏在小吴氏生子之后，也于雍正六年生下一子，取名若渟。

这就是张廷玉的闺中之私：虽曾娶过数名女子，可最终也就是一妻二妾。

不说政敌们如何借下三滥文人笔墨糟蹋良臣，且说雍正皇帝对张廷玉越来越器重信赖。因他既要在内阁办事，又兼着户部尚书、翰林院掌院学士等职，每天在紫禁城内外也不知要奔波多少次。雍正帝怜他奔波之苦，特赐御苑良马一匹，并赏他紫禁城内骑马。要知道，紫禁城乃皇家内宫禁地，寻常官员踏入此地，便要敛容收步，小心翼翼，生怕冲撞了哪位皇族贵人。能在紫禁城内骑马的也只有几位地位尊贵的亲王而已。

以前人们看见的张廷玉总是脚步匆匆，如今总看见他骑在马上里外奔走，格外忙碌。

雍正四年，康熙朝遗下的大学士已是老的老，病的病，不堪其任了。二月，张廷玉由协办大学士实授为文渊阁大学士，并兼任吏部尚书、户部尚书和翰林院掌院。如此多的重要职务集于一身，除了雍正帝的宠信之外，他的才干也可想而知，而他的忙碌更是无以复加。

雍正皇帝自己也是勤于政事，日则上朝听政、接见外臣，夜则秉烛批折，直至深夜。张廷玉每日不知要陛见皇上多少次，傍晚下朝之后，还常常奉诏见驾，往往直到深夜方归。好在皇上一年之中有多半年仍住在圆明园中，离澄怀园不过一箭之地，召见起来颇为方便。晚间处理完政务之后，张廷玉还要挤出时间审定《明史》稿本，还有《圣祖实录》《大清会典》《治河方略》等翰林院编修的种种文本，都得他这个掌院学士审定校阅。而《明史》中的《地理志》更是他于日理万机之余，亲自捉笔撰稿而成。这还得感谢他的二伯湖上先生，湖上先生蜗居一隅却胸有丘壑，最喜绘制舆图。当年在桐城时，廷玉曾就此求教于二伯。所以这大清千万里河山，山河平原，江南漠北，国边省界，全都深藏于张廷玉胸中。

几年的革故鼎新，励精图治，终于结出了硕果。雍正五年，国库存银已达六千多万两，京仓及各州县仓廪也都充盈丰实。百姓安居乐业，呈现出一派繁盛熙和景象。

海晏河清，自古是人们对于太平盛世的祈盼和描述。然而，黄河真的清了。从上一年腊月起，陕西各州县不断报来河水变清的奏折，雍正也陆续收到河道总督齐苏勒、漕运总督张大有、副总河嵇曾筠等人的密折专奏。到五年正月初一，陕西巡抚便上了一道《恭报河清大庆》的奏折，说是："豫省黄河，上自陕州，下至虞城县，一千余里，自雍正四年十二月初九日起渐渐澄清，至十六、十七等日，竟与湖淀清水无异……"

前年五星连珠，今年黄河水清，天降祥瑞，人主殊恩。朝臣们于是纷纷上贺表，歌功颂德，一时把个雍正王朝吹得尧天舜日。礼部请求上尊号，雍正倒也清醒，说："圣祖仁皇帝在位六十一年，南巡北狩，平藩治漕，丰功伟业不知凡几，然一生五次拒上尊号。朕居位未久，幸赖文武大臣勤劳王事，竭心尽智，辅佐朕躬，致有此祥瑞。此不独是朕一人之功，乃是万民之福,百官之劳。着文武百官各加一级,免各州县五年以上积欠,停止今年秋决。庶几可将上天恩泽普洒众生。"

百官朝贺,各得一级恩赏,如何不高兴?作为身兼多职的宰辅重臣张廷玉,皇帝当然还要格外加恩。傍晚时分,张廷玉前脚回到澄怀园,后脚就听门上飞报:怡亲王驾到!

张廷玉忙将刚脱了一半的朝服重新穿好,整冠理带,慌忙来迎。那怡亲王早已进了大门,截着廷玉,携着他的手一同来到正堂。廷玉方要请坐献茶,怡亲王摆手道:"先办了正事再说。"

就南面站了,宣旨道:"奉天承运,皇帝诏曰:天降祥瑞,黄河水清,非朕一人之功。大学士张廷玉身兼数职,日理万机,夙夜在公,眠食俱废,劳苦功高。特赐典铺一所,本银三万五千两,以资嘉奖。钦此。"

张廷玉跪听圣旨,怎么也没想到皇上竟赐了自己一所当铺。连忙恳辞道:"臣勤劳王事,职分所当。如何敢受如此重赏。"

怡亲王上前拉他起来,道:"衡臣,你就别推辞了,你的劳苦,众目所睹,我这个总理事务大臣更是比谁都清楚。这所当铺是皇上藩邸旧物,并非内宫财产。这是皇上对你的私情,不可违了他的心意。快接旨谢恩吧。"

张廷玉这才接了圣旨。怡亲王又让太监奉上当铺的财册、名簿等,张廷玉看着这些东西,道:"臣乃耕读世家,父亲曾有家训:家有恒产,惟田是也。子弟惟耕读传家,不许经商放贷以取利。"

"文端公此言,有些胶柱鼓瑟了,设若都不经商放贷,民生货贸如何周转?"

"可是臣如何有空打理当铺。"

"无须你操心,当铺掌柜、朝奉、伙计一应俱全。你只管坐等收利便是。"

"廷玉无功受禄,实是心下有愧。"

"唉,这话你就别说了。本王近年来身体愈发差了,好些事都赖你周旋。皇帝私下与我谈心,说是衡臣身兼数职,都是重任,心下爱护,实有不忍。然吏、户二部都是政府紧要门户,非你不能把关。也只有累你了。"

"廷玉再累也累不过皇上,累不过王爷您呐。您的身体都是累垮的,您是皇上最信得过的皇弟了,可得注意调养啊。"早在雍正三年,另一位总理事务大臣廉亲王就因结党营私被削爵夺职，隆科多也因参与宫闱秘事被圈禁，马齐已不问朝政。雍正初年的四位总理事务王大臣，只剩下了怡亲王一人，所以张廷玉说他是累病的。

"你也多保重啊！还没吃饭吧，本王告辞了。"

"王爷是否赏光在臣下这里用完饭再回？"

"不必了，本王近来不大敢动荤腥，也不能饮酒，吃起来没意思，免得搅扰了你们。"怡亲王说的是客套话，其实是知道自己得的痨病，怕传染了别人，总不与别人一同吃饭。

将怡亲王送出大门，张廷玉且不回园，又往圆明园来谢恩。

雍正正在灯下批折子，见了廷玉便道："朕的礼物收到了？"

"微臣正为此事而来，微臣虽不致尸位素餐，然也无甚大德建树。不过是仰仗皇恩，做了些分内之事。皇上如此厚赏臣下，臣心内实感惶恐，愧不敢当。恳请皇上收回成命。"

"你父亲清白传家，众人皆知。你遵守家训，屏绝馈遗，分外之财，分毫不取。这都是举朝公认的。你今侍朕左右，夙夜在公，何暇顾及家事。朕不忍令你以日用为虑，赐以私物，以使你用度从容，尽心公务。奖劳赏功之道固当如此，你当体朕心意，不可固辞。固辞则大非君臣一体之谊也！"

廷玉听了皇上这番陈辞，想那"君臣一体"四字，是如何的推心置腹。心下当即涌起一股滚泉，就要从眼中滴出，心想再辞便是亵渎圣意了，赶紧哽咽着跪下谢赏。

雍正的知遇之恩令张廷玉更加克己奉公，废寝忘餐，宵旰勤政。五月的一天，张廷玉终于累得病倒了。雍正急得什么似的，频频派御医诊视，又一日三次遣身边侍卫来澄怀园赐参赐药，询问病况。张廷玉是忙碌惯了的人，让他躺在床上，啥事不干，真比什么都难受。

不说他不惯，连朝臣们都不习惯，许多事情都是他经手过问的，他一病倒，仿佛都没了头绪。

雍正几天见不到他的身影，尤为不习惯。他时时惦着张廷玉的身体，显得五心烦躁。怡亲王的病已成痨症，是好不了的了。张廷玉可别再病了，这样的能臣良吏，百年难遇，自己在政务上对他多有依赖，不啻是自己的左右膀。

想着这些，雍正叹一口气，放下手中奏折，呆呆地坐在御座上。御座后面墙上悬挂着他御笔亲书的"勤政亲贤"匾额，旁边的对联也是他亲拟的："惟以一人治天下，岂为天下奉一人。"呆坐片刻，复又走下御座，在西暖阁里踱起方步来。抬头看着"勤政亲贤"四字，心想：张廷玉不就是自己最亲的贤吗？他最贤的皇弟怡亲王已经累病了，难道他最贤的辅臣张廷玉又是因为累才病的吗？朕自知天资不及皇父，因而自己刻薄自己，辛勤理政，常常感到累得不行，如今把自己的贤王贤相都累病了，可如何是好！

正在养心殿当值的一等侍卫常明见皇上皱眉蹙额，面现忧容，又坐立不安地踱来踱去，便小心翼翼地启问："主子，您走来走去的，是否心中有什么不快？是不是奴才们服侍得不周到？"

"唉，朕连日臂痛，心中如何能快？"

"唉呀，主子臂痛，奴才们竟不知，实在该死。奴才这就派人去传太医。"说罢，常明便急着往门外跑。

"回来回来。不是朕身上这两只手臂痛，是朕的股肱重臣张廷玉病了，就好比朕的手臂病了呀！"

"原来如此。主子您不必着急，今儿中午奴才还派人到张大人府上探望。张大人已大好了，说是明日就要上朝哩。"

"已大好了么？那就好！你再派人去传朕的旨意，不，你亲自去，就说朕让他再多歇息一天，不必急着上朝。另外你让内务府将那御用果饼送四色去张大人府上，再让御膳房整治酒筵一席，给张大人祛病添喜。"

常明领命，自带着一众太监到内务府领了御用果品饼饵并酒筵，放在描金漆盒里装好，一路抬着送到了澄怀园。

张廷玉半躺在炕上看书，听说内宫侍卫来了，便披衣起床，见是皇上赏赐，便谢了赏，命家人收下。而后请常明和太监们就座，献上茶来，并各有一封赏银。

那些小苏拉太监们无品无级，如何敢坐？只常明坐了，又代众人谢了赏，传了雍正让张大人多休息一天、不必急着上朝的话。复又将适才皇上说自己臂痛的一番话备细叙说了一遍，最后道："皇上对张大人真是宠爱有加呀！"

张廷玉听了，自然心下激动万分，皇上不在面前，只能望北拱手为谢。对常明道："常大人，在下病了几日，就劳动皇上如此挂念，此后可不敢再病了。其实呀，我这人少年时还真体弱多病，医者说是脾胃弱，读书太过劳神。为此，先慈总是督我早睡早起，饮食清淡。到了二十九岁选了庶吉士之后，身体倒慢慢壮实起来了。三十二岁入南书房，天天辰入戌出，也不以为累。随圣祖扈从塞外十一次，乘马奔驰，饮食无度，天天吃的牛羊肉，竟也无事。我就说我这身体啊，是仰仗皇恩，越累越好。想不到这次偶感风寒，便病不能起，恐是年岁大喽。"

"人吃五谷杂粮，焉能不病？张大人这不好了么。您可不能以为自己年岁大了哟，万岁爷诸事还指着您呐。"

"常大人放心，回去禀明皇上，就说廷玉明日必去上朝。"

第二日，张廷玉黎明即起，早早来到乾清门候驾。皇上的銮驾转过影壁，一出乾清门，便看见了侍立在门外的张廷玉，赶紧命停轿，张廷玉已走上前来请安。雍正拉着他的手上下看了半天，道："爱卿病了几日，清减了许多。朕不是让你多歇息一天吗？怎么刚好一点就来了，可别又累着了。"

"回皇上，微臣是偶感风寒，并非累病的。蒙皇上赐医赐药，如今已大好了。今日上朝，特候在这里，先来谢恩。"

"你好了，朕可就放心了。来，就走在銮驾边，咱君臣一路上朝去。"

朝会过后，雍正转驾懋勤殿理政，怡亲王、张廷玉等大学士同去议政。

议罢政事，众人散坐吃茶。正在南书房当值的国子监祭酒、翰林学士孙嘉淦见已无正事，便进来禀报："启奏皇上，御书十体字条屏已经制好，内宫造办处刚刚送过来，是否现在呈上，恭请御览。"

雍正道："好，正是时候，快快呈上。"

孙嘉淦便命一众苏拉太监将那十块屏风抬进大殿，排成一排。

众人看时，见是一块块的红木条屏，底座上雕着云龙花纹，条屏四周是镂空的雕花，中间整版红木上镌刻着古圣贤语录。拆开来是十块单立的竖屏，排在一起便成了一组屏风。造办处里有的是能工巧匠，那条屏雕凿细致，红木自身色泽高贵，整座屏风看上去煞是雍容华贵。

再仔细看那屏中文字，十块条屏十种字体，竟全是雍正帝御笔亲书。

众人都知雍正善书，每日朱批谕旨便有好几千字。但谕旨一般都是楷书，间或用行草，那都是大臣们看惯了的御书。逢着写匾写联，或给大臣赐个字什么的，便用隶体。今日一下子看他隶、篆、行、草、颜、王、柳、赵，一气写了十种字体。便纷纷起立，围着观看，啧啧称奇。

"众爱卿，朕这十体字条幅还过得去么？"

众人纷纷赞叹："皇上实乃奇才，竟能写出十种字体，真是千古帝王之中少有的书家。"

雍正笑着道："衡臣，朕想听听你的评价。"

张廷玉见皇上点了自己，当然不能胡乱塞则，思虑片刻，字斟句酌道："启奏皇上，微臣拜览条屏，心下惊异：深感吾皇学问深微，聪明天纵。阐扬性道，扩千圣之微言，汇六经之奥意。又于万几政务之暇，取古人嘉言伟论中之精粹，亲洒宸翰。文采十条，字书十体，镌诸屏风。此即是古帝王铭户窗、箴盘盂之至意。臣观此屏，尧章羲画，神运天成，直如化工元气，氤氲融结而成，莫能状其妙也。若将此屏置于这懋勤殿中，实乃为训迪臣工朝乾夕惕之座右铭。"

"张大人所言极是，道出了微臣（奴才）心声。"众人纷纷附和。

雍正拍拍张廷玉的肩膀道："朕却不想把它们放在这懋勤殿，朕是特地赐给你的。"

张廷玉怎么也没想到皇上会说出这话，一下子竟愣住了。但他是何等人也，立刻回过神来，对着皇上深深一揖，复又跪下叩首谢恩："微臣何德何能，蒙皇上如此厚重的赏赐，实感惶愧之至，惟有敬置座右，朝夕观览，恪尽厥职，粉身以报。"

众人也万想不到皇上竟将此屏赐给了张廷玉，既羡且妒，心中各有说不出的滋味。

忽然那孙嘉淦直挺挺地跪下身子，叩头道："微臣恳请皇上收回成命？"

雍正奇道："为何？"

"臣以为张大人前番雅辞高论，实是谀君之言。今皇上以此屏赐他，分明是他谀君之果。若皇上不收回成命，恐满朝文武争而效之，都来谀君邀宠。"

"大胆！朕是糊涂帝王，喜好谀媚？朕因张大人勤劳王事，几至累病，特书此条屏以昭嘉奖。你以为朕是听了那番话后，心下窃喜，才赐给他的吗？"

雍正帝已是疾言厉色，无奈那孙嘉淦是有名的孙耿头，听了训斥，不仅不请罪，反而还说："自古人臣叨受御书之赐，不过片言只字，今皇上以十体字条屏赐给张大人，有违君臣之道。只怕张大人也消受不起。"

"什么君臣之道，朕之君臣之道，便是君臣一体之道！难道你要朕与众大臣离心离德吗？来人，将这大胆狂徒叉出去。"

"喳！"守在门外的侍卫们听得此言，立刻进殿来叉孙嘉淦。

众大臣连忙跪下，替孙嘉淦求情："皇上请恕孙大人直言之罪。"

"什么直言，分明是一派胡言。叉他到乾清门外广场上去，晒两个时辰太阳，那时他就知道什么叫发昏了。"

张廷玉跪着上前一步道："请皇上息怒，孙大人之言不为无理。臣叨蒙圣恩，实愧不敢当。以御屏之郑重，仰天翰之神奇，集书法之大成，睹云章之辉映，实千载所未有。还是置诸懋勤殿方为妥当。"

"衡臣，别听这狂徒的胡言乱语。朕金口玉牙，一言九鼎，岂容别人雌黄。"

"皇上，臣偏要说，张大人刚才所言仍是谀君之语。"

孙嘉淦如此固执，简直是藐视天威。雍正真的发怒了："岂有此理，你敢公然顶撞朕躬。快快叉出去，交刑部看押，明日九卿会议，治你个大不敬之罪。"

"皇上，万万不可哇。孙大人之谏，是冲着廷玉而来，并非针对圣上。孙大人之言虽耿，实为好意。微臣当冰渊自鉴，刻刻惕厉。孙大人，本官得此厚赐，当敬奉座右，以古人为镜，而非以此稀世之珍藏诸高阁，资为炫耀。"

众人也纷纷替孙嘉淦求情，朱轼也跪上前一步，慢声道："皇上难道忘了，您曾经说过'孙嘉淦虽狂，然朕服其胆'的话了吗？"

听了这话，雍正转怒为笑，道："都起来吧！也只有你孙嘉淦敢在朕面前如此放肆，上回就很该收拾你一顿，都是朱大人为你求请。你也别跪着啦，还不起来谢过众位大人。只是你这脾气呀，朕能容得你，别人未必都能容你，小心吃亏在这上头。"

原来雍正元年皇上刚刚登基时，曾下旨群臣，广开言路。孙嘉淦其时还是个小小的翰林，听了些风言风语，便上了一道奏疏，请皇上"亲骨肉，停捐纳，罢西兵"。皇上览奏大怒，对诸臣道："你们看看，天下竟有如此狂生。"众大臣见了奏疏，都吓白了脸，心想这下子孙嘉淦完了。朱轼知道孙嘉淦天性耿直，要想救他也无良法，便道："孙嘉淦虽狂，然臣服其胆。"一句话，四两拨千斤，雍正这才想起，要想成为一个圣明天子，便不能因谏罪臣。于是转怒为笑，说了一句："朕也服其胆。"

正是那次不知死活的上谏，给他带来了好运，皇上不仅没有开罪于他，还升他为国子监祭酒，命其在南书房行走。这次朱大人旧话重提，又为孙嘉淦消弭了一场灾祸。然而这次不独孙嘉淦谢他，张廷玉更是私下里对他称道不已：幸得朱大人机警，设若孙嘉淦真的因此获罪，朝中将如何议论此事？怕是廷玉再怎么解释，也难逃众人以讹传讹悠悠之口。

皇上每加恩一次，便让张廷玉更加惕厉一次。这是他父亲的家风，一生宠而不骄，始终敬谨如一。

雍正五年之后，海晏河清，物阜粮丰，天下已呈现出一派国富民强的盛世景象。再加上八爷党已彻底清除，真正是国有贤士，朝无佞臣。雍正帝正想文恬武戏，安享几年太平。谁知西北又起祸端，朝廷再一次面临战事。

早在康熙三十六年，清军大败噶尔丹之后，居住青海的蒙古和硕特部便归顺清朝，其首领固始汗也接受了清帝封爵，成为藩属。然而到了康熙末年，当年投靠清廷，取代噶尔丹成为新疆准噶尔部首领的策妄阿拉布坦，又想在西部称雄。先是鼓动西藏内部分裂，挑起战火，但很快便被清军平定。康熙五十七年，皇上封忠于清朝的康济鼐为贝子。

雍正元年，策妄阿拉布坦又挑动固始汗之孙罗卜藏丹津背叛清廷，自立为王，意欲将青海、西藏全部归于自己治下，但很快又被清兵打败。这次雍正帝将蒙古各部编设佐领，归属西宁府治下，使青海正式隶属于清朝中央政府。

到了雍正五年六月，西藏再次发生内乱，掌管前藏的噶伦阿尔布巴与策妄阿拉布坦联络，袭杀了贝子康济鼐。掌管后藏的扎萨克台吉颇罗鼐奏请清廷发兵进藏平叛。

朝廷接到奏报，立即召集诸王大臣、六部九卿会议。西藏自来政教之间矛盾多多，又分前后藏各自为政，实在不好管理。可是既然杀了皇上封的贝子，就是公然与朝廷为敌，当然不能置之不理了。

七月，雍正命左都御史查郎阿率西安满兵四百及陕西、四川、云南绿旗兵一万五千人入藏，协助颇罗鼐讨伐阿尔巴布。

战争很快结束，第二年五月，颇罗鼐擒获了正欲逃往伊犁的阿尔布巴，彻底剿灭了叛乱分子。

查郎阿上奏朝廷，请封颇罗鼐为贝子，总管西藏事务，雍正准奏。又命留驻藏大臣二人，领兵分驻前后藏镇抚。从此朝廷正式在西藏设立了办事大臣，加强了西藏与中央政府的隶属关系。

与此同时，西南各省在推行"改土归流"政策中，也引起土司的对抗，战事不断。

所谓"改土归流"也是雍正朝推行的又一大惠政。原来西南诸省云南、贵州、四川、广西、湖南等地，居住着苗、僮、彝、藏等少数民族，统称苗蛮。那里地处深山，远离王化，长期以来受尽土司的盘剥和欺压。雍正四年，云贵总督鄂尔泰上了一道奏折，其略曰："云贵大患，无如苗蛮，欲安民，必制夷；欲制夷，必改土归流。"皇上准奏，遂在云贵等省开始实施"改土归流"。即是将土司制改为流官制，由朝廷委派官员管理苗民事务，实行与内地一体的土地、赋税、户籍管理等政策。

"改土归流"无疑是对土司制下苗民的一种解放。然而推行之初，必阻力重重，主动接受王化的并不多，更多的人受土司蛊惑，与朝廷作对。所以，很多时候需要借诸武力来推行。

幸得鄂尔泰办事得力，改土归流最终取得了极大成功。鄂尔泰也因此深得雍正常识，被擢升为大学士兼兵部尚书。

西南、西北两路战事，军情紧急，救兵如救火。然而按惯例，军情报到京师，先经内阁办理登记后，再转内宫呈报皇上。而内阁地处太和门外，远离内廷，兼之内阁批本管事的人多，转来转去，往往到皇上手上时已是第二三天了。雍正是个急性子，常为此恼火。不知因此训斥过多少人。

随着西藏叛乱的平定和改土归流的成功，雍正觉得目前国家已没有什么重大事务了。他决心进兵准噶尔，彻底解决西北问题。

准噶尔部的策妄阿拉布坦也和他的叔叔噶尔丹一样，雄踞伊犁，犹嫌不足，总想称雄西北。因此不断地利用民族和宗教矛盾，在青海、西藏一带挑起事端。雍正五年策妄阿拉布坦老死之后，其子噶尔丹策零袭位称汗。这位可汗比其父更甚，竟常常袭击周边地区，深入大清辖地，抢夺牛羊牧场，成为朝廷的心腹大患。这个祸患不除，西北的安宁就一天没有保障。

文韬武略，治国安邦，自来都是每一个帝王的企求和梦想。圣祖皇帝无疑做到了，成了千古一帝。雍正皇帝经过数年刻苦砥砺，孜孜以求，文治已经做到，他也想在武功上有所建树。而出兵西北，征服准噶尔部也是圣祖皇帝的遗愿。所以早在三年前他就密旨令怡亲王和张廷玉、蒋廷锡等人会同川陕总督岳钟琪在西北一路屯集了大量粮草和兵马枪械，已是未雨绸缪，运筹在先了。

雍正七年，当朝廷再次接报噶尔丹策零越界掠杀青海牧民之事后，雍正觉得时机已到，决定派大军征服准部。

出兵西北是件大事，皇上召集诸王大臣会议，却应者寥寥。亲王们早已不大过问军政事务，不掌握情况也就无权发言。大学士朱轼上前一步道："臣以为西北用兵，当暂缓行事。西藏刚刚罢兵，又要出兵伊犁，恐山高水远，大军一旦发出，若不能一举取胜，必深陷其中，年年战事，将劳民伤财。"

朱轼话语刚刚落音，雍正却道："朱大人怕的是不能一举取胜，朕这儿倒有一份岳钟琪的'十胜疏'。他说噶尔丹策零继位不久便大举兴兵，背信弃义，公然撕毁和约，与朝廷为敌，已在准部招致天怒人怨。所以此时出兵，有十胜之算，这十胜便是'一曰主德，二曰天时，三曰地利，四曰人和，五曰糗粮之广备，六曰将士之精良，七曰车骑营阵之尽善，八曰火器兵械之锐利，九曰连环迭战攻守之咸宜，十曰士马远征节制整暇。'具体十胜之陈述，你要不要拿去细看。"

"臣也不必细看了，既然连岳大将军都有这十胜之算，想来这仗是必胜的了。既是必胜之仗，当然打得。"朱轼话虽如此说，但听得出他的口气还是对这场战事有所保留。

张廷玉上前一步道："朱大人之虑不为无理，皆因朱大人未曾经理西北军备，不知胜算如何。臣与怡亲王、蒋大人这几年会同岳将军办理军备，已在西北一路屯兵积粮，足够征战之用。国库现存银六千万两，仓廪充足，摊丁入亩后，岁入银粮两千余万两，江南轮流蠲免，各省主动乐输钱粮。有此保障，军备之需不足虑矣。岳将军练兵有方，西北兵马枕戈待旦，有此驯熟精锐之天兵，必能所向披靡，一举而胜。"

怡亲王和蒋廷锡也附和道："张大人所言极是。"

雍正道："天与不取，必致其祸。噶尔丹策零继位未久，民望不高，正是攻其不备的大好时机。朕意已决，战是打定了。朕拟命怡亲王允祥、大学士张廷玉、蒋廷锡总领西北军务，以傅尔丹为北路大军主帅，号靖边大将军；以岳钟琪为西路军主帅，号宁远大将军。两路出击，直指准部。众亲王、爱卿，意下如何？"

圣意已决，别人还有什么"意下"可说？众臣自是一番附和，纷纷赞颂："皇上天兵神运，必所向无敌，一举歼灭准部乱匪，除蒙古之巨害，去朝廷之隐忧。"

"好，众卿家与朕同心同德，此战必旗开得胜。散朝。张廷玉随朕来。"

"是。"

"恭送皇上！"众人立送雍正回宫，张廷玉退后一步紧跟其后。

回到乾清宫西暖阁，雍正赐坐罢，道："衡臣，西北两路战事一开，必战报交驰，流星快马，耽误不得。朕思内阁办事拖拉，如何想个办法，使战事与政务分开才好。"

"皇上，不若专设一'军机处'，专门办理西北两路军务。凡西北战报不必经内阁转本，直接由军机处接本。军机处专理军务，派专人日夜值守，随到随报皇上，有重要战报，连夜进宫禀报，庶几可无延误之忧。"

"和朕想到一块了。内阁远离内廷，面临街市，人多眼杂，原不利军机密务。朕要将军机处设在内宫边上，这样朕就可随时垂询军务，战报也可片刻转到朕的手中。"

"皇上要选尽忠守职的大臣值守军机处，还要制定一整套铁规制度，庶几可保不误军机。"

"就是你和怡亲王、蒋大人充任军机大臣，其他入值之人从各部和内阁中挑出精干人员，充为军机章京，朕要亲自考核录用。具体规制就由你来拟定，军机重地，任何人不奉旨不得入内。"

"臣领旨。"

"爱卿，又要偏劳你了。你的澄怀园离宫中太远，恐有要紧战事朕召见起你来有所不便，明日让内务府在西安门附近给你再添一座宅子。这样，朕住圆明园时你就住澄怀园，朕住宫中你也就住在宫外。"

"谢皇上赏赐。"

第二日，隆宗门外的一排平房挂上了"军机处"的招牌，那是军机大臣的值房，对面一排平房是军机章京的值房。隆宗门便在乾清门的右侧，从这里到内宫可说是近在咫尺了。

军机处的门外立上了一块铁制竖牌，上书"文武百官到此止步"。军机处迎门大厅里挂着一溜规章制度，规定了入值人员的职守细则。由于军机大臣和军机章京都在本部另有职务，在军机处只是当差，而没有其他品级，所以特别强调军机重地，任何人不得在此处理本部事务，并严禁各部到此寻找本部官员。

同时，西安门外的一座大宅也成了张廷玉的另一座府邸。造办处在打造"文武百官到此至步"的铁牌同时，还奉旨铸造了一枚虎钮铜印，印钮为一只卧虎，印堂上方横镌"御赐"二字，其下竖刻"调梅良弼"。就在张廷玉刚刚搬入新居之时，乾清宫侍卫大臣常明，捧着这枚铜印和一块御书大匾走了进来，匾上横书"调梅良弼"四个大字，竖写"御赐"二字。

常明道："皇上因张大人迁入新居，特赐此匾，命悬于中堂。同时赐铜印一枚。"

张廷玉穷尽诗书，当然知道"调梅"即是宰相之意，"良弼"则是嘉奖自己为相称职，是优辅之臣。雍正帝这样加恩，自己能不粉身以报。

当下跪接罢匾印，便进宫谢恩。雍正慈蔼地说："你是朕的良相优辅，当得上'调梅良弼'四字。"

战事一开，果然飞檄四出，羽书不断，八百里快报昼夜不停。张廷玉没白天带黑夜，随时奉诏入宫。而他还兼着大学士之职，掌管着吏、户二部。除了随时奉诏而外，他是每天三更即起，先往军机处，查看战报，辰时率军机处当值人员入内宫觐见皇上，禀报军情，听候旨意。回到军机处，按旨意处理完军机事宜，再到内阁和吏、户二部。那些需要等他批示的本部书吏和等候接见的外省官员，早已在内阁和部堂里等候着他。因为不能往军机处寻他，只有时刻等候他的到来。往往轿子还未停稳，等候之人已一拥而上。有时这边事务尚未办完，那边军机章京已飞马来请。本部不许到军机处寻找官员，军机处却可以到本部寻找军机大臣。军情紧急，张廷玉得立马上轿赶往军机处。今日事情今日做，拖到明日又不知压了多少。所以每当这时，张廷玉便将未批完的本部文书统统抱上轿子，他在轿子里安了一块搭板，备有文房四宝，一路坐轿一路披阅文书。而本部官员便跟在轿子边上跑，批一本接一本，直到隆宗门外，就在那块"文武百官到此止步"的铁牌前，张廷玉出轿，本部官员回头。

而外省官员，为吏、户二部事务来京请示，往往无法在本部等到他得闲，那就得天黑之后到他府中等候了。正常时候，张廷玉都是辰入戌出，这军务当急之时，他回家便没了准头，常常是等到亥时人静他才从宫中回府。可是再晚他也要坚持把每一个等候接见之人见过，道理还是一样：今日之事今日了，明日说不定事情比今日还多。

偶然哪天晚间无人打扰，他便要面对明史馆和修书处不断送来的稿本，那都是他这个翰林院掌院职分内的事，十几种正在编撰的书籍他都充任总裁，这总裁可是要负总责的。皇家书籍焉能马虎，一字一句都得费心校订，有时夜间躺在床上，脑子里还不得闲，想到什么便披衣起床，记录在案。

他已是望六之人了，这样日复一日、夜复一夜的操心劳神，雍正皇帝真怕他有个闪失，再病倒了，所以常常叮嘱他要注意眠食，爱惜精神。又时时派内宫太监往张府赐物赐食。张廷玉也觉奇怪：自己三十岁以前身体孱弱，五十岁以后却仿佛成了青年。真是越忙越精神，越忙越健旺了。

然而这回张廷玉没病倒，雍正却病倒了。

雍正八年五月，先是怡亲王允祥终于油尽灯灭，薨于王府。雍正皇帝伤心欲绝，亲去王府看视入殓。这个皇弟，在藩邸时就与他这个皇兄交情最好，后来在他主政之后，又是他这个皇弟忠心耿耿地为他总理事务，并协助他一次又一次地挫败了其他皇兄皇弟们的夺位阴谋。如今大局已定，威胁尽除，怡亲王却不能安享天年，死时还不到四十五岁。

雍正痛定思痛，下旨在怡亲王名号上加谥贤字，为怡贤亲王。又命宗人府将怡贤亲王玉牒中因避讳"胤"字而改成的"允"字，重新改为"胤"字。他说怡贤亲王与朕情逾手足，不必避朕的讳。

怡亲王死后，雍正就病倒了。头晕头痛，四肢震颤，寝食不安，先时还勉强支撑上朝，后来便卧床不起了。

皇上不能上朝理政，下诏文武百官，由大学士张廷玉、马尔赛、蒋廷锡办理一切事务。而遇有重大事务必须禀报皇上的，则只有张廷玉一人进内承旨。

于是，乾清门外的军机处，乾清门内的南书房，里里外外都是张廷玉的身影。

病中的雍正想了很多很多，他甚至想到了死。有一天，他对张廷玉说："朕在夜间总睡不安稳，常梦见圣祖皇帝，是不是朕要去见圣祖啦。"

张廷玉坐在他的卧榻边，劝道："皇上您不该胡思乱想，您是累着了。太医说您是用脑过度，气血上冲，才头晕目眩的。静养静养，少用脑，就好了。"

"朕知道这场病来得凶，不过朕也没有什么放不下的。弘历已经二十岁了，以他的天资，很可以理政了。你知道那正大光明匾之后的锦匣里藏的就是他的名字吧。"

"微臣想到了，那是圣祖皇帝的意思，圣上仁孝天成，必不会违了圣祖之意的。"

"弘历是你看着长大的，朕若有不测，还得你来顾命，辅佐弘历呀！"

"皇上您不该想这么多，这些都是微臣职分内的事。您就安心养病吧。"

"朕也只是说说而已，朕知道你忠公体国，从圣祖到朕躬，你都是始终敬慎如一的。只是皇家之事，自来为储位之争，闹出多少祸患。朕虽有密诏，然说给你，也是一个人证。"

"皇上放心，微臣都理会的。"

"还有一事，要你办理。朕的病无论是好是坏，都要早作打算。听说军机处的高其倬最擅风水，你明天下旨，让他替朕选块风水宝地，朕要起造陵寝了。"

"这是该当的，臣的家乡风俗，称棺材为百寿枋，置办棺木原为添寿之意。皇上起造陵寝，必也能添福添寿。"

雍正这场病，从春至秋，直到十月中旬，方见大好。其时高其倬已为他在易州太平峪选好了一块宝地，开始建造陵墓，此地离康熙的景陵不远，号曰泰陵。

雍正病愈之后，论功行赏，马尔赛、张廷玉、蒋廷锡各给一等阿达哈哈番，永承世袭。阿达哈哈番是满语一种爵位称号，译成汉语即是轻车都尉。张廷玉早已是位至正一品又加了多级的，现在他有了爵号，在品级上便称作极品了。张廷玉爱子心切，便将这一等阿达哈哈番让若霭袭了，也就是说，如今的若霭已经是清朝的爵爷了。若霭今年已经十八岁，上一年回桐城成了亲，妻子也是姚门之女。张、姚两家自张英那一辈起便结成了世婚，两家都是桐城望族，可谓是门当户对。雍正应廷玉所请让若霭袭了爵，还特别关照，恩准若霭应试科举，若他自己在科举上挣得了功名，这一等阿达哈哈番则由若澄承袭。

皇上又派内侍给张廷玉送来了白银两万两，并告诉他这是自己藩邸旧物，不属宫中财产，言下之意，这份赏赐乃是私情，而非公赏。张廷玉照例寄了一千两给张廷璐。张廷璐那次从河南学政任上解职回京后，在翰林院待了两年，又被派往江苏学政任上，如今已是连任第二任了。给家乡也寄回了两千两银子，嘱咐置办公田，接济族中贫困者。

在公赏方面则是发帑币一万两，用于修缮因地震造成的房屋损坏。

原来，八月份，京师曾经受了一次地震，当时雍正尚在病中，一切赈灾事宜都由张廷玉领办。张廷玉四处察看赈灾，忙得几天家门不进，家中人等吓得不敢入户，好在是夏天，可以露天而宿。一天傍晚，张廷玉终于回到家中，却见院中立着一个硕大的蒙古包，和内宫里皇上所住的蒙古包一模一样。他还以为自己忙昏了，又走回乾清宫了呢。可若霭、若澄等已经从蒙古包里跑出来迎接他了。原来是皇上命宫中内侍特给他家送来的。

张廷玉一直都在忙着发放赈灾钱粮物品，光蒙古包就发了几万顶，可那都是发给八旗王公贵族的，而且比这顶要窄小简陋得多。这顶蒙古包简直比皇上自己住的小不了多少。说是蒙古包，里面的毡席坐垫一应俱全，精美绝伦，宽敞高大犹如厅堂。皇上在病中犹惦着自己，张廷玉真是感慨万千。

地震之事，让雍正更添了一重心事。他在病中嘱咐张廷玉，要在京师建造一座贤良祠，把本朝以来的贤臣良相灵位供祭起来，好让他们的在天之灵保佑国泰民安。

十月，雍正病愈，心情大好，亲自审定入祀贤良祠名单，张廷玉之父张英为首选人物。

十一月，贤良祠建成，举行了隆重的入祀仪式，张英等人的灵位被安放其中。

十二月，雍正召侍郎莽鹄立给自己画像，他怕自己哪一天一下子去了，连张供奉的画像都没有。莽鹄立是绘人像的高手，果然把雍正画得端肃威严，惟妙惟肖。于是，雍正又命他给张廷玉也画一张。

雍正又当着众臣的面赞道："张爱卿一日所办之事，在别人十日也办不完。"当即御书"赞猷硕辅"四个大字，又书"不染心""含清晖"两条竖幅，命造办处选能工巧匠制成龙匾，挂到张廷玉府中，以示褒赞。

雍正手书"调梅良弼",文和园内影壁。(吴菲摄)

张廷玉"调梅良弼"铜印,现存于桐城博物馆。(白梦摄)

第廿八回
桐城派二祖论古文　耿侍郎逆上招灾祸

从京城前门往西拐，有一座三进四合院，那就是有名的桐城试馆。

康熙四十年，张英予告归里，皇上赏赐不说，京城同僚旧好也多送了仪程。张英想，带着这些银子回家干嘛？家中有田有地，有房有宅，他还照享着朝廷的一品俸禄，岁收足够他一家生活用度了。于是与姚夫人商量，该拿这钱办点什么事才是。姚夫人是极有主见的，当即想到，不若在京城买座宅子，给家乡那些来京应试的穷书生们住。

经夫人一提，张英马上想到自己当年公车进京时，是忍痛卖了田产来支付用度的。他还是富家子弟，有田产可卖，桐城风气"穷不丢书，富不丢猪"，还有多少贫家子弟为读书耗尽了家中积蓄，到中举之后，来京会试时穷得住不起旅店，只好寄身城外寺庙里。有时一试不中，在京等候下科会试，一等就是三年，那住处就更成问题了。

夫人的见地实在太高明了！张英当即在前门外的繁华地段置下了这座宅子，因为此处离礼部很近，最适合考生们住了。

张英一生做京官，却未在京城购置一处宅第。早年家用不敷，靠租住房屋，后来入了南书房，便住的是官宅。临离开京城，却置了一处宅子，不是给子孙们住，而是给桐城士子们住的。

张英亲笔题写了"桐城试馆"四个大字，制了匾，悬在门楣上。又在正厅抱柱上题了一联："前辈声名满天下，后来兴起望尔曹。"以示勉励。

　　将近三十年了，这里住进了多少桐城士子，又走出了多少举人进士，实在难以计数。如今这里住着一位名叫刘大櫆的士子，他是桐城诸生。从雍正三年来京师，第二年就在顺天府应乡试，如今已过了两场，第一次不中，第二次中了个副榜。他还在等待明年的乡试，他相信凭他的实力，一定不会名落孙山的。

　　他的自信不是没有道理，因为当今文坛领袖方苞就很赏识他。

　　方苞这人天性高傲，少负文名，因文罹祸，后又因才转死为生，由牢房到南书房，受到康熙、雍正两朝天子的赏识。他的经历堪称传奇，而这"传奇"二字后面，跟着的却是"才气"二字，也难怪他恃才傲物。

　　雍正登基后，赦方氏一族还回原籍，又允他一年假期回家祭祖葬父。假满回京后，皇上便授他为武英殿修书处总裁之职，后屡加升迁，如今他已是詹事府左春坊左中允，翰林院侍讲学士了。由于在修书处任总裁，经他手编撰的书籍不知凡几；他自己更是著书立说，文名炽盛。京城达官贵人、富商豪阔千金难买他一字。他生平只佩服戴名世的文章，可如今名世已死，这文坛领袖非他莫属了。桐城士子来京求取功名，谁不想拜在他门下，可是他却不爱收门徒。因为凭他的眼光，一般人的文章根本就入不了他的青目，所谓孺子不可教也。可是六年前，当刘大櫆投到他门下时，他却如获至宝。甚至有人夸起自己的文章时，竟会谦逊地说："我方苞何足道哉？邑子刘生，才堪称国士啊！"

　　尽管这位"国士"已两番落榜，他仍然对刘大櫆倍加赏识，多方关照。这不，这天他又来到了"桐城试馆"。在试馆里管理杂务、洒扫做饭的齐嫂子一见他，便大声道："相公们，方先生来了！"

　　各房里埋头苦读的书生们听得此一声喊，呼啦一下子全跑到正堂来了，将方苞团团围住。方苞从怀中摸出一块碎银，道："齐嫂子，您去市上去买几色菜，一坛子酒。今儿中午我就在试馆吃饭。"齐嫂子接过银子，道声"又要方先生破费"，欢天喜地地去了。这也是自来的规矩了，住在试馆里的士子们都穷，平时生活俭省，凑了份子吃饭，请了齐嫂子在此打理。凡有外客来访，若要留饭，便由被访者另行掏钱请客。在京城的桐城官员，也常来探望士子们，一般便由他们出钱作东了。目的不外乎让这些清寒的士子们打打牙祭。

试馆里住了十几个人，都是寒门书生，在京孜孜求学。沾了刘大櫆的光，他们才得以与方苞亲近。刘大櫆是方苞的入室弟子，每写了好文章必送去请方苞指教，他去方苞家拜访，众人是不敢随去的。但方苞偶尔也会亲来试馆看望刘大櫆，这时大家就会像今天一样，全来到正堂，围着方苞而坐，听他谈文论礼。

这回方苞来此，是想与刘大櫆商谈遴选古文集的事。原来果亲王允礼管着内务府事务，他请方苞为国子监的八旗子弟们遴选一部古文集，以作为教材。

当时为科举计，学子们都在时文上下工夫。时文就是八股文，也叫制艺。每篇文章从字数到段落都有规矩方圆，文分四段，每段两股，所谓破题、承题、起讲、入手、起股、中股、后股、束股，合称八股。一篇不足千字的文章，全囿于这八股之中，能不呆板无聊？然而多少人一生都囿在这八股之中，被功名二字所毁。而作为文章之事，最忌雷同，最讲究鲜活灵动。所以真正的文章高手，反不一定能做好八股文。难怪有人激奋之下，称之为臭八股。

清朝入关之后，沿袭明朝旧例，开科举，取国士。可是多少真正的有识之士却被这八股拦在了门外。康熙朝曾想改革此制，然而召集群臣，集思广益，终也没有更好的公平取士之道。无奈只好在科举之外，另开了一次博学鸿儒科，以选拔遗才。

方苞与戴名世都是时文高手，然而他们同时也都瞧不起时文。早在三十年前就致力于改革八股文，提出了以古文为时文的观点。

所谓古文是指唐宋时期由韩愈、柳宗元、欧阳修等倡导的散体文。韩、欧等人便是以先秦、两汉诸大家文体，来反对和抵制当时所滥觞的骈体文。

方苞如今奉命编选古文，便从汉代选起，直到唐宋八大家。如今篇目已经初步选定，便拿来让刘大櫆帮他琢磨琢磨，看还有没有什么漏选或选取不公之处。

刘大櫆细看那篇目，并无先秦诸子之文，便问："老师何以不选《三传》

和诸子,独推两汉书疏和八大家呢?"

方苞捻着颔下的几绺胡须,慢条斯理道:"《国语》《国策》《史记》,此三传虽为古文之正宗,然自成一体,需熟读全书,方能见得全豹,哪是读得一篇两篇就能窥其门径而入其室的呢?所以,我这《约选》里便不选它。免得误人子弟,以为窥一管即可知斑见豹。"

"老师的意思是说,学古文者,对于《三传》当反复诵读,通篇领会,而不能偷懒,择其要而习之。"

"是啊。《三传》之中,字字珠玑,篇篇锦绣,我又怎能断章取义,一叶障目。而先秦诸子之文,纵横捭阖,博大精深,汪洋恣肆,不可绳之以法。后人只可于反复研读之中体会其意,而无法望其项背,学其篇法。是以本书中也未选用。本书之所以选取两汉及唐宋之作,乃是因为古文至此,已有法度可依,义理明晰,文辞雅丽,考证有据。既有章法可循,又不似明以后时文之刻板死性。所以我偏重于八大家之文,以韩、欧、苏、柳之文选取最多,皆因古文到八大家之手,已是登峰造极。此后难有超出其右者,明时惟归有光之文堪可玩味,至当世惟有戴名世之文能与八大家媲美。可惜一部《南山集》,让一代才子冤屈而死。而我这苟活者,竟不能彰扬其文,岂不痛哉!更有甚者,戴氏之文悉数尽毁,后世恐永不得见矣!"说至此,方苞心下黯然,忍不住废然而叹。

因戴名世是钦犯,桐城人虽然都在心中记着他,但平时谁也不敢提起他的名字,更何况方苞是涉案之人,那是他心头永远的痛。可今日说起文章之事,方苞就不能不想到他,正是戴名世的影响才使方苞对文论有如此精深的见解,而他当年大力推举的"以古文为时文"的文学理想,也只有靠方苞来完成了。方苞在编选《古文约集》时,正是秉承戴名世这种理念,力图在古文中选出文字、章法俱佳之文,好成为人们写作的典范,从而力挽当今文坛愈来愈臭的"八股"之风。

在座士子大多是二三十岁年纪,幼年虽曾读过戴氏之文,但大多记不清晰了。而刘大櫆已经三十五岁了,他幼年可说是读着戴名世的文章长大的。见方苞为名世黯然神伤,便道:"学生少时读过不少戴先生妙文,《南山集》中文字我几乎都能背诵。其中最喜的是《画网巾先生传》《吴江两节妇传》,还有《河墅记》《数峰亭记》《雁荡山记》等,当时我就想,这一生要做个戴先生那样的人，到处游历，以广见闻，以文载道，以文阐理，以文抒情。文章能写得如戴先生那样菁华灿烂，收放自如，鲜活灵动，便不是做文章，而是做自己最喜爱的游戏了。"

"是啊，高手作文，并不是为文而作，而是为性情而作。恰如鸟之鸣春，鱼之嬉水，叶底见花，花开成果。性情之所至，自然而然。你们切记这点，为文要率其自然，立诚有物，不能因文而文，千人一面，空洞无趣。"

"是，老师。学生们都记下了。"这回不独是刘大櫆在回答方苞，在座的学子们都众口一词地承教。

"果亲王要我编这本《古文约集》，还真是该当。《南山集》文祸之后，时下这文风是越来越颓废别扭。再不纠偏，不要说无法望八大家之项背，甚至连前明也不及了。"

说到这层，方苞话音刚落，刘大櫆便道："老师，您知道江宁有个诸生叫吴敬梓的吗？"

方苞想了想："吴敬梓？没听说过，他很有名吗？"

"也不是很有名，只是很有趣。学生来京时路过江宁，盘桓过一阵子，和他倒对脾气。他说老师八年前回江宁时，曾应钟山书院之请讲过《礼记》，他听过先生的课，对先生的文章更是爱之不及。先生的《左忠毅公逸事》《逆旅小子》《辕马说》等他都能倒背如流。只是他说他仰慕老师，曾持文谒见，但老师并不赏识他的文章，未准他进见。"

"此事恐是有的。那年回江宁，整日门房里聚满了求见之人。我哪有那闲心，连总督尹大人来了，我都避而不见哩。对于士子嘛，我有个规矩，先呈上文字，看得过了，便见面谈谈，看不过的，一律请回。那种门庭若市的生活，我可真是烦透了。那吴敬梓能和你成为朋友，想来文字也不错，或是那时我看走眼了？"

"哪能是老师看走了眼。他这人呐，时文作得确实不怎么的。和我做朋友，并不是文字对路子，而是脾气对路子。他呈给老师看的必是时文，那文字要好，他也不会发誓不再考科举了。"

"怎么回事呢？"

"就是老师您说的那话：如今时文江河日下，文风越来越颓废。上月收到吴敬梓的信，他说他已决定明年不再参加乡试了，以后也都不再考科举了。为表示自己不再做八股的决心,他捉了八只臭虫用细丝拴着吊在书房里,以示八股之臭。凡有人再劝他科考,他就让人去看那八只臭虫。"

"也太过偏激了。国家取士嘛,总要有一衡器标准。做文章可以遵古文之法,考功名还是要走八股之路。只有众人都致力于以古文为时文之后,方能使八股做得不致愈来愈空洞无物。他不走科举之路,难道改坐馆教书啦?这样视八股如臭虫,也教不好学生啊?"

"不,他也不教书,他就是太喜欢为文了,所以考不取功名,才那样激愤。他就像老师说的那种性好为文的人,他说他要像曹霑一样,改写稗官小说啦!名字都取好了,叫作什么《儒林外史》。"

"没出息!稗官小说是什么下三滥,也配得上'文章'二字?为文者,义理、辞章、考据,这首先一条,义理上就通不过。稗官野史,诲淫诲盗。那曹霑就是江南织造曹练亭的儿子吧?倒是听说他在写什么《石头记》,里面淫词滥曲的,弄得坊间私下传抄,糟践世风。真是祖上失德,难怪要遭抄家之祸。那曹练亭贪墨太过,钟鸣鼎食,养了这么个不成器的东西!"

曹霑即是曹雪芹,他们家在江宁可是首屈一指的大户,其父和祖父都深得康熙信任,任江南织造多年,那可是为宫中办理商务的肥差,自然落下了不少油水。上一年被仇家举发,刚刚获罪抄家。这是朝中大事,方苞当然知道。而他家公子不务正业,科举考不上,在家里写什么野史小说《石头记》,成了当时盛传的一件大事,是以方苞也有耳闻。但他是讲求"文以载道"的正宗学者,自然对那些坊间小说嗤之以鼻,更何况是淫词野史呢?

众学子见他动了气,都吓得不敢吭声。方苞又气哼哼地补了一句:"哼!《儒林外史》,不定要怎么糟蹋读书人哩。"沉默了半晌,也觉自己这气生得有点失身份,便缓声道:"你们切记,文如其人,要想作好文,必先作好人。我们桐城之文,乃正派之文。'学行继程朱之后,文章在韩欧之间',便是我冀望于你们的。"

"是,老师。学生们记住了。"众人齐声答道。

"方先生上了一上午的课,嘴也说干了吧?我这饭菜也做好了,可以上桌了吗?"齐嫂子见方苞动了气,早想来缓和,但又有点畏怯方苞。现见有了转圜,赶紧见缝插针。

方苞一挥手道："上吧。今儿我也要喝几盅。"

这正厅原就是士子们的公共客厅兼饭厅，当即拉开八仙桌，七碟子八碗摆了两桌。众人奉方苞坐在上首，然后才叙齿落座。

方苞为人，时时事事都很严谨，在他面前，学子们一点儿也不敢放肆。只是他今天倒有点心中高兴的样子，酒也喝得比平时多一点。但绝对是见好便止，不会喝多。

刘大櫆却是生性豪爽，若非方苞在座，他定要与众人划拳斗酒，尽情一醉。就连方苞都常常奇怪，以刘大櫆性格和长相，他该是个武官，怎么偏偏是个文士呢？而且写得那么一手好文章！除了长相，方苞还觉得这刘大櫆与戴名世太过相像了，性格都不拘小节，口无遮拦，好饮酒，好野游；文章也像，都才气纵横，鲜活灵动。而且这么两个性格与他恰恰相反的人，偏偏都是他最为赏识的一师一友。其实这也很好理解，正因为方苞凡事都刻求礼法律度，自己活得太中规中矩了，所以下意识里便欣赏那种活得潇洒的不拘礼节之人。

刘大櫆才三十几岁，已留起了一把半尺长的浓须，人称美髯公，加上他宽面阔口，身材魁伟，声如洪钟，初识之人很难想象他是一个手不释卷的秀才。每每落第之后，同窗便会开他玩笑，说他不该考文科，若考武举，不用下场子，考官就会看上他。

今儿因方苞来后才准备饭菜，所以这顿午饭开得晚。吃到未时，已是杯盘狼藉，犹未撤席。外面有人敲门，齐嫂子打开大门，却见方道章、张筠、张若需和张若霭四人联袂而入。

他们此来是找刘大櫆商量事的。可方道章一见父亲在此，便诧道："爹，您在这呐。我还以为您又去了郊外，正愁找不到您哩，倒在这儿碰上了。"

"你不知道今儿这日子我不在家吃饭已是老规矩了吗？找我何事？若需、若霭，你们怎么都碰在一起了？"

若需赶紧回答："回方伯伯话，我兄弟三人是约道章兄来此找刘兄商量事的。"

若需话未落音，道章也回答道："儿子如何不知爹的规矩？只是适才果亲王派人来传你进府，便告诉说您去了郊外，恐要向晚才回。那人说了，让您随时回来随时去王府,半夜都要去。"

"什么大不了的事?那些奴才,就知道拿着鸡毛当令箭。好了,这里席也该散了,你们商量事吧。我这《古文约集》篇目选定了,正好送去给果亲王过目。唉,对了,你们都是要参加明年乡试的,别光顾着瞎闹,功课要紧。"

"知道了,方伯伯,我们经常来试馆和同窗们探讨学问哩。"若霭也回答了一句。

"唔,那就好!"方苞边说边拿起拐杖,戴上帽子,出门去了。

众人将方苞送出试馆大门,直待他上轿走远,方回身进到厅里。这里齐嫂子已麻利将桌子收拾干净了。方苞走了,众人都是年轻人,便不拘礼,散坐下来,早有人为道章等人献上茶来。

方道章是方苞之子,倒是性子温和,不像其父那般疾言厉色。

"方兄,什么老规矩?为什么今天方先生不在家吃饭?"众人刚刚座定,刘大櫆便抢着问道。

"是啊,什么规矩?"众人也都奇怪,包括张筠、若需、若霭,都在问道章。

"嘿,告诉你们也无妨。我这位家严大人啦,脾气可是太有点古怪了。今日是他老人家生日,每逢这日他都要避出家门,一个人躲到郊外去,中饭也不吃。"

"那是为什么呀?"

"为什么?他不乐意呗,他说:'在家里你们要为我做寿,我可不想做什么寿。生日有什么好?儿生日,母难日。可我母亲辛苦一生,到老了还为我担惊受怕,跟着我没入旗籍。临死都不能为她老人家守制服丧。'"停了一会儿,又说:"唉,我奶奶死时,一家人都是诚亲王家奴,哪有资格守制哩。我父亲为此痛彻肺腑,成了终身之憾。所以每到生日这天他都要独自去郊外,废食一天以自罚。没想到今天倒跑试馆来了,还和你们一起吃了饭,喝了酒。你们比我这做儿子的有福哇!"

方苞已是六十多岁的人了,有儿有孙的,按理说做寿庆贺是该当的。但他心中竟藏着这么一块伤疤,众人听了,都心下震撼,半晌说不出话来。

"唉呀，原来今日竟是方先生的生日，我们可还让他破费银两，请我们吃饭，真不是弟子之道。"忽然有人回过神来，跌足道。

"是啊，既然知道了，就该给老师贺寿！要不这样，咱们凑个份子，买些寿礼，晚上去给方先生拜寿。"有人建议道。

"别，别。诸位学弟，可千万别去惹老爷子不高兴。你们就装着什么都不知道，比什么都好。"方道章赶紧摆手。

"是啊，既然方伯伯心中有此隐痛，咱们怎么能去揭这个伤疤呢？"若霭虽然年龄最小，说起话来倒深思熟虑。众人一想，是这么个理，方才作罢。

说过这一节，刘大櫆方想起问他四人："你们说来找我商量事情，什么事啊？"

"是这样。"方道章已年过四十，在众人里年龄最长，自然凡事由他开口："上个月不是有个桐城人客死京师了吗，那人是个小书办，病了多日，花尽积蓄，临了无钱收殓，是若需的二伯和五叔出钱，让若需和若霭去帮忙买棺把那人收殓了，又通知他家来人，助了些银子，才把那人灵柩运回南方。此事办完之后，他兄弟仨便来找我商量，这同乡在外，互相关照是该当的。但桐城人在京师宦游就学者颇众，每每遇到什么困苦厄难之事，一般都是我们几家大人接济。但毕竟杯水车薪，恐有周济不到的，况我们几家都不是巨富。所以我们想立个公会，请在京本籍仕宦、商贾捐输本金，养取利息，以周急济困。你们说此事办得办不得？"

刘大櫆道："此是好事啊。若办成了，对大家都有利的。尤其像我们这些穷书生，若遇上什么难事，也好有个依靠。我还有个想法，有难救难，遇急济急，但并不一定非得是无偿相赠。若有救急者，可向会中借款周急，俟有了银子再行归还。会里也不要他利息，也不限他归还期限，总待他急难过去，有了能力时再归还。这样，会银便不致枯竭。"

张若需道："刘兄果然高见。既然你也认为是好事，那么该知道我们为何来寻你了吧？"

"莫不是来寻我捐输的？刘某虽是寒士，然几两银子还是要捐的，这样吧，我认捐五两。"

见刘大櫆一开口认捐五两，众学子也都纷纷道："我们也捐。"

张筠道："嘿！刘兄就是急性子，话还没说明白就认起捐来。你们在京待考，正要别人来周济哩，倒忙着先周济起别人来。"

刘大櫆奇道："不是来讨捐，那是何事？"

方道章笑了："还有何事——要借刘兄大笔写一篇晓之以理、动之以情的引揭，以便我们四人找人认捐时不必多费口舌。"

"原来如此！该当该当，乐于效劳。只不知你们这个会长打算让谁来当？"刘大櫆也笑了。

"这一层还没想到哩。难道刘兄有合适人选？"

"依我看再没有比若需更合适的了，他这人最好扶危济困。谁有难，找上他准没错。我在京六年，见过多少次了。"

"你看到什么了？不就是常常拉你去给人免费看病吗？是不是想向我索诊金啊。"若需道。

"可不是嘛，就你事多，老让我东跑西颠地给人看病，都是些穷愁潦倒的人，诊金拿不到不说，还得贴上药费。什么时候也介绍几个富豪贵族给我，也让我赚几两银子。"刘大櫆调侃道。

"美得你！你以为就凭你那点三脚猫功夫，人家有钱人会信得过你？有钱人的命贵重着哩，才不敢吃你开的药。"张若需也调侃起来。

"你们张氏勺园里的人命不贵重吗？怎么都让我把脉开方喽？"

"好了好了，不跟你斗嘴了。快去写你的妙文罢，我们可是要在此立等的。"

"好！一炷香工夫，必给你们呈上。"大櫆这才笑着回房。

原来，这张筠、张若需都是与大櫆极熟的。康熙五十六年，若需父亲廷璐来京之后，大哥若矩在五亩园中管理家政，他们这一房在园中的宅子叫做"勺园"，因五亩园分成数家居住，每家不过一亩左右，名为"勺园"是取其小似一勺之意。张若矩与刘大櫆是县学同年，关系相好。因大櫆家贫，若矩便聘他为西宾，在勺园教授子弟。若需、若震虽比大櫆小了几岁，但大家常在一起诗酒唱和，相与得好。虽是东家和西席，实则文朋兼诗友。张筠字渭南，是张廷玉远房侄子，因其父在四川任职，故自己也寄居在五亩园中读书。他与刘大櫆都是寄居之人，两人关系更为亲密。

这刘大櫆可是个异人，不仅读书高才，且杂家皆通，尤擅医道。所以在勺园时，张家人有个头疼脑热的，便让他开方子抓药。到了康熙六十一年，若矩兄弟陆续取得了诸生资格，来到京师。刘大櫆却直到雍正三年才过了童子试，于是也应张若需之邀来到京师。

其时若矩、若霞都已选了外任，一个去了山东，一个去了浙江，京里只剩下若需一人了。好在很快通过若需又结识了若霭、道章等人，日子过得颇不寂寞。又兼拜在方苞名下，文章大有长进，名声也越来越响。虽然两番应乡试皆不中，但赏识他才华、请他入馆课徒者大有人在。只是每到了应试前一年，他才辞馆，住到这桐城试馆里专心读书。

若需于雍正四年曾随父亲往江苏任上，后来在江南乡试中中了举，便回到京城准备参加会试。张筠自刘大櫆走后，也到四川探父，顺便在三峡一带宦游了几年，此后也来到京师，寄居澄怀园里，与若霭一起读书。道章也是个屡试不第的。若霭年幼，刚刚过了童子试。此三人都将与大櫆一起参加下一年的乡试。所以经常来到试馆里，与馆中学子切磋诗文。

此时刘大櫆进房用功去了，这里众人便散坐着说些读书上的事。

不过半个时辰工夫，刘大櫆已抖着一份墨迹未干的文字从自己房中走出。一边叫着"写好了，众位看看，可还使得"，一边走进正厅里来。

若霭年幼，便将那文字接了过去，道："我给大家念念，共同参商一下。"

乞捐输以待周急引

昔先王井田之制，其乡田同井者，则必使之出入相友，守望相助，疾病相扶持。夫以天下之大，而散之为千百国，复于一国之中，散之为乡；一乡之中，散之为井。独使一井之人，相亲相睦，而不及于其他，宜若狭小偏私，非合并为公之道。先王之意，盖以散同为异，然后可合异为同。故曰："人人亲其亲，长其长，而天下平。"

夫同居同游，朝夕比近，而灾福欢戚，漠然不关于心，其在疏远者，尚何望乎？原思辞九百之粟，而夫子曰："以与尔邻里乡党。"圣人虽一视同仁，而独于邻里乡党尤加厚焉。家有余粟，辄推以与之。大司徒以乡八刑纠万民，其六曰不恤之刑。圣人不以六德之难能者强民；至于六行，则谆谆焉，虽非其族戚师友，然贫乏而不相振救，刑斯及之。所以为一道同风，忠厚之至教也。

京师为四方之会，万民之所聚处，仕宦宾旅，骈肩叠迹，而同里党者，必交相亲爱。故昔人有会馆之设，所以通其气，联其情，代其忧，均其乐者也。吾乡以耕读为业，无商贾故亦无会馆。同巷无恒产之士，贸然而来，僦廛舍以居。朝夕饔飧之不给，逋负旅馆之主人而不能偿；至于久而不能归，甚则病不能兴，死亡而无以为敛，往往有焉。夫其近于饥寒而奔走于四方，吾不能禁之使其不来；其来者，吾不能馆；一旦有困苦颠连之出于意外，其坐视而不为之所乎？抑将周其空乏、医药而殡敛之乎？此固先进有禄位者之责也。

然醵金聚助，取给临时，虽有好与乐施之怀，常忧其难继。今将设为资本，不以数相限，大约出白金在一斤上下，丰者至二斤，啬者至三两、一两。使一人总领，年利取息，而以其息待用。其开合敛散，听于一人。其取息几何，其已用及未用几何，登之簿书，岁终会计。其既尝捐输者，亦可共相检括。淳厚之风，久远之计，一举而得之。

夫乍见孺子将入于井，皆有怵惕恻隐之心，固非以要誉于乡党朋友也。凡我里之宦游于外，与其退而家居者，抑或客游京师，而资斧宽饶，抱仁人君子之忧，而情不自已者，悉任捐输，且请书名书数，庶于后有考焉。

众人细听若霭朗声诵完，便都赞好。大櫆道："若过得去，那就替我书名书数，还是那话，认捐五两。"

若需笑道："你就是那'客游京师，抱仁人君子之忧，情不自已者'，可你并不是'资斧宽饶'者啊！"

大櫆也笑道："和你这富家公子比，我是寒士，可省吃俭用也得认捐点儿呀，谁让我'情不自已'哩。"

"好了，开个玩笑。今日才是草议，哪里就真的让你掏银子了。回头真正立起会来，自然忘不了找你。可是你这篇文章也该得几两润笔呀，不若你也别出银子，就让这篇'引揭'抵了罢。"

"那可不成。我这文章也免费捐献了,不过你若立起会来,当上会长了,可得请我喝酒。"

"这会长也像你这文章一样,是免费的,你若想当,就让你了。"

"别别别!我可不想费那脑筋。"

玩笑声中,四人告辞出去。

晚上,若霭将那篇引揭拿给父亲过目,并谈了他们哥几个想立会的想法。廷玉自是十分支持,当下表示要认捐白银一千两。然后看那文字,不觉惊叹起来:"太像了,简直如同出自一人之手。"

若霭问:"什么像?像什么?"

"唉,我是说这篇文字太像戴名世之文了。是谁的手笔?"

"是刘大櫆写的,想请父亲看看,若无不妥,就可刊印了,然后我们就筹备起来。"

"行,文字没问题。唉!这刘大櫆实有大才,可惜也是科举艰难,'文章憎命达',是自古就有的。但愿他明年能够中举吧。"

原来张廷玉一看这篇文字,便想起了幼年在桐时,父亲筹建义仓,曾请戴名世写过一篇《乞公建义仓引》,当时是他和粥郎去各乡送引乞捐的,所以记忆极为深刻,至今那篇引揭他还能背出。而刘大櫆这篇文字与戴氏之文实在有异曲同工之妙,再想刘大櫆屡试不第,艰于科举也与戴名世如出一辙,所以才引出他那一番感叹。

再说方苞下午急急赶去果亲王府,果亲王允礼当真在府中候着。方苞拜见了,果亲王赐座。方苞且不坐,从怀中掏出几页纸,双手捧着向果亲王躬身一揖:"微臣奉亲王之命编选《古文约集》,披沙拣金,沧海拾贝,如今已从浩瀚文海中选定篇目,特送来请王爷过目。"

"是吗?方先生做事果然利索,拿过来看看。"果亲王身边服侍的太监立即过来将篇目接去,呈给王爷。这里方苞方才落座。

果亲王仔细将那篇目看了两遍,复还给方苞:"本王于古文一道并不精通,想来是方先生选的,不会有错,就照这篇目着造办处刻印出来,发给国子监生课读。试读两年后，再向各官学推广。"

"谢果亲王。"

"谢我什么？本王让你办事，你办得好，该我谢你才对呀。"

"不，纠正时文颓风，推行古文义法，是微臣早年立下的志向。亲王之命实是成全了微臣的理想，所以微臣实在太感谢亲王了。"

"好了，这一节就到此罢。本王今日请你来，却不是为了这本书的事。"

"王爷还有何事，当请吩咐。"

"本王今日触了霉头，竟让一个小小的三品侍郎给驳了面子，你说本王气也不气？"果亲王说着，已是话中带气了。

"谁有那么大胆，竟敢惹到亲王您的头上。"方苞嘴上说着，心里在想：怡亲王死后，果亲王是唯一参与理政的皇弟了，身份地位真是一人之下，万人之上，谁敢惹他生气？

"还有谁？还不是那个孙耿头！本王门下有人犯了点小事，送到他手上。今儿上午管家拿着本王手谕去请他关照，却被他挡了驾。你说气人不气人！"

一说到孙嘉淦，方苞料着是果亲王没理了，因为孙嘉淦虽耿，却讲理，他挡驾的事必是不可办之事。所以方苞且不接果亲王的茬，只奇怪道："这事王爷为何要找下官？下官跟那孙侍郎素无私交……"

"正是因为你与他没有私交，本王才想到你呀。那孙嘉淦几次三番地驳本王的面子，这口气本王实在是咽不下。现下正有个机会，本王要让他当不成这个侍郎。"

果亲王说的这些，让方苞无法搭言，只好干听着。果亲王得意道："那孙嘉淦不是国子监祭酒吗？前日在南书房，圣上问他国子监教习宋镐、方从仁期满引见，该不该升职。他先说不该升。圣上问为何，他又改口说该升。圣上生气了，说他出尔反尔，非大臣之体。这事让本王知道了，本王可清楚他那点花花肠子，他是想留着那职位让他的弟弟扬淦升。要说他的弟弟供职谨慎，考核中上，是可以升的，可谁让他摊上这么个不通世务的哥哥呢？就为他这哥哥好得罪人，几次升迁都没扬淦的份，大约孙嘉淦也觉得挺对不住弟弟的，曾为此事找过本王，所以本王知道他为何在皇上面前说话吞吞吐吐的。正好皇上为此事生气哩，此时只要有人上道奏疏，挑明孙嘉淦出尔反尔乃是心中有假公济私之念，参他一本，准能让他从刑部侍郎变成刑部囚犯。

方先生为人正直，疾恶如仇，正适合做刑部。只要方先生牵头来参他，本王保证让他落马，那侍郎之职就由方先生来做。如何？"

方苞静静听完果亲王因为个人私怨欲加罪孙嘉淦的说辞，心中便颇不以为然。没想到最后还闹个让自己来参与其事，并且扳倒孙嘉淦之后由自己取而代之。这简直是对他人格的一种污辱！依着方苞的脾气，他要开口怒骂了。但对方是亲王，他这气生不得。只好怏怏道："孙侍郎与我无冤无仇，我不能参他。况且方苞已是一介老朽，不堪重任了。亲王的好意方苞领了，但这种落井下石的事，方苞不能干。"

"你！你简直跟孙嘉淦一样迂！"果亲王一番好意，原以为方苞会对他感激涕零，不想倒碰了个软钉子。待要生气，只因从康熙朝起，就尊他为方先生，又生气不得，只好拂袖道："你不干自有别人干！"

说罢，果亲王端茶送客，两人不欢而散。

原来那孙嘉淦喜欢直言，每每惹得皇上生气，但最后又总能转危为安。而且他那份刚直深得雍正赏识，事后还常常得到升迁。前番因上书闯祸，被朱轼一席话救了，从一个小小的翰林被提拔到了南书房，并升为国子监祭酒。后来因为当面指责张廷玉谀君，差点又闯了祸。可是此后不久他却又被擢升为刑部侍郎。在刑部这个位置上，难免要得罪人，何况他生性耿直，事事按条遵律，不肯通融。被他忤逆的权贵也不知凡几了，许多人都对他恨得牙痒痒，无奈想不出治他的办法。这回终于让果亲王逮着了机会：皇上正恼他哩，这时趁火浇油，必能事半功倍。

方苞虽然不肯做那阴损害人之事，但这种既能巴结果亲王，又能自己得好处的事，想做的大有人在。果然没过几日，孙嘉淦以"出言反复，欺君枉上"之罪，被投进了刑部大狱。

方苞与孙嘉淦都是耿直人，平时都不喜相互结交，所以并无私情。可因了果亲王曾找过方苞，所以方苞知道孙嘉淦获罪的真正原因。以他的个性，是容不得此等暗昧之事的。他想他得拆穿这件事情，救孙侍郎于无辜。但碍着果亲王的面子，又不能强来。想来想去，只有去找新进大学士、军机大臣鄂尔泰，让他背地里在皇上面前为孙嘉淦斡旋，方能使此事有起死回生的余地。因为鄂尔泰在苗疆推行"改土归流"有功,深得雍正赏识,刚刚从云贵总督任上被晋升为大学士、军机大臣,圣眷正浓着哩。

鄂尔泰听方苞将事情原委一说,也觉得孙嘉淦冤枉,但他又何尝愿意得罪果亲王,便推脱道:"方大人为何不去找张相斡旋此事呢?你们不是乡党吗?"

方苞一听这话不乐意了:"我和张廷玉是同乡,但乡而不党。正因为此,我凡事总不找他。同朝为官,同为皇上效力,我方苞行事本出以公心,为何要靠乡党私谊呢?孙侍郎以非罪下狱,你身为相国,坐视不管,就不怕有朝一日皇上察知实情,怪你一个知情不举之罪吗?"

鄂尔泰来朝中时间不长,还不太了解方苞的脾气,见他这样说动怒就动怒,赶紧转圜:"不是我不想管,我是听说孙大人曾经得罪过衡臣相国,怕为他说话,会惹衡臣不高兴,毕竟我和他同为大学士,若有什么误会就不好了。"

"这点你尽可放心,衡臣不是那种小肚鸡肠的人。说实话,孙嘉淦升刑部时还是衡臣举的哩,只是外人不知罢了。我管保这次孙侍郎获罪,衡臣不仅不会落井下石,还会找机会救他的。"

"若果真如你所说,我就找机会当着衡臣的面把孙嘉淦获罪情由告知皇上。衡臣知道是你要救孙侍郎,需怪不得我。"

"成!你就看到时衡臣怎么说吧。"

桐城派文物陈列馆，位于桐城文庙内。（白梦摄）

刘大櫆书法作品，现存桐城派文物陈列馆。（白梦摄）

刘大櫆游碾玉峡记碑刻，位于龙眠山碾玉峡景区。（白梦摄）

张氏勺园，刘大櫆曾在此坐馆。（白梦摄）

第廿八回　桐城派二祖论古文　耿侍郎逆上招灾祸

第廿九回
外不避仇力荐能吏　内举避亲固辞探花

孙嘉淦转眼间从刑部侍郎成了阶下囚，雍正将弹劾他的奏折交六部会议定罪。也是因为孙嘉淦平时太过耿直，得罪的人何止果亲王一个？部议结果竟定了一个"挟诈欺公"的罪名，按律当斩。

雍正也没想到事情竟闹到了这步田地，他拿着这份折子，怎么也批不下去。第二日散朝之后，众大学士随皇上来到懋勤殿，雍正对众人道："朕曾经说过，孙嘉淦脾气太倔，早晚要吃亏在这上面。这不，得罪的人太多了吧？部议论斩哩。"

朱轼道："皇上，刑部差事不好当啊。严了得罪人，松了又如何显示律例之公平。"

雍正道："然刑部官员联名劾他，总也有他的不是。总之这刻薄之人不宜为刑官，'罪疑惟轻，功疑惟重'乃古圣贤所言，朕也一再主张宽刑，凡事赏重罚轻。这孙嘉淦太憨，一点也不知道权宜机变。"

张廷玉道："皇上，臣以为太过聪明之人亦不宜为刑官。聪明之人太会权宜机变了，难免会玩弄例律于股掌之上。轻罪可以变成重罪，死罪也可以变成活罪呀。臣曾在刑部呆过，知道刑部里面猫腻太多，就拿刑部大狱来说，就有很多暗昧之事，臣正想就此上一道折子哩。"

"那好哇！刑部狱中贪墨枉法之事朕也略有耳闻，本指望孙嘉淦这个倔头去治一治，谁知他倒被别人给治了。爱卿虑事周详，必有高招，朕等着看你的折子。"

鄂尔泰见众人都为孙嘉淦说话，皇上那意思更不想定他死罪，便小心翼翼道："启禀皇上，微臣听说孙嘉淦遭劾另有缘由。"

"什么缘由？"

"臣也是听方苞说的。"

"哦，方先生，他说什么了？"雍正当皇子时，就奉命称呼方苞为先生，现在方苞虽然有官有职，但雍正称呼他先生已经惯了，而且也显得他礼贤下士。

"方大人请我转奏皇上，果亲王曾让他牵头弹劾孙嘉淦，说是参倒嘉淦之后，刑部侍郎之职就是方大人的，但方大人拒绝了。"

"哦，这么说，孙嘉淦是得罪了果亲王喽？"

"具体实情，微臣就不知道了。"

"算了吧，朕知道孙嘉淦冤枉，但死罪可免，活罪还是得让他受一受。也好让他长长记性，不要总是一味地耿，一味地倔，一味地憨。这为官之道，得阴阳参合，刚柔相济，孙嘉淦还太嫩了点，得多磨炼磨炼才成。"

朱轼是老臣相了，最是爱护嘉淦，见皇上终于松口，心上一块石头也放下了，赶紧问："皇上要怎么治他？"

"朕知道他的毛病是太憨、太倔，但朕也知道他的长处是不爱钱。就让他夺职思过，去户部银库管银子吧！"

张廷玉失声道："那不正是果亲王治下吗？"怡亲王死后，户部现正由果亲王领御。张廷玉虽兼着户部尚书，然凡事也得听果亲王的。

"是啊。谁让孙倔头得罪了果亲王呢？朕都免了他的死罪了，还不该让朕的这位皇弟调教调教他，出出心中那口气吗？"

众人一想，也是，你一个小小侍郎，连亲王都敢得罪，皇室尊严何在？心下都不得不佩服雍正手段高明。

这孙嘉淦虽只在狱中呆了个把月，但也颇吃了些苦头，本来还关在板屋里，后来听说定了死罪，立刻被转到了老监。孙嘉淦心想自己这回恐怕是死定了，谁知竟然只落了个夺职思过。

出了大狱，第二天他就去银库报到。果亲王早已知会司库，让孙嘉淦做最苦最累最下等的差事，那就是收银小卒。

果亲王想，你一个三品大员，平时威风扎马的，今日让你一落千丈，做个杂使役，看你受得受不得。

那些杂役都是狗眼看人低的，见孙嘉淦是个落难官员，既被贬黜到这步田地，想必是仕途无望，永无出头之日的了。便都对他呼来唤去，整日支使得他团团转。

过了几日，果亲王料着这孙嘉淦苦头也吃够了，只不知那气焰还在也不在，便亲来银库察看。远远就见孙嘉淦赤着膊，只穿一条肥腿短裤，正和众杂役一起坐在地下歇息呢。哪里还有什么大臣威风，纯粹一个干苦力的。

见果亲王来查库，杂役们连忙参见，孙嘉淦也和众人一起行礼，垂手站在一边。

果亲王上来拍拍他的肩膀，问："孙侍郎，孙大人，你这手可是在南书房给皇上写圣旨的，今儿在这银库里把秤称银，能称得准吗？"

"王爷请看，小人所收银两都单独放在一边，这是账目，这是银两，请王爷查验。"孙嘉淦转身拿出一本簿册，又指着一个架子上摆放整齐的银锭，不卑不亢地道。

果亲王一挥手，随从人众立刻上前，按册查验，把架上银子反复称量几遍，结果都是分毫不差。果亲王哈哈大笑："好！大丈夫能屈能伸，本王服你了。"

张廷玉为写奏折特地到刑部查看了有关案卷，又去了刑部的板屋和老监，实地勘查了一番，深思熟虑之后，方写成了一份题为《谨奏为分别监禁之例、详慎引律之条，以免滥禁以成信谳事》的奏折，呈给了皇上。

> 窃以为，国家之设监狱，原以收禁重罪之人。是以各省人犯，罪重者收监；罪轻者或令人取保，或交人看守。本人亦自知所犯甚轻，无潜逃私逸之事。独有刑部衙门，凡遇八旗部院、步军统领衙门以及五城御史等交送人犯，不论曾经奏闻与否，亦不论情事之大小与罪犯之首从，一经锁送刑部，即收入囹圄之中，听候质审。以致狱卒之需索欺凌、吏

胥之恐嚇讹诈，备极困顿，百弊从生。甚至有的倾家荡产、有的不待审讯已瘐死狱中。及至定案时，判为斩、绞、军、流之重犯原无多人，其余不过为徒杖笞责之罪。更有偶尔干连，审系无辜，应行释放者。如今年二月间，刑部清查案件，省释者二百几十人，即此类也。

臣细求其故，国家定例原不如是，只因陋习相沿。彼拘送衙门初不计其到部之苦，而刑部官员又以宁严无纵，可告无过。遂至常行而不改也。

似应特颁谕旨，令九卿悉心妥议：凡各衙门奏闻交送刑部及自行拿送之人，何等当收禁监狱，何等当取保看守，分别定例，详慎遵行。如此则滥禁之弊可除，而于刑名不无裨益。

再者律例之文，各有本旨，而刑部引用之时，往往删去前后文词，止摘中间数语，即以所断之罪承之。甚至有求其仿佛而比照定拟者。此间避重就轻、避轻就重，司员之藉以营私、吏书之高下其手，皆由此而起。

臣以为，都察院、大理寺与刑部同为法司衙门，若刑部引例不确，应令都察院、大理寺驳查改正。倘驳而不改，即令题参。如院、寺扶同蒙混，或草率疏忽，别经发觉，则将都察院、大理寺官员一并加以处分。如此或亦清理刑名之一助。

此臣愚见，倘我皇上以为可采，亦请颁发。

雍正看罢奏折，问廷玉道："爱卿所奏，系实有其事，还是道听途说？"

廷玉道："启禀皇上，刑部官员与狱吏通同作弊、贪赃枉法之事臣早有耳闻，前在吏部所惩张老虎一案即是如此，当时就想趁势而上，改革此弊。后来转到礼部此事便耽搁下来。为上此折，臣曾亲往刑部查阅案卷，又去狱中实地查勘，并向方苞反复求证过。方苞曾在狱中两年，备尝其中酸苦。与他同案之人，审结轻罪或无罪者一百多人，可不待释放就已瘐死狱中的竟有六十多人。国家法令，官员及轻罪者可住板屋，但狱吏惟钱是从，板屋一间一个月可得银十两二十两不等。许多罪应斩首的大盗巨恶因有钱而住板屋，贫困官员却住老监。狱吏为谋诈钱财，还滥施刑法，方苞的腿就是被打坏之后，未得及时医治，又在暗牢里受了风寒才落下的残疾，但他向来不曾对外界说出实情，别人也都只知是受风寒所致。方苞曾写过一篇《狱中杂记》，因涉及国家刑名，故未曾传于市间。臣奏折所引之事，实是方苞文中所记，有名有姓，决无虚词。至于重罪改轻、轻罪改重，亦是该部某些官员与狱吏勾结的惯用伎俩了。臣听说还有所谓'斩白鸭'的，即是花重金买人替死，其他充军、流放等罪，只要买通门路，甚至有人敢私造文书官印，以逃避惩罚。"

"真是胆大妄为！朕也风闻刑部有徇私枉法之事，不料竟已到如此地步。那二月间清查释放两百多人又是怎么一回事？"

"那是孙嘉淦到刑部之后，察知有些办案人员为诈钱财，有意拖欠积案，不审不问，或审而不结，致使许多轻罪或无辜牵连之人长期被囚于牢笼。于是专门抽调正直能干之人，将历年积案全都清理一遍，结果查出竟有两百多人早该释放了。"

"哦，还有这回事？朕只道孙嘉淦凡事不肯通融，是个刻薄人。不料还有此仁义之举。"

"臣写此折前，也曾找孙嘉淦谈过，他也与臣有同样想法，还说可惜获罪黜职了，否则他一定促成此事。"

"是啊，刑部之弊，不能光靠惩治一人一事，唯有定出律条，使贪墨者无隙可乘，方能正本清源。朕就准你所奏，将原折发给九卿会议，定出具体条款，着都察院、大理寺监督执行。"

"皇上下旨即可。臣身为大学士、军机大臣，辅佐我皇，燮理阴阳，乃是分内之事。不必将微臣原折发给九卿了吧。"

"不！朕要让朝臣们知道，你是如何协助朕躬，忠心谋国的。也好给众人一个榜样。"

"皇上实在太过抬举微臣了。"

"外界都风传朕是刻薄人哩。只有衡臣你日日在朕左右，知道真实的朕是怎样一个人。"

"皇上爱民如子，实乃尧肝舜心。说您刻薄的必是贪官墨吏、乱臣贼子。"

"好了，不说这些不开心的事了。倒是孙嘉淦被黜之后，刑部侍郎出缺，你看补谁好呢？"

"臣以为方苞为人耿直，行为端方，又深知刑部积弊，皇上看他是否合适？"

"是啊，方苞是皇考赏识的人，朕说过要重用的。《圣祖仁皇帝实录圣训》编撰进度如何？"

"此事臣跟方苞有所分工，臣负责实录部分，方苞负责圣训部分。如今两部分归笼一处，正由臣统稿通校呢。再有个把月就完成了。"

"那方苞该清闲些了。行，回头传方苞来见，朕就擢他为刑部侍郎。还有顺天府尹也出缺了，爱卿意下可有谁合适此职。"

"皇上，臣这份折子一经准奏，那孙嘉淦不仅无罪，而且有功了。就说他二月份大刀阔斧，清理积案，释放无辜，就该论功行赏的呀。臣以为孙嘉淦是个不可多得的良臣能吏，放他到顺天府任上必能一展拳脚。"

"是啊，孙嘉淦苦头也该吃够了。前日果亲王来给朕说，孙嘉淦竟是能屈能伸，是真丈夫，果亲王已不再怪罪于他了，还向朕荐他哩。那就一发依了你们，让孙倔头去顺天府吧。这一下，他又转祸为福了。这顺天府在天子脚下，管着直隶京畿，谁不眼红那差使。"

"孙嘉淦屡次因祸得福，皆是因为皇上有容人之量，有纳谏胸怀，更有怜才、惜才、护才之心呐。"

"哈哈！你这番话，要让他听到，又该说你谀君媚上了。唉，说到这里，我倒想问你一句。衡臣，那孙嘉淦曾当着众人的面指斥你谄词谀君，你却几次三番替他说好话，难道你就一点儿也不记仇吗？"

"皇上，臣与孙嘉淦无仇无怨，他之所以责臣谀君，乃是因为他性子耿直，喜欢放言直谏，而不善于温言表达，是他与臣性格相悖所致的误会，而不是有意要劾臣之罪。他是有口无心之人，正因为他当面指斥微臣，而不是背后诽谤议论，所以臣以为孙嘉淦是正人君子，而非狡诈小人。他屡次忤逆圣上，圣上都不怪罪于他，臣又怎么会为那么点小事记他的仇哩。"

"是啊，这就是孙嘉淦的好处，他谁都敢得罪，可谁都不怪他。连果亲王那么生气要治他，结果反服了他。孙嘉淦必是牛投胎的，有牛脾气，可也像牛一样忠诚勤劳，得到主人爱护。"

孙嘉淦命带贵人，总能逢凶化吉，遇难呈祥。不久，他就接到谕旨，欢天喜地地去顺天府赴任了。

方苞却没去刑部。那天他奉诏去见雍正，雍正细问了些狱中情状，又谈了张廷玉的奏折以及九卿会议之后，已经定出了详细律条。方苞也对张廷玉敢于革除积弊的能力和无畏之心深表敬佩。雍正于是说出张廷玉荐他去顶孙嘉淦的缺，任刑部侍郎。

方苞赶紧推辞："皇上，万万不可。果亲王曾许以侍郎之职，被臣拒绝了。此番如去了刑部，岂不让果亲王心下更添一重不快。果亲王对臣甚是宠信，臣实不愿再惹他不高兴了。"

"方先生不必如此多心，果亲王已经连孙嘉淦都不怪罪了，又怎么会再记先生的过呢？"

"果亲王大人大量，可以不计微臣之过，但微臣心下还是以为，若去了刑部，便是对果亲王不敬。再者，臣腿脚不便，在刑部任上，随时都要出外办案，臣也实难当此任。臣不愿尸位素餐，还是留在内廷修书的好。"

"方先生既不肯为刑部侍郎，那就去礼部如何？朕知先生熟知《三礼》，一直有复古礼之抱负，朕擢你为礼部侍郎便是。"

"皇上有心复古礼，微臣当竭力赞襄。然为礼部堂官则不可。想我中华上国，各方来朝，礼部堂官常要接见各国来使，臣患足疾，不良于行，岂不有损国体。臣这残伤之躯，只合在内廷修书、教习。"

"方先生淡泊名利，忠公体国，实乃高风亮节。朕就成全了你这份心吧。不过你修撰《圣祖皇帝圣训》有功，朕要论功行赏，擢你为内阁学士，充《大清一统志》总裁官，赏侍郎衔，食三品俸，以示嘉奖。"

方苞虽一再推辞，然皇上是决意要拔他为正三品了，他还有何话说，不免跪地倒拜："微臣叩谢皇上隆恩！愿吾皇万岁万岁万万岁！"

大人们在朝中朝乾夕惕，忙于政事，子弟们也一日不闲着。设立公会的事早已办成，果然就由若需领衔此事，因为他早已中了举人，不必像旁人那样忙着乡试的事。

随着考期临近，现在大家都不敢分心了，天天埋头于功课，做梦都想着中举的事。

八月入场前，大家又在桐城试馆聚餐一次，互相之间免不了要说一些勉励的话。众人当然最看好的是刘大櫆和方道章，因为他们不仅学问精深，文章出众，更因为他们都已多次入场，有足够的临场经验。

谁知九月榜发，大櫆再次名落孙山，又只登上了副榜。道章这回总算功夫不负有心人，四十多岁的童生终于中了举。若霭才真正是青年才俊，年方十九，首次参加乡试，便榜上有名。

这天张廷玉照常去军机处当值，雍正皇帝接到顺天乡试的中榜名录，看到张若霭的名字，便十分高兴，命内侍赶紧去军机处给张廷玉道喜。张廷玉也不意若霭竟能一举成名，听到消息，心下高兴，三脚两步转过隆宗门，进了内宫来向皇上谢恩。

雍正笑道："朕知你必进来谢恩，早已准备了一方松花石砚在此。此砚虽三冬严寒，亦不结冰。你将此砚带给若霭，就说朕赐他石砚，是让他三冬之时，可用心读书。朕望他来年春天，再传佳音，会试、殿试，一路连捷。"

张廷玉接过石砚，满心欢喜，竟比当年自己中举还要高兴。傍晚回家，家中早已接到喜报，不仅若霭中试，侄儿张筠也中了。廷玉听了更加高兴，张府早已欢天喜地摆下了贺宴，给这哥俩贺喜。廷璩、若需等在京至亲也都来了。

廷玉太忙，难得俩弟兄聚在一起。饭后，廷玉和廷璩在书房喝茶，廷璩的两个儿子都比若霭年长，可还在家乡耕读，未曾中举。说起来便由不得称赞若霭少年高才。廷玉叹道："我们兄弟，除了大哥早慧，我也是从十九岁直考到二十五岁，三试之后才中的举。若霭看来比我有出息，竟如大哥一般，初试便得中了哩。"

廷璩也叹道："是啊，咱们弟兄几个，一个比一个不如，大哥二十岁中进士，你二十九岁中的，我和三哥都是四十多岁才中的。"

"可惜大哥走得太早了。唉，咱兄弟六人，如今只剩三个了。"

这里两个老弟兄在把盏夜话，若需、若霭和张筠三个小弟兄饭后却去了前门试馆。刘大櫆这回再次落第，心情再也张扬不起来。他像霜打的茄子一样，正准备收拾行李，决定回乡去了。

想当年满腔抱负，欲来京师一展拳脚，可羁留七年，三次参试，三次落第。不知该怪考官无眼，还是该怨自己命运乖舛。他由不得想起了吴敬梓，难怪他发誓不再做八股文了呢。自己的时文、古文都做得那么好，平时花钱请他写贺辞、铭文的不在少数，偏偏一到考试就不行。考秀才考了十年，考举人难道也非得十年吗？罢了，罢了，还是回乡教书去吧。

若需等人也不知该如何留他，只好把廷玉的话拿来相劝："文章憎命达，科举之事，原不尽公平，历来怀珠不售者不在少数。戴名世才学惊世，可直到五十三岁才中举，五十七岁才中进士。"

说到戴名世，刘大櫆也不禁叹息："士荣于后而虐于今。戴名世若不是因为状元、榜眼之争与赵申乔结下梁子，也不至于招来杀身之祸。想至此，我还真有点后怕，这京师之地，人才汇集，难免有互相攻讦、互不服气之事。我还是逃之夭夭吧。三位老弟，你们也要处处设防。才高招妒，小心被恶犬伤到哇。"

张筠还想挽留大櫆，道："有志者事竟成。刘兄，再留三年吧。"

大櫆已下定决心要走了，他拿出一篇文章，对张筠道："渭南，我和你不一样，你家有许多好亲戚在京师，互相总有关照。我已羁留京城七年了，还真有些想家了。你我兄弟一场，临别无以为赠，我已写就一篇文字，就算是临别赠言了。"

张筠接过文章一看，题目是《恐呋一首别张渭南》，知道他去意已决。

第二天，刘大櫆又专程去向方苞辞行，方苞也只好劝他不要灰心：道章不是四十多岁才中举吗？留在京城，机会总会有的。可刘大櫆已决意回桐城，方苞只好送了一本刚刚刊印出来的《古文约集》给他，嘱他好好作文，不可因科举不第而自暴自弃。

《古文约集》于雍正十一年先在国子监作为教材试用，后于乾隆初年诏颁各学官，成为钦定教科书。正是此书的流布，将以戴名世、方苞为代表的桐城学人倡导的"以古文为时文"的文学观点在全国大范围内推广。戴名世、方苞、刘大櫆以及后来刘大櫆的弟子姚鼐等人身体力行，"学行继程（颐、颢）朱（熹）之后，文章在韩（愈）欧（阳修）之间"，从而形成了以他们为开山鼻祖的，终清之世流布两百多年的著名的文学流派"桐城派"。此系题外之言，无须备述。

雍正十年，刘大櫆黯然回桐。这年冬天，若需、若霭、道章、张筠都在专心用功，准备参加下一年二月的会试。

与此同时，西北打了三年的战事终于取得了初步胜利。雍正接到前方"大败贼众于额尔得尼昭地方，歼敌将士万人"的捷报，心情大悦。命就地安营扎寨，休养生息，巩固胜利，以备再战。又论功行赏，将数十万帑金发往军前。

方苞虽不理军务，但他有谋士胸怀，分析西北军情时，他向张廷玉、鄂尔泰献策："严军守围，抚士蓄力，以待可胜之虏；勿为轻举深入，以邀难必之功"。张、鄂二人采纳建议，转而请得圣旨，于是西北军中开始屯田种粟，巩固边防，一时似不急于再战。

张廷玉自雍正七年设立军机处以来，就没有好好休息过一天。如今他的神经终于也可以放松一下了。

冬至将近，雍正往马兰峪祭祀祖陵，张廷玉扈跸前往。近几年，军务繁忙，雍正一日也不敢离开京师，谒陵祭祖之事都由弘历恭代。这年前方战事稍息，他才得以抽出身来，亲往祖陵。

雍正登基十年来，一直忙于政务，难得像今天这样放松。他在皇辇上看着北方的大地，心情也不由得天高地阔起来。他发现大路上已专门新铺了一层黄土，那自然是为迎接圣驾而铺设的。但沿途每隔几步便摆着一只巨大的水缸，却不知用意何在，便停辇问站在道旁接驾的地方官员，地方官跪禀道："启禀皇上，缸里盛水是为在圣驾将来之时，洒浇路面，以免黄土扬起。"

雍正道："难为你们用心良苦。朕一出行，又要铺路，又要修行宫，已是用度不少了。这路上虽扬起一点黄土也没什么要紧，难为你们对朕一番忠心。然地方官员，要爱养百姓，你们若能将对上之心用于对下，则是百姓之福，也是朕之所望啊！"

这番话，既是褒扬，又似批评，地方官员惟有叩头称是："皇上爱民如子，我等谨遵圣谕。"

中途驻跸时，雍正对张廷玉说："圣祖皇考治理朝政举重若轻，朝乾夕惕之外，忙里偷闲，一生六下江南，朕一次还没有过呢。待西北战事结束之后，朕也要去江南塞北巡视巡视。"

"臣壮年时多次扈跸圣祖皇帝南巡北狩，转眼已是年过六十一岁了。皇上快点巡幸方好，晚了怕臣年岁太大，无法扈从圣驾了。"

"你大了朕六岁，朕今年也五十五岁了。你我君臣都不要言老，待南巡时，朕还想到你的家乡桐城看看哩。那可是圣祖皇帝去过的地方。"

"那太好了！皇上这一提起，臣还真的想念起家乡来了。"

"你有多少年没有回家乡了？"

"臣自康熙五十年守制回京后，就一直没回过家乡，屈指算来，已经二十二年了。"

"是啊，你一直都太忙了。当年张师傅入祀京师贤良祠时，朕曾下谕赐祭葬一次，那时就准备让你回乡的。后来西北战事一开，忙得哪里还有一日空闲？如今前方进军顺利，朕也才得以来祭祖陵。明年冬至朕允你回乡，给张师傅建祠祭祀。你如今官居首辅，也很该衣锦还乡，祭拜祖茔了。"

"谢皇上恩典，臣的先辈从鄱阳湖迁往桐城，至臣父辈已有十一世了。若明年得能回乡祭拜，实是臣之多年心愿。"

"朕虽一日也离你不得，然只要明年军政事务稍有余隙，必允你回南一趟。"

"臣翘首以盼！"

雍正十一年二月，若霭等人入场参加会试，三月发榜，若需、道章、张筠均榜上无名，若霭却又高中了，排在第三十名。不到二十岁便考中进士，这在白发考生比比皆是的当时，真是少而又少的了。满朝文武谁不夸他少年英才，更有人恭维张廷玉，问他："张大人必有教子良方，可否传授一二？"

张廷玉心中实在替儿子自豪，嘴上谦逊："廷玉忙得整日不着家，又有什么教子良方了？不过是遵从古人所言：'教子之道有五：一曰尽其性，二曰广其志，三曰养其材，四曰鼓其气，五曰攻其病。'废一不可呀。"

张廷玉的教子之道，着实让人佩服，首先一条"尽其性"就难以做到。大凡官宦之家，大都教导子弟读死书，为的是挤上科举之路。张若霭小小年纪，书画已颇有名声，读书又如此上进，除了其本身早慧而外，也实在与张廷玉对他不偏不废、不宽不囿的爱养有关。

张廷玉早年子嗣艰难，四十二岁才得了长子若霭，其宠爱之深可想而知,然而竟能不纵、不溺,也着实不是人人都能做到的。

若霭少年得志,竟是越战越勇,殿试之时,文章做得更是花团锦簇。四月初一日,读卷官们将前十名试卷进呈皇上。皇上在懋勤殿里亲自审阅,阅到第三卷时便大觉高兴,称此卷当排第一。再读至第五卷时更加兴奋,不觉摇头晃脑读出声来:"'僚采之际,善则相劝,过则相规,无诈无虞,必诚必信,则同官一体也,内外一体也,文武亦一体也;广而至于百司庶职何,莫非臂指手足之相关也。此则纯臣之居心,可以不负千载一时之遭逢,而赞襄太和之上理。'众爱卿,你们听,这策论文字何等恳切,识见何等老成。你们再看,这份卷子字体也端庄楷正。此必是一位饱学老成之士。这一卷更好。你们再拿去看看。"

雍正将此卷再传给八位读卷官,众人一一再看一遍,果然就觉着比先前看时更好了。

待十卷全部读完,雍正对众人道:"以朕之意,原排在第三和第五的两卷似可再商榷,众爱卿意下如何?"

殿试前十名本来就由皇上钦定名次,雍正既然认准此两卷,别人当然都加以附和。结果重新排名,将第三卷拔至第一,第五卷拔至第三。

名次排定,当场拆去弥封。那被雍正从第三名拔至第一名的原来竟是会试时的头名会员陈倓,众人惊叹:"皇上真乃慧眼识珠啊!"

拆到第三卷,谁也没想到那位"饱学老成之士",竟是还未过二十岁生日的张若霭。雍正大喜,对众人道:"难怪策论识见高明,原来是张廷玉之子。想是日昔在其父身边浸淫,耳闻目睹,秉承家训,皆是大臣忠君爱国之言行。张廷玉辅佐朕躬多年,居心行事比之古圣贤皋陶、后稷和夔、契,也毫不逊色。张家从张英起,代代忠厚德高,泽被后世,贤才不绝,实乃国家之幸,也是朕之幸也。众爱卿,朕愿你们也能家家如此,世代英才呀!"

众人闻听此言,真是既惭且愧,既羡且妒。张英、张廷玉父子均官至宰辅,尤其张廷玉更是首席军机大臣,是雍正皇帝的心腹股肱,一人之下,万人之上。而他的儿子张若霭之才似乎不在其父之下,年方二十就高中探花,照此下去,今后的仕途恐怕不亚于其父祖了。

因了若霭参加今科考试，张廷玉从会试到殿试一直回避在外。今天他虽知是殿试发榜之日，但料想若霭是必中的，也知道金榜一旦发出之后，自有人来向他报喜，不必由他去操心。所以他照常在军机房里当值办事。

果然那边若霭的名次一定，雍正即派懋勤殿总管太监来军机房报喜。张廷玉怎么也没想到若霭竟中在一甲，点了探花。他心中是既喜且忧，喜的是若霭初次参试，便一路过关斩将，三试三捷；忧的是自己身为大学士，朝廷重臣，雍正对他的倚重举朝皆知。若霭中在一甲，恐怕有些小人心中会起猜疑，疑皇上因宠其父才点若霭为探花的。

张廷玉一边在心里打鼓，一边急急往懋勤殿谢恩。进得门来，众人齐声道贺，张廷玉却对着雍正长跪不起："启禀皇上，臣子张若霭幼年初学，得中进士，已属侥幸。若蒙天恩取在二甲之内，臣父子便感激不尽了。若置于一甲，是断断不敢当的。万请皇上收回成命，将若霭改置二甲。"

雍正道："上回张廷珩取在一甲，你说是回避官生卷中取的，不当置一甲，朕依了你。今次若霭是正科取的，你为何又要辞？朕秉公阅卷，未拆弥封之前即取在三名，并非拆卷之后才拔至一甲的。你一直回避在外，大可不必为此多心。"

众人也都道："张大人，你就不要固辞了。我等都可证明，若霭点探花乃我等共同参定，公允之至。"

廷玉道："可是，若霭还太年轻，又是我的儿子，取在一甲，难免外界议论……"

"爱卿，你寻常对别人都能做到'外举不避仇'，为何对自己家人就不能做到'内举不避亲'呢？"

"可是……"

"别可是啦！众爱卿，名次已定，填榜张挂去吧。朕也乏了，回宫。"

雍正不理廷玉，竟自回宫去了。这里众人拉廷玉起来，笑道："你这个当老子的，不给儿子争状元，倒给儿子辞探花。真是岂有此理！"

廷玉顾不得和众人说笑，回身也来到乾清宫，请求见驾。皇上召他进来，拿出一柄碧玉如意，笑对他道："你今日大喜，朕将这如意赐你，愿你和若霭父子诸事如意。"

张廷玉跪接过如意，摘下帽子，和如意一起放在一边，只是叩头不止。

雍正道："怎么，你还要辞这探花？"

张廷玉急切之下，眼里竟然涌出泪来，哽声泣道："我皇圣明，请听臣肺腑之言：大比天下，三年才得一次，合计应乡试者十数万人，而中举者不过千余人，每科参加会试的举子合有四五千人，而登榜者亦只三百余人。这一甲三人虽取自这三百余人之中，实是天下十数万士子心中所梦寐以求的。臣家世受皇恩，父子兄弟皆得在朝为官，臣又位居首辅。若臣之子再占一甲，实在让臣心下难安。"

雍正道："可是若霭之文合该登于一甲，你这般固辞，岂不也是因私废公吗？"

"皇上，臣愿以此私情废于公理，将若霭之一甲之荣让于天下寒士，以慰数十万士子孜孜读书上进之心。此举也可让若霭懂得让贤之道，养成谦谦之德。"

雍正叹道："唉！你苦心孤诣，非要如此，朕只得依了你。就改若霭为二甲第一吧！"

"谢皇上，愿我皇万岁万岁万万岁！"张廷玉这才如释重负，不由得再次叩头，山呼万岁。

张廷玉捧了玉如意，重回军机处忙他的公务。雍正便命再传读卷官们进见，传谕众人，自己拗不过张廷玉，已答应将若霭改为二甲头名。众人道："不成啊。皇上，那榜已经挂出啦！"

"挂出也没关系，朕有主意。朕要发一道明谕，将张廷玉为其子固辞探花一事颁示中外，使众人皆知，也好彰扬其克己利他，勉慰天下寒士之意。"

于是，长安门外金榜旁边，又挂出一道圣谕：改一甲三名之张若霭为二甲一名，将原二甲一名沈文镐改为一甲三名。

圣谕还将名次更改的前后经过写得清清楚楚：

上谕曰：今日诸臣进殿试卷，朕阅至第五卷，字书端楷，策内"公忠体国"一条云"僚采之际，善则相劝，过则相规，无诈无虞，必诚必信，则同官一体也，内外一体也，文武亦一体也，广而至于百司庶职何，莫非臂指手足之相关也。此则纯臣之居心，可以不负千载一时之遭际，而赞襄太和之上理"数语极为恳挚，颇得古大臣之风。因拔置一甲三名，诸臣皆称为允当。及拆号乃大学士张廷玉之子张若霭。朕心深为嘉悦，盖大臣子弟能知忠君爱国之心，异日必为国家宣力。大学士张英立朝数十年，清忠和厚，始终不渝。张廷玉朝夕在朕左右，勤劳翊赞，时时以尧舜期朕；朕亦以皋夔期之。张若霭秉承家教，兼之世德所钟，故能若此。非独家瑞，亦国之庆也。因遣人往谕张廷玉，使知朕实出至公，非以大臣之子而有意甄拔。乃张廷玉再三恳辞，以为"普天下人才众多，三年大比，莫不相望鼎甲，臣蒙恩现居政府，而子张若霭登一甲三名，占寒士之先，于心实有未安。倘蒙皇恩名列二甲，已为荣幸之至"。朕以伊家忠荩积德，有此佳子弟，中一鼎甲亦人所共服，何必逊让？张廷玉跪奏云："皇上至公，诸臣亦无私曲。以臣子一日之长，叨蒙恩取。但臣家何等恩荣未备，只算臣情愿让与天下寒士。求皇上怜臣愚衷。若君恩祖德庇佑，臣子留其福分，以为将来上进之阶，更为美事。"陈奏之时，情词恳至。朕不得不勉从其请，着将张若霭改为二甲一名，即以二甲一名沈文镐改为一甲三名。以表大臣谦谨之诚，并昭国家制科之盛事。朕之私中公、张廷玉公中私之心迹，亦令天下士子共知之。

圣谕一张出，此榜奇闻立即在京城传遍。张廷玉没料到皇上会有此招，心下固然感恩戴德，也平添了另一重担忧：皇上如此推重自己，岂不是令小人辈更加心有不忿？

自己原意是想凡事退一步，结果反而又成了更进一步。

然而圣谕已传遍朝野，他再怎么想都没有用了。只有第二日带着若霭进宫谢恩。雍正见若霭已长得和廷玉一般高了，比八年前更加稳重端庄，不觉又赞道："真是又聪明又稳重，不愧家教。"

临别之时，雍正又赐给若霭御用东珠凉帽一顶、松花石砚一方，并拉着他的手，谆谆教导："你当能学得你父亲一半，便一生受用无穷。皆因你家祖上积德，故生你父，你父又好，故而生你。你当体你父之心，勉力上进。"

一席话，说得若霭与廷玉都敬谢不已。

二人退出乾清宫，正欲从西安门回家，半道上却遇上了弘历。弘历其时已封为宝亲王，宫邸就在西二长街。他是听说若霭进了宫，特地候在此处堵他的。这小哥俩一个宫内一个宫外，虽然相好，但相见却不容易。这下好了，若霭中了进士，就算是在朝中通籍了，以后天天入朝，两人相见就容易了。弘历最好字画，已从民间搜求了不少名家精品，但辨别真伪却是一件难事。这下子，他拉住若霭便不放手了，对张廷玉道："张师傅，你先回吧，我带若霭看画去。"

五月初一，雍正在圆明园赐宴新科进士，选拔进入翰林院的庶吉士，见了若霭，便降旨道："张若霭原取中一甲，着照榜眼、探花例授为翰林院编修。"

原来，按例头名状元实授翰林院修撰，二名、三名亦即所谓榜眼、探花实授翰林院编修，其余二甲之下选翰林院庶吉士，三年后再考授实职。若霭虽无探花之名，终究还是得了探花之实。不久，皇上又下一道谕旨：着张若霭在南书房行走，充军机处章京。宝亲王弘历早已参与朝政了，亦是天天在军机处和南书房出入。如此，这两个少年朋友真的可以天天见面了。

话说那南书房自康熙十七年始设起，张英便是第一个入值的，其后廷瓒、廷玉、廷璐、廷瑑，一个接一个张家子弟不断入值，廷瑑也是个才高八斗的干事能臣，可惜英年早逝，恰于去年故去，若霭小小年纪又补了进来。

此后，张家子弟入值南书房和军机处的还有若澄、若渟等。张氏一门在皇上身边充任近身秘书，几乎贯穿了康、雍、乾三朝。

盛世必遇圣君，盛世必有良臣；有圣君方能用良臣，有良臣方能佐圣君。张氏父子双宰相，一门尽良臣。

圆明园今貌①

福海今貌②

---

①② 图片来源：https://pixabay.com/zh/photos/。

第三十回
赐如意良弼臣还乡　奉圣旨投子寺迁址

雍正十一年，西北战局稳定，国家平安祥瑞。张若霭通籍于朝之后又喜添贵子，廷玉六十二岁始抱长孙，其喜悦心情可想而知。另有长婿姚孔鋠也与若霭同科得中进士，选了庶吉士。真是国事家事事事喜庆。到了年底，皇上兑现诺言，恩准张廷玉回家祭祖。

为张廷玉启程之事，皇上特命钦天监为张廷玉测得十月十三日午时为启程佳期，又命内务府专门定造了一辆大车，配上四匹良马，为张廷玉专用。又传谕沿途驿站，派兵给马，确保张大人安全及行程顺利；所过地方文武官员远接远送，次递交接。

启程前一日，张廷玉去内宫辞别皇上，皇上拿出一柄玉如意，对廷玉道："朕登基十一年来，你我君臣何曾有过一日分离。你此番回乡后，沿途及居家期间，定要多多传来信息，以免朕挂念。明春早早回来，朕日日在京悬望。这柄玉如意赐你，愿爱卿沿途事事如意，往来平安吉祥！"

张廷玉双手捧接过玉如意，声带哽咽道："谢皇上赐臣假期，回乡祭祖；更谢皇上赐臣父谕祭于本乡。臣亦一日离不得皇上，一俟事情办结，明春必早早还朝。"

"你是朝廷首辅重臣，二十多年不曾返乡，朕要赐你内宫御用物品各色，为你荣行；并赐帑金万两，为修祠及远行路上之用。所赐方物和帑金想必此时已送至你府上。另有内宫历年所修书籍五十二种，数量庞大，不易盘运，朕已命交于江南织造高斌用官船从水路运回送至桐城。"

"皇上待臣天高地厚之恩，臣泣血铭心，无以为报。"

"朕就此与你别过了，快回家准备准备吧。宝亲王代朕送酒筵到你府上，怕也快要到了。"

这君臣二人十多年来，一体同心，日日相对。此时真是临别依依，有些难分难舍。但廷玉想到宝亲王要去张府赐筵，不敢怠慢，便与皇上拜别。

张廷玉含泪辞出乾清宫，赶回澄怀园。果然内务府已送来车马、帑金及御赐各色方物，若霭已代他收下。

张廷玉看时，那大车说不出的高敞豪华，里面软榻可坐可卧，有矮桌一张，桌肚下置书箱一只，内壁架上日用物品色色齐备，摆放得井井有条。这辆大车，像个小房间一样，比那王公贵族所用专车也毫不逊色。

再看那御赐物品摆了一地，哪有工夫细瞧，只接过单子来看，计有：东珠结顶玉草凉帽十顶、红绒结顶六合一统青呢小帽二十顶、水貂裘十张、玄狐裘十张、孔雀金呢披氅十领、哆罗呢巴图鲁十领、青白嵌皮巴图鲁十领、蟒缎十匹、文绮十匹、香云纱二十匹、紫云纱二十匹、碧云纱二十匹、老山参十斤、西洋进贡自鸣钟一座、西洋玻璃酒具十套、景德镇官窑青花瓷器十套、粉彩瓷器十套、内宫彩绘折扇一百把、苏州檀香折扇一百把、宫绢团扇一百把、古玩杂佩什物四篓。

皇上真是把什么都想到了，有了这些御赐物品，回去分赠族中尊长和赏人之物便都有了。

另有一张单子列的是五十二种内廷所刻书籍名录和册数，其中便有张英主编的《渊鉴类函》《政治典训》《孝经衍义》，方苞主编的《三礼义疏》《古文约集》以及张廷玉自己领衔主编的《治河方略》《会典》等。这可真是一个大数目，总量超过两万卷。光《古今图书集成》便有一万卷。此书系陈梦雷集一生心血，花费五十余年时间编撰而成。雍正六年，内廷铜板刊印，印数仅为六十四部，所以此书珍贵之极，只颁赐给了皇室贵胄和朝中有数的几位大臣，当时张廷玉便获赐一部，藏在澄怀园中。没承想，如今皇上又赐一部给他藏于桐城家中，可真令张廷玉意想不到，也让他此行衣锦还乡，荣宠之至了。也幸好皇上方方面面都替他考虑到了，这些书若不交由江南织造用官船运送，且不说从陆路运送要雇大量车马，而且这么多珍贵的内廷秘籍，长途输运，难能不叫人眼热心跳，见财起意，安全也很成问题。

张廷玉想着皇上对自己天高地厚的荣宠和无微不至的关照，君臣之间这种手足之情，实是千古未有，不由得感慨万千，唏嘘不已。

正感慨着，门上传宝亲王到，廷玉与若霭忙迎到中门，宝亲王已领着一队内侍和小苏拉太监，抬着食盒进了园子。这里父子俩跪接了，那宝亲王早已一手一个将他们拉起，就这样拉着手走进了正厅。宝亲王命随从们将御赐酒筵摆了四席，用金质酒卮斟上玉液琼浆，与张廷玉对饮一杯，道："奉谕旨，大学士张廷玉明日起行，特颁酒筵钱送。"

张廷玉谢了赏，便命抬了两桌往后厅，给家中人众食用，正厅上的两桌便由他父子俩陪着宝亲王以及内侍们饮用。

席间宝亲王不免叮嘱些"张师傅年岁大了，途中要注意身体"之类的话，又问了桐城的具体方位以及山川地貌、风土人情，慨叹自己不能一同前往。当他听说圣祖皇帝曾经微服去过桐城，更加羡慕不已，道："桐城乃人文荟萃之地，那龙眠山风水必定奇佳，要不怎么会出那么多文人学士，还有张师傅这满门数代精英哩。"

若霭知道弘历自那年随父亲一起前往赣州之后，游兴大增，胆子也大了，这几年经常出外办差，已到过山东、湖南、两广等地，便道："宝亲王最爱游历，啥时候找个往江南办事的差事，我陪你往桐城一游。"

"好，那就一言为定！"

"一言为定！"

其实若霭对桐城也陌生得很，他生在京城，长在京城，只前年娶亲回来过一次，住了个把月而已。但桐城毕竟是他的祖籍故乡，说起来，心中自有一份亲近感。

十月十三日，午时初刻，大队人马从澄怀园出发，穿过半个北京城，从正阳门出城。

张家在京供职和待考的兄弟子侄不下十人，这次都随张廷玉回桐祭祖。张筠会试落第后，便在澄怀园中给廷玉做了个文字秘书，称为记室，同为记室的还有若霭的表兄,也就是吴夫人之侄吴兴,他俩这次也随众人回去探亲。还有那装了几车的御赐物品。所以这队人马浩浩荡荡的亚赛一支商队,只是商队里护送的是镖师,这支人马却有大队的朝廷兵弁护卫。

正阳门外,早有礼部摆下的酒宴,六部九卿都来送行,一番酬酢后,已是未正时牌,张廷玉这才在众人的祝送声中再次登车,往南进发。顺天府尹孙嘉淦一路随行,直把他送到丰台,当晚便歇在丰台驿中。那孙嘉淦已历练得老成持重多了,不复像初为翰林时那样狂妄大胆。通过多年来与张廷玉的接触,现在他也深深折服于张的人格,成了朝中这位首辅大臣麾下的一员能吏和干将。

第二日进入直隶地界,总督李卫前来迎接。张廷玉沿途便问些民生经济年岁收成之类,李卫一一奏对明白,晚间地方上要设宴招待,张廷玉却辞了,只在驿中就饭。

第三日继续起行,张廷玉看着田间地头到处都在播种二麦。麦子是北方主要农作物,分大麦和小麦,大麦是粗粮,但生长期短,明春二三月即可收获,主要用来做饲料和度春荒;小麦是精粮,晚一个月收成。这样二麦互相衔接,大半年的口粮就有了。收完麦子种高粱,一年两季农时是误不得的。此时正是冬季农忙之时,农人们都在田地里忙着劳作。日图三餐,夜图一宿,这就是百姓们的平常生活。他想,但愿今冬雨雪及时,那样明春的二麦就可丰收了。

然而渐渐地便看到土地荒芜起来,原来沿途靠近运河的州县,有些地方田地还有积水。他知道这年夏秋间近河州县遭遇水灾之事,也接到过地方上的报灾折子,按例拨给了赈银赈粮,但他没料到水退之后,到了冬月尚有余渍。他想,这些田地误了农时,明年春上必有春荒。便一路打问,将受涝误种田亩探得明白。晚间在写给雍正的平安折子之外,另呈了一份折子,说的是北直近河州县被水,余渍不尽之事,他说这些田地误了一季麦收,请求明春加赈40天,并加拨河工银子,安排水利项目,让灾民们得以在今冬明春借兴修河道之机,以工代赈,获取钱粮。

雍正接到此折,立刻让鄂尔泰传谕直隶总督李卫,着按张廷玉所言查实渍涝地亩,落实兴修河工,妥善定出赈灾办法,务要料理好此事,不使一人挨饥受冻。

此后张廷玉一行一路晓行夜宿，经山东到安徽，共走了二十七日。于十一月初十日终于抵达桐城，桐城县令李肯堂早已带同大小官员等在北峡关口。张廷璐先一步从江苏回桐，此时也在北峡关口迎接。众人相见，自有一番欢喜。

桐城百姓早已得知今日小宰相回桐，从北峡关到吕亭驿再到县城，沿途到处都有人守在道旁观看。

中午张廷玉在吕亭驿稍事歇息，吃了中饭。未时起程前往县城，东作门上的守城官兵早在城门楼上哨望，远远见到大队车马迤逦而来，便点燃了挂在城门楼上的万响鞭炮，将张廷玉一行接入县城。

过子来桥，从东作门入城，经东顺街到县衙门，再经南大街到阳和里。一路之上，家家店铺挂鞭迎接，路上行人阻塞通途，城里到处奔走相告："快来看呐，小宰相张爷回来喽！"

张廷玉从东门卫城小街起即下车步行，一路双手抱拳，向两旁围观之人揖谢不已。

过子来桥时，见那桥是简易木板搭成，便问李县令道："今夏又遭水了吗？"

李县令赶紧回答："启禀大人，今夏水不甚大，并未成灾，然这龙眠河山洪下来，三年倒有两年要将这子来桥冲毁。这不，去冬才修的桥，今年又冲毁了。"

张廷玉看那河床，此时幸是冬季枯水，河面不过丈余宽窄，水底清浅。若是春夏丰水，河面宽达数丈，水深数尺，这简易木桥是断断不行的。便道："此桥连接南北通道，这样屡修屡毁，终不是长久之计，建成石桥方好。"

"大人所言极是。只是此河甚宽，要建石桥，实是一项浩大工程，本县心有余而力不足啊。"

"李大人不必多心，桥毁乃是天灾，我说这话不是冲你而来。此河上原有一座石桥，百年前毁圮。康熙七年，县令胡必选重修木桥以利民涉，行人称便，为纪念胡公，故而称为'子来桥'。然而木桥不耐久固，此后每遇山洪暴发，便遭水毁，我少年在家乡读书时就常经历此事，那时我就想有朝一日有了能力，一定要修一座石桥。此事待我慢慢筹划罢。"

李县令唯唯。

五亩园里早已张灯结彩，园中房舍都已粉刷一新。因张氏子弟大都在外为官，此时掌管园中事务的是廷璪之子若泌。若泌将众人迎进园子，大家先在正厅歇下行李，然后便去后堂给列祖列宗的牌位上香祭拜。

祭罢祖宗，这才各自回房歇息。廷璪回芋园，廷璐及其子若矩、若震、若需回勺园，廷玉和若霭回砚斋。

一到砚斋，廷玉便回想起自己年轻时的家居岁月，想起自己迎娶珊儿时的情形。真是人生易老天难老，转眼之间物是人非。初筑砚斋时他才是十九岁的青春少年，如今已是白发参半的衰翁了。珊儿更早已香消玉殒，了无痕迹。

当晚，张廷玉即给雍正写了一份奏折，报告沿途情况及抵家时日，第二天一早便派专人快马送往京城。

在城里歇了二日，应酬了些缙绅拜谒，听取了知县衙门关于近年来县情民风的汇报，又出席了县令做东的接风酒筵，并在五亩园中回请了众人，这才算将回乡之后的礼节做尽。

有趣的是，在县令做东的酒宴上，未曾开宴便送上了几道家乡特产茶点，有金丝蜜枣、菜心小粑、糯米饺、麻丰糕等。张廷玉离乡多年，看着这些地道的家乡特产，便觉亲切，少不得一样尝了一点，尝出了许多乡情乡味。可有一道点心他却叫不出名字，也未曾见过。那是一种烤得焦黄的面饼，可并不是通常所见的圆形，而是细长细长的长方形，烤黄的一面刷上了香油，显出亮色，那亮色里清晰可见用刀特意刻出的竖形条纹，条纹中间嵌着星星点点的黑芝麻粒儿。

廷玉拿起一只细细端详，不禁问道："这是什么点心，我倒从未见过，像煞古时大臣们上朝时捧在手上记事用的朝笏。"

李县令赶忙答道："此物正是叫作朝笏哩。这是东门子来桥头陈家面饼铺特为欢迎大人还乡发明的。他说张大人天天上朝，手上必捧着朝笏。还说张大人父子双宰相,是桐城人的骄傲,他发明这种点心,好让人们一吃到它,便想起张大人父子的大功大德。"

"乡亲们如此抬爱,实是让廷玉感动不已呀。只是如今上朝并不用朝笏了。"

李县令道:"乡里人眼中见到的皇帝大臣都是戏台上的官装打扮,实则上朝是怎么一回事,下官也未曾见识过哩。就是大人您,若不是回乡祭祖,下官想见您一面也不容易呀!下官是江夏人,能来到这文化大邦桐城当一任县令,已是三生有幸。能在任上接待张大人回乡,更是幸中之幸啊。"

"李大人客气了。在朝为官,在乡为民,你是桐城父母官,族中子弟都是治下百姓,还请李大人一视同仁,多多约束才是。"

"张大人说哪里话?贵府是桐城望族,乡里诸多大事都仰仗贵族支撑哩。五亩园里的主事张先生,是缙绅之首,举凡乡里大事,众人惟其马首是瞻哩。"

李县令口中的张先生,即是廷瓒长子张若泌。自姚士坚死后,他已成了桐城缙绅中的核心人物。他现不仅管着五亩园中事务,廷玉、廷璐两房在桐田庄产业也都由他代为打理。即是这次众人浩浩荡荡回桐,一应接待祭拜等事宜,都是他在筹划安排。

在城礼节完成之后,第三日清晨,众人都随廷玉进了龙眠山里,祭拜父母坟茔。

离开桐城二十三年了,龙眠山经常出现在他的梦中。如今真的回到双溪,他还真有点似梦非梦的,生怕一觉醒来,还在千里之外的京城。

看着龙眠逶迤的山脉,他想起了父亲当年给他选定的坟地,这时他才知道为什么他的坟地比父亲的地势更为高峻。原来父亲早已预知自己在朝中的官位将高于他,他们都是朝廷中人,父子人伦高不过朝廷礼制。所以他的坟茔将高于父亲,而他觉得自己百年之后能葬在父母身边,也是十分的荣幸了。他忍不住将父亲为他选定坟地之事告诉了若霭,并指给他看那块叫作金交椅的山地,嘱若霭待将来自己百年之后一定要归葬于此。

下午,张廷玉一人来到园后山上,那里殡厝着珊儿的棺椁。在珊儿的灵前，张廷玉一下子变得脆弱起来。这位与他两小无猜的表妹，曾经是他生命中多么重要的人物。和她在一起的岁月，是那么温馨美满，琴瑟和鸣。自她死后，自己虽然仕途上一帆风顺，可是生活中却没有一天轻松，心情也没有一日感到幸福和愉快。珊儿死了，他的情感之门也从此关闭了。后来的妻妾只是他生活中的女人，而不是他生命中的爱人。他的爱人只有珊儿一个。

在忙碌的时日里，珊儿锁在他的心灵深处，可是一回到桐城，到处都是珊儿的影子，五亩园里有她的影子，赐金园里也有她的影子，他心中的珊儿与这些影子重叠，珊儿便活生生地在他眼前了。

他对着眼前的珊儿说：知道吗？你现在已经是一品诰命夫人了。

珊儿说：可惜我福薄，无法穿上一品诰命夫人的服色。

他说：你在我心里已经穿上了，你自己看看，是不是穿上了。

他眼前的珊儿便真的穿上了凤冠霞帔，漂亮极了。

唉，珊儿永远是二十六岁的样子，他却已经是六十二岁的人了。屈指算来，珊儿死去已经三十四年了。他忽然想起珊儿临死时说过的话："过十八年我再来做你的妻子。"真是小儿痴语啊！不过他说过要与珊儿葬在一起的话，是肯定会兑现的。他忍不住对着珊儿的灵柩说出声来："快了，我如今已是六十二岁的人了，过不了多久我就会来陪你的。"

晚间，就歇在赐金园。一个月来的旅途奔波和各方应酬，他已疲惫不堪，来到龙眠山里，他才感到真正放松了下来。难怪父亲要在这山中置下产业，难怪父亲老有林下之思。自己居官三十多年之后，才真正理解了父亲当年的心情。

如此精神一放松，他便早早上床，枕着山风林涛，沉沉睡去。

珊儿推门进来，凤冠霞帔，坐在床前看他，他一把拉住珊儿的手，道："珊妹，你真的来了？你说过十八年就来，可如今都过去三十多年了，你这时才来，我都已经老得不成样了。"

"二哥哥，我现在是仙人了。今日你在后山说的话我都听到了，所以现在来看你。"

"你怎么说话不算话呢？你说过会转世再来的！"

"那一年，你将我的灵柩送回家乡后，我是要去投胎的。可阎王爷不收我，说我该转生到仙界去。所以我就去了仙界，可在仙界我还是凡心不死，时时想着你。九天玄女说我与你缘分未尽，准予我回来再投生一次，了却与你的缘分。可是天上一日，地上一年，待我回到凡界，见你已有妻有妾，有子有女，家庭美满得很。又见你整日忙于军政事务，一点儿也不想我了。我想那就不打扰你吧，我就安心在这龙眠山里待着，等你百年之后，接你一同去仙界。可是今天你又想我了，我便忍不住来看你。"

"珊妹，我不是不想你，是不能想，不敢想，也没空想啊！这些年，没有你的日子真是一点乐趣也没有。我活着就像一架风车一样，每时每刻都不由自主地转动着，其实我好累啊。好怀念与你在一起的时光。"

"真的？你还在等着我？"

"等着！我活一天，就等你一天！除非我死了，与你葬在一起了，我才会甘心！"

"唉呀，那我还是赶紧投生吧！"

"来不及了，我今年已经六十二岁了，再过十八年，我都八十岁了，我有那么长的寿吗？"

"有的，我查过了，你会活到八十四岁。"

"可是我都八十岁了，还要你来干什么呢？"

"干什么都成，你老了的时候，一定很寂寞，我可以来陪你呀！"

"让一个小姑娘陪着一个糟老头子，多没趣。不如还是你等着我吧，等我死后一起去投胎。下辈子我们要做长长久久、一竿子到底的夫妻。"

"不成的，下辈子我们都要转入佛道啦。"

"怎么会哩，我是儒家子弟，又不烧香拜佛。"

"成佛有四万八千法门，功德不是光靠烧香念经得来。你这一生做了那么多大事业，推行了那么多的善政仁政，活人无数，来生还不入佛道吗？"

"那你哩，你不是说入了仙道吗？仙佛不同途，我俩岂不又要错过？"

"我是在仙道，可我要再托生一回人道，就可进入佛道了。所以呀，你等着我，我这就去托生。"

"你又骗我了，上回你说要去投胎，结果没去，哄我等了这么多年。这次又来哄我开心了吧？"

"这回说真的了!好了,我走了!"

珊儿说着站起身来,就要出门。廷玉一把拉住她道:"不,你别走,我不信还能等到你脱生而来。我知道我现在是在梦里,可梦里能见你也是好的。你还是就这样陪着我吧。"

"不!我得走,再不走就来不及了。"珊儿说着,转身出门,像一滴水一样从他手中滑脱。

他看着珊儿飘出门去,心里知道这一切都是梦,都是因为白日里去她灵前祭奠,夜有所梦。他在梦里想着自己的梦,不愿醒来。他太累,太需要放松了。睡在龙眠山里的感觉真好,尤其是这赐金园中的佳梦轩,每回总能让他梦见珊儿。等到致仕之后,他一定要回来住在赐金园里,天天在梦中与珊儿相见。

这样想着,他便睡得更加踏实了。

第二日早起,他去双溪草堂和大家一起吃早饭,家乡的小红米熬出的稀粥又糯又香,就着萝卜干、腌豆角,真是越吃越开胃,还有家乡的茶叶炆蛋,也是早餐必备的。他一边想着,一边进了饭厅。

早餐果然是红米粥,已经盛好摆在了桌上,众人正等他来开饭哩。他在上首坐定,端起粥来就喝了一口,正要去拿炆蛋,却见今日桌上放的并非茶叶蛋,而是染着平桃的红蛋。便问:"谁家生孩子了?"

若泌答道:"庄上种茶的佃户老冯媳妇昨夜生了,今日一早便送红蛋来报喜。"

"这么高兴,定是生了儿子了?"

"不哩,是女儿。老冯已有了两个儿子,正盼着得个女儿哩。"

"也是,有儿有女才齐全。赏了没有?"

"赏了,当即就赏了五两银子。"

"五两太少了,回头再着人送五十两去。"

"那不好吧?以前佃户家添儿女,按例都是赏五两的。"

"谁让今儿正赶上咱们三位老爷回来了哩。都是在京城做大官的,逢着这样的喜事,也该做足面子。"

"是。回头就说是二伯特意吩咐赏的。"

在山里住了数日，张廷玉兄弟三人日则游山看水，夜则围炉夜话，守着一盆红红的炭火，煮一壶香浓的椒园小花茶，那份田园情调，真是说不出的轻松惬意。

直到腊月初八，众人才回到城里五亩园中。因为初九是祭祀张英的正日子，届时钦差大人安徽巡抚徐本将率文武官员来桐举行谕祭大典，县衙门前早已张榜公告。

是日一大早，廷玉兄弟即率领合族子弟在西郊恭候，四乡八镇的缙绅百姓都来观光。抚巡大人身穿黄马褂，手捧谕祭文书，率本部官员浩浩荡荡而来，一路直到张英祠堂。当众宣读祭文并张挂御书匾额和对联。

匾额和对联都是雍正亲书手迹，横匾四字曰：忠纯诒范。对联为：风度犹存典礼焕千秋俎豆；师模如在忠诚垂奕叶箕裘。

祭文为礼部颁布，全文如下：

> 雍正十一年岁次癸丑十二月初九日，皇帝遣巡抚安徽等处地方都察院右副都御史徐本，谕祭经筵讲官文华殿大学士兼礼部尚书加赠太子太傅谥文端张英之灵曰：翊熙朝之泰运，端重良臣；稽册府之鸿猷，宜崇元祀。盖成劳懋，著生平之风概如存；斯盛烈昭，垂奕世之宠褒益笃。载申纶绰，式荐牲醪。尔张英端敬居心，冲和成性。三十载趋承禁直，讲帷之启沃弘多；四十年扬历清班，纶阁之赞襄允懋。靖共尔位，忠纯克笃。夫小心垂裕后昆，善庆弥彰夫厚德。呜呼！流芳竹帛，卓然一代之完人；树范岩廊，允矣千秋之茂典。列豆笾于祠宇，渥泽攸隆；布筵几于里闾，湛恩叠沛。灵其不昧，尚克歆承。

张英这位乡里人称为老宰相的熙朝臣子，因了其子小宰相的功劳和地位，再次得以谕祭，其荣耀可想而知，一时在桐城城乡广为传颂。

送走了巡抚大人一行，张廷玉又带领众兄弟子侄，将自鄱阳湖迁来桐城至今的张家十一世祖坟重新立碑砌坝祭祀了一遍。碑上一律镌上"保和殿大学士××世孙张廷玉重修"字样。

祭罢祖坟，已是腊月将尽，家家户户都在准备过年了。五亩园里这年格外热闹，杀猪宰羊，磨粉打糖，把若泌忙得脚不沾地。

腊月二十八日，去京城送信之人返回五亩园，带来了雍正亲笔朱批信折及赏赐过年的物品：御书福字大方胜一幅、御书对联一副："世承斗北无双誉，帝许江南第一家。"另有锦绣香囊、珍玩杂物及各类御膳房精制糕点、蜜饯、水果等十二篓。

张廷玉命人立即将"福"字张挂在大屋正厅中央，将对联制成木联挂在正厅抱柱上。然后回到砚斋细读雍正朱批文字，就在他写给雍正的平安奏折后面，雍正用蝇头小楷朱书道："览卿奏折，知卿一路如意抵家，深慰朕念。吉人天佑，理所必然。朕即位十一年来在廷近内大臣一日不曾相离者惟卿一人，义固君臣，情同契友。今相隔月余，未免每每思念。然于本分说话，又何尝暂离寸步也。俟卿办理祭典毕，明春北来，握手欢会可也。所奏一路地方情形，欣幸览之。都中得雪雨，次直省各处奏报大率相同，天恩似普。其内外事宜如卿在京光景，颇觉相安。特谕，以慰卿之系念。另，卿前番所奏北直被水州县一折，已著大学士鄂尔泰寄信与直隶总督妥议料理。"

张廷玉读着雍正情意切切的朱批文字，不禁也勾起了对皇上的思念。离京两个多月了，他何尝放心得下朝中事务，而雍正殷殷告诉他"内外事宜如卿在京光景"，甚至连京城及直隶近省下了一场雨雪之事都告诉他了。皇上对他的知心和体贴，怎能不令他心下感动？

除了这份写在他原折之上的朱批文字，雍正还另有一纸御函，上写："择得明年正月二十日丁酉黄道上上大吉之辰，宜用午时。卿可于此日起身，路上不可贪程，从容而来可也。"皇上连他明年返京的日子都让钦天监给算好了，这君臣之谊，确实如同契友。张廷玉是熟读史籍之人，可要在历史上找出几对这样相知相契的君臣还真不容易。世传雍正是个刻薄寡恩之人，只有张廷玉知道他的心有多热，情有多重。

张廷玉感激之余，立即写了一份谢恩折子，表示自己春节之后将遵旨于正月二十日起行返京，并恭祝皇上元旦吉祥，国运泰昌。又备了些家乡特产凤凰鱼、麻丰糕、琥珀冻、龙眠毛峰、椒园小花茶、松山湖银鱼、菜子湖毛蟹、泗水桥芹菜芽等，着人快马送往京城。

快乐的时日总是过得特别快，转眼间春节已经过去。张廷玉等人就要再次踏上返京之路了。行前廷玉叫来若泌，让将此次修坟祭祖及接待钦差等费用统计一遍，总计用去白银四千八百余两。皇上赐银万两，只因张廷玉秉承其父一贯的俭朴作风，在修造坟茔及装饰宗祠时不事铺张，倒是在接待钦差、馈赠土仪及宾朋饮宴上着实用了些银子。所以最后统计下来，竟节余过半，尚有五千一百余两。廷玉想着东门大桥冲毁之事，便对若泌道："此帑银本是皇上赐祭先人宗祠之用，现既余下多半，正好可用来修复子来桥，也是利民积德之事。修桥是我多年心愿了，此事便着你与在桐的叔伯兄弟们经办，务要建成一座坚固耐久之石桥，费用若有不足，可在我庄田岁收及历年积余中动用。"

原来廷玉等人在京，家中各房田租收入都由若泌经管着，若泌将每房账目都做得清清楚楚，廷玉等人的年俸银子除日常用度之外，凡有积余，也都送回桐城交若泌经管。所以廷玉深知若泌是个理财能手，便将建桥大事一体托付于他。

正月二十日正午时分，张廷玉一行起程返京，李县令率合县官员缙绅直送到吕亭驿。驿中车马早已备就，又摆下了四桌饯行酒席，众人洒洒而别。

过了吕亭驿便是北峡关，出了北峡关，廷璐即与众人作别，往东向江宁而去。廷玉等人一路北上，出安徽，经山东，再到北直，如来时一般一驿递一驿，一站传一站，官员迎送，兵卒护卫，极尽风光不提。

更有那沿途百姓，在当地官员教导下，沿途夹道欢迎。廷玉不时停下车骑，接见一些当地耆宿，询问一番民生经济。处处众口一声，都赞当今皇上体恤百姓，爱养万民，不时蠲免钱粮，遇灾及时赈济，此虽是朝廷恩德，然也赖张大人上传下达之功。皇上是圣主，张大人是贤相，有此圣主贤相，实乃万民之福。

张廷玉在一路颂扬声中不免更加惕厉，一再谦逊："这都是皇上仁心圣德，渥泽深厚。臣身为宰辅，即是百姓之公仆，自当鞠躬尽瘁，先天下之忧而忧，后天下之乐而乐。"

进入北直地界，那李卫更是领着修河民工堵在路上，拦着车轿欢呼感谢。原来因了那份奏折，李卫不仅要来了明春加赈的赈粮，还在工部争得了大段大段的河工任务，自去年腊月起民工们便开始修河。这可不仅是解决了春荒问题，还解决了水利问题。对于李卫这个总督来说，真是里外上下都讨好。所以他非常感激张廷玉的那份奏折，若非张大人亲自看到渍地情形，报给皇上，任他说破嘴皮，想在户部和工部讨点银子也是难中又难的。

张廷玉看到春荒问题解决了，心里自也非常高兴。由此他也看到，作为一个朝廷官员，深入民间，了解下情，实地考察是多么重要。

二月十六日，一行人到了京郊。内务府大臣海望早已奉旨领着一众官员在卢沟桥迎接，众人相见，自有一番亲热不提。卢沟桥官驿中摆下了丰盛的接风酒筵，那酒菜都是御膳房里送来的，自然也是皇上特为吩咐所赐。

当晚便在卢沟桥住了一宿，第二日一早进京，先不回府，自去宫中见驾。

雍正和张廷玉分别了四个多月，一见之下，两人都非常激动。各自诉说了一番分别后的情形和思念之意，然后雍正吩咐他回家休息两天，再来上朝。

回到家中，才知皇上又赐了接风酒席，让他与家人欢聚。家里夫人、孩子们见着他和若霭，自然也有诉不尽的话。席间吴夫人将四个多月来的家居情况一一细说，廷玉方知自他走后，皇上隔三岔五便派人来府上问候，春节期间又多有赏赐，一如他在京之时。皇上日理万机，他走之后，政务必更加繁忙，但繁忙之下，皇上还不忘了关照他的家人妇孺，他的感激真是难以言表。

第二日，他哪里还歇得住？一早便来上朝。

早朝既罢，皇上命他同来懋勤殿，议罢政事。皇上告诉他："爱卿，前不久朕曾收到一份折子，是江南僧人释宏信所奏。他说桐城有个投子山，山上原有座投子寺，乃是唐代大同禅师的祖庭。丛林广大，香火极盛。明嘉靖年间，有盛姓豪绅为图谋此地风水，奏请皇上毁了古刹，占为坟地。至今桐城人都为此不平，盛姓子孙亦自此零落。现在那释宏信奏请重建投子寺，朕想桐城不就是爱卿的家乡吗？这点事还能不办？当时你不在，便令庄亲王和海望传谕安徽巡抚和江南织造，饬令盛姓迁移坟墓，重建祖庭于旧址，以续大同禅师香火。"

雍正崇信佛教，是以各地僧侣纷纷奏请建庙，他也乐于批准，并资助帑币。投子寺既是桐城之事，因有张廷玉这层关系，当然更不能不允。他告知此事，原以为张廷玉必高兴异常。

谁知张廷玉却急道："皇上，此事不妥呀！"

原来桐城西北有一道山脉，从北峡关逶迤而来，直向西南而去。在县治附近环了半个城池，成了县城的一道天然屏障，紧挨县治的山分别为投子山、龙眠山和玉屏山。历来为兵家争战之地，遇有乱匪攻城，守城官兵必依山而守，一夫当关，万夫莫开。正是因了这道天然屏障，桐城在历次战乱中都得以保住城池。最近的一次便是明末张献忠攻城，围城一个多月，大队人马驻扎在投子山外，数次发起攻势想突破这道西北关口，最终还是铩羽而归，不得已转道往南而去。故而桐城得了个"铁打铜城"的美称。

话说那投子寺就在城北近郊山上。此寺倒是一座古刹，原名胜因寺。三国时东吴大将鲁肃曾在桐城一带与曹军对垒，一次战败撤退途中，因怕被敌军俘获，斩灭满门，便将襁褓中的儿子丢在胜因寺门外，后被寺中僧人收养。有首《绝句》写得好："三雄分汉鼎，郊野战群龙。将军偶败北，投子空山中。"从此此山便叫投子山，此寺也更名为投子寺。

直到大唐年间，密宗第三代传人大同禅师来此驻锡，这大同禅师是位高僧，他在此开坛讲经，一时引得八方信众都来皈依，更有当时的高僧大德时来造访。功德既广，香火便渐渐鼎盛起来。寺院也便渐渐扩大，到宋、明时期，已建有大殿三进，禅房五百余间，寺僧近千人，整个一座山都被殿宇覆盖，一时竟有"小九华"之称。

凡事不可太过。话说桐城自明洪武年间，由江西一带迁来大量移民之后，人气兴旺，耕读之风渐起，儒家门徒日增，便对那日益蔓延的佛教颇不以为然。那投子山就在桐城北郊，是县城的一道天然屏障。城里居民每日听着投子山上的晨钟暮鼓，抬眼便见那北山之上一片黄瓦金顶。总觉压得慌。懂得勘舆的地师们都说那投子正殿恰坐落在县治南北真子午线上，挡了县治的风水，令人发迹不得。

恰好明朝的嘉靖皇帝佞道不佞佛，其时有个致仕在家的户部侍郎盛汝谦，联名本县缙绅上了一道奏折，以妨碍县治风水之名，请求拆毁投子寺。皇上正要抑制佛教，又兼顾着老臣之面，便下了一道圣旨，准予拆毁寺庙。

寺庙拆毁之后，那盛侍郎想，这块地既是独占风水的好地，不若将自家的祖坟迁葬于此，今后必能子孙昌盛。不料事与愿违，此后盛家不仅没有发迹，反而渐渐败落下去。然而拆毁寺庙之后，盛家虽然没有占得好风水，县治风水倒真的好了。桐城自嘉靖之后，人文荟萃，才人辈出，鸿儒博学之士遍布朝野，考中科举者不计其数。到了清代，更是蔚为大观，仅张氏、姚氏、方氏三族在朝中为官作宦者就有百十人。

张廷玉自幼在桐时就听说过此事始末，并且还专门就此作过考证。结果证实那投子大殿旧址确在南北真子午线上，而处在城中心县衙对面的文庙也恰在真子午线上。你想，投子山高出县城许多，那寺庙压着文庙，文庙是县学所在地，桐城的士子们如何能够发达？文章如何能够光华？科举如何能够昌盛？

张廷玉是读书经邦之人，当然害怕那投子重建，再坏了桐城风水。所以赶紧告诉皇上，将投子寺被毁的前因后果一说，求皇上不要批准建寺。

他最后说："臣以为，天生投子山，实乃专为桐城之屏障，并非寺庙坟茔之吉地。若风水果佳，投子寺便不应被毁，而毁寺建坟之后，盛氏子孙也不应衰微。"

雍正虽然佞佛，倒是明白佛只能修心，不能治世的道理。经邦济世还得靠儒家之道。所以听了此番故事，便点头道："爱卿所言甚是。近世桐城人文之盛实为海内少有，况你父子二人相继为国家宰辅重臣，即是搜求于史册典籍亦是罕见。非风水极佳之地出不了许多人才。若重建投子寺有碍于县治风水，朕岂能为之。然而，僧家既以毁寺之事耿耿于怀，今日不建，以后必然还要图谋恢复。朕听了爱卿所言，可以不允他建，你我百年之后，难保后嗣之人不允他建。岂不仍为桐城之后患？因此，朕以为该当选一处于桐城风水无碍之地，让僧家重建投子丛林，以复兴大同禅师之祖庭，才是尽善尽美之策。"

张廷玉一听雍正此言，连忙称是："皇上圣见高明，如此最妙！"

"那就着你会同海望将前旨撤回，传谕安徽巡抚和江南织造发足帑银，监督释宏信不得在旧址建寺，重选一处吉地另建。"

"微臣代桐城五万百姓谢皇上圣恩！"

"说到建寺之事，朕还要告诉你，去年年底朕已度了庄亲王、果亲王、宝亲王还有鄂尔泰等十三人为释家子弟，朕还想也度你进入佛门哩。你意下如何？"

雍正佞佛，自称释主，他想度谁，谁敢不应？再说张廷玉家母亲、姐姐等家中妇人都常年烧香礼佛的，男人们虽习儒学，然对于佛教并不排斥。当下便说："君有赐，臣焉敢辞？就请皇上为臣赐法号吧！"

"朕居圆明园，便号圆明居士。卿居澄怀园，就叫澄怀居士吧。"

"谢皇上赐号。"

张廷玉居然皈依佛门，成了释氏弟子，真是意想不到之事。忽然他想起了在赐金园佳梦轩中所做之梦：珊儿说他俩来生都将转生佛门。他当时不过哂然一笑，以为是不可能之事，谁料竟然一梦成谶，成了佛门居士。禁不住心中暗道：珊妹，你可知道我此生已是佛门弟子了？

后来，因雍正皇帝听了张廷玉所谏，下旨另选吉地重建大同禅师祖庭，桐城投子寺终于迁址，在城北三十里外的问婆岗重建庙堂，改名慈济寺。

龙眠山水（白梦摄）

龙眠山风光（白梦摄）

桐城新修后的东作门（白梦摄）

桐城北大街牌坊：七省通衢。（白梦摄）

第卅一回
圣眷隆遗诏获配享　臣心忠新帝再施恩

西北战事已打了五个年头，这场战争并未像预期的那样，一蹴而就，直捣黄龙，而是打得十分艰难。前三年几乎连吃败仗，尤其是靖边大将军傅尔丹大败于和通泊之役，更使清军几乎陷入绝境。直到雍正十年九月额尔德尼昭之战，清军才取得了决定性胜利。此后清朝屯兵于前线，双方不再开战，成了对峙局面。

这样的长期消耗，十余万大军驻守在千万里外，军费开支巨大可想而知。虽然采取了一些垦荒囤田之策，然终不是长久之计。雍正是个明白人，他见国库存银已去大半，从开战前的六千余万两到如今只剩了不足三千万两，便想尽快结束这场拉锯仗。

十二年七月，雍正皇帝下了一道谕旨，召西北两路将军来京与军机大臣会议，商量到底是该继续发兵直逼准部老巢，还是遣使议和，划定疆界，熄灭干戈。结果是将军们主战，军机大臣们主和。意见顶牛，委决不下，雍正又下旨王公大臣、满汉文武百官共同会议此事。

这次会议结果恰和五年前相反，多数人都主张继续用兵，张廷玉却力主议和。他是军机大臣，对于数年来用兵情况了如指掌。此次战争时日拖得太久，国家全力以赴，民生已受干扰。尤其是科尔沁和喀尔喀蒙古诸部，既要派出大量士卒从征，又要贡献马、驼、牛、羊等军需物品，真是苦不堪言。

如果继续开战，能否一举征服噶尔丹策零实在还是未知数。而战争再持续几年，国力必将难以支撑。

此次公议仍未达成一致意见，雍正便下旨众人各抒己见，就"战"与"和"充分发表意见，写成奏疏，上报皇上。

张廷玉便遵旨上了一道停战议和的奏疏，广请王公大臣文武百官附议，结果只有蒋廷锡、朱轼等十几个人在上面签了名。

这份名为《为遵旨议奏事》的奏疏是这样写的：

"雍正十二年七月二十日，奉上谕'西北两路用兵已经数年，将士效力戎行，久在边外，朕心深为不忍。再四思维，或应乘此兵力全备，直进贼境，俾军务早定，以息将士；或应遣使往彼，谕以利害，俾其醒悟。二者未能遂定，特召两路领兵将军来京与办理军机之大臣悉心计议，伊等意见亦不划一。朕思军务关系重大，应博采众论，详慎筹划。著王公满汉文武大臣公同会议，各抒己见，据实具奏。钦此。'

臣等议为：准噶尔本一边远部落，噶尔丹策零本一微末台吉，世知其恶，扰害生灵，按其罪状早应遣发大兵直抵伊里，扫穴犁庭，立加屠灭。

惟是我圣祖皇帝如天之仁，于策妄阿拉布坦狂悖妄行，犹蒙特赐包容，不即加兵诛戮，只于边境驻兵弹压。并屡次遣人前往示以圣意，待其悔过来归。

而我皇上继志述事，仰体圣祖仁皇帝天地为怀包涵万类之圣心，于伊使根敦来时，开诚布公，面加恩谕，将大兵撤回，释其疑贰。又遣使前往议立边界，永息纷争。而贼人巧诈，支吾惟事，迁延蒙混。及噶尔丹策零继其部落，我皇上知其狂肆凶顽甚于乃父，恐伊孟浪，轻举骚扰蒙古，是以仍于边地驻兵，以为防范。而两路大军屡请进兵，俱特谕旨令其停止。更可仰见我皇上以圣祖之心为心，原不欲毁其巢穴，灭其丑类，收其地土。

洵为王者之师，有征无战。准噶尔果然悔悟求和，即可宽其罪恶矣。从前贼人鼠窃狗偷偶尔得利者，非贼人得计，乃我领兵将军违背圣训失机之所致。贼人自额尔得尼昭大败以后，固已势穷力竭，漏网余孽苟延残喘，潜匿不出，闻风远遁。本年春间，我北路袭击直越额尔吉斯，贼夷惊慌不敢迎战，游牧俱各远徙，人人震恐节据，陆续投降。被获之人皆称准噶尔之人生计疲惫，牲畜伤毙，人人怨恨不得休息，众心离散。

是准噶尔自额尔得尼昭大败之后，固已穷蹙难支矣。第噶尔丹策零当此败逃穷蹙之时而犹强自支撑者，盖由罔识圣心之宽大，自以负罪深重，不可复逭。加以前年特垒回时，又捏造言词，恐吓其下。彼意必以中国遣发大兵驻扎边界，定欲毁我巢穴，灭我丑类，收我土地。为今之计，惟有攒集属下之人，冒死抗拒，否则远避潜藏，迁延岁月。因此迷而不悟，日益冥顽。

今蒙我皇上如天好生，俯念边疆士卒久历戎行。特命臣等公同定议。臣等窃思，噶尔丹策零虽属冥顽无知，然既具有人面，料亦具有人心。若蒙钦命大臣前往，谕以圣意之优容，圣心之仁厚。天恩浩荡，总在爱养生灵；罢兵息民，先必安边定界。明白剀切，晓以利害。祸福之分，听伊自取。宽其以往之愆，予以更新之路。噶尔丹策零审度势力实不能支，既蒙圣主仁慈，遣使开导，自必豁然醒悟，诚心悔过，俯首求和。从此安我藩篱，宁人息事。即准噶尔人民亦得安居乐业，共庆生全。实于我圣祖仁皇帝特赐包容之圣心允为符合。而我皇上爱养群黎，丕冒万方之圣德，与天地同其广大哉。

若我皇上如此施恩，而伊仍执迷不悟，则天怒人怨，是伊自速危亡。彼时我军再议征讨之计，更觉事易而功倍也。

臣等愚见如此，是否允协？伏乞睿鉴。"

这份洋洋千言的奏折，端的是冠冕堂皇。处处有上方大国气度，又处处拿康熙当年征讨之事作榜样。更兼雍正的心思恰和张廷玉相同，也想早点结束征战，所以收到这份奏折，立刻朱批允行。

于是，八月份，朝廷派出侍郎傅鼐、内阁学士阿克敦、副都统罗密为使者，前往准噶尔，与噶尔丹策零议和，并将大军后撤，以示诚意。噶尔丹策零也被多年征战拖得疲惫不堪，伤亡惨重，早已元气大伤，不复当年枭雄模样，对于雍正的议和之举自然表示同意。

双方在将近一年的时间里，几经商讨，最后议定：自克木齐克、汗腾格里，上阿尔泰山梁，由索尔毕岭下，至哈布塔克、拜塔克之中，过乌兰乌苏，直抵噶斯口，以此为准部与喀尔喀部的分界地。另以呼逊托辉至喀喇巴尔楚克为空闲地带，双方不得渗入。

然而此份协议尚未最后签署，清廷却突遭大变，雍正皇帝遽然大行，最后这份协议的签订者已是嗣君乾隆皇帝了。此是后话，容后再叙。

且说西北休战，雍正皇帝终于了却了一桩心事。于是这年的春节便充满了祥和气息。腊月二十五日，雍正在安宁宫中写福字赐予身边近臣。众人自然以此为荣，自觉按官职大小排队接赏。第一幅字自然是赐给首席军机大臣、大学士张廷玉，接下来写了二十多幅，一一赏了群臣，写完最后一幅，雍正搁笔，一看来领赏的恰是新进南书房的起居注官张若霭，不禁哈哈大笑："朕写福字赐群臣，你父亲得了第一幅，你得最后一幅，无意中有此恰好之事，岂不是吉祥之兆。"

众人也都纷纷赞叹，说是巧极之事，也是令人羡极之事。

众人喜滋滋地将那斗大的福字捧回，过了个喜滋滋的新春元旦。然而未出两月，却再也喜不起来了。

原来刚刚过完春节不久，苗疆即传来消息，苗民大规模叛乱。

改土归流之后，那些世代为苗人首领的土司们，如何肯将统治权拱手相让，因此总在私下里窥测机会，以便夺回失去的权力。而朝廷派驻苗疆的流官也难免有鱼肉苗民、作威作福之人。这就让苗人对朝廷官员生出了怨恨之心。

其实自十二年七月起，苗人中就开始谣传"苗王"出世，暗地里集结武装，可是这些动作并未引起当地官员的注意。到了十三年二月，终于以"征粮不善"为由，古州所属八妹、高表等寨苗民首先起兵，台拱、清江各寨同声响应，苗民们自来勇悍，一时起事苗民多达两万之众，与官兵展开对抗。

驻守苗疆的官兵被打了个猝不及防，不少官员在民变中被杀。朝廷立即调兵遣将前往征剿，不久又派刑部尚书张照为钦差大臣，前去抚定苗疆。朝中也成立了"办理苗疆事务处"，由宝亲王弘历、大学士鄂尔泰、张廷玉等俱办此事。

然而苗疆事务一直由鄂尔泰经理，张廷玉不便多加插手。鄂尔泰素与张照不和，张照在征剿之中不免常受鄂尔泰掣肘。因而苗疆之乱不但没有扑灭，一时竟成蔓延之势。朝中大臣不免私下议论，以为苗疆祸乱，鄂尔泰有不可推卸之责任。鄂尔泰只好引咎辞职。雍正皇帝虽忧愤交加，然还顾着旧情，允其解去大学士之职，暂且回家养病。

这一番折腾，无疑意味着改土归流的失败。雍正皇帝为此忧心如焚，寝食难安。军机大臣们刚刚结束了西北军务，又忙开了苗疆军政。又是流星快报，一日三接，忙得不可开交。

终于，雍正皇帝病倒了。

八月二十日，雍正皇帝正在圆明园听政时，忽然感到一阵晕眩，眼前顿时一片漆黑。这已是近两年来经常遇到的事了，因此皇上并未当回事，以为晕眩过去就会好的。然而这次却与以往不同，并未及时好转，而是面红耳赤，冷汗如雨。总管太监苏培盛见状，立即宣布退朝，扶着皇上进了寝宫。

张廷玉是雍正的心腹大臣，对于皇上的龙体健康状况知之甚详。雍正八年皇上大病一场，也算是死里逃生了，当时张廷玉就奉旨与太医们商量药方，所以他知道皇上的病是气血冲脑之症，最忌急怒攻心。那次病后，皇上其实一直就没真正好起来，而是常常发作头昏晕眩之症。其发作频率自然与雍正的心情有关，每当国事烦难时，雍正便寝食不安，头晕之症便频频发作；而国泰民安时，雍正便心情畅快，那头晕之症便不药而愈。此次苗疆叛乱，事起突然，完全违背了皇上当年改土归流的初衷。而且弹压不住，渐成蔓延之势，雍正怎不着急上火。

雍正此次病得不轻，这从他面上的紫红血胀便能看得出来。所以众大臣退出后，张廷玉又进寝宫向皇上问安。雍正躺在卧榻上，已稍稍平静了些。太医刚来号过脉，服侍皇上服了保心丹。

雍正见了张廷玉，便召他坐到自己身边。廷玉劝道："苗疆事务，皇上不可太过着急，保重龙体要紧。"

雍正道："你和鄂尔泰是朕最信得过的人，如今因了苗疆之事，鄂尔泰引咎请辞。诸事只有靠你了。朕若有什么不测，那遗诏你是看过的，一定要保弘历登基，继承大统。"

廷玉见皇上说出这话，不觉眼圈一红，道："圣躬偶尔违和，哪里就虑到这些。皇上，您当凡放宽心思，那病自然就好了。"

"衡臣啊，你我虽为君臣，实是情同手足。这里没有外人，你是从圣祖手上过来的，知道皇家骨肉，为了一个权字，是如何的相逼相残。弘历是圣祖选定的，朕也看着他好，着意栽培，为他登基扫清障碍。然觊觎皇位者仍是大有人在，朕不得不时时担着心哪。鄂尔泰虽已居家荣养，一旦朕有个三长两短，还望你与他同心携手，共同顾命，保弘历登基。"

"皇上放心，鄂大人是满大学士，臣知道独木难支的道理，会诸事与鄂大人相商的。不过皇上，千万不可多作此想。臣如此说，并非是皇上病体有碍，只为让皇上放心而已。"

"爱卿心思，朕岂有不知？当年圣祖就曾说给朕，你张氏父子最是忠公体国，有古大臣风范。朕只望你能像辅佐朕一样辅佐弘历，做三朝忠臣。"

雍正句句都像是在说遗言，廷玉听了实在心中不忍，那声音便有些哽塞："皇上，您可比微臣年轻了好多岁哩。臣是定要走在皇上前面的。"

雍正也有些动情了："不管谁走在前，你我君臣生前日日相见，死后也要天天在一起。那密诏你是知道的，你和鄂尔泰死后配享太庙，朕的灵魂也要你们陪着哩。"

"谢皇上天高地厚之恩，臣愿死后为皇上洒扫道路，在另一个世界迎接皇上。"

"好了，你回澄怀园罢。朕跟你说了一会话，心情好多了。朕已没事了，你放心吧。"

廷玉看雍正脸上的紫色确实退了不少，心下也放宽了些。便告辞退出。

第二日，因皇上病了，便未早朝，只廷玉和宝亲王进内问安。

第三日，也即二十二日，当廷玉和宝亲王再次去问安时，皇上看上去已经好了很多，他命二人将这几日搁下的折子递进来。午后二人遵旨将该批的折子呈上，皇上已经起床，行走如常了。他告诉二人，自己已经大好了，明日照常安排早朝。

二人见皇上身体康复，心情也松快了好多。出了圆明园，又回紫禁城军机处看了看，见无甚要紧事务，方才各自回家。宝亲王宫邸就在内廷西二处，离军机处不远。廷玉因雍正中秋之后住到了圆明园里，所以他也不去西安门外的寓所，而去了澄怀园。

傍晚时分，张廷玉去了一趟圆明园，但未去打扰皇上，只在门上打听了一下，里面报告：皇上正在灯下批折。看来皇上的病是真的好了！张廷玉于是放心地回去了。

更敲二鼓，廷玉从书房里出来，伸了个懒腰，洗脸烫脚，脱衣上床，正要就寝，忽听门上喧哗，圆明园侍卫匆匆跑来，请他速去见驾。

廷玉一听半夜宣诏，定无好事，急得手忙脚乱，套上朝服，边跑边系扣子。那侍卫领着他就近从西南门入园，远远就见西南门上人头攒动，原来雍正病危，内宫侍卫们急得火烧眉毛，巴不得张大人早一分钟到，一个个都跑到西南门处等着他。

一见他进园，侍卫立刻将他领进寝宫。只见雍正一头栽在御案上，鼾声如雷，张廷玉顾不得跪拜，抢上前去，连叫几声"皇上"已是颤不成声。然而，雍正仿佛沉入到极深的睡眠中去，一点也听不见他的叫喊。

廷玉情知不妙，然而此时顾不得悲痛，赶紧命人去传太医，又命人速传宝亲王弘历、庄亲王允禄、果亲王允礼、大学士鄂尔泰、一等公丰盛额、讷亲、领侍卫内大臣海望来圆明园。

半个时辰之后，太医和众人几乎同时到达。太医指挥太监们将皇上抬到御榻上，众人见了雍正情状，都知不妙。一个个轻唤几声皇上，然而皇上却对他们的焦急和呼唤无半点回应。

众人无声走到屋外，让太医们诊治。然而雍正的鼾声渐渐弱下去，太医们一个个为他把脉，最后都无声地摇头。

众人在清凉的秋夜里又挨过了半个时辰，更敲三鼓，表示已是二十三日子时了。屋里屋外都静得出奇，蟋蟀声便显得格外炸响。

众人不知道屋里的鼾声究竟是什么时候停的，只见太医们鱼贯而出，报道：皇上朝乾夕惕，勤政太过，以致血气上冲，颅内血管爆裂，进药罔效，已于二十三日子时正刻龙驭上宾，大行而去。

众人闻言，都抢进寝宫，只见雍正的遗体安然躺在御榻上，已经了无声息了。弘历一下子扑到雍正身上，放声大哭。众人也都跪在榻前，忍不住痛哭失声。

然而，哭了几声之后，廷玉便拉了拉鄂尔泰的衣袖。鄂尔泰会意，两人站起，廷玉对庄亲王等人道："诸位亲王大臣暂请节哀。当前第一要务乃是拥立嗣君。大行皇帝曾就传位大事亲笔书写密旨，一份立于雍正元年，藏在乾清宫正大光明匾后；一份随身携带，以备不测。八年九月皇上曾将密旨交我看过，十年正月又着我和鄂大人共同看过。此时应立即请出，以正大统。"

庄亲王道："那派谁去乾清宫呢？"

廷玉道："先不忙去乾清宫，只需将大行皇帝随身携带之遗诏请出便是。此诏此时定在圆明园中。苏公公，你去把它请出来。"

苏培盛道："大行皇帝并未跟奴才说过什么密旨遗诏之事，奴才不知藏在何处？"

廷玉道："大行皇帝密封遗旨必不很多。你只管在御用物品中去找，那黄纸固封，背面写着封字的便是。"

苏培盛只得当着众人的面去寻，不一刻即在雍正御案密屉中寻出一封黄色书函。正如廷玉所说，背后写着一个大大的"封"字。

庄亲王接过黄封，当众拆开，正是雍正朱笔亲书的传位诏书一份，另有顾命诏书一份。

众人一见密旨上写的是弘历名字，便立即将遗诏捧到宝亲王面前，宝亲王随手又递给了廷玉。廷玉便当众宣读传位诏书："宝亲王皇四子，秉性仁慈，居心孝友，圣祖仁皇帝于诸孙之中，最为钟爱，抚养宫中，恩逾常格。雍正元年八月间，朕于乾清宫召诸王满汉大臣入见，面谕以建储之事，亲书谕旨，加以密封，藏于乾清宫最高处，即立为皇太子之旨也。其仍封亲王者，盖令备位藩封，谙习政事，以增识见。今既遭大事，著继朕登基，即皇帝位。"

读罢遗诏，众人便随着廷玉一齐跪下叩头，口称："请皇上登基！"

宝亲王虽然也曾料想过自己是继位之人，但毕竟乍听之下，心中既惊且慌，既喜且悲，一时心里七上八下的，只管借着哭父皇新丧，伏地不起。

众人再三劝其"节哀"，又再四敦请继位。弘历方由众人扶起，收泪落座，接受了众人的朝拜。

庄亲王又将另一份密旨奉上，新君弘历看过密旨，亲自宣谕道："奉皇考遗旨，令庄亲王、果亲王、大学士鄂尔泰、张廷玉辅政。"俄顷又道："鄂尔泰前番因病解任，今既为辅政，着复任。"

四人听罢，自也是一番痛哭，哭过大行皇帝，又谢过今上新君，方才遵旨受命。

却说为何所来之人恰是嗣君和四位顾命大臣，这正是因为张廷玉早已知悉雍正所书密旨内容，所以一逢大变，张廷玉便非常清醒地命人请来宝亲王、庄亲王、果亲王和鄂尔泰，至于一等公丰盛额、讷亲和领侍卫内大臣海望，则是请来作见证的。

接下来的事情一如康熙当年崩逝一样：用黄色车舆载雍正遗体还至乾清宫。此事当年张廷玉、允禄、允礼都曾亲历过，此时驾轻就熟，办来自然井井有条。

大行皇帝的梓宫移进乾清宫时已是卯正时牌了，在京的王大臣、满汉文武百官闻讯都于辰时齐聚在乾清门外。张廷玉命传诸王和大学士、六部九卿进乾清宫，当众请下正大光明匾后的锦匣，果亲王打开封条，取出里面的一纸密诏，还是雍正元年八月御书原件。庄亲王从果亲王手中接过密诏，当众宣读《传位诏书》："皇四子弘历秉性仁慈，居心孝友，圣祖仁皇帝于诸孙之中，最为钟爱，抚养宫中，恩逾常格。着继朕即皇帝位，年号乾隆。"

于是弘历被从配殿请出，坐于正大光明匾下的须弥座上，接受百官朝贺。雍正皇帝鉴于自己继位时系由康熙口述遗诏所造成的无穷后患，对嗣君之事明明白白写下文字，落墨于纸，而且为防万一，一份存于乾清宫，一份随身携带。终于使弘历顺利继位，避免了旁人的口舌是非。

新君登位之后，第一件大事是为大行皇帝举行大殓。大殓时辰由钦天监算出，选在申时，大殓完毕，已是上灯戌时。弘历此时年方二十四岁，怎么也没想到父皇会在五十八岁正当年富力强时撒手西去。遭逢大变，本就伤心，又想着父皇为自己登基所做的种种煞费苦心的安排，心中更是悲苦不已，因而大殓时，一直匍匐在地，号哭不止。张廷玉、鄂尔泰等人只能以国事劝其节哀。直到亥时人静，众人方才从乾清宫退至养心殿后的偏殿里，稍事休息。

从昨夜亥时起直到此刻，整整一天时间，众人都是水米不沾牙，此时反倒饿过了头，吃不下饭了。张廷玉酽酽地泡了一杯茶喝了，便和衣歪在椅子上假寐片刻。谁知大变起时，心思都在处理大事上，此时歇下来，才痛定思痛，想起大行皇帝与自己的种种恩遇，真正是亘古未有。自己居官三十多年，已历康、雍二朝，怎么也没想到倏忽又到了乾隆朝了。康、雍二帝都对自己百般信任，乾隆新君是自己看着长大的，只盼他能像父、祖一样，做个仁君、贤君、圣君。

思前想后，直到三更之后方才迷糊了一刻，更敲四鼓便又醒来，五鼓之后太监来传进见。

新君弘历也像当年雍正皇帝一样，在乾清宫东厢房里席地坐卧，为父皇守灵。

张廷玉进内，礼罢，乾隆皇帝赐他坐在席上，道："张师傅，这是大行皇帝存放在内廷中的圣谕，昨夜朕整理皇考遗物时发现的，朕想放在遗诏内一并颁示天下。"

张廷玉接过一看，原来正是一张雍正朱笔谕旨："张廷玉器量纯全，抒诚供职，其纂修《圣祖仁皇帝实录》宣力独多，每年遵旨缮写上谕，悉能详达朕意，训示臣民，其功甚巨。鄂尔泰志秉忠贞，才优经济，安民察吏，绥靖边疆，洵为不世出之名臣。此二人者朕可保其始终不渝，将来二臣著配享太庙，以诏恩礼。钦此。"

此谕廷玉虽未看过，但大致内容早听雍正说过。雍正最初说起让他将来配享太庙的事，还是在八年六月间雍正病重之时。当时鄂尔泰尚在苗疆，后来鄂尔泰承宠之后，雍正又曾当着他们二人的面说过此话。但直至今日见了遗诏，张廷玉才算真正相信了此事。这当然是不世之荣，但他也不能安然受之，自然要再三恳辞："微臣一介文士，并未有开国拓疆之功勋，配享之荣实在受之有愧。"

乾隆道："爱卿不必固辞。自古帝王升祔太庙，必有配享之臣，所以表其道德，酬其功勋，垂其不朽也。大行皇帝统御寰宇，勤求治理，深仁厚泽，万国均沾。至于优恤大臣，尤为笃厚，凡有寸长，无不恩奖。而于公忠体国之臣，更必加之以殊荣，隆之以旷典。卿与鄂大人是大行皇帝最为信赖之臣，朕惟知遵奉皇考圣训，将此圣谕入于遗诏之内。"

张廷玉还有何话说？只有行三跪九叩大礼，以谢新帝隆恩。

乾隆皇帝接着道："朕要复古礼，为父皇服丧三年。三年内诸事有劳爱卿和各位顾命王大臣总理事务了。"

张廷玉一听，急道："皇上，不可啊！国朝向例，大丧百日服满。皇上大孝天成，可行心丧三年。但百日后应上朝理政，大行皇帝当年就是如此。"

"皇考为藩王多年，于国家政务尽悉熟知。朕年轻历浅，实不如皇考运筹帷幄之能啊。"

"皇上是圣祖皇帝亲自调理出来的，又兼大行皇帝宝爱玉成，必能克当大任。臣等自当竭心尽力，辅佐皇上。只望皇上以国事为重，以三月代三年，百日之后上朝理政。"

"此事再议罢。你着人传谕方苞，来内宫见朕。"

话说弘历是多么聪明之人，他从遗诏中看出自己继位一事当与圣祖皇帝钟爱有关，说不定正是圣祖皇帝亲口交代父皇让自己将来继承大统的。要知道传位诏书是雍正元年书就的，那时父皇刚刚登基不久，若不是圣祖明示，何以不传三阿哥，而传了自己呢？

想到皇祖康熙，他当然便想到了当年皇祖身边最为亲近的人方苞。方苞一直很器重自己，没少在皇祖面前夸自己，说不定自己成为既定嗣君还有方苞一份功劳哩。

自己既然是圣祖皇帝亲自选定和调教的，当然要事事效法圣祖，而效法圣祖的最佳顾问便是方苞。所以他要请方苞来问清一些事情，还要让他再次入值南书房，让他像当年辅佐圣祖一样辅佐自己。

方苞其时已经六十九岁，身体已有些不支，腿疾也更厉害了。当他瘸着腿艰难地跪下时，乾隆皇帝实在心下不忍，赶紧命他坐在自己身边。

方苞证实了乾隆的猜测：他的继位确是当年圣祖皇帝之意。并说出了一件谁也不知道的事，那就是当年圣祖皇帝曾拿乾隆的生辰八字到宫外请人算过命，断定他是个富、贵、寿、考齐全之人。此恐怕也是大行皇帝为他定下乾隆年号之意，愿他乾纲独断，国运昌隆。

乾隆皇帝既然是圣祖亲自栽培的，当即便对方苞道："朕必以圣祖之心为心，法圣祖之事为事。老爱卿是皇祖的布衣幕友，朕想让你重入南书房，以便事事顾问。"

"老臣躬逢三朝皇帝天恩，敢不粉身以报。"

方苞一直致力于复古礼，听说乾隆皇帝要守丧三年，便大加赞赏，极力支持。虽然张廷玉等人极力反对，群臣也纷纷上书，要求皇上遵照成例，百日除服，心丧三年。乾隆只是不肯，这一方面固然是他要示孝于天下，但另一方面，他为亲王才三年，临政经验不足，他要趁这三年时间好好锻炼自己，熟悉各方面军政事务，然后才能驾轻就熟，乾纲妙运。

接下来，便由张廷玉、方苞等饱学之士为大行皇帝上尊谥。张、方二人都是雍正朝一拔再拔的红人，对大行皇帝感情极为深厚，最后拟定的谥号共二十五个字，为"敬天昌运建中表正文武英明宽仁信毅睿圣大孝至诚宪皇帝"，庙号"世宗"。

经过数日运筹，九月初三，乾隆皇帝在太和殿升座，颁下一系列恩诏。首先一条便是"鄂尔泰、张廷玉配享太庙，写入遗诏"。

接着新君封官，张廷玉仍为正一品，授保和殿大学士之职。军机处此时已罢停，设总理事务处，张廷玉为总理事务大臣。

张英追赠太傅兼太子太傅，赐谕祭一次。

张若霭以一等轻车都尉署日讲起居注官，入值南书房，授翰林院编修，封通政大夫。

若霭生母吴夫人封为一品夫人。廷玉那死去三十多年的嫡妻姚士珊再封一次一品夫人。

廷璐已在江苏学政上连任两任，仍着在原任上继第三任。江苏是人才辈出之地，学政一任位高权重，历来为众官觊觎之职，一般只一任便调离。张廷璐连任两任，已是雍正皇帝格外信赖；谁知乾隆继位之后，再留一任，除了新君加恩而外，也与廷璐为学清廉、取士公正有关。话说每三年吏部派员去江苏考评时，士子们都极力挽留，不令朝廷另行派员，吏部考功司的人也只得佩服，道："自来江苏学政，多有被轰走的，少有被挽留的。张大人不愧是宰相门第，其清廉勤政实堪与衡臣相国媲美。"

廷璩被擢为工部右侍郎，仍兼着翰林院中事务。

方苞再值南书房，擢为礼部右侍郎，因年老体弱加以痛风足疾，皇上特旨不必随班趋走，可数日到部一次，以决策大事。

九月十三日乾隆再下恩诏，张廷玉再封一个头等阿达哈哈番。吏部接到谕旨，奏道："张廷玉曾于雍正八年蒙大行皇帝赐予一个头等阿达哈哈番，如今再蒙赐一个头等哈哈番，二个头等哈哈番因合并为一个三等精奇尼哈番。"

乾隆准奏。

所谓精奇尼哈番即是汉语子爵之意。如此，张廷玉便成了大清朝第一个汉人文臣子爵。

这说的是对朝臣的恩诏，而对于普天之下臣民，新君自然也有恩典。无非是蠲免钱粮、停止秋决等。照例还要开恩科取士，加上自雍正十一年就下旨各地推荐博学鸿词之人，但考试一直未曾举行，这回乾隆登基，正好开博学鸿词科。两科考试都将于下一年举行，下一年即是乾隆元年，乃新君第一个纪年。

十二月初五日，乾隆守丧已满百日，众人请求除服听政，乾隆只是不肯。最后只同意将大行皇帝梓宫暂移雍和宫，待一年后再行安葬。

雍和宫原是雍正为亲王时的府邸，后来康熙又赐了圆明园给雍亲王，原来的雍亲王府便闲置下来。待到雍正登基为帝后，原来的府邸自然要升为宫，于是雍亲王府便成了雍和宫，后来雍正又将他赐给蒙古黄教，成了喇嘛庙。雍正自称是佛主，他死后的梓宫存放在喇嘛庙，天天有喇嘛们为他念经超度，也是最合适不过了。

乾隆既登大宝，原来的宝亲王府自然也该升为宫了。乾隆一时想不着好名字，便下旨大学士及南书房中的饱学翰林们为其命名。众人引经据典，搜肠刮肚，各自将拟好的宫名写在纸上呈请皇上定夺。最后乾隆选了"重华"二字，此名为张廷玉所拟，取"重华协帝"之意。指的是舜继尧位之事，史书载："此舜能继尧，重其文德之光华，用此德合于帝尧，与尧俱圣明也。"尧舜都是中国历史上最为贤德的帝王，历来为后世帝王效法的榜样，张廷玉以"重华"二字喻乾隆为虞舜，也暗喻了雍正为唐尧，那么大清天下无疑便是尧天舜日了。乾隆对这"重华"二字，真是满意之至。

乾隆坚持要服丧三年，三年之后才行御门听政大典，此三年内只在乾清宫理政，外间事务一律交四位总理事务王大臣处理。

为便于四人总理事务，乾隆特命在紫禁城内另造四所精巧宅院，赐每人一所。凡公务繁忙，需要值宿时，四人便有了专宅，不必再和其他官员一起住在值房了。

十二月二十七日，《明史》纂修工程终于告竣。计有《本纪》二十四卷、志七十五卷、表十三卷、列传二百二十卷、目录四卷，共为三百三十六卷。

《明史》修纂自顺治皇帝起，历顺、康、雍三朝，终于在乾隆刚刚登基时修成，这不啻是献给新君的一份厚礼。乾隆非常高兴，论功行赏，张廷玉是总裁官，又赏了一个头等哈哈番。

吏部接旨，将哈哈番加于以前所封的三等子之上，合并为一等子。乾隆想了想，又下了一道圣旨："鄂尔泰因祖上世爵，再加上朕前番所赐，如今已是三等伯了。张廷玉功劳不在鄂尔泰之下，着同样进为三等伯。"这一下子，张廷玉又由子爵进为伯爵了。

《明史》纂修完成之后，乾隆又封他为《世宗皇帝实录》总监修，他是雍朝自始至终的主政大臣，与大行皇帝恩遇非常，这《实录》监修自是非他莫属的。然而，另一项纂修任务却是他做梦也没有想到的，那就是皇上命他和鄂尔泰同为《玉牒》总裁官，与平郡王一起监修《玉牒》。

所谓《玉牒》即是皇室成员的宗室档案，此为皇家秘事，历来都由皇家自己的亲王、郡王们监修。这次乾隆皇帝打破成例，着鄂、张二人参与修纂，无疑表示了对他们的莫大信任。鄂、张二人也只有诚惶诚恐地接受。

乾隆元年正月二十四，是钦天监选定的上书房开学的好日子。张廷玉与鄂尔泰、朱轼、徐元梦、福敏、邵基六人又被选为皇子师傅。其中张、朱、徐三人都曾是雍正皇帝选中的皇子师，也就是乾隆的师傅，如今又来教导乾隆的皇子，真可说是太师傅了。六人中，朱、徐年老，鄂、张忙碌，其实都没空认真教授皇子，只是个荣誉罢了。真正的授业师傅当是福敏和邵基。

皇长子、皇次子都还是垂髫儿童，也被人指点着行了拜师礼。乾隆皇帝又派人送来赏赐之物，一切都与雍正元年一样，那是乾隆当年亲历之事，如今行起来当然有例可依。

接下来的恩科和博学鸿词科，张廷玉都被点为主考官，方苞为同考官。

二月会试，三月发榜，张若需于回避卷中被取中，殿试之后，选了庶吉士。为张氏翰林谱中又增添了一员。

方苞一直对刘大櫆倍加赏识，又可惜他才华不得施展，便举荐他参加博学鸿词科考试。博学鸿词参试人员资格审查极为严格，因是方苞所荐，刘大櫆自然顺利过关，又在省城安庆过了初试，高高兴兴地来到京城。张廷玉也为他高兴，心想博学鸿词是百里取十，不似闱考数百取一。此番大櫆高中的胜算就大了。

刘大櫆也有些志在必得之意，然而人算不如天算。此科博学鸿词不似当年熙朝的博学鸿儒科，那时举的人多，来应考的人少，凡参考之人基本上都给了功名。而这次被举者几乎都来应试，数百人中所取名额才区区二十四人，而且凡被举为博学鸿词者，谁不是才高八斗，穷尽诗书之辈？饶是如此，刘大櫆还是过了预选关。但到了终审时，阅卷官是张廷玉和孙嘉淦，两人左看也好，右看也好，封封卷子都做得高明，实在让人难以取舍。最后商量来商量去，终于忍痛割爱，在五十份预选卷中黜落了二十六份，最后取中头等六名，二等十八名。

待到名次选定之后，拆去弥封，才知刘大櫆的卷子又被黜落了。张廷玉真是后悔莫及，唏嘘不已。然而他和孙嘉淦都是直臣，绝对不会拆封之后再去换卷，况且众目睽睽，还有许多书办跟在后面填写金榜，真要有什么欺心之事也绝对做不到神不知鬼不觉。

张廷玉只能再次为刘大櫆惋惜，同时深深慨叹：造化弄人，科举无情。

刘大櫆已近不惑之年，一生科举不利。此番落第后，他对京城和仕途算是彻底心灰意冷了，便再次回到故乡，专心坐馆授徒。

忙完了这两科考试，时间已到了十月。雍正崩逝已经一年多了，十一日雍正梓宫被送往泰陵安葬。乾隆皇帝亲自扶柩，在易州驻跸十日，完成了安葬世宗宪皇帝的一切礼仪典礼。

这十日，张廷玉等四位总理事务大臣天天住在紫禁城内，代理御驾承办一切事宜。

等到皇上从易州返回，四位总理事务王大臣再次敦请皇上御门听政，同时四人也请求辞去总理事务之职。

乾隆皇帝坚持三年后再行御门听政之典，并道："当年皇考登基之时年已四十有五，在藩邸多年，国是民情无不洞悉，尚简用总理事务王大臣三年之后方才报罢。朕之才识不及皇考之万一，正待依赖诸位王大臣辅佐，焉能轻言请辞。朕惟有以皇祖、皇考之心为心，法皇祖、皇考之政为政。此事三年之后再议。"

葬罢皇父，乾隆想起曾恩诏谕祭张英之事，礼部和工部已于九月间就将谕祭文书和御制碑文制成进表。但他想张廷玉是不能分心回乡的，张廷璐现管着工部，每年冬季河工任务重，也是分身不得的。如何才能成此大典呢？

他只得召来廷玉商量，廷玉道："世宗皇帝也曾下旨谕祭过臣父一次，那是在雍正十一年间了，国事安靖，臣得以抽空回乡亲自主持祭祖诸事。今次又蒙皇上大恩，甫登大位就恩诏谕祭臣父。当此国事繁忙之时，微臣是分身不得的；臣弟廷璐也忙得很，京城离江南又远，来去非两三个月不可。臣意可否让廷瑑回乡一趟，廷瑑在江苏，离桐城不过五六百里路程，如蒙恩赐假两月，定能完成谕祭大典，以体皇上优恤之殊恩。"

"爱卿实乃忠公体国之贤臣。如此最好，朕就下旨吏部给假，着张廷瑑回乡举行张太傅文端公谕祭大典，事毕即返原任。"

"微臣叩谢皇上天恩，臣父故去已三十多年，屡蒙圣祖、世宗和我皇恩典，三次谕祭，实为不世之恩。臣一门感恩戴德，万死难报！"

"这也是你们父子兄弟报效三朝之应有殊荣。朕无缘得见太傅文端公，然从你兄弟身上即可看出太傅之德，设若不是太傅之德，教子有方，何来你兄弟子侄满门清华，尽为朝廷之贤臣良相。尤其是爱卿你，身历三朝，实是功高德劭之元臣了。"

"微臣身被三朝重恩，惟有日夜惕厉，鞠躬尽瘁而已！"

是年冬月，张廷瑑回乡主持谕祭大典，钦差范璨率庐凤道文武官员捧着谕祭文书和御制碑文前往桐城举行宣读祭文和安放石碑仪式。

谕祭文曰：

> 皇帝谕祭经筵讲官、文华殿大学士兼礼部尚书，赠太子太傅加赠太傅，谥文端张英之灵曰：
>
> 翊赞升平，眷良臣之宣力；褒崇耆旧，颁异数以酬庸。式隆展祀之仪，用示推恩之厚。尔张英端谨居心，公忠奉直。纯修素履，谦谦裕君子之风；雅尚清标，休休有大臣之度。综生平之令德，讲筵之启沃。惟勤延身后之宠，光泉壤之荣施叠贲。朕绍膺大统，追念成劳，晋太傅之崇阶，遣专官而告奠。特申优礼，聿称彝章。呜呼！缅旧德于先朝，嘉谟勿替；沛新恩于翼世，茂典丕昭。
>
> 尔灵有知，尚其歆享！

御制碑文正面为汉文，背面为满文。其内容为：

> 恭承先烈，聿思左右宣力之劳；眷念前徽，庸懋夙夜靖共之谊。旷典特颁于奕世，殊恩载贲于重泉。式示褒嘉，用彰优礼。尔张英秉性和平，宅心忠厚。文章尔雅，恒领袖于清班；品行端醇，久趋承于紫禁。入直三十载，纯勤懋著于初终；服官四十年，雅望从容于进退。圣祖之加恩既笃，先皇之眷注尤深。酬启沃之勋，官衔晋锡；秩贤良之祀，祠宇加隆。屡被恩施，备蒙宠沃。朕绍承基绪，缅想仪型，怀旧德以维殷，考彝章而从厚。进阶太傅，肃展芳筵。呜呼！琬琰流辉，叠沛三朝之雨露；丝纶焕彩，丕昭百祀之荣光！尚垂芘乎后昆，俾永延夫世泽！

张英殁于康熙四十七年，屈指算来，如今已是第三十个年头。三朝皇帝，三赐谕祭，这恩宠固然是因他辅政有功，然而若非廷玉如今身居首辅，光宗耀祖，雍正、乾隆二帝也不会如此兴师动众，派钦差屡加谕祭。

别说是曾为熙朝大学士的张英了，就连廷玉那死去四十多年的发妻姚士册，也两度被追封为一品诰命夫人。

死者长已矣，他们的灵魂不知在哪里轮回，也许根本就无法享受这份恩荣。生者且依依，却从这份加冕中感到欣慰和荣耀，因此也就更加感谢天恩，对新帝嗣君也就更加忠心耿耿。

紫禁城今貌①

紫禁城今貌②

---

①② 图片来源：https://pixabay.com/zh/photos/。

第卅二回
良弼桥乡众论良弼　吕亭驿路旅待雨停

　　桐城地处江淮之间，依山傍水，无论陆路还是水道都十分通畅，素有"七省通衢"之称，尤其是南方诸省前往京师北地的必经之路。

　　因了地理位置重要，桐城的道路便四通八达，交通十分方便。经过县治的大道即有五条，分别为北大道、南大道、西南大道、东大道和西北大道。

　　其中的北大道又称京道，乃是直通京师的重要驿道。其他几条大道分别与东南西各周边邻地相连，各方官宦商贾沿道而来，汇集于此之后必通过北大路出境。而上北大道必经过龙眠河，故而龙眠河上之桥梁也便是南来北往之人的必经之道。

　　龙眠河发源于龙眠山，出山便流过县城，然后一路往东，汇入菜子湖后再流进长江。

　　这河是县治的一条水脉，因了它的流淌，才将龙眠山的灵气传送到全县各地。

　　尤其是县治一段，从龙眠河中引出了两条溪流，分别从东北两处引进县城，在城里形成环形小溪，称为桐溪，以利城里人的洗涤生活，然后再从西南两处流出城去，以灌溉两方的水田菜地。尤其是县城南郊有个叫文昌的地方，因建有文昌祠而得名，为取泗水流经孔圣人家乡之意，桐溪流到此处便也改称泗水，泗水之上有道精巧小桥，是连接南郊和县城的通道。

文昌境内有大片沙地，经泗水缓缓流淌浸润之后，生长出一种芹菜，不似一般的旱地芹菜，而特为叫作"水芹"。那水芹菜是由野芹改良而来，别处都长不好，惟泗水桥下的水芹长得像嫩葱似的，叶如碧翠，秆似玉笋，根如白须，观之如翡翠玉雕，食之则爽滑生脆，口齿留香。此芹四季生长不息，自春到冬，一年可收获六七茬，历来为桐城人宝爱之物。因择地而生，只泗水桥下数十亩地能够生产，故而产量有限，所以也就极为珍贵。成了桐城一大特产，平常人家并不舍得多食，只逢年过节或者有婚丧喜事，才有一碗上桌。而居住外乡的桐城人，也都对泗水桥芹菜念念不忘，因此这水芹又成了本地人一大馈赠佳品。桐城人都说此特产乃龙眠河水和文昌祠神钟灵毓秀而成。

这说的都是龙眠河的好处，回过头来再说这龙眠河上自来建有木桥，原名就叫桐溪桥。那桥常建常毁，到了元朝末年，有个叫方德益的人从池口迁来桐城，此人便是方苞的十一世祖。正是他见此桥为进出县城的重要通道，所以倾尽家产，捐资修造了一座石桥，并改名为"紫来桥"，因桥在县治东作门外，取紫气东来之意。这座石桥历经一个朝代，直到明末才渐渐毁圮。

后来便又不断有人捐建木桥，复又常建常毁。到了康熙七年，桐城来了个知县胡必选，此人是湖北孝感人，也许是受了那孝感动天的董永之熏陶，胡知县倒是一介清官，爱民如子，在桐多有政绩。其中之一便是在龙眠河流经县治一段垒石筑堤，以御水患；又将紫来桥重修加固，虽为木桥，却修得雕梁画栋，桥墩垒以巨石，构造坚固。

时人有诗专道此桥好处："朱栏照水赤，白石凌波苍。履桥若平地，车驱骑连行。"

因感念胡知县之德，百姓们特将"紫来桥"更名为"子来桥"。意为胡知县您来了，桐城人便有福了。

胡知县在桐城政声卓著，每三年吏部考功，都得优上。本来早该升迁，无奈他会爱民却不会媚上，总也不得擢升。而要平调他县，桐城人则罢市挽留。如此他便在桐连任四任，十二年后才告老还乡。

胡知县走后，那桥那堤便都渐渐年久失修，复又被水冲毁，以至于在张廷玉的记忆里，已经又是常修常毁的了。每当夏秋之季，山水下来，不仅冲毁木桥，还必在东作门外到处漫溢，以至于东门外的居民和良田常常遭灾。可说这东门大桥已成了桐城人的一大心病。

如今好了，张家二老爷当朝宰相廷玉大人捐资要修石桥，全城士民无不欢欣鼓舞。

若泌领命，先将五亩园中诸人分派任务，其一为房户主组成的一个工费核算小组，共同商处使用工程经费事宜，组成人员有堂叔廷珖、堂兄若潭（张廷瑊子）、若霦（张廷瓒子）、堂弟若霍（张廷瑾子）以及堂侄曾启（张若需子）等，还有三姑令仪之子姚孔铜。这是一项浩大工程，一旦运作起来，巨细事务必多如牛毛，非得好好酾算不可。就算是知县举朝廷之力修桥，也得成立一个庞大组织，如今张家独立修造，可见任务之重。

另有一个小组是负责在工地张罗杂务的，主要由吴家老仆詹大和张家老仆方大牵头，领着张、吴二家的仆役们打理。原来吴兴随张廷玉回桐后，自去挂车河堡探亲，正月又随廷玉一同返京，听说了修桥之事，知道此事繁杂，需要人手，便让家中老仆詹大带同几个下人来到县城，帮忙打理此事。方大则是祖祖辈辈在张家做仆从的，原在张秉文一房，后随克俨在五亩园中管事，也不知传了几代人了，如今这方大在若泌手下管事，是张家众仆之首。

家中任务分派停当，接下来便是招聘能工巧匠了。

雍正十二年底，一张榜文在县城四门外张贴，内容即是五亩园主人招聘能工巧匠建造东门石桥。

消息很快传遍四乡八镇，桐城东乡陈家洲最多石匠，过了正月十五就来了一支数十人的石匠队伍，再加上其他乡镇赶来的石匠、铁匠、泥瓦匠，一下子就有了一百多人。

工匠有了，还缺造桥专家，然而这也不必着急，东乡石匠们常常造桥建坊，知道江南有两个和尚最会造桥。

若泌正要派人去寻，说来也巧，那俩和尚竟自己找到五亩园来了。

原来俩和尚一个叫释捍山，一个叫释秀峰。两人都是修造好手，正领命在桐城修建迁址后的大同禅师祖庭。朝廷已通过江南织造拨下了银两，寺址也在龙头乡问婆岗选定，两人奉命在此督造。听说张府要建桥，便主动来帮忙。修桥补路都是极大的功德，出家人是最喜做这些善事的。

两人果然是行家里手，在东门河滩上勘测一番后，便绘出一张图纸，为六墩六台五孔拱桥，墩台全用巨石垒砌，桥面为麻条石平铺，桥长十五丈，宽一丈五，桥面两边砌以半人高的石栏，桥两头各垒砌丈余高的石岸。

若泌等人围看图纸，都觉此桥庄严巍峨，气势雄伟，甚觉满意。又建议在桥之东西两头各建一个石亭，是为茶亭。如此不仅将桥装点得锦上添花，而且还利于过往行人在此饮茶小憩和避风挡雨。

图样绘成，快马送入京师。张廷玉看过甚为满意。

正是枯水季节，东门河滩上便搭起了十几间大棚，拉开了建桥的场地，每天从清晨到傍晚，都听到河滩上叮叮当当的凿石声和打铁声。

那大块石材都是从几十里外的山区金唐湾用驴车运来，运来之后再按材而用，或加工成四棱见方的巨石以垒桥墩，或切凿成长约丈余、宽约二尺、厚约一尺的条石，用以平铺桥面，而桥栏和茶亭则是用上好的白色大理石雕花而成。

铁匠们在河滩上支起大炉，打出尺把长的铁键和五寸长的铁铤，用来键合巨石间缝。

泥瓦匠们则在河床上开挖桥基，直掘到丈余深处，那里已过了沙层和浮土层，见了硬石层。

桥基挖开后，便是垒砌桥墩。那巨石之间需用桐籽油、糯米浆加入石灰和黏度极大的黄泥捶成浆泥浇砌，再用铁键和铁铤铰合。

桐城因多桐树而得名，桐籽油乃桐城一大经济产品，西北山区自来种植桐树，熬制桐油，如今油贩子们都拿最好的桐油送到工地上。

黄甲山区葛家湾的石灰最为出名，日日有驴队往来桐黄两地，贩运石灰。桐城有句俗语叫"葛家湾的驴子——驮重不驮轻"，就缘起于这次修桥，原来那些驴驮着两筐石灰出山时走得稳稳当当的，而卸下石灰空载返回时，则是乱蹦乱跳，不听使唤。那城里人见了这情形都觉好笑：那驴真贱！便造了这么一个俗语，以嘲讽他人不识轻重好歹。

黏度最好的黄泥就出在离城五里处的黄泥岗村，黄泥岗的村民听说东门造桥要用黄泥，便合村出力，免费担来黄泥，供工程之用。而糯米浆则天天有城关居民桶挑罐提地送到工地，那场面真是感人极了。

建桥是小宰相义举，也是全城人的大事。每天都有人自愿来工地当义工，更有住在东门的居民，常常来工地送茶送水，帮助外地工匠们洗衣浆衫。

到了四月菜花汛来时，桥墩已砌出河面。过了夏季，秋冬接着修造。连续三年，到了乾隆二年三月，大桥主体工程已经竣工。

此时廷璐长子若震已官至浙江布政使，他见二伯捐资修桥，自己也来响应，寄回一千两银票赞助工程。因建桥用了六千三百两，除祭祀余款之外，所欠一千余两遵廷玉之嘱全从二房家产中补齐。捍山和秀峰和尚便建议用若震的捐银在上游砌了四根石柱，以便洪峰来时，减杀水势。令仪年轻时守寡，久住娘家，自来不把自己当外姓人看，见廷玉重建石桥，她便也倾尽积蓄，和若霈遗孀姚夫人一起，捐出一千两银子，将当年胡必选修砌如今已毁圮不堪的河堤重新修砌一新。

到了六月，这些附属工程也都完工了。龙眠河经此一番修造，简直成了一道风景。若泌赶紧修书报信，并请二伯回来为大桥建成剪彩。廷玉其时正为总理事务大臣，整天忙得不可开交，一日也不敢离开京城，如何能够回桐？便回信让一切从简，只要桥修得尽如人意就成，不必搞那些花花场面了。

然而小宰相捐资建桥，乃一大盛事，怎么也得有点纪念才是。全城缙绅们齐聚五亩园商量此事，最后决定将桥名改"子来"为"良弼"。取雍正赐匾"调梅良弼"之意。既扬了张廷玉美名，又有纪念意义。

六月二十八日，东门河岸人山人海，全城老幼齐集于此，举行大桥剪彩暨命名仪式。大理石桥栏上挂满了结着绸花的红彩，那都是城里人为庆祝大桥落成而主动挂上的。万响爆竹在桥东桥西两头炸响，县令大人亲自题写桥名，命人当众凿刻在桥正中特留的一块汉白玉石匾上。

张廷玉七月里接到若泌书信，知道此事之后，便写了一篇《良弼桥记》

寄了回来，将建桥始末和众人功劳齐记于上，以免自己一人独掠其美。并嘱若泌将此记勒石刻碑，安置桥头，以为大众广知。

碑文如下：

良 弼 桥 记

秋七月，里门书来，知东门石桥于六月讫功，行旅往来称便，予心喜之。

吾邑沿山溪为城，城之东门为七省孔道，而大溪当其冲。旧有石桥，倾毁近百年矣。自康熙戊申邑令胡公建木桥以利涉，每山水大至，桥辄坏。凡樵苏之出入城市及驿使宦游商贾之有事于江楚闽粤者，往往阻绝不得渡。予为诸生时，见而心伤之，蓄愿作石桥以利行人。顾工费浩繁，力有未逮，徒时时往来胸臆间。

雍正十一年，蒙世宗宪皇帝念先太傅文端公旧学积勋，命祀于京师之贤良祠，又祭于本籍。命廷玉归里，躬襄祀典，复赐万金为祠祀费。恩隆礼重无与为比。祀事既毕，尚余赐金之半，因念所以广君恩惠行旅，而慰夙愿者，莫若东门之桥矣。乃嘱家乡弟侄外甥辈经理其事，并择方外人之精修苦行及仆之服勤向义者赞襄之。

今阅来书，云从前之桥所以易毁者，由溪身悉淤沙积砾，橛下不得深。每雨猛蛟起，辄随波以逝。今则掘沙见土，深入地中丈许，悉以橛衔巨石奠其成。上建石矾六矾，垒石为层，铸铁轴以键，上下石交处，又为铁链以合之，并融树汁米浆杂黄壤白垩以实其隙。桥身长十五丈，广一丈五尺；左右周以石栏，东西建二亭以憩民之避风雨施茗浆者。溪之两涯垒巨石为岸，高一丈，西长十有六丈，东长八丈，用御水冲兼以卫桥。经始于雍正乙卯年正月，成于乾隆丁巳年六月。为期三年，为费六千三百。里人乐之，名桥曰"良弼"，盖取世宗皇帝赐书"调梅良弼"之额，以为予功。

予念非圣主恩赐之便蕃，则费无所资；非先太傅之崇祀，则予无由经始；非亲族子弟暨在工之人同心共力，则桥未易成，既成也未必其坚致若此。今既讫功，而独归美于予，予实赧焉。因记一时之好善乐施、鸠工庀材之人，以见兹桥之成非予一人力也。

其相度形势，筹划机宜，总司工费者，则吾弟廷珑、吾侄若潭、若霏、若泌、若霍、侄孙曾启、外甥姚孔铜也；指示匠作勤课工程，三年如一日者，则僧捍山、秀峰也；不避寒暑，奔走督察，俾各工踊跃趋事，克期告竣者，则吴兴老仆詹大、吾家世仆方大之力居多。既成而吾侄若震又立四石柱于上流，以杀水势；吾姊姚太恭人及吾侄妇姚恭人，共捐千金，沿溪筑堤以卫民居，是又好其德而为兹桥计久远之美意也。

爰详为之书。

乾隆丁巳年秋七月

此桥建成之后，成了桐城一大标志，也成了桐城人最为乐于光顾之地和乐于说道之事。尤其是每当夏夜，城里人都喜步出东作门，来此桥上纳凉。

小北风秧子从龙眠山和投子山间的夹缝里吹出，掠过宽广的龙眠河面，到了良弼桥上，已是无比清凉飒爽了。桥下水深盈丈，也映得石桥凉津津的，人们在桥上或依栏而立，或席地而坐，谈古论今，说文道武。当然说得最多的还是张氏一门。

有个秀才专门为此拟出一个上联："良弼桥上乘凉，凉到三更凉毕"，遍求下联而不得，一时竟成了绝对。还有一位秀才，站在桥上凉快之余，仿白居易的《忆江南》，随口吟出一首《桐城好》来："桐城好，桥跨大河滨。捐俸经营赖良弼，筑堤防御有恭人，七省是通津。"

其实在桐城人嘴里，他们不说张英、张廷玉是朝中的什么这个殿那个殿的大学士，而一律呼之为老宰相和小宰相。尽管这小宰相如今也已是年近七旬的老翁了。

乾隆二年十一月，雍正逝去已满二十七个月，终于达到了古礼所遵循的大丧三年之期。雍正的神位从雍和宫移往太庙，乾隆皇帝也脱去丧服，走出深宫，御门亲政。在张廷玉等人的要求下，裁撤了总理事务处，皇权归于一身。考虑到军机处的办事规章比内阁要严密紧凑得多，虽然西北和苗疆军务都基本告靖，但他仍在裁撤总理事务处的同时，恢复了军机处。张廷玉仍为首席军机大臣兼管吏、户二部。

在总理事务期间，与西北准噶尔部的和约终于签署，其间因了雍正骤逝，噶尔丹策零曾想反悔旧约，趁乱给清廷施压，提出要将原定的公共地域归于准噶尔部一人独享。总理事务大臣们坚持按原定条款办事，乾隆帝也在深宫之内发出谕旨，若噶尔丹策零不按旧约办事，想玩什么新花招，朕必师法圣祖和世宗二帝，坚决派兵荡平伊犁。噶尔丹策零原以为乾隆初登帝位，年少可欺，不想清朝已定鼎中原多年，形成了严格的继位制度，早已不似他们那些游牧民族，一旦前任首领逝去，必为争权来一番内部厮杀，造成政局不稳，给别人以可乘之机。

乾隆虽在内宫服丧，但有总理事务大臣们处理政务，内承圣旨，哪一件事不办得妥妥帖帖。尤其是张廷玉已经历事三朝，几经大变，早已历练得泰山崩于前而色不改了。

有这样的能臣良相在朝，乾隆皇帝乐得逍遥自在。他可不像当年雍正继位之后那样卧薪尝胆，励精图治。他幼年在圣祖皇帝身边，看到的是康熙的优容和宽政。他立志要做一个中国历史上最为十全十美的皇帝，治大国犹烹小鲜。所以在他亲政后，便处处学圣祖康熙，一忽儿谒景陵，一忽儿谒泰陵，一忽儿登五台，一忽儿游汤山，还每年一次南苑行围。他这样时时出京游历，总是命鄂尔泰、张廷玉等在京总理事务。

在桐城人嘴里，可不说什么"总理事务"，而说"代驾"。仿佛代驾期间，他们的小宰相就成了主宰天下的准皇帝了。其实民间的说法也不是没有道理，历史上代皇帝行使职权乃至撇开皇帝弄权于股掌的宰相实不乏其人。只是他们的小宰相张廷玉却不是这等人，张廷玉对皇上忠心，对百姓敬爱，真正做到了如周公、皋陶、武侯一般的贤良高节。

邸报上常常可见张廷玉消息，转眼便成了良弼桥上论说的话题："皇上奉太后去汤山洗温泉了，命小宰相代驾一个月。"

"皇上又要去南苑了，小宰相要代驾三个月哩。"

"今科会试小宰相又点了主考官，殿试笃定又是读卷官了。"

"《世宗宪皇帝实录》修成了，小宰相是总裁官，肯定又要加级了。"

不说桐城人嘴里心里时时挂念着小宰相，远在京城日理万机的张廷玉也刻刻关心着家乡的民生疾苦。

自乾隆三年起，江南大部分省份连续遭遇大旱，桐城也未能幸免。这些事，即使五亩园中的子弟们不说，张廷玉也会来信询问，因为他身为朝中首辅大臣，又兼管着户部部务，天天都收到各地奏折，对水旱风雹等全国各地灾情都了如指掌。

从乾隆三年秋后，桐城就极少降雨。秋粮歉收，冬小麦长不出苗。第二年春天依然少雨，稻麦减产，商贩们趁机抬高米价，百姓苦不堪言。廷玉从若泌来信中知道此一情节，立刻命将历年库存的庄租以正常年价卖出，以抑市场粮价。若泌接到此信，立即照办。接着又收到三伯廷璐和父亲廷瑑家书，也都指示将庄租平粜出去。五亩园张家带了头，接下来全县缙绅们也都纷纷效法行此义举。然而由于旱情还在持续，市场米价终不能靠着几家大户的一点存粮来平抑。若泌又接到廷玉书信，说是湖南近年岁丰，米价低廉，可用家中存款去湖南一带贩运米谷回桐，以抑市价。

张若泌于是带同若潭、若霂、若霍从钱庄上取出了各房存银，向罗家岭张家租了一条漕船，往来湘桐之间，做起了贩粮生意。这几个世家子弟，清贵读书之人，不为取利，单为民生，所以倒也像模像样地做了多半年的商人。

到了乾隆五年，旱情更为严重，赤地千里，禾枯田裂，城里的水井都见底了，惟有西便门外的仙姑井还有盈尺深的井水，日日夜夜都是排队打水之人，那仙姑井水被汲干之后，人们看见一个碗口大的泉眼在汩汩冒水，旋汲旋出，总不枯竭。此井相传为何仙姑当年报养父母之恩而特为掘出的，果然有些灵异。龙眠河已没有一滴水了，河床上的砾石在太阳下晒得冒烟，来自四乡八镇的饥民们便都聚在这河床上，晚上铺上稻草便能睡觉。

若泌与众人商议施粥设赈，张廷玉闻讯捐谷一千石。其时他的仓谷已经全都平粜尽了，好在若泌的漕船还在不断贩粮，便花钱买谷千石以赈。廷璐、廷瑑、若震及在京为官的桐城人自然都纷纷赞襄，捐谷数百十石不等。

粥厂就设在东门之外，良弼桥西岸的河堤上，饥民们当然食粥怀恩，大户缙绅们更是见贤思齐，不断捐出米谷，以继赈事。

乾隆三年开始的南方省份大面积干旱已经持续两年多了，虽尽力赈灾免赋，然各地还是纷纷报来饥民背井离乡、饿毙道途的灾情凶讯。大臣们为此焦虑万分，皇帝也亲到天坛祈雨，并下诏责己："朕才德薄弱，遭此天谴，诚惶诚恐，惟愿天帝罪朕一人。朕愿减寿以增民福，惟求天帝普降甘霖，以解江南各省之旱。"祈罢上苍，又清冤狱。

五年六月，乾隆命张廷玉、鄂尔泰、讷亲、海望四人往刑部狱中会同清理历年积案，本着"罪疑惟轻"的原则，给一大批罪犯减刑，又释放了一些久羁之人，免了一些人的徒徒之罪。

还真别说，六月初一开始清理狱案，六月初五京师就普降甘霖。

而在桐城，自六月一日起，县令也带同衙门里的官员吏卒往西山祈雨顶祈雨。祈雨顶是城郊最高的山峰，栲栳般尖尖地突兀在那里，只山顶之上有一块直径丈余的圆顶，那里是历朝历代官员们遇旱祈雨的地方。

六月天气，黄日当头，像一只倒扣的火盆罩在头顶。官员们穿戴着整齐的朝冠朝服，围着一只大香炉坐在祈雨顶上，执事的西霞宫老道不断地往香炉里烧着各种黄符。上有烈日，中有火炉；内有亵衣，外有补褂。其暑热难当，无法言表。然而官员们已立下大愿：日夜在此祈雨，天不下雨，人不起身！

第一日，官员们的脸晒成了火烘肉，第二日开始脱皮，第三日陆续有人晕倒，然而晕倒之后，灌点凉水救醒过来继续打坐。那山顶放了大桶仙姑井水，可是没有人喝一口，只有晕倒之人才用它来淋头浇身，灌进几口。

到了第四、第五日，人们坐在那里已经昏昏然了，忘了什么是热，什么是累，什么是渴，什么是饥，仿佛大家都长在了山顶上，成了祈雨顶上的岩石，无知无觉了。

六月六，晒龙袍，这是一年里最热的日子，也是通常最为晴朗的日子。天刚微明，那太阳一从东方升起，就红猩猩地透着暑气。往年这一天，桐城的大街小巷，家家户户门前院里都晾出了四季的衣服被褥，以防霉除湿。而今年，谁也没有心思再晒衣被了。人人都在盼着老天爷下雨，谁都对那轮烈日咬牙切齿心生怨恨。

正午时分，那太阳愈发烈了，祈雨顶上的人身上已经流不出汗了，流出来的是黏黏的体油。老道仍在口中念念有词，不断往香炉里焚烧灵符。他知道，这些祈雨的官员已经五六天水米未进了，过不了今明两天，他们就会活活被这毒日头晒死。

老道自己连续六天做法念咒，也已累得精疲力竭，他忽然对天对地对世间万物都起了极大的恨心，不再相信祈禳，他觉得自己信奉一生的"道法自然""天人合一"等都是谎言。

"天要灭人啊！天不开眼啊！"他忽然大喊一声，激怒之下，提起那桶被晒得起烟的井水，一下子倒进香炉里面，正熊熊燃烧的香火"滋——"的一声被浇灭，冲起漫天的雾气和灰烟。

正昏昏欲死的官员们一下子被惊得跳起身来，与此同时，天空"咔嚓"响起一个炸雷，那太阳也像被浇灭了一般一下子不见了。乌云四合，雷鸣电闪。老天没有被祈祷得软下心肠，却仿佛被老道的大逆行为激怒了。

惊醒过来的众人这才回过神来：老天真的要下雨了！狂风卷起，人们的帽子被吹落了，衣服被掀起了，然而谁也顾不了这些，纷纷跪下来，磕头不止。老道也终于跪了下来，泪流满面。

大雨倾盆而下，人们在雨里跪着，哭着，喊着，涕泗滂沱。

良粥桥下的龙眼河滩上也跪满了人，那些灾民们盼着这场喜雨已盼得太久，谁也不肯到桥下避避雨，他们要让这雨把自己淋个透湿，然后再把他们的土地淋个湿透。

正在粥厂监督施粥的若泌一看这阵势，赶紧招呼河滩里的人们上岸，因为像这样的疾雨，不消两个时辰，山洪就会下来。

人们在雨里笑够了，也哭够了之后，方才收拾起简陋的行囊，上岸到粥棚里喝最后一碗粥。他们每个人领了粥之后都对若泌深深一揖，感谢他的救命之恩。喝了这碗粥，他们就要返回家乡，返回那亏欠了两年的土地，赶紧去播种一季大秋作物。

祈雨顶上的官员们个个淋得落汤鸡似的从山上下来，他们一扫数日来的疲羸，个个谈笑风生，仿佛那被烈日晒蔫了的生命，又让这场雨给送还回了体内。

这一天，全城的人都在雨中淋着，没有人打伞，也没有人穿蓑衣戴斗笠。人们与雨相违得太久了，如今要好好亲近亲近。

这场雨也仿佛在天上积压了两年，一下起来便没个完。当吕亭驿丞从祈雨顶下来，进西成门，沿六尺巷过县衙到紫来街，再出东作门准备回驿所时，走到良弼桥，却见若泌等五亩园中的张家子弟正冒雨站在桥上。

一问之下，才知他们要在此等候山洪的到来，看看这桥能不能经受住考验。

驿丞是九品官员，又曾在吕亭驿中接待过众人，自然与若泌等人极为熟稔。他与众人打过招呼，也便站在桥上等待水至。

雨一直不停地下，雨势也未减弱，龙眠河中的水渐渐涨了起来，一尺、两尺、三尺，到了傍晚已经接近桥面了。洪峰下来了，水势开始湍急，而到达四根砥柱处，像急奔的战马被猛地一勒缰绳，打个停，速度便减缓下来。

看来这四根石柱确实起到了砥柱中流之用。

水势继续在涨，龙眠河成了一条翻滚腾跃的黄龙，浊浪滔天，那水头直漫过桥面，而桥安如泰山，纹丝不动。

天黑尽了，他们还在雨夜里等着，洪峰一次次地排山倒海而来，一次次地撞击砥柱和大桥，最大时激流高过桥面一尺有余，这就是人们嘴里所谓的起蛟了。洪峰过了三次，大桥仍安然无恙。而沿河东西两岸的居民，因了河堤已经修得高过街道，所以也免了河水倒灌之苦。若泌等人这才放下心来，准备回家。

此时已是三更将尽，他们邀驿丞去五亩园歇宿，驿丞谢绝了。这场大雨，龙眠河上的良弼桥虽然经受住了洪峰侵袭，可吕亭镇木桥河上的木桥八成已经冲毁了。这两座桥都是他这驿道上的重要桥梁，他不能不关心。

此刻，他要连夜赶回驿中，查看木桥河水势和驿道上的沟沟涵涵，以保证道途通畅。

他是六月初一接县令之命来县城祈雨的，为示虔诚，没有骑马，是步行来的，此时他也只有步行回去。

辞别若泌等人，他在雨夜里独行。吕亭驿离县城二十里地，平时走个把时辰也就到了。可今天他又累又饿，大雨冲刷之下，驿道上久旱的黄土全都成了半尺深的泥泞，他就在这泥泞里慢慢蹚着，直蹚了两个时辰，待挨到吕亭驿时,已是鸡鸣五鼓了。

这是六月天气,一年中白日最长的时候,若非天阴下雨,此时应是红日初升了。他正这样想着,那雨势竟真的减弱下来,天顿时就亮了许多。

到了驿站门外,不待他举手敲门,那门已自动开了。原来整个吕亭驿里挤满了人,连门洞里都有人在避雨。

昨日正午,大雨骤降,道上行人纷纷来到驿中避雨,谁知那雨下个没完,避雨的人越来越多,把十几间铺房都挤得满满当当。人们久旱逢雨,都高兴得毫无睡意,彻夜倾听着旷野里的雨声和不远处木桥河的涛声。谈论着雨后该赶紧播种玉米、荞麦、豆类,还能抢一季收成。

驿丞回到驿中,顾不得换件衣服,就问木桥河上的桥冲毁了没有。有人告诉他,那木桥昨天傍晚时就被第一次洪峰卷走了。驿丞叹道:"真巴望着有谁也能在木桥河上捐一座石桥啊!"

当人们听说良弼桥安然无恙时,又由不得想起了小宰相的功德。

雨渐渐停了,天也已大亮,避雨的人们要抢着赶路。他们要赶去看洪水中的良弼桥,看护城河堤和中流砥柱。

驿丞将众人送出驿站,抬头看看被水洗得蔚蓝的天空,道声:"有了。吕亭驿中避雨,雨至五鼓雨停。"原来那"良弼桥上乘凉,凉到三更凉毕"的绝对在桐城已尽人皆知,这下子天缘巧合,三年之后,终于被驿丞对上来了。

这场雨直下了十多个时辰,沟沟壑壑,塘塘堰堰,都被灌得满满当当的,久旱的土地也被浸透了。人们拂去犁耙上的灰尘,取出珍藏着的种子,荷锄扛犁,去做田做地,抢种庄稼。

聚集东作门外的灾民们也都纷纷返回家园。若泌给每人分发了五十斤口粮,十斤种子。又将剩下的赈粮立了一个永惠仓,定下规制,丰则出贷,以收薄息;欠则出粜,以平市价。取永惠于民之意,也算是对众位乐善好施之人的最好报答。

此时的张若泌已于乾隆二年中了江南乡试,取得了举人资格,因了修桥和赈灾之事,竟未去京城应会试。

此后，因了言官弹劾，说是桐城张家和姚家在朝为官之人太多，为避嫌疑，张、姚二姓子弟纷纷辞官回乡，张若泌也就终身未再应试，并且也未以举人身份谋个一官半职，只是留在桐城，牵头做了许多善事。举凡生无人养、死无人殓、殓不能葬之人，只要到他门下，都有求必应。还有张家自张英手上就置下的义田，以及后来廷玉、廷璐、廷㻞及若需、若震等人又一再寄钱回乡增置的义田、公田，其钱粮出纳及赈施赡养等事，也都由他一手办理。

刘大櫆曾为他作传扬名，赞道："桐城张氏之贵显，震惊天下，而芋园（张若泌字珊骨，别字芋园）独以乡举终其身。夫岂力不能及，盖澹泊为志，不汲汲于荣利以致然也。呜呼，岂不贤哉！"

良弼桥,位于桐城东门外龙眠河上,张廷玉捐建。(白梦摄)

良弼桥,位于桐城东门外龙眠河上,张廷玉捐建。(白梦摄)

良弼桥碑刻，出土于龙眠河工地，现存桐城博物馆。（白梦摄）

良弼桥碑刻局部，出土于龙眠河工地，现存桐城博物馆。（白梦摄）

第卅三回
蠢家人对垒黄河道　贤宰相诲语澄怀园

雍正元年五月那场大火，吴夫人受了惊吓，回了奶水，得了干血之症。此后不仅未再生育，身体也渐渐羸弱下来。廷玉整日忙于朝政，家中巨细事务都由吴夫人主持。一个偌大的家庭，子弟读书，儿女婚嫁，迎来送往，也就颇不轻松。吴夫人长年累月的操劳，心血亏耗，身体益发得不到调养。

到了乾隆五年时，不过五十八岁的年纪，已经油尽灯干。

那年六月，张廷玉忙于清理刑部狱案，便长住在西安门外的府中，几乎没到澄怀园来，而吴夫人在澄怀园中却已卧床一月有余了。张廷玉一来因吴夫人多病，惯了；二来也实在抽不开身。听若霭说母亲的病总不见好，便着太医院派人去看看。太医来把脉之后，开了方子，却私下里对若霭道："老夫人这病怕是好不了了，气血亏损，肝肾脾皆虚。这方子只是提提气，究竟有没有效果，还很难说。如今这脚已经浮肿了，一旦浮肿上了头面，就无药可救了。"

三十这天，吴夫人看着精神好了许多，大家都说还是太医院的人医术高明，夫人该好起来了。若霭却心下伤痛，他见母亲面部肿胀，皮肤都被撑得黄亮亮的，知道母亲时日无多了，便去刑部寻父亲。

张廷玉闻讯，放下手头事务，同若霭一起回了澄怀园。

吴夫人十八岁嫁到张家，如今已经四十多年了。四十多年来，她与廷玉相敬如宾，却没有过如胶似漆般的恩爱。在张廷玉的心中，一生笃爱的是表妹珊儿。此刻，看着病榻上的吴夫人，张廷玉忽然觉得愧得慌。

然而吴夫人觉得有张廷玉陪着就很满足了。在她眼里，廷玉总是一个字：忙！一年到头地忙！白天黑夜地忙！对于这样一个身居首辅的丈夫，她还能要求什么呢？他这个人是国家的，是朝廷的，是皇帝的，是百姓的，却不是家庭的，当然就更不是她的了。

她无法想象廷玉的心灵深处还深藏着死去四十多年的珊儿的影子，只是觉得他是个以国事为重的伟丈夫。什么儿女情长，那都是平民夫妻的事，张廷玉对她和一生所娶的数房侍妾都没有什么特别的关爱。她们只是他生命中的一个很小的部分，小到可以忽略不计。

然而在她们这几个女人心里，满满当当装着的只是丈夫和孩子。她们甘心为他们做牛做马，也甘心为他们独守空房。从若霭在南书房行走后，不仅丈夫忙得成天不着家，就是儿子也常常跟着皇上南行北走，十天半月见不着面是常有的事。

所以，像今天这样，丈夫和儿子都陪在身边，她已经心满意足了。

她没有留下什么遗言，也没有留下什么遗憾。在丈夫和儿子的注视下静静地睡了，睡得很沉。太医说：那不是睡，是昏迷。她的肝肾功能都已丧失，全身被毒素侵蚀，所以引起浮肿，毒素入脑，便引起了昏迷。

睡到第二日，闰六月初一，吴夫人就在昏迷中静静地走了，走得很安详。

然而谁也没想到，吴夫人之死，最痛苦的人不是若霭、若澄，却恰恰是廷玉。

吴夫人走了，廷玉才一下子感觉到了心中的空落。他已习惯了有吴夫人替他持家理事，习惯了吴夫人替他养女教子，更习惯了每次回澄怀园后，听吴夫人向他述说家中近事。这种习惯已有四十多年，如今他已六十九岁，小他十一岁的老妻竟先他而去。

他不习惯了！竟一下子萎衰了。

若霭、若澄悲痛之余，只好相商着为母亲治丧。好在还有吴兴和张筠帮着料理诸事。

乾隆皇帝闻讯，特遣贴身侍卫五十七到澄怀园中吊丧，并宣旨令廷玉节哀。在京的王公大臣、文武百官流水般的来澄怀园凭吊。吴夫人是一品诰命，那一份死后哀荣自不必细表。

张廷玉直到断了二七，才从悲哀中缓过劲来。十五天后，才来到军机处当值理政。这在他可是从未有过之事，寻常家中娶媳妇、嫁女儿、添孙子等大事，他也不过请个一两日假。就是雍正五年那次生病，也不过在家歇了四五日，便令雍正坐卧不安，犹如伤臂。

这回廷玉在家为夫人治丧，竟一下子歇了十五日。而朝中竟也没有像以前那样觉得无所适从。如今的军机处，除了他和鄂尔泰之外，还有讷亲、徐本、海望和讷廷泰。他和鄂尔泰、徐本都老了，新人已经起来，尤其是一等公讷亲，颇得乾隆信任。现在凡事都由他进内廷向皇帝禀报。军机章京中间也很有几位能干之人，像汪由敦、傅恒、方观承等，都是张廷玉手把手调教出来的干才。

如今张廷玉真的是尝到了三朝元老的滋味：虽在朝中德高望重，但已不是不可或缺之人了。

这样想着，他便上了一道折子，请求辞去兼管的吏、户二部职务。然而皇上将折子留中不发，反赐了他一首御制诗："喉舌专司历有年，两朝望重志愈坚。魏公令德光闾里，山甫柔嘉耀简编。调鼎念常周庶务，劳谦事每效前贤。古今政绩如悬鉴，时为苍生启惠鲜。"

皇上如此敬重老臣，一再加恩，实令廷玉感激不尽。

吴夫人灵位在澄怀园祭奠满百日后，于九月二十四日由若霭扶柩回南，吴兴是吴夫人娘家侄子，也陪若霭同行。

同日，乾隆皇帝起驾往泰陵行礼，又命张廷玉与鄂尔泰在京总理事务。

谒过泰陵，乾隆又在口外周游了一番，直到十一月初方才回京。回京之后的第一件事，便是江苏学政出缺，要钦定人选。

原来，张廷璐自雍正七年被派往江苏任学政，每逢三年考功时，都被士子们强留，因此一直在此任上连任三届，去年已满九年。皇上意思还要他在原任上任职，张廷玉主管吏部人事，力陈不可。因为学政是肥差，尤其江苏乃南方士子云集之地，科举名额都较北方为多，更是众人觊觎之位，一般都只任一任便调离。廷璐因政声清廉，取士公正，已连任三任，实是前所未有。若再连任下去，难免朝野会引起议论，以为是自己执掌吏部，以权谋私，照顾自己的亲兄弟。

皇上见廷玉说得恳切，只得允了，调廷璐回翰林院任职，后又授为礼部侍郎。

廷璐回京时，士子们排成浩浩荡荡的队伍，直送到十里长亭，洒泪而别。然而新任学政到任后，第一年岁考就出了问题，落了个取士不公的罪名。那些士子岂是好惹的，告状告到两江总督府上，又告到礼部和吏部。状子头上画着蜡烛和香炉，题着一首打油诗："仲寅有才也白来，考试不及送钱财。这次仍旧空空手，专画香炉与烛台。"看到这首诗，人们便想起了那段公案：原来顺治朝时，有位江南考生号仲寅的，两度来京会试都惨遭落第。第三次他也不考了，监考官见他总坐在那里发呆，便觉奇怪，近前一看，他哪里是在做题，张张试卷上都画满了香炉和蜡烛。监考官问他何意，他便提笔写下了那首打油诗，道："大人，学生曾代人参考，场场高中，因为送了钱。如今学生自考，却场场落第，因为没送钱。画烛台望大人主持公道，点明烛照我科场；画香炉祈大开文路，让我等平民举子能登仕榜。"

那是科场上的一段有名公案了，如今士子们以香炉、烛台和打油诗开头，明着指责学政买卖生员，取士不公。江南士子惯会闹事，吏部不敢怠慢，会同礼部派员到江苏查实。最后该学政只好以老病为由辞职回家。

轰走了学政，士子们强烈要求廷璐重回。乾隆皇帝也有此意，然而廷玉再次力陈不可。乾隆无奈，便想了个权宜之计：既然张廷璐不宜再连任，就让张廷璩去吧。

廷璩为翰林多年，乾隆登基后拔为工部侍郎，在工部任上主持了多项修河和陵寝工程，皆清廉自守，是出了名的谨慎之人，又是廷璐之弟，想必士子们会对皇上此举深表理解和赞同。

张廷玉仍觉不妥，但乾隆皇帝却不容他再辞了。

于是廷璩便被派往江苏任上。士子们见来者是廷璐之弟，果然奔走相告，列队来迎。

若霭自九月扶母亲灵柩回南，在龙眠山里觅了一处叫作古塘凹井的地方，将吴夫人灵柩暂厝于此。在桐城过了春节，第二年正月尾起程，二月回到京里。照例告假三年，为母亲守制。乾隆皇帝倡复古礼，以孝行治天下，面子上允若霭在家守制，私底下还是常常传他进宫，命他鉴定和临摹古画，每鉴定一幅真迹，乾隆必亲自捉笔，题诗题跋。

七月，圣驾往口外行围，若霭因守制不能随驾扈从，乾隆觉得似有所失，对他道："等朕回来时，送你一匹好马。"

皇帝出京，张廷玉照例被委以总理事务之职，天天歇宿在紫禁城内。

转眼到了九月初九，这一日乃是廷玉父子生日，自来要摆家宴庆祝的。这年因廷璩往江苏任职，廷璐又奉命去江西主持乡试，京里亲戚少了，吴夫人又已故去，澄怀园里便冷清了许多。

因这日乃是张廷玉七十大寿，侄儿张筠还是尽力张罗着想办得热闹点。无奈二伯一不许请戏班子入园唱戏，二不许请亲族之外的外客，所以怎么也热闹不起来。

这一日，廷玉倒是从紫禁城回了澄怀园。此季秋高气爽，园中菊花盛开，天空一碧如洗，每当这时，他就不由得想起当年圣祖康熙正是在这样的季节里赐他"澄怀"二字；也正是在这样的季节，世宗雍正赐他这所豪宅。两朝皇帝的不世之恩，总令他没齿难忘，他也竭心尽智以图报答。自二十八岁入朝，转瞬已经四十二年，回首往事，他真的无怨无憾。

若需、渭南、吴兴、若霭、若澄、若淑、若淳齐来后园中的书房给他祝寿，接着施氏、小吴氏也领着媳妇、孙子们来了。他忽然感到了一种从未有过的天伦之乐。他想自己真的是老了，以前过生日总是应付一下场面，逢到朝中有事，还常常不回家，那生日也就让家人们替他过了。而今日看着这些小辈们来给他磕头拜寿，他竟觉得是那样的欣悦惬意。

刚交午时，家中摆下了两桌席面，众人从书房里拥着廷玉出来，正欲往中厅入席，却听门外呜里哇啦响起了欢乐的乐音，廷玉立刻沉声道："怎么？还是请了戏班子么？"

众人愕然:"没有哇!"

正糊涂着,门上飞奔来报:"鄂大总管奉旨给我们老爷祝寿来了!"

张廷玉这一惊不小,忙命排礼炮迎接。一面和若霭、若需换上朝服顶戴,齐往前门迎接圣使。

到得前门,方知内务府总管鄂容安、领侍卫内大臣王太平率内务府官员带着宫中乐队正在奋力吹奏,乐队后面长长地排着一队小苏拉太监,捧着寿礼,抬着食盒,那场面真是热闹极了。

张廷玉赶紧上前与众人见礼,请入园中。前厅已排下香案,十二声礼炮响过,张廷玉领着若需、若霭跪接圣旨。

鄂容安上前一步,宣旨道:"奉天承运,皇帝诏曰:大学士张廷玉今日七十生辰,朕在行在不能亲往祝寿,特赐寿酒,命内务府总管鄂容安、领侍卫内大臣王太平率内务府在京全体官员往澄怀园祝寿。钦此。"

张廷玉等人磕头领旨。

王太平便命将贺礼献上,首先是御书匾额一块,上书"调元锡祉"四个大字;又有御书对联一副:"忠诚济美三台丽,弼亮延庥百幅申";然后是御制诗一首:"历掌丝纶佐斗枢,心依行在想晨趋。最欣佳节当初度,要识无衡伴老儒。潞国晚年尤矍铄,吕端大事不糊涂。缄诗并寄黄花酒,看取瀼瀼湛露濡。"

这些匾、联、诗都是乾隆亲笔所书,经内宫匠人精心装裱之后,更显得精制十分。张廷玉一一跪接,磕头不止,嘴里道:"吾皇万岁。皇上在塞外驰骋,还记得老臣犬马之生辰,实让老臣感激涕零。潞国、吕端都是历史上有名的良相,皇上以此二人比臣,老臣愧不敢当啊!"

接着献上来的是御用朝冠一顶,上缀七颗红色东珠,内务府精制蟒袍一件,彩绣仙鹤补服一件,数珠一挂,玉带杂佩全副,八宝玉如意一柄,无量寿佛金像一尊。

又有御膳房专制寿筵八席,五十年窖藏状元红酒十坛,内宫精制糕饼十二匣,四时佳果十二筐。

这里正在忙着跪接御赐寿礼,那里不断涌来祝寿之人。原来皇上派快马送回御制文字,又下旨鄂容安、王太平置办寿礼,这早已惊动了满朝王公大臣、文武百官。张廷玉本意要悄悄过了这个七旬大寿的，这下子可瞒不了众人了。皇上在数千里之外还惦着给他祝寿，王公大臣们哪个还敢落后，都纷纷前来贺喜，连和亲王弘昼也来了。

澄怀园里一下子热闹得翻了天，好在圣驾出塞，大多数王公大臣和各部官员都随驾扈从去了，留在京城的已经不多，可也有百十来人。澄怀园中本来只准备了两桌寿酒，好在御赐了八桌寿筵，正好可用来待客。

自和亲王起，鄂尔泰等人都一一上前与廷玉贺寿，廷玉忙不迭地与众人拱手为礼。乱了大半个时辰，方才安席就座。

席间张廷玉问起皇上如何知道自己今天生日，又如何记得自己今年已是七旬之龄。和亲王道："张师傅怎么忘了，我们兄弟在上书房就学时，不是年年都奉父皇之命给你拜寿吗？你生在重阳之日，本就新奇，更奇的是若霭与你同月同日而生，这是举朝称羡的奇事哩。你去年请辞兼管部务的折子上，说起自己年近七旬，皇上就上了心，命我到吏部查了官档，知你是康熙十一年生在京师。这样屈指一算，不就算出您今年该过七十大寿了。"

鄂尔泰道："还是皇上有心。像我吧，年轻时就听父辈谈起文端公二公子生于重阳之日，当时前辈如明相、熊相、李相等人都去给他过周岁，取名字；后来若霭又生于重阳之日，一时朝中以此为奇，广为传颂。今日衡臣跟我告假，我也想到了是过生日，但因衡臣向来不做寿的，也就没在意。谁料竟是七旬大寿哩！唉，转眼我们都老喽。"

廷玉道："西林（鄂尔泰号西林）兄，你比我小了五岁哩，可不该叹老。"

鄂尔泰道："我虽比你小了五岁，可体力精神都比不上你呀。看上去我倒比你还大了五岁哩。"

"西林兄说哪里话？年轻时不觉得，这上了岁数之后，倒真是一岁年纪一岁人了。像我吧，六十岁以前记什么都过目不忘，且能五官并用，手不停书，目不停视，耳不停声。六十以后就大不如前喽，近来更觉一年不如一年。唉，这如今朝中年轻一辈也都上来了，我思谋着该退下来了。可皇上爱养老臣，竟连分管部务都不允辞。"

"我还不是一样，去年上折请辞去兵部之职，皇上也是留中了。不过兵部这几年太平无事，不比你那吏、户二部，时时都有做不完的事。"

"我哪有做多少哩，不过是领个头罢了。事情都是各部堂官在做哩。"

这里正边吃边聊，门上又报："家乡来人贺寿了！"

话未落音，早听得外面高声大嗓地响起了桐城话："得亏那林家让了道，要不就赶不及给二老太爷上寿了。"

廷玉听得家乡来人，忙亲自迎出阶下，却见方大领着几个五亩园桐城老家的仆人来了，身后跟着许多挑夫，正在往澄怀园里搬运货品。方大一见廷玉，便抢上前来，跪下磕头道："方大给二老太爷拜寿来了，祝二老太爷福如东海，寿比南山。"几个同来的仆人也都跟着磕头下礼。

廷玉忙命众人起来，道："怎么还千里迢迢来京祝寿，太隆重了吧。"

方大道："二老太爷七十大寿，小的们当然该来。七老爷早就备下了寿礼，让小的们跟着罗家岭张家的漕船进京，谁知运河里漕船太多，行得慢，又在黄河口堵了几日，我们正着急不能按时进京哩。幸亏打出了张家旗号，那林家才让了道，终于在今日一早赶到了朝阳门码头。"

廷玉一听"打出了张家旗号"这句话，便上心了，忙问是怎么回事。方大就绘声绘色地讲述了自己一行的周折，赶到了黄河口时，因正在筑堤施工，河道狭窄，船队更是挤在了一处。好不容易轮到他们了，却被后面的一艘轻便快船赶了上来，硬要插到他们前面。

他们也急着赶路呢，当然不肯相让，两船竟堵在了那里，谁也不肯让谁。更可气的是，那艘船上的艄公指着桅杆上的一面大旗说："我们的船年年进京，还没见过不让道的漕船。你知道我家主人是谁吗？"

这边船上人顺着他手指的方向一看，只见桅杆上一面牙边大旗正在风中猎猎作响，上绣八个栲栳般的大字："一门七翰林福建林"。

方大大声道："你知道我家主人是谁吗？"转身进了内舱，揭起一张床单，用斗笔蘸墨也写下了八个栲栳大的字"父子双宰相桐城张"，用绳子扯上桅杆。那林家船上人一见这字，赶紧过来了两个管事之人，细细打听得此船上搭有张大学士家人，便忙不迭告罪，自称有眼无珠，请张家人原谅。

原来那林家乃是福建世族，自顺治朝以来，一门里出了七个翰林，在福建是首屈一指的了。但是桐城张氏一门显贵，要超出他们许多，不说张英、张廷玉父子都官至一品大学士，说起翰林，就张英一支便有张英、张廷瓒、张廷玉、张廷璐、张廷瑑、张若霭、张若需、张若潭八人，广至一门，还有张廷珩、张若淮等，竟有十数人之多。张廷玉是当朝首辅，张家翰林清贵，朝野皆知。在这样的世家面前，打出"一门七翰林"的旗号，岂不是班门弄斧？林家深以为愧，赶紧退后数丈，让漕船先行。并且请方大多多拜上张相爷，又因知道方大是去京城为张相爷祝寿的，遂送过来几色寿礼，乃是福橘十二篓、桂圆扁枝等干果四篓、安溪铁观音四篓、江摇柱鲍鱼等海鲜干货四篓。方大也回赠了些桐城特产，还了礼数。

方大正眉飞色舞地述说，那里廷玉早已沉下脸来，顿足道："你们这干的都是些什么事啊？早一日到晚一日到有什么要紧？非得如此招摇。好吧，不出几天，必传得朝野尽知。不知道的还以为我们张家是如何惯会仗势欺人哩。唉，我每教导你们要平易待人，不要动不动就以宰相家人自居。这下好了吧，传到言官耳中，还不知道会有什么话说哩。"

一席话，说得方大呆在那里。他哪里想到事情会有如此严重。张廷玉见他吓住了，也便不再多说，只让张筠领他们往后堂歇息吃饭。

屋里众人都听到了外面的对话，见廷玉进来，和亲王弘昼便说："张师傅你也太过谨慎了，有什么大不了的，你那家人说的不都是实话嘛。"

"那也不能太招摇哇，人言可畏啊！"

"管什么人言呢？去年本王过生日的时候，不摆寿酒，反在府中治丧，不是就有人去向皇上打小报告，说我是荒唐王爷嘛！可是皇上说了，朕这个王弟呀，自幼好为人不敢为之事，父皇那么严厉的人，都由着他，朕还能不由着他吗？只要他高兴，怎么的都成。"

"老臣焉能与王爷相比。王爷是天家子弟，生来高贵。"

"什么高贵不高贵，本王就看不上那些俗事。人活着得寻些乐子，活得高兴才成。张师傅你看你这七十大寿，皇上远在塞外还惦着你，家乡人又千里迢迢来了，你该高兴才对。不必为些些鸡毛蒜皮的小事去费心了。"

"王爷说的是，老臣今日是从未有过的高兴哩。"

事实证明张廷玉的忧虑并非没有道理。皇上二十四日返京，第二天就收到了左都御史刘统勋的两份奏疏，所奏内容分别是建议皇上裁抑张廷玉和讷亲两人权力。

奏张廷玉的折子写道：

"大学士张廷玉历事三朝，遭逢极盛，然晚节当慎，责备恒多。窃闻舆论动云：张姚二姓占半部缙绅。张氏登仕版者，有张廷璐等十九人；姚氏与张氏世婚，仕宦者姚孔鋹等十人。二姓本桐城巨族，其得官或自科目荐举，或起袭荫议叙；日增月益，今未能遽议裁汰，惟稍抑其迁除之路，使之戒满引嫌，即所以保全而造就之也。请自今三年内，非特旨擢用，概停升转。"

奏讷亲的折子则道：

"尚书公讷亲，年未强仕，综理吏、户两部，典宿卫，赞中枢，兼以出纳王言。时蒙召对，属官奔走恐后，同僚亦争避其锋。部中议复事件，或辗转驳诘，或过目不留；出一言而势在必行，定一稿而限逾积日，殆非怀谦集益之道。请加训示，俾知省改。其所司事，或量行裁减，免旷废之虞。"

皇上接到折子，心想这刘统勋果然不负朕望，连张廷玉都敢碰。不过这理由也太牵强了。谁都知道张氏子孙一般都不走袭荫这条路，桐城这江南胜地，也真奇怪，岂止张姚二姓，还有方氏家族，都以科考取得功名。你想那张家光进士就十多人，还有举人呢？这科考取士是朝廷定例，不能因为是张廷玉族人就不准人家科考吧。说到升转，那张、姚二姓自张英、姚文然起又都是出了名的清廉自谨。政声好，又有才干，不越级拔用也就罢了，连正常升转都要停了。这可有点说不过去。

明显地，刘统勋这两份奏疏是针对吏、户二部的。因为讷亲综理吏、户二部，而张廷玉作为大学士正领办这二部。讷亲对张廷玉佩服有加，言听计从，事事都踩着他的影子走。他们两人这样配合得严丝合缝，别的大臣就很难钻到空子。所以难免有些怨声。

不说别人有些想法，就是皇上自己也有想法。你想他这两人一鼻孔出气，自己还如何左右制衡。虽然张廷玉屡次要求辞去兼管部务，但自己总因为他是三朝元臣，又没有过失，所以不好削他的权。现在好了，就汤下面。

有御史弹劾奏章,以张廷玉的小心谨慎,定然又要来辞,如此同意了他的请求也就不是朕的责任了。

如此想着,皇上便在折子上批道:

"朕思张廷玉、讷亲,若果擅作威福,刘统勋必不敢为此奏;今既有此奏,则二臣并无声势能钳制察采可知,此国家之祥也。大臣任大责重,原不能免人指摘,闻过则喜,古人所尚。

若有几微芥蒂于胸臆间,则非大臣之度矣。大学士张廷玉,亲族甚众,因而登仕籍者亦多;今一经察议,人知谨饬,转于廷玉有益。讷亲为尚书,因不当模棱推诿,但治事或有未协;朕时加教诲,诚令勿自满足,今见此奏,益当自勉。至职掌太多,如有可减,候朕裁定。"

第二日,在朝会时,乾隆将刘统勋的奏折及自己的朱批谕旨告知众臣。言下之意,虽有御史劾奏,自己对张、讷二人却多有维护。

然而群臣见了此奏,还是议论纷纷:首先令人意想不到的,居然是刘统勋劾的张廷玉,要知道刘统勋是雍正二年中的进士,主考官正是张廷玉,也就是说他是出在张廷玉的门下,这门下弟子不帮着恩师,反而来弹劾他,不能不说有点以谏邀名的意思。自来言官都是如此,出语惊人方能博得公正敢言的美名。可是这弹劾得也太不成理由了,难道人家张家子弟就因为有个大学士在朝,就不能考取功名了?还有那姚家更是冤枉,就因为与张家是世婚,也要连带着受到不公正待遇。即使有几个袭荫的,那也是朝中定例呀。怪只怪张廷玉多年执掌吏部,再公平也难免受到非议。

其实明眼人都知道,所谓舆论责备,都是因为张廷玉和鄂尔泰两人在朝中当政太久,两人门下子弟互相攻讦所致。妙就妙在这弹劾奏章不是鄂尔泰门生所上,而恰恰是张廷玉门生所上。刘统勋一直被众人排在张廷玉阵营中,这下子他是洗清自己了,实在是聪明之举。

而讷亲,身为一等公,世代都是满州贵胄,从小和皇上是总角之交,现在又是皇上面前的第一红人,他年纪轻轻就登上了军机大臣之职,当然有些骄阙。他又以廉介自许,踩着张廷玉的影子,在家不谈公务,为避免各地官员上门送礼,他特为在大门外拴了两条藏獒。这样一来,想走路子的人不得其门而入，当然心下有所怨恨。而他身为满人，却不在鄂尔泰一党，事事反与张廷玉意见一致，这也让鄂氏门生所不容。此也是他被攻讦的真正原因所在。

不说朝中大臣们纷纷议论此事，却说傍晚张廷玉回到澄怀园中，家中也早已知悉此事。廷璐、若需、若潭都来了，众人坐在一起，免不了有些意兴阑珊。

若需道："想不到刘统勋竟如此行事，亏得满朝上下都说他是二伯的得意门生哩。"

廷璐道："自来言官都是这样起家的，以谏邀宠，必要有出人意料之举。"

廷玉道："也不光是刘统勋的意思，皇上看起来没有以此奏裁我，其实还是有警戒之意的。想雍正十二年四月，若震从天台知县任上被特旨拔为浙江布政使，朝中不过有人曾在私下里议论，世宗便借五月初五端阳这天，召集群臣训示此事，言明拔若震乃是量才而用，非因是大学士之侄而特为关照。世宗这样说，便是光明正大地堵了好事者之口。而今日皇上将奏折和朱批都发到各部，虽未裁抑，实则要我们自警啊。"

廷璐道："唉，也是，纵然二哥和西林大人无有门户之私，无奈门下子弟互相结党，带累了你们哩。"

若潭道："真是想不到，朝中人事竟如此复杂。我想以二伯为人谨慎，有哪一点能让人挑出毛病？结果族中子弟做官的多了也有不是，我们可是凭本事考取的，又不是拿钱捐来的。再者说了，若有人指出我们张家子弟不是凭的真本事，而是在考场上舞弊不公，还有得可说。现在这样莫须有的奏劾，也真亏他御史大人想得出来。"

廷玉道："入宫见妒，入门见嫉，自来官场如战场。若潭你初登仕榜，还不知其中深浅，总归记着像你们的爷爷一样，进退自如便是。我们张家也是太显贵了，盛极必衰啊。皇上不明着裁撤是他优待老臣之意，我们可不能倚老卖老。我想呢，过几天就上折子，这回一定要辞了兼领的部务。我也是管得太多了，你们想，西林是满人大学士，按规矩排在汉大学士之前，可他兼管的是兵部，我却管着吏、户二部，这不明着职责比他重大吗？他的门下多是满臣，能服下这口气吗？再者，连仆人都在外面招摇，打出什么'父子双宰相'的旗号,言官能不风闻而奏吗?我们张、姚二家也是太过显赫了。想你们爷爷和端恪公那时,其实都是时刻惕厉,数番退居家乡的。我的意思也别真的到了让皇上裁撤的地步,我们自己悄悄退回来罢。我若一下子请求致仕,又怕皇上会怪我老虎屁股摸不得,所以得慢慢来,务要做得不显山不露水。我先辞去兼管部务,然后咱们张姚子弟在朝历事久的或年龄偏大的,主动上疏请辞回家,慢慢地在朝人少了,就不那么显眼了。"

廷璐道:"我们也是太顾及三朝圣主隆恩了,总想图报万一。父亲当年年满六十就请休致,虽然圣祖一再挽留,最终六十四岁就回乡了。我如今都六十八了,很该回家了。首先就从我开始,若震当年拔布政使时就有议论,如今他也过了五十了,年底就让他以养母为由请辞吧。"

廷玉道:"如今想来,父亲真是高瞻远瞩。当年大哥在朝,后来我又中了进士,我一登榜,父亲便请求致仕。就是三弟这话,我们都顾着报三朝重恩,没想到适时进退这一着。孔鋉和鋐儿也都可以养母为由辞职还乡。这样一年一个,三五年下来,我们年老的都退下了,剩下需儿你们在朝就会稳得多了。"姚孔鋉是张廷玉长婿,姚鋐是他的二女婿,他这样说,也是从自己这一房做起的意思。

若需道:"唉!其实我们张家人做官那么清廉,家中自有田产,又不希图那几两银子的俸禄,这官不做也罢。我也回乡去。"

若霭、若潭也都道:"就是这话,我们都回乡去得了。免得别人眼红。"

廷玉道:"这话可不该你们说,几十年圣贤书都读到哪里去了?修身、齐家、治国、平天下,为人在世,总要尽心竭智干一番事业才对。你们都才刚刚入朝,正是为国为民效力之时,怎么就轻易言退哩。若都这样想,朝廷之事岂不后继无人了?"

这是张廷玉对子弟们说的话。过了几天,方苞来到澄怀园,他说的就没有那么好听了。

方苞是来辞行的,他已经向皇上递了辞退的折子,理由是年高体弱,皇上已经恩准。其实所谓年高体弱只不过是字面上的意思,真正的原因是方苞太过耿直,凡事看不惯就上奏,得罪了不少人。尤其是庄亲王荐了一个门人到礼部任职,他竟给挡了。这下子惹恼了这位皇叔,庄亲王允禄便在皇上面前告了他一状。乾隆皇上本来因了方苞旧时在圣祖身边，对于自己的继位颇有影响，因此对他存了感激之心，登基之后特加恩宠。谁知这方苞竟是个无趣的人，一味地严苛，凡事不肯容让一点，动不动就劾奏别人，对皇上也动不动摆出老臣的架子，此事该如何如何，彼事该怎样怎样。乾隆想做一个优容的帝王，又因年轻，生怕别人疑他不通政务，便不喜他这样。有一次，有个御史当庭奏事时，皇上竟说："你们怎么一个个都学得方苞似的，动不动就挑别人毛病！"

方苞听说了这话，还有什么脸面再在朝中待下去？于是主动上了请辞的折子，皇上也就就汤下面，恩准了。

方苞本来准备下一年春再回南，但听说刘统勋劾了张廷玉，便决定提前回南。他还是不改那直来直去的性子，一来澄怀园就对廷玉说："一朝天子一朝臣，皇上这是要搬开我们这些老家伙哩。"

廷玉道："话也不能这么说，我们老了，也该享享清福了。"

方苞道："衡臣你到现在还这般谨慎。人家都欺负上脸了，亏你还不吭不哈的。你说那刘统勋的弹劾成理由吗？皇上这回怎么不说他是学我方苞，乱挑别人毛病呢？这是皇上有心要裁抑你哩。"

"唉，反正我也老了，是该回家了。你不是也回家了吗？"

"你和我可不一样，我大了你五岁呢。再者，我脾气不好，好得罪人。你不一样啊，你哪件事做得有给人说话的地方？"

"金无足赤，人无完人嘛。皇上话说得对，大臣任大责重，难免让人指摘。刘统勋这一劾奏，反与我有利。提醒我戒满，让我适时进退。我这一生位及人臣，激流勇退，保住晚节最为要紧。"

"你到此时还这样惕厉，我可真服了你了。要我说呀，是欲加之罪，何患无辞！就说我那远房侄孙方观承罢，是个能臣吧？也不是你我所荐吧？可外间怎么说？还不是说我有私情，向皇上荐的他。而你呢？就因他也是桐城人啊，就被说成是用乡党。"

"此事皇上不是澄清了吗？方观承是平郡王所荐，非关你我。"

原来军机处里有位章京名叫方观承，与方苞是同族，虽祖籍桐城，但自他祖父起就侨居江宁。他那一支倒与《南山集》一案中的方孝标是近支，当年因此案牵连，他的祖父时任工部侍郎的方登峄和时任内阁中书的父亲方式济都坐罪流放，被充往黑龙江戍边。那时方观承还是个十几岁的少年，遭逢家变，无以为生，便寄居在江宁城外的清凉寺中，做做杂役，混口饭吃。寺僧怜他是世家子弟，又常听人说："此子相貌不凡，今后必成大器。"所以留他住在寺中，并不让他多干杂活，凭他日夜读书自学。因为无钱去入学考功名，他那满肚子学问便藏在胸中。

却说方家子弟都大孝成性，父、祖都在黑龙江坐戍，方观承便常去塞外省亲，因无钱雇用车马，每次都是徒步而行，这样来来往往于江南塞北之间，对沿途风土人情、地理地貌都留心比较，心中了然。

因无法取得功名，雍正十年，平郡王福彭被授为定边大将军，替换败将傅尔丹，往征准噶尔部，打了那场有名的"额尔德尼昭"大仗。却说平郡王出征前，朝廷广征才士，平郡王也要召些文书记室。方观承便来应征，当时刘大櫆刚刚乡试落第，也来应征，结果就连这小小的书办之职他也没有考上，倒是方观承考上了。

方观承成了平郡王记室之后，日夜在将军帐里，事事办得妥帖，很得福彭信任，他又见识过人，很快就成了平郡王的高参。羁旅军中，深夜寂寞之时，平郡王尝与方观承夜话，听方观承说了许多少时往来南北之间的逸闻趣事，更听他大谈两地风土人情，该如何治理经济等等。最为有趣的是，方观承认为北方地广土肥，可将南方之棉花移种北方。

福彭这些话听得多了，认定他是个经邦济世的人才。乾隆初年，西北和约签署之后，大将军还朝，福彭便向乾隆皇帝极力推荐方观承，皇上便特赐他为内阁中书之职，命在军机处行走。

外间不知这些内幕情节，只见方苞侄孙无有功名，却当此重任，当时方苞也正得着帝宠，以为必是方苞所荐。而张廷玉作为首席军机大臣，也难免被人以为任用乡党，出于私谊。

此事后来虽经乾隆澄清，然而方苞还是耿耿于怀，所以今日又旧话重提，并说："反过来想想，我们真不值。你我同朝为官三十多年，这澄怀园我来过几次？我们这样回避乡党，未有过一件以私犯公之事，可到头来却没落下一声好。早知这样，还不如结党营私呢。"

"望溪你这气话说得可有意思。人之禀性如此，哪是轻易改得了的。我每教导属下，为官清廉是理所应当，若摆一副架子，自以为与众不同，反而说明自己心中并不那么地道。那讷亲就是例子，你不让人送礼，固辞几次口碑自然就出去了，人家知道你真不收，也就不会再来撞木钟了。他倒好，在门上拴两条大狗，弄得朝野皆知，人不说他清廉，反说他做作了。你我不结党可不是有意为之，而是秉大臣之体，理当如此。回头重新来过，你我还是会这样为人的。我唯一后悔的是那科博学鸿词黜落了大樾，让一个经国大才遗落民间。"

"大樾总是科第不顺，真正应了'文章憎命达'这句话。反过来想想，不做官也未必不是一件好事。你想当年戴名世要不考那个榜眼，哪会招来杀身之祸呢？我们桐城人呀，亏就亏在圣贤书读得太多了。总以古大臣风范为楷模，岂知现在是人心不古，世风日下呀。"

"清者自清吧！你我奉职，惟以公正自守，毁誉在所不计。因为毁誉皆出于私心，你我既不肯徇人之私，则宁可受人毁，不望受人誉也！"

"还是你想得开。难怪说宰相肚里能撑船哩！我就学不来你这份从容大度。"

"你原不是说要在京城过了年再回南吗？怎么又急着就走呢？"

"我是一天都不想待了，再多待一天我怕就会多听到一件不开心的事。"

"也好，等我回南时，过江宁去看你。"

"罢哟，你想回南，还不知是哪天的事哩。皇上尊古礼，动辄把圣祖、世宗挂在嘴上，怎么着也得做着样子，把你这三朝元老供着。"

"你以为供着好受吗？我可不想尸位素餐，做个老厌物。"

"衡臣你说皇上这是怎么了，他还是那个当年在圆明园中张罗着让人扶我一把的可爱小儿吗？还是那个在热河行宫拉着我的手问这问那的聪明少年吗？"

方苞这话也让张廷玉想起了弘历幼时情形，不说在圆明园替他挡了雪团，后来在去赣州的一路上，弘历是多么活泼可爱的一个少年啊，事事听他安排，一路上未惹一点麻烦。然而如今弘历已经贵为天子，自己只是他手下的一个辅臣，焉能老记着那些旧事。所以他说出来的话却是："如今皇上大了，执掌朝纲国政了，他这样动些杀伐，是要立自己的规矩，妙运乾纲啊。总算他对你我这些老臣还顾全着体面，没有直接裁汰。我们可不能不识进退呀。"

"所以我就辞归回南了嘛。"

"我前几日也与廷璐安排了，就这一两年，我们也都要辞归的。族中子弟也慢慢退下来罢，省得让人再说闲话。"

方苞的话还真是不幸而言中。幸得他在乾隆六年回南，否则七年发生的另一件不开心的事情，又要令他大发感慨了。

原来有些人惯会察言观色，落井下石。见刘统勋的折子奏了效，并且在朝中赢得了直臣之名，便又有人上折，说是张廷玉一个文臣被封爵位，实是开国以来之唯一，这是两朝皇帝的不世之恩，已属例外，再让张若霭承袭，却是实在不该。

这回皇上竟准了奏，于是那原本说是世袭罔替的爵位，竟成了到此为止，一代而终。皇上命廷玉戴于本身，若霭不得承袭。都说皇上说话是金口玉言，在这件事上，却成了朝令夕改，而且不仅改了自己的谕令，连世宗皇帝的谕令都给改了。

这说的是张廷玉的失意处，而作为皇上妙用乾纲的一个佐证，鄂尔泰的失意还在张廷玉之上。

皇上刚刚罢了张若霭承袭的爵位，便又借一件小事狠狠地治了鄂尔泰一下。原来，有人上密折说是鄂容安泄露了宫中秘密。鄂容安是鄂尔泰长子，与张若霭同榜进士，现在又同在南书房行走，除此之外，他身为满州贵族，自幼便承袭了侍卫之职，现为内务府总管。凭他的职位，当然经常在内宫行走。内宫秘密自来为外界人所关注，他要说露个一句半句也情有可原。但那封奏折皇上留中未发，到底什么事泄密外界不得而知。只知皇上不仅为此停了鄂容安的职，连带着鄂尔泰也因教子无方遭到了训斥。

说来说去，皇上似乎还是更偏心于张廷玉一些。然而，张廷玉却不这样想。他按部就班地做着一些事情：首先是辞去兼管部务。皇上这回准了，但只准他辞去户部之职，吏部还由他管着。皇上还谆谆地说："吏部铨政最为要紧，给谁朕也不放心。老爱卿还是多受点累吧。"

虽然皇上如此慈蔼，但张廷玉是清醒的。六年年底，首先是大女婿姚孔鈫以母亲年过八旬为由辞职回家终养；七年七月，若震也从浙江布政使任上请归养母；八年十月，二女婿姚鉽也以同样的理由辞归；九年三月，廷玉、廷璐同时以老病为由请求休致，皇上只允了廷璐一人的辞呈；十一年二月，廷瑑也以老病为由辞归。

张廷玉在做着这些的时候，命运并没有给他更多的关照。反而好像好运都过完了，一事不顺心，事事不顺心。

六年十二月，张若澄结婚刚四年的妻子病逝，此女也是姚门中人，合着张姚二姓世代通婚之例。两年后，若澄娶了续妻朱氏，乃是乾隆元年博学鸿词科翰林朱荃之女，这门亲事将给张廷玉带来一大耻辱，此是后话，容后再叙。

七年十月若霭守制期满，仍值南书房，十二月即遭罢夺袭爵，前文已经叙过，不再赘言。

十年九月十六日，廷璐病死桐城。

同年十月十八日，小吴氏病殁京师。

七十岁之后，命运仿佛也欺他年老，诸多不如意之事频频而来。在此期间，唯一能令张廷玉觉得开心的事是若澄连登仕榜。先是乾隆九年，二十四岁的若澄考中顺天乡试，第二年，会试连捷，中了二甲十六名，选了庶吉士，与他父亲当年一样，学习清书。虽然与若霭相比，略为逊色，然而也算是少年才俊，值得快慰的了。

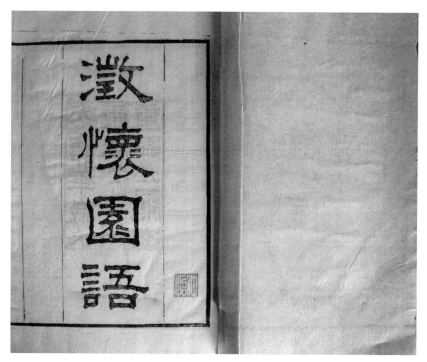

张廷玉作品《澄怀园语》,现存桐城图书馆。(白梦摄)

第卅四回
痛麟儿白发悲黑发　承帝宠若澄代若霭

乾隆皇帝乾纲妙用，借用新锐力量悄悄裁抑着老大臣之威，但对于新人还是着意培养。尤其是在让张家众人慢慢退出政坛的同时，皇上对张若霭却一再加恩。一来固然是以此作为补偿，二来也是因为若霭与他是幼年朋友，深得他的好感和信赖。当然如其父一样，若霭也是一个不可多得的干才。

乾隆与雍正不同，雍正皇帝一生苦于兄弟阋墙，没有过上一天优游快乐的日子。康熙末年政务荒疏，吏治败坏，逼得他登基之后竭尽心力，励精图治。而当一切步入正轨，国富民强之时，他却英年早逝，没来得及享一天清福。所以在他当政之时，没有过南巡北狩，甚至连避暑山庄都没去过。他天天在京城朝乾夕惕，最多也不过到郊外的圆明园住上一段日子。

乾隆不一样了，他登基时国力正盛，也没有什么得位不正的传闻纠葛，又有顾命大臣尽忠竭智为他效命。雍正虽死得仓促，但一应传位大事都为他安排得很好。所以他这个皇上做得非常舒服。

他在皇帝任上游刃有余，也有闲情逸致去东行西走。他最佩服的皇帝不是他的父皇雍正，而是他的皇祖康熙。康熙一生文治武功，却又不失文恬武戏。文武之道，有张有弛，张弛得度，方为大妙。所以他在顺利进行着权力更迭的同时，也尽量享受着盛世之乐。

他要做一个文治武功的皇帝。在文治上他喜欢吟诗作词，在武功上他决定重开木兰行围。他还要学圣祖皇帝东巡五台，南幸江南诸省，把个大好江山看个遍。

若霭也与其父不同，廷玉幼年一心攻读，后来一生忙于事务，没有其他闲情嗜好。这一点恰与世宗皇帝配成了一对。而若霭自幼工书善画，这一点遗传自张英，张英诸子中廷瓒、廷璐等都工书画，若霭的书画便得自廷璐所授。

乾隆皇帝醉心于诗画，最喜欢画扇子赏人，这就要偏劳若霭了。若霭画好扇面，乾隆便在上面题上诗和跋，然后赏给外臣和宫中佳丽。他还广泛搜罗历代古画，每搜到一幅就让若霭去辨别真伪。一旦定为真品，皇上必题诗其上，收入宫中珍藏。对于特别喜爱的画作，便命若霭照本临摹一份，留在身边把玩。

如果说雍正和张廷玉这一对君臣生性严谨，忧国忧民，时刻都勤勉于政务，是一对绝配的话，那么乾隆与张若霭这对君臣则都是生长在良好的环境里，养成了优容潇洒的性格，这样的一对君臣恰好也是一对绝配。

乾隆七年十月初一，若霭为母守制已达二十七个月，皇上立刻召他还朝，仍在南书房行走。十二月因有人劾奏张廷玉作为文臣被封爵位于例不合，请罢夺，更不能令其子世袭。皇上将此奏留中未发，但下旨道："我朝文臣无封公侯伯之例，大学士张廷玉伯爵系格外加恩，彼时伊奏请给予伊子张若霭承袭之处不合，今著带于本身，伊子张若霭不必承袭。钦此。"

这道谕旨一下，朝中难免有人议论，显然是满人贵族不愿汉人封爵，才找出这个理由，再则就是武将以为自己于国家疆土有功，压制于文臣。然而更重要的是，从今以后，堵了这个口子，文臣休想再得封爵了。而清朝开国定鼎已久，人们更难在武功上有大作为。如此那些世袭爵位永远都是满人的了，汉大臣的心中难免会为此蒙上阴影。而在此前，乾隆皇帝曾想废除清文，又想废除满服，实行全盘汉化。现在看来，他的主张受到了来自王公贵族的绝大阻力，以至于最终败下阵来，连唯一在和平时期授予汉族文臣的爵位也收回了。试想张廷玉已年逾七旬，还有几天好活，既不准世袭，那么待他一死，这爵位不就等于完全收回了吗？

夺了若霭承袭的爵位，皇上也觉心中不忍。过了一段时间，待此事余波平息之后，到了八年三月，便授了他一个翰林院侍读学士头衔；四月，又授为通政司右通政；七月初，又授他为光禄寺卿。这样半年之内，连拔三级，也是未曾有过的事情。

若霭刚被拔为光禄寺卿之后，皇上便下旨要奉皇太后往奉天恭谒祖陵。张廷玉照例要留京总理事务的。若霭是天子身边近臣，当然要随驾扈从。但这次皇上还特别让张廷璐也扈从东巡，而张廷璐已因年满七十，递过请求休归的折子，皇上未允，却还令他随驾，也算是一种恩典。皇上说："张廷璐一直在外地为官，从未随驾出行过，今年岁已老，朕特命他随驾。此时正值夏秋之季，是塞上最好的时节，朕要让他去看看塞上江南的风光。"又怜他年老体衰，特命其子张若需随行服侍。其时张若需已从庶吉士散馆，授为翰林院编修。

这一行，皇上其实是借谒祖之名，行巡幸蒙古之实。

七月初八日，銮驾从畅春园出发，十五日到达热河避暑山庄，领着随行扈从的众大臣在山庄内盘桓了三日，把那热河三十六景看了个遍。当然每到一处，乾隆也不忘了和众大臣们一起题诗作赋。若霭则奉命作画，将此盛景描图绘影，题为《山庄行乐图》。

十九日，圣驾从避暑山庄起行，一路途经喀喇沁敖汉、翁牛特、巴林奈曼、科尔沁，直到九月二十四日到达盛京。

此时果然是草原上最好的季节，天高万里，草海无边，万紫千红的野花开在草原的绿毯上。据当地牧民讲，这里的野花不知有几百个品种，每十天就换一次花期，因此每到一地，那花色都不一样。还有大片大片的荞麦从江南引种过来，在一望无垠的蓝天碧草之间，人们忽然会被一大片雪白雪白的荞麦花迷惑，错以为在这七八月天，怎么会忽然下了一场大雪。

廷璐活了七十多岁，第一次见识塞外蒙古，意识里那黄沙漫漫的荒野竟是如此的草长莺飞，地肥水美，真的亚赛江南。想起江南，家乡的山山水水便历历如在眼前，他的心一阵绞痛，千好万好不如家乡好。他更加坚定了要回乡的念头。

在盛京驻跸十日，皇上奉皇太后行了谒陵大礼，又看望了住在盛京终养的各位亲王，然后才起程还京。直到十月二十五日方才抵达京城。

皇上在外优游了一百多天，回京后见诸事平宁，心中高兴，便议功行赏，给张廷玉、鄂尔泰各加一级。又见二位顾命大臣确已年老齿衰，便命二人御门听政时不必随班侍立。转天又下恩旨，特赐二人紫禁城内乘轿。

这虽然是极大的恩宠，但也说明二人在朝政中确实是可有可无之人了。像那些悠闲的老王爷一样，没事时坐着轿子在紫禁城里进出，只为去宫中看看皇上，陪着闲聊几句。

张廷玉自若霭被罢夺袭爵之后，如何还看不出这满人入关已过百年，仍然对汉人大不信任。心下也灰了许多，便与廷璐商量着一同回南。

春节之后，已是乾隆九年。三月，廷玉和廷璐各上了一道辞呈。皇上准了廷璐之请，着以礼部侍郎原衔致仕。

廷玉这回的辞呈上得很恳切，不仅自己请归，还给皇上推荐了接班人。那就是协办大学士、吏部尚书刘于义。

皇上却温旨朱批道："卿公正和平，才品敏练，简任机务，兼总铨衡，正资倚任，著照旧供职。"

既然如此，他只得每天还是到军机处走走，该他当值的时候照常当值。但吏部事务一般都交由刘于义与讷亲去办了，他只挂个名而已。

四月，廷璐辞别众人，起程还乡。若需给假两月，送父回南。廷玉直把廷璐送到郊外，两个年逾七旬的老兄弟执手相看，都忍不住泪流满面。

五月，廷瑑从江苏学政任上期满回京，仍回工部任职，并被授为内阁学士。

六月，又奉旨往江西主持乡试。

九月，各地乡试发榜，若澄中了顺天乡试。

第二年乃是乾隆十年，四月若澄会试再登仕榜，中了第六十七名。

五月初一日，在太和殿举行殿试，若澄排名二甲十六名。

六月初六日，皇上摆下琼林宴，在御花园里宴请新科进士。宴后若澄被选了庶吉士，与其父当年一样，派习清书。

张廷玉看着两个儿子都登了仕榜，心下安慰。并且若霭于乾隆六年又给他添了第二个孙子，取名曾诒。若澄的第一个姚氏夫人结婚四年，并未生子，而八年续娶的朱氏夫人却于九年给张家添了第三个男孙，取名曾谡。

另外两个儿子若淑和若淳也分别于九年、十年成了亲。

如今的张家可说是人丁兴旺,张廷玉虽然年已七十四岁,但仍称得上精神矍铄。朝中事务已无需他再日理万机,只在军机处领领班,顾问一些大事而已。傍晚散朝回家,他也不再像以前那般忙到深夜了,而是抱抱孙子,在园中看看花,散散步。

倒是若霭又忙得不可开交起来,天天在皇上身边,随时都要受传唤,哪能清闲得了呢?若澄虽为庶吉士,但也天天晨入夕出的。只有侄儿张筠时时陪在自己身边。这张筠自雍正十年中举后,连考三科都未中会试,便一直在澄怀园里为张廷玉做些文书工作。吴兴已于前几年考了翰林院待诏,如今澄怀园里只有张筠一人帮张廷玉整理文字了。本来以他的举人身份,完全可以谋个外任知县,但自六年刘统勋上疏后,张家人自己裁抑自己,张筠便不再出去做官。廷玉为此常觉得对不住侄儿,张筠却说:"侄儿为二伯办事,不就是为朝廷出力吗?"

这说的是顾命大臣张廷玉的晚年生活。到乾隆十年为止,虽有诸多不如意处,但也子孙争气,活得安逸。

而在同年四月二十二日,另一位顾命大臣鄂尔泰却老病而死。其实鄂尔泰比张廷玉尚年轻五岁,死时才六十九岁。

鄂尔泰死后,讷亲接替其职,升为保和殿大学士。

讷亲上任之后,却因行走次序与张廷玉发生了争执。原来大学士经常要排班面见皇上,按清朝制度,一直是同一职位一满一汉两个官员,但无论哪个部门,满人职位都排在汉人之前。所以虽然鄂尔泰任职大学士时间在张廷玉之后,分管部务也是张廷玉更为重要,但两人排名行走时一直是鄂尔泰在前,张廷玉第二,然后是讷亲、徐本等一满一汉排下去。

现在鄂尔泰死了,讷亲却不愿走在张廷玉前面,张廷玉当然也不敢违制行走在前。两人相持不下,直闹到皇上面前。张廷玉首先奏道:"我朝旧制,内阁系满大学士领班,请皇上下旨讷亲行走在前。"

讷亲赶紧道:"张大人在大学士任上已二十余年,臣初当此任,即行走在班首,心下实有未安。"

皇上道:"二位爱卿说得都有理。我朝旧制虽是满大学士行走在前,但讷亲尊重张大人，也是出于真心。再者说了，这旧制也不是一成不变的。雍正六年，父皇不是改了朝会时大学士在领侍卫内大臣之下的旧例，让张爱卿走在领侍卫内大臣之前吗？这样吧，以后内阁排班进见时，就由讷亲行走在前；吏部排班进见时，就由张廷玉行走在前。"

两人还要再说，皇上摆手道："二位爱卿不必再争，就这么定了。若霭，照朕的意思发下一道谕旨，广告群臣，以免百官不明就里，闹不懂为何忽而你在前，忽而他在前。"

若霭道声"是"，援笔拟旨。

讷亲虽然倚仗贵戚身份，对人严苛，态度倨傲，在朝中颇不得人缘。但他性格直爽，率性自然，对张廷玉的居官清廉、办事公正尤其佩服。两位满汉首辅之间这样互相谦逊，实是清朝开国以来所从未有过之事。

七月，皇上出口外行围，这次留京的总理事务大臣当然就是张廷玉和讷亲了。行前，皇上告知众臣工："朕出口外行围，大约要在九月后方回。七八两月文武大选官员著照乾隆八年之例，文员内之通判州县等官，武员内之八旗护军骁骑校及各省送到之补放水手官骁骑校等官，并千满千总俱交王大臣验看。其中若有年老才庸不能胜任者，酌量调补。一切悉由留京总理事务王大臣定夺，嗣后具本奏闻便可。不必等朕回来再定了。"

原来，清朝旧制，每三年考功一次，调停升转，都由吏部考核，会议之后，拿出意见，最后由皇上钦定。这次皇上发了此话，等于是将州县以下官员的升转任职之权悉交吏部了。吏部历来是张廷玉和讷亲分管，尚书刘于义也是张廷玉的门生。若非张廷玉一生行事公道，皇上又如何敢放此大权于他。有此足可放心托事的大臣在朝，皇上乐得东巡西狩，将圣迹踏遍各地。

皇上布置完朝中事务，于七月二十二日起程离京。若霭不消说是要随驾扈从的。而就在当日，若霭之妻又为他生下了第三个儿子，此也是张家第四位男孙，若霭已随驾起程，廷玉留宿紫禁城，接到喜报，也不敢回家，只写了"曾调"二字，是他为此孙取的名字。

九月初四这天，张廷玉正在紫禁城里夜宿，梦中却回到了澄怀园。他梦见廷璐从桐城来京看他,两人像往常一样在后园书斋东间,品茗坐谈。

两个老弟兄见面,非常高兴。廷玉道:"再没想到你会来,屈指算来,你离京才不过一年多,就好像离了多久似的。前日还接你来信,说是患了痰疾。如今大好些了么,我给你寄回的化痰丸药可还有效。"

"多谢二哥惦着,我如今已经彻底好了。就是想您,来看看您。"

"五弟也说要辞归了,我哩,只要皇上一松口,我就回家。说不定过个一年半载的,咱们仨兄弟都回了南,像父亲晚年一样,在龙眠山中种茶植松哩。"

"二哥你看这茶怎样?这就是我今春亲手摘的呢,正是父亲当年从椒园讨来的种。"

廷玉端起茶杯,呷了几口,道:"嗯,还是这椒园小花好。原来只道茶这东西越小越好,总以为雀舌、银芽、毛峰必是好茶。近日有闲,看了一则《梦溪笔谈》,正是论茶的。那沈括道:'茶芽,古人谓之雀舌、麦颗,言其至嫩也。今茶之美者,其质素良,而所植之土又美,则新芽一发,便长寸余,其细如针,惟芽长为上品,以其质干土力皆有余故也。如雀舌、麦颗者,极下才耳。乃北人不识,误为品题。其《尝茶诗》云:谁把嫩香名雀舌?定知北客未曾尝。不知灵草天然异,一夜风吹一寸长。'看了这节,才知为何家乡的小花茶反比毛峰为上。原来茶之好坏,一为茶种,二为土质,三为节候。咱们的椒园茶种好,龙眠山水土好,再加上小花茶采自谷雨前后,而毛峰采自清明前后,还未尽得天地灵华。有此三好,故而小花茶比之毛峰,更加的味足而醇。唉,真羡慕三弟你可以徜徉在龙眠山水之中啊。"

"二哥,我要永归于山水了。"

"是啊,二哥也盼着这一天哩。盼着归隐林泉,终老家乡哩。"

"唉。二哥,我原也盼着与你在家乡相聚,可如今等不及了。我要先走一步了,二哥你伴君如伴虎,要诸事保重,好自为之啊。"

说罢,廷璐坐着的位子上忽然空了。廷玉惊骇之下,大叫一声,"三弟!"惊醒过来。

值宿太监听得动静,立刻进来探望,却见张大人怔怔地坐在床上,见了太监,便道:"口渴了,倒杯茶来。"

廷玉只道自己是思念家乡,思念廷璐,致有此梦。再没想到,正是此时，廷璐在五亩园里阖然而逝。

九月十六日，家乡丧报来到，若霭哭着来辞行，廷玉接着，与侄儿抱头痛哭。廷璐比廷玉只小两岁，两人自幼一起读书，后来廷璐来京，两人又多年住在一起，众兄弟中，他俩是感情最好的一对。想起廷璐死前灵魂还来京师相辞，廷玉更是悲从中来。

尽管廷璐死在桐城，廷玉还是在东书斋里设了他的灵位，在家祭奠。那灵位就设在寻常廷璐坐的位置，连着三日，廷玉都未上朝，他默默坐在东书斋里，坐在廷璐的灵位对面，心里在与廷璐对话。

廷瑑也来陪着守了三天灵，三哥之死更加坚定了他要辞归的决心。老哥俩商量，鉴于鄂尔泰刚死，此时廷玉不宜急于提出辞归之请，所以明春先由廷瑑请辞，过个年把廷玉再辞归。

九月底，皇上方从口外回京。此行若霭每刻与皇上在一起，事事称旨，十月十七日，皇上特升他为内阁学士兼礼部侍郎之职。

廷玉接到圣旨，真是又惊又喜。他想他们张家代有传人了，从父亲开始，他们家做过礼部侍郎的就有自己、廷璐，如今若霭也升到了此任。而且自己正是从内阁学士兼礼部侍郎任上开始快速升转的。而与自己相比，若霭似乎样样起点都高得多：先说考中进士之时，自己是二十八岁，若霭是二十岁；升内阁学士兼礼部侍郎时，自己是四十五岁，若霭才三十二岁。照此升转下去，即使不蒙恩特拔，只要正常升迁，九转丹成，若霭也是定要登上一品大学士之位的。更别说皇上与若霭是格外投缘，若霭的聪明才智比自己也确实有过之而无不及。

他想起当年父亲拟的一副对联：君恩臣未报，父业子能承。立刻援笔在手，将此联重书一遍，作为对若霭升迁的嘉勉。

然而，有喜也有悲。就在若霭升职的第二天，也就是十月十八日，若淑之母小吴氏去世了。小吴氏才刚过了四十岁生日，平时身体健康，无病无灾的，前几日偶感风寒，谁知竟一病不起，不治而亡。

澄怀园里，廷璐的灵堂还未撤下，又供起吴氏灵位。廷玉已是七十四岁的人了，连遭亲人之丧，真有点力不能持了。

乾隆十一年二月，张廷瑑因病请退，皇上恩允其解任回籍调理。

三月，廷瑑起程回南，正好带着若淑扶小吴氏灵柩同回。廷玉再送出郊外，他执着廷瑑的手，忍不住泪如雨下，他生怕廷瑑这一去，也如廷璐一样，老哥俩再也没有相见的机会。

八月二十一日，皇上翻看圣祖仁皇帝实录，看到康熙二十年，圣祖曾在瀛台夜宴群臣，不禁大为兴奋。第二天朝会时，便告谕群臣："康熙二十年七月，我圣祖仁皇帝驻跸瀛台，特召大学士以下各部院官员赐宴。至今称为盛事。朕临御以来，仰赖上天眷佑，海宇乂安。今岁京师风调雨顺，百谷丰登，各省奏折亦多为丰年。天庥滋至，我君臣应额手称庆。当此秋风送爽之时，景物宜人之际，念各王室宗藩及大小臣工宣猷效力之功，宜循往例，赐以筵宴，以昭君臣一体之谊。朕决定仿圣祖仁皇帝当年，于瀛台设宴。本月二十七日宴请在京王公及宗族近支，二十八日宴请大学士、九卿等在京四品以上臣工。"

二十八日，诸臣工个个鲜衣亮服，欣欣然来瀛台赴宴。

康熙四十九年，自避暑山庄建成后，皇上几乎年年往山庄避暑，这瀛台便冷落了许多。雍正朝时，皇上忙于政务，不喜笙歌乐舞，也就没有过这种游园筵宴、把酒赋诗的场面。所以臣工们对于皇上这种君臣同乐的创意十分兴奋，不免都在家中将圣祖皇上实录中关于瀛台夜宴一节仔细看过。

张廷玉对于此事倒是比谁都清楚，因为父亲当年就是在那次夜宴上被皇上嗅出身带体香，从而追究出母亲自体生香之事。而母亲的体香又缘于自己的出生，所以此事一直在家中被常常提起，成了代代相传的美谈。

今日皇上重开盛宴，廷玉和若霭都在侍宴之列。

与康熙二十年不同的是，这次筵宴是中午，而不是晚上。

巳正时牌，诸臣工已陆续来到西苑，在太液池边三五结队，赏花看景。午时鼓响，含元殿上太监传话："皇上赐宴啦！请诸臣工入席！"

众人纷纷整衣理帽，往含元殿上而来。只见乾隆皇帝已端坐在上，以下依次排了数排席位。张廷玉与讷亲分坐了左右第一席，以下诸臣按排班次序坐定。若霭的座位却空着，他被召到皇上身边的一张案上，那案上摆的可不是酒菜，而是笔墨纸砚。此时若霭的任务可不光是吃喝，而要记录今日之盛宴，包括皇上与诸大臣说的每一句话。

席间，皇上听着群臣歌功颂德，颇有唐尧虞舜之感。不竟兴起，倡议联句。

皇上吟出首句："金风玉露度西成。"

张廷玉立刻接上："曙光银汉横庚庚。"

以下便是讷亲等人一个个按次联接，联到若霭，若霭自吟自书了一句："淑清万卉围芳塍。"

待群臣联句完成，若霭也手到诗成。又高声念诵一遍。皇上命道："回头将这瀛台筵宴之事勒石刻碑，将众臣工的联句都刻于其上，以为永志。若霭，你再将此盛景绘影图形，将在座臣工个个都绘于其上。"

众臣纷纷拱手相庆，都道将此盛事传诸子孙，乃是一大骄傲。

皇上满意地看着这些激动得面红耳赤的群臣百官，大有君临天下、驾轻就熟之感。当看到廷玉父子时，他像想起了什么，起身走到若霭的书案前，若霭知皇上又要亲题诗文了，便起身让到一边。

只见皇上提笔唰唰写了两条竖幅，一条是"三世方明陪宴赏"，另一条是"从教佳话冠螭头"。命侍立在旁的含元殿太监分赐给张廷玉和张若霭。众人就廷玉父子手上看那条幅，只道诗不成诗，联不是联，皇上这是何意？

皇上已经开始解释："康熙二十年，张大学士之父张英曾在此侍宴圣祖皇帝，今日大学士父子又共陪此宴，岂不是一家三代陪宴瀛台，可传为螭头佳话吗？"

众人纷纷赞道："张大学士一门三代共陪盛宴，令人羡绝艳绝啊。"

瀛台宴罢，皇上又忙着发布消息，要恭谒泰陵并前往五台山巡幸。巡幸期间，照例由张廷玉、讷亲在京总理事务。

九月初九，若霭在澄怀园中过了他的三十三岁生日，同日也是张廷玉七十五岁大寿。一家人借寿筵为若霭饯行，因为第二日若霭就要随圣驾起行了。

九月初十，圣驾从畅春园出发，先往易州，去谒世宗宪皇帝的泰陵。谒罢泰陵，又转而向西，去往五台山。

一路之上，皇上兴致高昂，若霭也就累得没有一天可以好好休息。因为每到一地，驻跸时，别的扈从人员都得以休息整顿，惟有若霭还要描图绘影，记录皇上巡幸之盛。乾隆自己则一路吟诗不断，他的诗随口吟来，多半不是什么精品，而是打油诗、顺口溜之类。但他是皇上，他吟出什么，别人都赞好，他也就更来兴头，所以他的御制诗全部算起来，一天一首都不止，但却没有一首好诗能像大家手笔那样让人千古传颂。不过就这些顺口溜、打油体，已足以令他赢得了风流皇帝的称号。

且行且走，一路体察民情，颁布恩诏，免了沿途所过州县许多钱粮税赋。直到十月底才到达五台县。因五台山为佛教名山，民间有初一、十五入寺上香风俗，乾隆遂决定十一月初一日清晨上山。

清朝皇帝自顺治始都崇奉佛教，民间就有顺治帝出家五台山的传闻。此事真假莫辨，但康熙一生曾五次巡幸五台山。雍正帝崇佛是不用说了，为藩王时，也多次上五台山礼佛，他还自封佛主，曾收过十四个门徒，乾隆皇帝就是其中之一。受父祖浸淫，乾隆皇帝表面上虽不佞佛，但骨子里还是崇佛的。

为了表示对佛祖的礼敬，他也和当年康熙皇帝入山一样，让大队扈从人马留驻山下王块镇。自己只着便服，带着几个贴身护卫上山。若霭是唯一跟随上山的随从文臣。因为皇上知道五台山除了浓厚的佛教氛围之外，风景必定也美不胜收，尤其是当此暮秋初冬季节，山上霜染林叶，五彩斑斓，比春天还要灿烂十分。若霭不去，又有何人为他图绘这五台胜境呢！

这五台山有五座高峰，每峰之上都有一大主寺，分别为显通寺、塔院寺、罗睺寺、殊像寺和菩萨顶，合称为五大禅林。乾隆帝在山上游了多日，将五大禅林游了个遍。

那五大寺庙分别在五座主峰之上，每天太阳还未起山他们就开始攀登，直到午后才能攀上山顶。别人还没什么，可把若霭累坏了。那些侍卫自是练武出身，个个体壮身健，行走如飞。乾隆自幼也是文武兼学的，如今还年年秋狝，体质也很强壮。惟若霭是地道的书生，从小练静不练动，习文不习武。因此跟在众人后面，格外累得慌。

那五台山因山高气寒，故又叫作清凉山。这清凉二字可让若霭体会透了。

虽是初冬季节，但艳阳高照，登山之人还是热得脱了外衣，单衣单裤。

然而一停下来，便感到山风侵入肌肤，分外凉爽。若霭体弱，攀登之下，格外容易出汗，也就格外喜欢贪凉。这样一冷一热，第三天晚上在罗睺寺驻跸时便发起烧来。罗睺寺是黄教寺庙，庙里的蒙古喇嘛颇通医理，不知给若霭服了什么汤药，反正睡了一夜，若霭的烧便退了。

接下来两天，若霭更觉身体无力，但还勉强跟着皇上又去朝拜了殊像寺和菩萨顶。但他的身体没好利索，每到晚间便作冷作热。

从五台山下来后，圣驾返回京城，初十这天，驻跸保定，若霭的病忽然加重起来，浑身烧得火炭似的，牙关紧咬，汤水不进。随行太医束手无策。皇上亲来临视，若霭已迷迷糊糊不识人了。皇上问太医怎么回事，太医说是寒热交感，起势甚急，恐有不测。皇上急了，立刻命派遣护卫，驾起骡车，日夜兼程，送若霭回京交太医院会诊。

从保定回京不过一天路程，十一日若霭被送回澄怀园，太医们已快马传讯，候在了那里。然而若霭的病却一天重似一天，没有一点转好的迹象。

张廷玉已在紫禁城住了两个月，闻讯连忙赶回澄怀园，若霭躺在榻上，面色赤红，正烧得瞻妄，哪里还能认出父亲来。

这下可把廷玉急坏了。幸好皇上十二日也回到了畅春园，廷玉可以不必值宿紫禁城了。但在澄怀园守着若霭，他却夜夜不能安眠。

若霭时冷时热，冷时面白如纸，浑身颤抖；热时面红耳赤，满嘴胡话。张廷玉想起自己那年扈从圣祖出塞，在达里诺尔也是这样寒热交加，太医几番诊断，以为无药可救了。可最终他还是死里逃生，活转了过来。如今，他只望若霭也和自己一样，闯过这个大难。

为此，他祈祷苍天，祈祷列祖列宗，甚至不自觉地念起佛来，求一切神灵保佑若霭平安无事，他甚至愿意用自己的生命去换取若霭。然而，神灵祖宗仿佛都睡着了，听不见他的祈祷。若霭的病还是一日重似一日。

皇上也每天遣人过来问讯，将那外藩进贡的珍奇药品赐了许多，让太医选用。

正当廷玉急得焦头烂额之时，十七日午后，若霭却清醒过来。一眼看见老父坐在自己的榻前低头垂泪，便叫了一声："阿爸！"

廷玉猛地一惊，抬头看见儿子两眼清湛如水，正看着自己。他心中一喜，反忍不住呜咽起来，口中道："霭儿，你可醒了，吓死为父了。"

众人都道："好了好了，可醒过来了。"

若霭却颤颤地从被窝里伸出双手，抓住父亲的手道："阿爸，孩儿不孝，不能服侍您了。"说罢，那泪涌泉似的从眼中溢出。

廷玉一听这话，透着不祥，更加伤心，他紧紧抓住儿子瘦得干柴似的双手，生怕一放手儿子就去了，哽咽道："霭儿，你可不许说这话，为父老了，还要靠你送终哩！"

正乱着，外面传："王大人到！"

廷玉赶紧起身相迎，来者正是领侍卫内大臣王太平，他是奉乾隆之命来探望若霭病情的。

若霭一见王大人，便硬撑着在榻上欠起身子，叩头道："谢皇上恩典！"

王太平一把扶住，若霭就势拉住他的手，道："请王大人代微臣向皇上谢恩。微臣际遭我皇，屡蒙宠眷，未报君恩于万一，却无常先到，即将撒手西去。微臣深以为恨，深以为愧啊！"

强撑着说完这些话，若霭已是心力耗尽，颓然倒回榻上，再也没有一丝力气。夫人和孩子们都拥了上来大哭，若霭惟有将目光停留在他们脸上，口中已说不出一句话来。

那目光渐渐黯淡，像一盏油灯渐渐熄灭。

挨到申时，溘然而逝。

澄怀园里哭声震天，张廷玉更是捶胸顿足，一声声哀哽："天啦！为何不让我代了霭儿？"

王太平直到若霭断气后方才回宫，皇上闻讯，也是唏嘘不已，立刻亲笔写下手谕一道："内阁学士张若霭在内廷行走十余年，小心勤慎，能恪遵伊父大学士张廷玉家训，深望其将来尚可有成。今秋扈从于途次患病，随遣御医调治，且令其先回，冀即痊可，以慰伊老父之心。不意遽闻溘逝，深为悯恻。伊从前曾袭伯爵，因其与定制未符，是以令在本任供职。今著加恩，照伯爵品级赏银一千两，料理丧仪。大学士张廷玉年逾古稀，遭此伤痛，殊难为怀，可传谕令其节哀自爱，勉负朕轸念之意。"

写罢，将手谕交于王太平，令他再往澄怀园传谕。皇上叹息道："衡臣老大人一直以若霭为骄傲，如今痛失麟儿，这白发人哭黑发人，叫他如何承受哟。你告诉他,朕不宜亲去祭奠,但朕与若霭亲如兄弟,在此心祭了。"

廷玉接到皇上手谕,虽叩头谢恩,感谢皇上赐复若霭伯爵品级。但痛定思痛,那节哀二字却是如何能够做到。

第二日,军机大臣傅恒又奉旨来澄怀园看视,他带来皇上口谕,再次劝廷玉节哀,并命礼部按伯爵品衔安排一切治丧事宜。

张廷玉年轻时一直子嗣艰难,直到四十二岁才得了若霭,而且若霭还与他生于同月同日,自然是百般珍贵。那若霭又自幼聪明颖锐,大器早成,能诗能画,多艺多才。二十岁点探花,随即入直南书房,一路升迁,到三十二岁时已官至内阁学士兼礼部侍郎。不独张廷玉对他期望至高,满朝文武谁不羡慕他有个好儿子,就连皇上也是对其着意栽培,以期其子承父业,成为自己的一个股肱重臣。张家自张英起,就是忠公体国、勤慎端恪出了名的。张廷玉历事三朝,位极人臣却不揽权自重。这样的能臣良相并不是每个皇帝都能遇到的。张若霭与他少年相投,相知了二十多年,对于若霭的才干和人品,皇上都心知肚明。所以对于若霭之死,乾隆的确是心祭了多日。

然而谁的痛苦都不如张廷玉深,近年来,他家中连遭丧事,他的心一次又一次被痛苦冲击着。然而若霭之死等于断了他的希望,那比他自己死了更加可怕。

他已是七十五岁的人了,可若霭才三十三岁。造物将他最珍贵的东西拿走,却让他苟活着眼睁睁受着折磨。

这回他一直在家中待了三十多天,天天都有人来给若霭吊孝,皇上也天天派人来问长问短,问他的饮食起居,并每天让御膳房给他熬好滋补药粥送来。皇上说:"衡臣老大人年岁大了,遭此巨怆,一定眠食俱废,一定要让他喝点粥,调理调理。"

十二月十三日,若霭三七之期,礼部奉旨来主持了一坛谕祭。基本上将若霭的丧礼告一段落。

十七日,若霭死去已满一月。张廷玉方才来上朝理政。他的步履明显比以前迟缓了,精神也歪衰多了。

十八日，皇上连下两道谕旨。

一道是："大学士张廷玉服官数十年，日侍内廷，勤劳敬慎，夙夜靖共，靡间寒暑。今年逾古稀，每日晨兴赴阙，未免过劳，朕心轸念。古大臣有于居第视事，数日一至朝堂者。嗣后可仿此意，不必向早入朝，或遇炎蒸风雪，或自度宜于少休，亦不必勉强进内。其有应办之事务，可以在家办理，俾得从容颐养，精力自加强健。以示朕优眷老臣之意。"

另一道是："大学士张廷玉在内廷行走，年老需人扶掖，伊子庶吉士张若澄著在南书房行走。"

前一道旨意既说张廷玉可以在家办公，不必每日入内廷承旨办事。后一道旨意又以他在内廷行走，需人扶掖为由将若澄特擢为南书房行走。若澄去年才中的进士，此时庶吉士还未散馆，这格外加恩无疑是要安慰张廷玉，也算是对若霭之死的一种补偿。也许皇帝总觉得若霭是在扈从途中染疾的，所以心下歉疚，故而转恩于若澄。

那若澄当然也是个有才学的，在南书房里承旨，颇能与若霭一样胜任。过完春节，正月初七日，皇上又下一道特旨，授若澄为翰林院编修。

这一年，皇上二月谒祖陵、七月出口外行围，都命若澄随驾扈从。

十月，皇上从口外行围回来，收到江南织造贡进的一份厚礼：文徵明的两幅真迹《溪山深雪图》和《秋林叠嶂图》。

文徵明是明代著名的山水画家，这两幅图一为冬景，一为秋色，都意境幽远，画面壮阔，尤其是放在一起看时，尺幅相当，山势相仿，亚似一对双胞胎。

皇上左看右看，远看近看，真是爱不释手，不竟叹息一声，自言自语道："可惜张若霭去了，否则一定让他临一幅。"

若澄正也陪着皇上赏那图，听了这话，便道："微臣斗胆，请为皇上临图。"

皇上喜道："你也工绘事？"

"微臣自幼蒙先兄把手而教，虽谈不上工于绘事，也略会两笔。"

"太好了！你就为朕临来。"

"臣领旨！"

原来若澄比若霭小了九岁，虽是兄弟，实有半师之份。那若澄无论书画都得自若霭传教，笔法竟酷肖其兄，只是略嫩了一点，毕竟年才二十四岁，未到炉火纯青地步。日后，随着年龄增长，若澄的画技日臻成熟，成了乾隆朝名重一时的画家，他的多幅作品被内宫收藏。此为后话，略过不提。

且说若澄公务之暇，在家中临了将近一月，十一月初四这日，朝会罢，皇上正与几位大学士闲坐，若澄便在懋勤殿里将两幅临图献上。

画卷展开，那临图与原画毕肖，若非纸质墨色有新旧之分，单凭手法画技，几可乱真。众人都啧啧称赞不已，皇上更是大喜过望："哈哈，朕有了你，仿佛若霭又回来了。"想起若霭，皇上不竟叹息一声，"唉，若霭去世有一年了吧？"

皇上说起若霭二字，那坐在一旁的张廷玉早已忍不住红了眼圈，忙颤巍巍立起，奏道："回皇上，犬子若霭去年十一月十七申时去世，再过几日就是周年忌日了。"

皇上又叹了口气，道："老大人也不必太过伤心，若霭虽走了，你不是还有三个儿子吗？你看若澄样样都不比他哥哥差哩。"

讷亲等人也都纷纷宽解，又都赞若澄画得好，廷玉听着心中也甚感安慰。

皇上对着两幅图凝视良久，提起笔，往画上题诗。乾隆捷才，随口成诗，尤其是对于画作，几乎是见一幅题一幅，人们对他此举都司空见惯了。此刻便围站成半圆，看他题写。

只见《溪山深雪图》上题的是：

> 居然炼雪旧斋边，
> 画格书禅肖腕悬。
> 为仿停云潇洒笔，
> 玉峰高欲倚瑶天。

还特为在第一句下写了一行小字作注：张若霭有炼雪斋印记，若澄其弟也。原来，张若霭在澄怀园中的书房名为"炼雪斋"，他特为刻有一方"炼雪斋主"的石印，常常钤在画上。外面不知道的，看皇上赐的画扇上钤有此印，还以为"炼雪斋主"是乾隆的别号哩。

另一幅《秋林叠嶂图》上题的诗为：

> 底事林峦爱寄情，
> 每看文笔洒然清。
> 生秋庭里诗为画，
> 炼雪斋中弟继兄。
> 隔岁萦怀吟且置，
> 一番触目兴偏生。
> 碧云天在高山外，
> 写作排空雁自横。

皇上两首诗中都提到了炼雪斋，对若霭的恋恋之情跃然纸上。那"隔岁萦怀"四字更是道出了皇上对若霭的纪念之意。

张廷玉本来提起若霭就悲不自胜，再看了皇上的题诗，更勾起了一年来时时刻刻的萦怀之痛。然而他却不能在这公堂之上太过显露对儿子的思念，便哽咽着就势谢道："若澄新进小臣，不过略会涂鸦薄技，却蒙皇上如此嘉奖，亲洒宸翰，题诗于画，并忆及若霭。实令老臣感激涕零。"

皇上道："若霭事业有若澄相继，朕失一爱臣复得一爱臣，心下甚慰。老大人也应与朕有同样胸怀才对。"

"老臣不敢。惟有时时教导若澄铭记圣恩，图报于万一。"

皇上命懋勤殿太监请出自己的藏画印章，分别盖在文徵明原图和若澄所临之图上，交于王太平，命送入内务府妥为收藏。

复命王太平取来一件貂裘，赏了若澄。

张廷玉见若澄如此得到皇上赏识，并于御制诗中亲笔写下了"炼雪斋中弟继兄"之句，心下自也十分安慰。虽然若霭在他心中的地位谁也代替不了，然若澄如今已成了他的希望所在。若澄今日大展才华，再次让人们看到了张家的实力，也让张廷玉再次感到了自己后继有人。

第卅五回
论进退廷玉触天颜　施皇威老臣蒙厄运

乾隆十三年，张廷玉年已七十七岁。虽然皇上多次下旨，他可以不必向早入朝，也不必天天到任上，只需自己度量把握，可在家公干。然而张廷玉是勤恪端谨惯了的，怎肯因私废公？更怕别人说他尸位素餐，贪权恋位。便本着做一天和尚撞一天钟的意思，仍然每天入朝理政。但毕竟年纪大了，体力心智都大不如前。再加上若霭去世，高年丧子，白头人送黑头人，对他的打击实在太大。他心力交瘁，身心俱疲，实在太想歇息下来了。

昨夜他又梦见幼年时的事了，梦了父母，梦见了珊儿，梦见了五亩园里的砚斋，梦见了龙眠山里的茶园……

近来他老是梦见家乡，梦见自己的少年时代……

都说人老了，睡眠便会减少，梦便多起来。又说老是梦到幼年和老家的事，梦见和死去的长辈亲人在一起，便说明这人的阳寿不长了。

近年来，妻妾兄弟一个一个相继离世，不免让他体会到生死的无常。他仿佛看见了死去的亲人在向他招手。他悚然而惊了：再不回乡，难道真要死在京城？京城虽好，但毕竟是他乡异地，是建功立业之所，却不是灵魂归依之地。

他决定无论如何都要请辞休致了。

这天朝会之上，皇上下诏：二月朕奉皇太后、皇后往山东恭谒孔林，着大学士讷亲、张廷玉在京总理事务。

散朝之后，张廷玉便到乾清门外请求面见皇上，太监传旨，皇上在西暖阁里等他。

张廷玉进了西暖阁，便颤巍巍要叩头参见。皇上忙叫："免礼，赐座。"太监赶上来搀住廷玉，请他在春凳上坐了。

皇上道："下月朕就要东巡，又要偏劳老爱卿了。"

廷玉道："老臣正为此而来。皇上，老臣年齿日高，近来尤感力衰体迈，实难勤勉供职。恳求解退还家，请皇上恩允。"

"老爱卿是三朝元臣，有此皓首老臣在朝，乃国家祥瑞，焉能言退！"

"七十悬车，古今通义。老臣年近八旬，早该休致了。"

"皇考当年留下遗命，朕也在遗诏内广布天下，老爱卿将来配享太庙，岂有从祀元臣归田终老之理？"

"老臣遍查典册，宋明配享之臣如刘基等，也有乞休获准，归隐林下的。老子曰：知足不辱，知止不殆。老臣蒙三朝圣恩，位尊至此，若还不知进退，恐招人物异，以为尸位素餐，恋栈贪位，阻了年轻后学的进身之阶啊！"

"老爱卿如此爱惜自家声名，难道就不顾及朕与国家利益？所谓老而昏聩，不能治事而占其位者，才是贪位恋栈之人。老爱卿如今虽年近八旬，然耳聪目明，精神矍铄，朕尝以潞国、吕端比卿。想那潞国公八十杖朝，天下佳话。如若古人都令七十悬车，又何来八十杖朝之说？若都以归隐林下为乐，又哪里会有诸葛武侯'鞠躬尽瘁，死而后已'之训？"

"武侯遭逢国家危难之时，受命托孤。老臣欣逢太平盛世，国家熙和祥瑞，皇上乃千年不遇之圣明天子。此二者不可同日而语也。"

"不然！皋夔、稷契得遇盛世贤君，龙逢、比干则遭逢乱世暴君，处境不同，然忠诚之心相同。老爱卿近年来屡屡求去，难道竟忘了皇祖皇考对你的隆恩优渥？就是你我君臣也已相知相佐十三年了，难道你也不顾及朕十余年来的优礼眷待？"

皇上说到这里，语气已有些不耐烦。张廷玉近年来年年求去，皇上总是温语劝留几句，便不再言说。没想到这次左劝也不听，右劝也不听，从来还没有哪个大臣敢于这样和皇上辩舌的。就是碰上再耿头的御史言官，对皇上进谏，也不敢这样喋喋不休地冗长辩论。何况张廷玉一惯是温文尔雅，惜言如金的。像今日这样执拗，让皇上和乾清宫侍卫们都觉得莫名其妙，大非他寻常性格。

张廷玉见皇上语中带气，心中不免觉得有些不妥，但他一心想辞归，已下了决心，便跪下地来，声音有些哽咽道："老臣受三朝圣恩，哪一日敢于忘怀。实是年老体衰，精力大减，不堪其任。再者朝中私下也有人议论，以为臣以老病之躯贪占重位。所以臣才屡屡求去，非是不顾念君臣之情啊。"

"是啊，朕尚且不忍老爱卿辞去，老爱卿难道就舍得下朕？"

"皇上，老臣哪能如此无情，实在有不得已之情由哇！"廷玉说着，已是老泪如雨，披面而下。

"老爱卿也不必自谨如此。朕明日就下一道谕旨，将你我今日之辩广告群臣，也免了造是非者的悠悠之口。老爱卿屡次请辞去兼管部务，朕就允了你此请，不必再兼吏部尚书之职了，着由来保兼管吧。"原来那张廷玉屡次举荐的取代自己的协办大学士刘于义，已于上月病逝，所以皇上说让来保兼领吏部事务。

"老臣叩谢皇上！"吏部掌管官员考核升迁，最容易招人非议，所谓鄂、张二人各立门户，就是从举荐任用官员而来，能辞去吏部事务，也算是成全了廷玉的一大心事。

"老爱卿起来吧！朕下月东巡，你留京总理事务，可以不必入宿禁城之内。由讷亲和几位亲王入宿在禁城就行了。你要知道朕的心思，朕留你在朝，只是要体现国家优待老臣之意啊！"

廷玉此时还有何话可说，一时百感交集，惟有老泪纵横。

第二日，皇上果然在御门听政时，当众宣读了一道谕旨，全文如下：

> 大学士伯张廷玉，年来屡于燕见之次以衰老乞休，朕辄宣谕慰留。但因年齿既高，时加轸念，前后数颁温旨，令其盛暑祁寒不必勉强赴直，随时量力，以资调护。每见其神情矍铄，深用惬怀，以为邦家祥瑞。昨缘召对，复力以年近八旬，请得归荣故乡，情辞恳切，至于泪下。

朕向谕以卿受三朝厚恩，且奉皇考遗命，将来配享太庙。岂有从祀元臣归田终老之理？而伊昨奏引宋明配享之臣曾有乞休得请者，举数人为证；且称七十悬车，古之通义；又引老子"知足不辱，知止不殆"为解。朕不以为然：昔人久处要地，恐滋谗谤，将致贪恋贻讥，势必迫于殆辱。故易云："见几而作，不俟终日"，要岂所论与国家关休戚、视君臣为一体者哉。设令昏耄龙钟，不能事事，瘝官旷职，于治体有妨，亟当避贤者路，在朝廷亦不得不听其引退。然昏耄龙钟者，固将神明愦然，其于去留已瞀不知，使其心尚知觉，则日日同堂聚处之人，一旦远离，虽属朋友，尚有不忍，况在君臣，岂竟漠然？书曰：天寿平格；又曰：耆寿俊在。厥服秦穆霸王，尚犹询兹黄发。使七十必令悬车，何以尚有八十杖朝之典？卿精采不衰，应务周敏，不减少状。若必以泉石徜徉高蹈为适，独不闻武侯"鞠躬尽瘁"之训耶？若如卿所奏，武侯遭时艰难，受任军旅；生逢熙洽，优游太平，未可同日而语。朕又谓不然：皋夔、稷契与龙逢、比干，所遇之时不同，而可信其易地皆然，其心同也。设皋夔、稷契无龙逢、比干之心，必不能致谟明弼谐之盛；龙逢、比干无皋夔、稷契之心，亦必不能成致命遂志之忠。遭遇虽殊，诚荩则一。夫既以一身任天下之重，则不以艰钜自诿，亦岂得以承平自逸？为君则乾乾不息，为臣则謇謇匪躬。所谓一息尚存，此志不容稍懈。朕为卿思之，不独受皇祖、皇考至优至渥之恩，不可言去；即以朕十余年眷待之隆，亦不当言去。即令果必当去，朕且不忍令卿遽去。而卿顾能辞朕去耶？卿若恐人议其恋职，因有此奏，则可；若谓人臣义当如此，则不可。

朕尝谓：致仕之说，必古人遭逢不偶，不得已之苦衷，而非士人之盛节，为人臣者断不可存此心。何则朝廷建官职，不为逸豫，惟以治民。而人生自少至老，为日几何？且筮仕之年，非能自必。设令预以此存心，必将漠视一切泛泛。如秦越人之相视年至，则奉身以退耳。谁复出力为国家图庶务者？此所系于国体，官方，人心，世道者甚大。我朝待大臣恩礼备至，而不忍轻令解职。大臣苟非隆老有疾，不轻陈请。恐不知者反议其贪位恋职，而谓国家不能优老，全其令名，是不可以不辨故。因大学士张廷玉之请，举朕所往复晓譬者布告，有列其所陈。既未允行，重违其意。所有吏部事务不必兼理，俾从容内直，以绥眉寿。

大学士来保兼管吏部尚书事。

这份谕旨，长达千言，比昨日君臣二人之辩还要详细冗长。对张廷玉也是既褒且警，恩威并施。张廷玉哪里还再敢言退？不过此谕一下，别人也不敢再罗织张廷玉贪位恋职的罪名了。

二月初四，皇上从畅春园起驾东巡，若澄奉命扈从。皇帝銮驾之后，是皇太后的乘舆，接着是皇后和嫔妃们的车轿。名曰祭孔，实则游幸。乾隆皇帝天性风流，最喜优游，又正值盛年，如此大队出行，正可显出国家安泰祥和。

私下里，皇上此次率大队人马出行，还有令皇后娘娘开心散闷之意。

乾隆的元后富察氏，乃是满州贵族世家出身，雍正五年，与弘历成亲。当时的四阿哥已经娶了两房福晋，但富察氏仍被雍正帝封为嫡福晋。

富察氏为人和善，美丽端庄，虽出身名门，却爱物惜福。不似其他后宫女人，以珠宝玉翠为念。她平时不穿金戴银，头上只戴绒花，送给乾隆的荷包都是自己亲手所绣。她常说那些用金丝银线穿织的荷包杂佩是暴殄天物。她这种朴素节俭的性格正好合着雍正帝的性格，因而世宗在日时，就对这位儿媳非常满意。

雍正七年，富察氏产下一子，世宗为之赐名永琏。乾隆元年，弘历登基后，也仿照世宗做法，在乾清宫秘密建储，当时所立太子便是永琏。其理由是世宗赐名许以"琏瑚之器"，暗示其为嗣君。可惜此子在乾隆三年时殇逝。皇上命辍朝五日，以太子之礼祭葬。

富察氏也深得皇太后欢心，乾隆帝喜欢拈花惹草，太后怕他会因此荒于政务，便命富察氏约束后宫。乾隆元年，皇上刚刚登基，太后就命他立富察氏为后，皇上尊古礼，直到三年除服才册封后、妃。

那是乾隆二年十二月初四日，皇上在太和殿举行册封大典，命鄂尔泰、张廷玉、三泰、徐本、任兰枝为正使，海望、索柱岱、奇春、吴家骐为副使，持节行礼，册封富察氏为皇后，高佳氏为贵妃，那拉氏为娴妃，汪氏为纯妃。

除了上述几位，乾隆还有许多贵人、嘉嫔等。但皇上仍然心有不足，常常像馋嘴的猫儿，逮着机会就碰荤腥。未婚女子碰了也就碰了，大不了带进宫中，可是皇上连大臣之妻也不放过。无论是太后还是皇后，心中都有所不快，觉得那样太有失君臣体统了，不免要劝说几句。皇上嘴上听话，可行动上就是不改。

尤其令皇后不快的是，皇上近来竟似乎跟自己的弟媳搞上了。这无论如何都是件令人耻辱的事。要知道她的弟弟傅恒是一等侍卫出身，现为军机大臣兼工部尚书。不说他的国舅身份，单凭他这样一位朝中重臣，其妻与皇上有染，究竟是一件耻辱的事。

傅恒和他姐姐一样，有着良好的家教和修养，他仁慈大度，对于这个皇帝姐夫的出格行为只能忍气吞声。

皇帝与傅夫人的事传到皇后耳中，再懦性的人也有脾气。皇上正为此竭力讨好皇后，答应将皇后所出的第二个儿子永琮封为太子，不成想永琮却于上一年腊月二十九日因出痘而死。

皇后只生有二子，永琏在诸皇子中排行第二，已于乾隆三年死去；永琮排行第七，死时年方两岁。皇后子嗣艰难，永琏死后多年才生了永琮，不想永琮又因痘而殇。皇后痛不欲生，心中的悲苦真是无法言表。

那乾隆皇帝虽然天性风流，喜爱拈花惹草，但对皇后是既敬且爱。为了傅夫人的事，他已觉十分对不起皇后了，永琮之死对于皇后的打击无疑是雪上加霜。所以他便决定带皇后出宫散心，以便让皇后走出悲伤的阴影。

到了山东，先去曲阜谒孔林，然后去少昊陵、周公庙致祭。完成了这些官样文章便去登泰山，观日出。由泰山下来再到济南，游大明湖、观趵突泉。

不知不觉间，出京师已有一月，皇上正游得高兴，皇后却并没有如皇帝所愿开心起来。

皇后心情不快，皇上的兴头也减了不少。皇后又劝他早回，说是圣驾在外，难免扰民，地方官员也整日提心吊胆，当心着圣驾安全。再者皇上离京久了，不理政事，还算什么好皇上。

皇上本来还想再游玩几处的，皇后觉得无趣，本来就扫了他的兴头，现在又劝自己回銮，心中不免有气，说了句："后宫不得干政。"

两人竟呕起气来。皇后又气又伤心，便郁郁病倒。皇太后不能不说话了，便也出面催着皇上返程。

三月初八日，圣驾从济南回銮，十一日至德州登上龙舟，准备走水路回京。谁知当夜亥时皇后娘娘却死于舟中。皇上亲自过太后御舟之上禀报，太后已经将息，赶紧披衣起床，过到皇帝龙舟之上。看那皇后娘娘早已气绝，想她年方三十七岁，正是大好年华，竟撒手西去；再想她虽贵为皇后，其实并不快乐幸福，两个儿子都早夭殇逝，皇上是个多情人儿，虽是恩爱夫妻，究竟一年也没几天在一起。太后也是后宫中人，那些荣宠背后的伤心寂寞，如何不知？由不得垂泪不止。

当夜并未惊动扈从官员，第二日一早，众人照例到龙舟早朝，皇上却已换了素服，众人正惊诧间，只听皇上沉声道："皇后同朕奉皇太后东巡，诸礼已毕，忽在济南微感寒疾，将息数天，已觉渐愈，诚恐久驻劳众，重厪圣母之念，劝朕回銮。朕因命车驾还京，今至德州水程，忽遭变故。言念大行皇后乃皇考恩命作配朕躬，二十二年以来，诚敬皇考，孝奉圣母，事朕尽礼，待下极仁，此亦宫中府中所尽知者。"

说到这，皇上再也忍不住了，那泪滚滚而下，竟至泣不成声。

十三日一早，张廷玉正在军机处入值办事，忽然快马送来急报，乃是皇上手谕：大行皇后于十一日亥时在德州舟次崩逝。

军机房里，众人闻讯，不觉都惊得呆了：再想不到皇后年纪轻轻竟崩于东巡途中。

张廷玉赶紧与讷亲和留京的亲王们商议，安排迎驾和治丧事宜。

十四日，张廷玉满身缟素，领着留京办事的大臣们前往通州，在通州接着圣驾，先去大行皇后梓宫前哭祭一番，然后随驾回宫。

回京后，大行皇后的梓宫安放于长春宫内。皇上谕令缀朝九日，为皇后大办丧事。亲王以下及文武百官有顶戴者全部制服举哀，每天三次齐集奠献，圣驾临视，皇子祭酒。所有制服人员斋宿二十七日，百日内不得除服薙发修面。各地方官员也于本治所内服制如仪。

二十七日后，大行皇后梓宫移往景山观德殿安放，每天仍然齐集祭奠。

皇上这时还没忘了特为下旨：念张廷玉年齿衰颓，不必遵照定例每天集祭，只于逢七大祭之期前往行礼即可。

皇上还亲与礼部大臣们商议，拟定大行皇后尊谥为"孝贤"二字。又作《述悲赋》于大行皇后梓宫前吟诵焚祭。赋曰：

《易》何以首《乾坤》？《诗》何以首《关雎》？惟人伦之伊始，固天俪之与齐。念懿后之作配，廿二年而于斯。痛一旦之永诀，隔阴阳而莫知。昔皇考之命偶，用抡德于名门。俾逮予而尸藻，定嘉礼于渭滨。在青宫而养德，即治壶而淑身。纵糟糠之未历，实同甘而共辛。乃其正位坤宁，克赞乾清。奉慈闱之温清，为卿之仪型。克俭于家，爰知缫品而育茧。克勤于邦，亦知较雨而课晴。嗟予命之不辰兮，痛元嫡之连弃。致黯然而内伤兮，遂邈尔而长逝。抚诸子如一出兮，岂彼此之分视。值乖舛之叠够兮，谁不增夫怨怼？况顾予之伤悼兮，更恍悢而切意。尚强欢以相慰兮，每禁情而制泪。制泪兮泪滴襟，强欢兮欢匪心。聿当春而启辔，随予驾以东临。抱轻疾兮念众劳，促归程兮变故遭。登画舫兮陈翟褕，由潞河兮还内朝。去内朝兮时未几，致邂逅兮怨无已。切自尤兮不可追，论生平兮定于此。影与形兮难去一，居忽忽兮如有失。对嫔嫱兮想芳型，顾和敬兮怜弱质。望湘浦兮何先徂？求北海兮乏神术。循丧仪兮徒怆然，例展禽兮谥孝贤。思遗徽之莫尽兮，讵两字之能宣？包四德而首出兮，谓庶几其可传？惊时序之代谢兮，届十旬而迅。睹新昌而增恸兮，陈旧物而忆初。亦有时而暂弭兮，旋触绪而欷歔。信人生之如梦兮，了万事之皆虚。呜呼！悲莫悲兮生别离，失内位兮谁予随？入椒房兮阒寂，披凤幄兮空垂。春风秋月兮尽于此已，夏日冬夜兮知复何时？

皇上这篇一哭三嗟的长赋写得情真意切，然而伤肝动情的只是皇上自己，并没有能打动别人。因皇后死于道途，此前又与皇上有过龃龉，外间竟传闻皇后是不堪皇上爱上自己弟媳之辱，而在途中投水自尽身亡。

这传闻虽然如风过耳，却令皇上恼火万分。这谣传简直太有伤国体了！

皇上富有四海，统御天下，却堵不了悠悠之口。

乾隆帝发怒了，他的怒火简直要烧毁所有的人。

第一个被怒火殃及的人是皇长子永璜。那一日皇长子随着张廷玉等人前往通州，诸王大臣们都在大行皇后梓宫前伏地痛哭，哀不能抑之时，永璜却面无戚容，行礼也是敷衍而已。当时众人正乱着，谁也没有太多留意此事。

而当谣传出来之后，皇上大怒之下，决心要整饬众人，便拿此事作筏子。在一次齐集献祭时，永璜再次敷衍了事，乾隆帝便逮着机会，将他当众训饬一顿，并历数他自那日通州迎丧以来一次一次的无状之态，说皇长子"不知礼，不知耻，不能为兄弟楷模"。

皇长子其时已经成年，娶妻生子了。本来皇后的两个嫡子都早夭殇逝，他在诸皇子中年龄最长，地位也应该最高了，却被父皇当众申饬，其耻辱可想而知。自此以后，皇长子失宠遭贱，竟郁郁成病，两年之后便离开了人间，死时年方二十二岁。

申饬了皇长子还不算，第二天，乾隆帝又下了一道谕旨，将皇长子身边之人连累了一大圈：

"阿哥之师傅、俺达（满族老师称俺达），所以诱掖训诲教阿哥以孝道礼仪者，今遇此大事，大阿哥竟茫然无措，于孝道礼仪未克尽处甚多，此等事谓必阅历而能行乎？此皆师傅、俺达平时并未尽心教导之所致也。伊等深负朕所倚用之恩。阿哥经朕训饬外，和亲王、来保、鄂容安著各罚俸三年，其余师傅、俺达著各罚俸一年，张廷玉、梁诗正俱非专师，著免其罚俸。"

这些皇子师傅们看似无端受罚，其实是皇上要动威施惩，从这些人入手，最能震慑众人。这回连和亲王这个皇弟都被罚俸了，而且是为了那么拎不上筏子的理由。张廷玉被尊为诸皇子师，又被封了太子太傅，后又晋为少保、太保，但却以非永璜专师免予处分。其实真正的原因是张廷玉一直为人谨慎，从不乱传接耳之言，而且张廷玉也一贯尊重皇后，皇后也一贯礼遇这位老臣。

可是皇上的惩罚似乎未见成效，反而更加招来了人们的不满。流言竟越传越盛，连皇上与傅夫人的暧昧之事都传到了民间，傅夫人之子福康安也被传为系皇上所生。于是皇后之死被演绎得更加离奇古怪。

皇上的怒火越烧越旺，他无法找出传布谣言之人，因为谣言传布得太广了。他只能加倍地惩罚众人，以此来证明自己对皇后的深爱。

他的怒火几乎遍及了所有人，而且惩罚之重前所未有。

首先是孝贤皇后丧满百日除服之后，皇上命严查有没有违制之事。结果查出湖广总督塞楞额、江南河道总督周学健在百日内剃发，塞楞额被赐令自尽，周学健被抄家处斩。

礼部因拟写孝贤皇后祭文不当，自尚书至侍郎均遭处罚，有的革职留任，有的罚俸降级，最惨的是翰林院掌院、协办大学士阿克敦因将大行皇后册文中的"皇妣"译成满文时误译为"先太后"，竟被判斩监候。

工部因办理孝贤皇后丧葬用品时，不合圣意，被责为"制造甚属粗陋"，自尚书至侍郎，人人被降三级。

另有一大批官员因各种小事被皇上严惩，就连一贯以贤能著称的高斌、尹继善、汪由敦、陈世倌、史贻直都未能幸免。

最后连张廷玉也受到了处罚。那是冬至之日，皇上要谕祭孝贤皇后，翰林院照例是要为皇上撰写祭文的，皇上审阅时，发现其中竟用了泉台二字，不禁大怒。

在皇家来说，死后只能说登仙、西归等溢美之词，焉能说是赴泉台之类。皇上立刻为此下了一道谕旨：

> "朕阅翰林院撰拟孝贤皇后冬至祭文，内有泉台字面，此二字，用之常人尚可，即王公等亦不宜用，岂可加之皇后之尊？乃汉文既已误用，翻译亦不校正。大学士张廷玉等全不留心检点，草率塞责，殊失敬谨之意。张廷玉、德通、文保、程景伊俱著罚本俸一年。"

在这场因皇后崩逝而引起的混乱中，乾隆皇帝简直像得了失心疯一样，一改他往日的宽仁作风，变得暴戾乖张。哪里还谈得上尧舜之贤，简直形同桀纣。满朝文武都战战兢兢，生怕哪件事出点小错，或哪句话说得不妥，又会撞到皇上的火炮口上。

在众臣遭贬之时，惟有傅恒一人不断升迁。

三月皇后崩逝时，傅恒也正扈从皇上东巡。作为户部尚书、皇后的同胞弟弟，傅恒无论于公于私都当尽心竭力为大行皇后办理治丧典仪。

然而四月，皇上竟以傅恒办理大行皇后丧仪勤恪之故，加封其为太子太保。

六月，阿克敦因翻译孝贤皇后册文有误，被判斩监候，其协办大学士之职便由傅恒取代。

九月，因讷亲在川藏军务上失职，被夺去经略之职，转将此职授予傅恒。

川藏战事缘起于藏族内部土司争权，皇上于乾隆十一年十二月派兵平叛。谁知这场战打到十三年还未结束。四月，皇上授讷亲川陕经略之职，讷亲作为皇帝亲信，年轻位高，既非科举得位，又无尺寸军功，朝野内外对此都有微词，这从刘统勋当年所上的奏疏上就可看出。皇上无非是想让他去西北军中走一遭，得个军功，好巩固地位。不想讷亲此去却打了个败仗，皇上怒火中烧，将其从军中调回，另派傅恒前去立功。而讷亲回京后，竟被皇上严词斥责，最后令其用祖上战刀自裁。同时，因贻误军机被从前线调回的川陕总督张广泗则被处斩。

处死讷亲和张广泗是十二月份的事。讷亲既死，傅恒便接替其职，由协办大学士升为首辅，领班在众大学士之前行走。

乾隆十三年，皇上的怒火从三月一直熊熊燃烧到腊月年底。这哪里还有一点英主形象，活脱一个暴君。

张廷玉的心冷了。正好所领部务都已交别人办理，他虽日日入值内廷，却只是一个清贵大学士了。他凡事不再发表意见，皇上既把他当元老供着，他也就像个菩萨一样，坐在堂上，眼观鼻，鼻观心。

乾隆十四年正月初四，年假过后，启印第一天，皇上照例召军机大臣到乾清宫面咨军政。张廷玉颤颤巍巍由若澄扶进门来，挣扎着行跪拜大礼。皇上见张廷玉着实老了，忙命免礼赐坐，温言道："老爱卿新春过得可好？近来容貌稍觉清减，要多加调护啊！"

廷玉欠身答道:"老臣过了年犬马之齿已七十八岁,实老朽不堪其任了。恳请皇上恩准老臣解职还家。"

皇上道:"朕屡次嘱你不必天天入朝,在家理政可也。老爱卿总是敬慎如一,天天入值,朕这心中也实有不忍。所谓解职,也并非定要还乡不可。老爱卿在城里城外都有寓所,明日朕就下一道明谕,让老爱卿在寓邸休沐,四五日一入内廷备顾问即可。"

"老臣叩谢皇上天恩!愿吾皇万岁万岁万万岁!"张廷玉闻听此话,虽不能遂了他还乡之愿,但不必入朝内值,也是一大幸事。赶紧再次跪下,叩头谢恩。他确实不愿再在朝中待下去了。

第二日,皇上果然下了一道明谕,广告天下,谕曰:

> 大学士伯张廷玉,三朝旧臣,襄赞宣猷,敬慎夙著。朕屡加曲体,降旨令其不必向早入朝,而大学士日直内廷,寒暑罔间。今年几八衺,于承旨时,朕见其容貌少觉清减,深为不忍。夫以尊彝重器,先代所传,尚当珍惜爱护。况大学士自皇考时倚任纶扉,历有年所。朕御极以来,弼亮天工,久近一致,实为勤劳宣力之大臣;福履所钟,允为国家祥瑞。但恭奉遗诏,配享太庙,予告归里,谊所不可。考之史册,如宋文彦博,十日一至都堂议事,节劳优老,古有成模。大学士绍休,世绪生长京邸,今子孙绕膝,良足娱情,原不必以林泉为乐也。著于四五日一入内廷,以备顾问。城内效外皆有赐第,可随意安居,从容几杖,颐养天和,长承渥泽,副朕眷待耆俊之意,且令中外大臣其知国家优崇元老,恩礼兼隆。而臣子无可已之日,自应鞠躬尽瘁,以受殊恩,俾有所劝勉,亦知所安心尽职。

接到此谕,张廷玉算是可以名正言顺地回家休养了。他赶紧往懋勤殿谢恩,皇上又说:"老大臣如今荣休,朕有一诗相赐。"

说罢,随手提笔,写下一诗:

职曰天职位天位,君臣同是任劳人。
休哉元老勤宣久,允矣予心体恤频。
潞国十朝事堪例,汾阳廿四考非伦。

> 最兹百尔应知劝，莫羡东门祖道轮。

诗前还写了一行小字作跋：大学士张廷玉年几八衮，犹日趋朝，念其勤慎夙著，特加优礼，命五日一入内廷备顾问，如宋文彦博故事，因成是诗赐之。

张廷玉自此回澄怀园休沐，所谓四五日一入内廷备顾问之话，也是官样文章了，他哪里还有对国事发言的份？不过是像那些老王爷们一样，隔个四五日，午后往宫中给皇上请个安见个礼而已。

张廷玉真的清闲下来了，不上朝，他一下子竟变得无所事事起来。侄儿张筠对他说："二伯，您难得清闲下来，何不将以前语录整理成册，刊刻出来，传于后代，也是一笔财富。"

"我几十年来，日日忙碌，哪有那著书立说的工夫？"

"您平日里写的片言只字，侄儿都替您收着，能编好几卷哩。"

说罢，张筠从书橱里捧出一只精致木匣，打开一看，全是张廷玉平日里写的一鳞半爪文字，大多为短论，三五百字不等，长的不过千把字，短的只有几句话。那都是他平日里理事读书时，偶然记录下的感想，难为张筠都替他收着。

他翻看着这些文字，竟有些激动："筠儿，难为你有心。二伯以前的文字书信，都在雍正元年那场大火中化为乌有了。以后，忙于政务，日甚一日，哪有心思留意这些文字，幸好你都替二伯收着。"

"二伯，文端伯祖的《聪训斋语》是我们张家教子立训的一大财富。您就将这些语录编一本《澄怀园语》吧，也好让后世子孙从中学得处世立命的道理。"

"这主意不错，我现在闲下来了，正好可以编订它们。"

自此每日午后，张廷玉编订他的《澄怀园语》。看着这些文字，回想起自己一生的处事理政之道，转瞬之间，已年近八旬，垂垂老矣，张廷玉不禁感慨万千。

感慨过后，便是思归。京城是政治中心，而他已不是政治中人，他现在是一个居家老翁，而他的家在南方，在风景如画、气候温润的江淮之间的桐城。

闲居之中，思乡之情日甚一日。廷璩常有信来，述说家乡近况，并说自己自京城回桐后，许是家乡气候水土更合自己脾性，过去种种旧疾竟一日好似一日。如今他和父亲当年一样，春夏居龙眠，秋冬住城里，竟是体健身轻，百病全无了。

廷玉读着廷璩来信，禁不住老泪纵横。皇上准予自己在家荣养，却不许他还乡回南，这其中到底是为了什么？他似明未明。

九月的一天，若澄下朝回来，带回一个消息：方苞已于八月十八日在江宁上元病逝。

张廷玉闻讯泪如雨下，他一生严谨端肃，喜怒不形于色，然而近来却常常流泪，他变得脆弱了，变得控制不住感情了。"人之将死，其情也哀"，他以为这不仅是自己衰老的表现，更说明自己离死期不远了。

近来他还不断地听到同朝老臣们去世的消息，生老病死任谁也抗拒不了，他们都老了，死亡是必然的归宿。然而张廷玉从别人的凶讯中看到的是死神一步一步逼近自己的脚步。

他更加想念家乡了。想而不得，他因此而终日郁郁，茶饭渐减，身体一日衰似一日。到了冬至前后，竟奄奄病倒。

一日，朝会罢，皇上想起张廷玉已有七八日未来宫中请安了，这在他来说也是从来未有之事。他这人一生办事严谨，自四月休沐以来，每隔五日便入内宫问安一次，逢到端午、中秋等节日还另来请安问好。这过了日子不来，一定是有什么事。便召若澄来问。

若澄禀告皇上，父亲已病卧在床，多日不起了。

皇上闻讯，立刻遣傅恒去澄怀园慰问。傅恒早已从西北军前归来，如今已是朝中首屈一指的大学士兼军机大臣了。难为他这位国舅爷忠公体国，事事替皇上曲为周全，皇上也因了他的姐姐孝贤皇后之死，对他格外高看。还有那说不得道不得的与傅夫人的一段情。总归傅恒如今在朝中地位高高在上，无人可匹。

傅恒来到澄怀园，看廷玉躺在床上，实在瘦得有些不堪，不禁也为他伤心，未曾开言，自己眼圈倒先红了："老大人，何以竟病成这样？万事可要放宽心啊！"

廷玉见傅恒来了，心中也替他酸楚，这是个心中装着苦楚的男人，却天性高贵，万事放在心中，真正有宰相肚量。听了傅恒的话，张廷玉又忍不住滴下泪来，道："老朽没有其他心事，只不明白为什么皇上不允老朽还乡。皇上屡次下谕，不允老朽请退。老朽再不敢轻言此事，然心中实在思乡过切。老朽自知在世之日无多，家乡还有数位亲人棺木厝置多年，未曾安葬，这是老朽未尽之责啊。傅大人能否为老朽款通心曲，致意皇上，成全则个。"

傅恒对于张廷玉之事如何不知！且不说数次请退不成，就是当年吴夫人、若霭以及小吴氏之死，张廷玉也曾想请假，送他们灵柩归里，皇上终是以公务繁忙为由，不允。廷璐死后，廷玉想回家奔丧，也未得允。总之，张廷玉是被皇上扣在京城了。其中理由他多少知道一些，但他又如何敢说出。只得安慰廷玉道："老大人放心养病，皇上那里，我会为老大人说话的。"

第二天，和亲王弘昼也摇摇摆摆地来到了澄怀园。他一来便遣退众人，只单独一人待在廷玉病房中，对廷玉道："张师傅，本王百无禁忌，今日是奉旨来看你，要说的话只有一句：你问皇上为何不让你回南。其中理由本王就告诉你：皇上是因你知道宫闱秘事太多，怕你回南后泄露出去。"

这一点其实廷玉早已猜到，但以他性格，怎会向外传出只言片语？当下便道："王爷明鉴，廷玉入宫五十余年，历事三朝，可有半句流言蜚语从廷玉口中而出？"

"本王当然知道你不会说，皇上也知道。只是自父皇起，宫闱秘事传得铺天盖地，皇上近来也尝到了流言的利害。你又是参与过《玉牒》编纂的，对皇家秘事知道的比谁都多。所以皇上才有此虑啊。"

"王爷，老臣对于不该说之事绝不会说，即是那些不该记之事也早已忘记。老臣这里有一本《澄怀园语》，所记都是政事得失经验，请王爷呈给皇上审阅，看其中可有片言只语涉及天家秘事。"

"张师傅不必太过思乡，皇上既遣本王来与你说破此事，恐是心下要允你回南哩。"

廷玉闻听此话，真是大喜过望，就着榻上给和亲王叩头："如此老臣就感激不尽了。老臣这里先谢过王爷。"

过了一日，皇上果然派人来传圣旨：

> 大学士张廷玉年来累以年老乞休，朕因其精力尚强，不允解退。今见其衰病渐增，不忍再留，准其回籍调理，优游林下，以养余年。此时天气渐寒，恐难跋涉，可于明春冰泮时，由水路南归，以示朕优礼老臣之意。

张廷玉接到圣旨，那病便好了大半，赶紧进宫谢恩。皇上见了，不免说些回南后注意调理，免朕挂念的话。廷玉也说，等过两年皇上南巡时，一定去江宁迎驾之类。

君臣二人叙话半晌，最后张廷玉道："年前皇上曾有谕旨，说是从祀元臣无归老之礼，此次圣旨中未提及此话，不知将来那配享之事如何办理？"

皇上道："老爱卿不也说过，明朝刘基就是从祀元臣，不也允退还乡了吗？老爱卿就不必多此一心了，那配享之事系皇考遗诏，朕能不遵命吗？"

"老臣斗胆，想请皇上写一道手谕，以明此事。"

皇上听了此话，忽然不高兴起来："老爱卿还怕朕说话不算数吗？"

"老臣不敢。"张廷玉说着便跪了下去。

皇上见他老弱不堪的样子，又不忍心了，便答应下旨。

第二日，皇上果然颁诏明示天下，申明张廷玉虽告老还乡，但将来死后还会遵雍正遗诏，配享太庙。

张廷玉接到这份圣旨，算是彻底放心了。因前一日奔波进城，毕竟年近八旬之人了，又病着，便不能支，写了一份谢恩折子，着人送给若澄，代为谢恩。

皇上接到折子，不禁又大怒起来，召来傅恒和汪由敦，要下旨责问张廷玉，为何接旨之后，不亲来谢恩？汪由敦是廷玉门生，一直对廷玉礼敬有加，连忙跪下替老师求请。傅恒也在一边帮衬说话，说是廷玉年纪大了，又病了多日，不亲来谢恩，必是病重不能来。

两人将皇上的气劝消了，此事不了了之。谁知第二日一早，张廷玉又扶杖进宫，亲来谢恩。

皇上这回真是恼羞成怒了。他立即召集群臣会议，以为必是汪由敦泄露了昨日之事，张廷玉才会前来谢恩的。问群臣该如何处置。

这一对师生，互相抬爱，平时就招得别人嫉妒，如今皇上要治罪他们，还不正中下怀。廷臣会议结果，张廷玉夺职，罢配享。汪由敦革职治罪。

乾隆最后钦定时，总算施恩，只削去了张廷玉的伯爵之职，以大学士原衔致仕，仍配享太庙。汪由敦革去协办大学士之职，其他职务不动。

可怜终清之世，唯一一个汉人文臣爵位就这样以被削夺告终。而汪由敦数月前才刚刚擢升为协办大学士，如今又被革去了。

张廷玉临到致仕前还得了这么个处分，他真是又羞又惭，更加想早一日离开京城了。

乾隆十五年二月，张廷玉已作好了离京的一切准备，具折奏请皇上赐行。皇上当时正为皇长子永璜去世而心中悲痛，情绪极差，见了张廷玉的折子，气得扔了老远，斥道："这张廷玉还是诸皇子师哩，全没有一点师生之谊。皇长子新丧，还在初祭之期，他就急急求去，这样的人还是三朝元臣吗？还有资格配享太庙吗？"

此番罢了张廷玉的配享资格。

原来那永璜因孝贤皇后丧仪失礼之事遭贬斥之后，竟郁郁成病，于乾隆十五年二月初逝去。皇上明知自己因皇后之死施惩动威，未免过于严苛。永璜之死令他既痛且悔，下诏追封其为安亲王。

自十二年十二月皇七子永琮逝去，到十三年三月孝贤皇后逝去，又到十五年二月皇长子永璜逝去，短短两年时间连丧三个至爱亲人，皇上的心情之坏可想而知。

前次惩治永璜时还说张廷玉非其专师，免予处罚，这次却又抬出了皇子师傅的名头，治了他的罪。实在也是因为张廷玉不听他的劝留，一味要回老家惹的祸。

张廷玉在乾隆元年被加封为诸皇子师时，其实来上书房拜师的只有三个皇子，皇次子早已去世，皇长子如今又去了。虽非专师，但毕竟有着师徒名分。对于永璜之死,他能不悲痛?可是也正因为永璜的死因是缘于皇上的胡乱治罪,对于皇上近年来的言行,他实在不敢苟同。

这也正是他不顾一切急急求去的原因。

三月十八日,张廷玉从京城返乡,来朝阳门码头送行的人虽然很多,但毕竟因为连遭削爵和罢配享之辱,让张廷玉的返乡显得有些黯然。

官船缓缓起行,离京城越来越远,离故乡越来越近。

第卅六回
将错就错天子暗访　抚今追昔良相全身

经过将近三个月的水上行程，六月初一午后，官船抵达安庆码头。安徽巡抚率文武官员在码头接着，来到振风塔观光，又到康熙河游览。康熙四十六年，圣祖就是从这里上岸，驱车往桐城微服巡幸的，当年的情形一幕幕浮上张廷玉心头。

自康熙三十九年中进士，熙朝二十二年，雍朝十三年，乾朝十四年，前后将近五十年。几多风云，几多大事，都如过眼云烟，历历在目，俱往矣！

逝者如斯，无论是涓涓细流，还是浩浩江水，都一去不回。一生的事业都到此为止了。他如今已是八十衰翁，唯一的心思就是回到故乡，回到根深叶茂的家族之树上，而后落叶归根。

六月初二，一早起程，甫进桐城地界，他就觉得亲切，觉得那山那水，那土那地，那树那风，都比旁处不同，都透着家乡味儿，让他仿佛回到了童年，他的心宁静了，惬意极了。

一路之上，他都在向儿孙们介绍沿途的山山水水，若澄、若淑、若淳以及施氏都同车回来，其中若澄、若淑各回来过一次，若澄是送若霭灵柩回来的，若淑是送其母小吴氏灵柩回来的，两人都是送到即回，匆匆忙忙，走的都是陆路，经过的是桐城北边，这水路都未走过，南部桐城也毫不熟悉。他们都是生在京城、长在京城的，似乎不太能体会父亲对家乡的感情。施氏和若湸从未到过桐城，以前眼中所见都是北方景色，对这夏日江南的如画风光倒是陌生得很，因此更多一份新鲜。

车轻马快，刚过中午，就到了城西铺官桥，县令已领人等候在那里，见礼罢，张廷玉换乘凉轿，准备进城。

远远地就看见了那高高的城门楼子，再驰近些，便见西成门外守着许多人，那是廷璩领着五亩园中的张家子弟正在迎接他哩。

鞭炮炸响，廷玉和廷璩两个老兄弟相拥在一起，乐着笑着竟抱头而哭。

放开廷璩，长孙曾效领着两个弟弟上前见礼，这三个孩子都是若霭的儿子，自打四年前送父亲灵柩回南后，就没再回京，一直和母亲住在五亩园里。看着这三个孙子，廷玉一下子又想起了若霭，不禁张开双臂，将三个孩子一齐揽入怀中，再一次老泪纵横。

众人好不容易才劝得廷玉收住眼泪，整装进城，城里沿街更是人山人海，小宰相荣归故里，乡亲们能不来看热闹。

从六尺巷回到了五亩园，张廷玉才算真正到了家。他长长地嘘出一口气，仿佛将数年来的压抑和不快全嘘了出去。

当天傍晚，廷玉在若泌的陪同下，特为去东门外看桥。他穿一身香云纱的便装，脚蹬千层底直贡尼黑布鞋，他那穿惯了朝服冠带的身子顿觉轻松无比。这身打扮，谁能看出他是当朝一品大员，只和这桐城城里中等之家的老人们无异。

甫出东作门，就看见大桥巍然横卧在龙眠河上，他忍不住急走几步，来到桥头，然后用手抚着桥栏，一步一步慢慢迈上桥面，从西头走到东头，再从东头走回西头，把栏杆抚遍，方才踱到桥中央，极目去看那大桥上下的风光。

这段河面因建桥筑堤之后，成了一道风景。商家聪明，便沿堤建了许多茶楼酒肆，临水倚栏，那茶趣酒兴便平添了许多，昔日萧条的东门城外如今人气兴旺起来。若泌告诉他，夜黑后，那茶楼酒肆的生意会比白日更好，灯光水影，分外好看。

而此时，落日正猩红地晕染着河水面，把汉白玉的桥栏也映红了。那些桥栏由于人们日久的摩挲，已变得玉光。张廷玉的手抚在上面，感到既温润又沁凉，那种感觉由手心传遍全身，在夏日六月的傍晚，消尽了他身上的暑气。

他想，他身居高位数十年，没有利用职权格外为家乡办过一件事，这不是他不爱家乡，而是他作为首辅大臣，必须权衡左右，公平执政。惟有这座桥，是他送给家乡的礼物，那是他利用赐金和自身积蓄建造而成，这桥和他本人一样，是可以干干净净、坦坦荡荡立在人间的！

纳凉的人渐渐上桥了，不知是谁认出了廷玉，一声："小宰相到良弼桥上来了！"东门城里城外轰动了，人们从四面八方涌上桥来，争着与他作揖问好。

张廷玉感动了，眼泪在眼眶里打转。他在宰相任上做了二十二年，管着吏部和户部将近三十年，走到哪里不是被众人包围？然而那些围着他转的大多是官员，是有求于他或有惧于他的人；而现在围着他的这些乡里乡亲，却纯粹出于对他的爱戴。他是桐城的儿子，是桐城人的骄傲，尽管他已致仕还乡，在家乡人眼里，他永远是他们的"小宰相"！

在五亩园住了两日，稍作安顿，张廷玉便领着众人进山，龙眠山是他们张家的避暑山庄，廷瑑也是因为接廷玉才从山里出来的，如今大队人马都往山里而去。

双溪离城不过十来里地，不消一个时辰就到了。在赐金园里稍作小憩，张廷玉就忍不住领着三个儿子去山前山后转悠。若澄他们好生惊奇：父亲竟与在京时判若两人！几个月前的父亲步履维艰，策杖而行尚需人扶掖；如今父亲行走在山间小道上，竟脚步稳重，无须人扶，那拐杖提在手上，竟不拄地，而在用它指指点点，划远划近。

第二天，廷玉领着众人给张英夫妇上祭。

第三天，若澄陪着父亲往古塘凹井祭奠吴夫人、小吴氏和若霭，三人的灵柩都还在此厝放。祭罢，众人商量，今年冬至给三人安葬。

从古塘回双溪，必经过袁家坂，当年张英给廷玉选中的归葬之地金交椅就在那里。雍正十一年，他曾将此地指给若霭，告诉他自己今后就归葬于此。没想到到头来是白头人送黑头人，若霭竟走在了他前头。如今，他只能再次将此地指给若澄等人，告诉他们事情的来龙去脉：那是祖父生前为他们的父亲选中的归葬之地,以后无论怎样,都要将他归葬于此。

若澄等人站在这座名为金交椅的山腰上,向左看,是绵延的群山,那就是龙眠山脉;向右看,不远处就是双溪,张英的陵墓就在双溪金鸡地,高大的牌坊、长长的神道、隆起的墓冢占了半匹山坡,掩映在松树丛中,历历可见。

若说人死后还有灵魂,住在阴宅里的话,那么父亲将来的阴宅和祖父的阴宅相距如此之近,像是同一条街上的两个园子,那么他们在另一个世界里还是父子吗?还会互相关照吗?他们在一起会谈些什么话题呢?两个宰相,谈的一定还是大事、国事、天下事!

若澄收回心思,看着身旁极目远眺的父亲,忍不住在心中暗骂自己:父亲还好端端地活着哩,怎么就想到他百年之后的事情了?

安顿好父亲,若澄便领着若淑、若淳回京了,他们都是有功名的人,不能在家乡太久搁耽。若澄不必说了,是天子近臣,若淑已考中举人,若淳也荫了五品贡生。他们的妻儿都还留在京城,父亲还乡之后,他们就要各自举家立世了。

送走儿子,张廷玉安心在龙眠山里做起了员外。每天与廷璩两个老兄弟或策杖山间,或品茗林下,真是优哉游哉,忘其所在。

日子像双溪之水一样,咕噜噜流着,清忽忽的、活灵灵的,没有掀天巨浪,也没有水下暗礁。一切都变得简单了,这或许就是生命的真谛吧?从简单到复杂,又从复杂重回简单。禅宗修禅,要从看山是山修到看山不是山,再从看山不是山修回看山仍是山。

"一切有为法,如梦幻泡影,如露亦如电,应作如是观。"张廷玉心中忽然冒出这么一句佛经。还真把自己当居士了哩,他摇了摇头,自嘲地笑了。

夏日的龙眠山确是避暑胜地,双溪藏在龙眠山的腹地,树木葱茏,泉流汇集,太阳的酷烈被柔化了,白天尚且不热,夜间就更加凉爽。

张廷玉忽然想起,自己已多时未做梦了。在京城时,他曾夜夜被苦梦搅扰,弄得神思倦怠。如今回到桐城,竟夜夜安眠,不再做梦。久不做梦,他忽然想再尝试一次做梦的滋味。

这夜，他特为睡在佳梦轩中。睡前，心中暗想，以前每当睡在这里就会梦见珊儿，这次回龙眠，他早已去珊儿灵前祭奠过，却一直未曾梦到珊儿。他忍不住默默祈祷："珊妹，我回来了，这回是永远回来了，我已是耄耋老翁，随时都可能去阴间与你相会的。你屡次在梦中骗我，说要转世投胎，来与我相会。如今我也不需要你来投胎了，只求你再来我梦中一次，让我再见你一面。"

一夜安眠在酣甜乡里，哪里有梦的影子？清晨，第一缕阳光照上树梢的时候，百灵鸟在林间唱起歌来，那歌声唤醒了廷玉。他从床上坐起，惬意地伸了个懒腰，才想起昨夜又是一夜无梦。他不由摇了摇头，自嘲地想：这人老了，思念之情也不似以前浓烈了，所谓梦由心生，定是自己不像以前那样苦思珊儿，所以才不能成梦。好啦，都八十岁的人了，还有什么好思念的，很快就要和珊儿相会了。珊妹，我说过死后与你同穴，我做到了，如今我回来了，与你的厝地不过一箭之地，所隔的只是一层阴阳。很快这道阴阳界限也要打破了，你就等着我吧！

他走出门来，吃过简单的早餐，便与廷璖一起去山中转悠。附近好几个山上的茶园都是张家的，山间盆地里好多稻田也是张家的，盛夏时节，农活不多，稻子正在灌浆，农人们耨过四遍草，就等着八月里开镰收割了。尤其茶园里春茶、夏茶都已摘过，此时正是茶棵休养生息的时候。农人们也就趁此机会在家躲夏，田里、地里都不见什么人影。

两位老兄弟看看田里的稻子，捋几粒籽实在手，掐出浓浓的白浆：看来今年收成不错！

转过几块田，抬头看见垂云洴正立在半空，此时到那石屋中品茗读书，必是清凉无比的。

廷玉便道："五弟，回头叫个人去把爱吾庐打扫一下，我们去饮茶可好？"

"好！唉，老冯头正在那里，就叫他去吧。"廷璖说着便叫一声，"老冯——"

半山上立刻有人答道："是二老太爷和五老太爷吗？什么事？"

廷玉闻声望去，只见老冯就在垂云浕左边的一块茶园里忙活，便问："你此时还在茶园里忙活什么？"

"回老太爷话，我给这茶棵松松土，锄锄草。这什么东西都要勤侍候着才长得好哩。"

廷瑑道："这老冯可是咱们庄上务茶的好手。"又对老冯喊："老冯，回头把那爱吾庐打扫干净，下午二老太爷和我要上去喝茶。"

"好呐！我们家丫头最会沏茶了，回头让她去给二位老太爷沏茶可好？"

"行啊！你安排吧。"

廷瑑话未落音，老冯就向山下大喊："三儿，别竟顾着玩了，上来帮着干活。"

"哎，就来。"

一个清脆脆的女孩声音就在廷玉身后响起，廷玉一回头，只见一个穿着水绿衫子的女孩子拿着一把芭蕉扇，正在不远处扑打一只蝴蝶。

那女孩子此时正好歇下步子仰面与父亲说话，说完话一转脸，正与廷玉对个正着："珊儿！？"廷玉失口大叫一声。

"老太爷怎么知道我的名字？"那女孩子两只水灵灵的大眼睛忽闪忽闪的，奇怪道。

廷玉仿佛还未回过神来："珊儿！你真是珊儿？你怎么会是珊儿呢？"

"我在家里行三，所以就叫三儿喽。"

廷玉这才回过神来，原来桐城东乡口音"三"和"珊"同音，廷玉幼时在家听惯了，误把"三儿"听成了"珊儿"。可是除了名字误听之外，那女孩子长得也与年轻时的珊儿一模一样，所以才弄得他那么忘情。可是待到回过神来，他还是口中喃喃道："太像了，太像了，简直像极了。"

那女孩子已像一只欢快的小鹿般向山上跑去。廷瑑看廷玉的目光一直追着那女孩子，便问："什么太像了？"

"五弟，你不觉得她像你二嫂吗？"

"二嫂？"廷瑑首先想到的是吴夫人。

"是你姚家二嫂！就是你珊表姐。"廷玉又追上一句。

"哦，是像，真的像！"廷瑑比廷玉小了十几岁，他对珊儿的印象只是嫁给廷玉之后，那时的珊儿是少妇打扮，与眼前这少女打扮的女孩究竟有着区别；而且珊儿后来去了京城，又死去多年，他再没想起过她。如今被廷玉提醒，细想一下，表姐还真的与这三儿很相像。

廷玉则不同，珊儿是永远活在他心灵深处的。这女孩子与少女时的珊儿表妹实在太像了，只是珊儿是大家闺秀，比她沉静斯文，而这女孩子是山野村姑，要活泼灵动得多。

下午，廷玉、廷璩上了垂云汧，那爱吾庐里里外外已被打扫得干干净净。两人踱到屋后火房里，冯三儿正在那里煮水，几只小火炉烧得火焰焰的，空气里飘动着一股松脂的清香。

廷璩问："你父亲呢？"

三儿一边看着火一边说："父亲去摘松果了。"

廷玉看三儿脚边放了一大篓松果，便道："有这么多松果还不够烧吗？"

三儿道："这些松果是风吹落的，都走了油了，不香。需得刚刚从树上摘下的松果，烧起来才有一股松香，那松香沁到水里，沏出茶来，才有一股特别的香味。"

廷玉奇道："你还懂得不少嘛？"

"我爸别的不敢吹，务茶可是好手，他种的茶好，炒的茶好，泡的茶也好。这些都是他教我的哩。"三儿脆生生地答道。这山野姑娘一派天真，根本就没想到他身边站着的两位都曾是朝中大官，他们的朝服官帽她只能在戏台上看见。

廷玉喜她天真，看她的小脸被火炙得红红的，便站在她身后，用折扇给她扇着风，一边看她煮水，越看越像珊儿，便忍不住问她："今年十几啦？"

"十八啦！"

"婆家是谁？"

"还没呐！"

"怎么会呢？不好意思说吧？"那时人结婚早，一般女孩子十六七岁就嫁了，这女孩十八了，还说没许下婆家，可就太奇怪了。

这时恰好老冯提着一腰篮松果进来了，便接上话："回二老太爷话，真的还没许下婆家哩。我这女孩儿，虽是穷人家孩子，倒也养得金贵。刚出世的时候就逢上二老太爷回来祭祖，还赏了她五十两银子哩。二老太爷可还记得此事。"

廷玉脑子里忽然电光石火地一闪，一下子记起来了。那年回乡祭祖，确实听说一个佃户家生了个孩子，是自己让若泌赏他五十两银子做贺礼的。同时他也想起来了，当天夜里，他在赐金园中与珊儿梦中相会，珊儿说她要去投胎。难道这女孩子真的就是珊儿的转世？太不可思议了？太巧合了吧！可是这女孩与珊儿长得也太像了！

他忍不住道："那是雍正十一年……"

老冯道："对，是雍正十一年十一月十四日夜间生的。第二天一大早老爷、太老爷们就赏了银子。我们就说这孩子命好，正赶上二老太爷这般大贵人还乡时出生。后来真的有看相的先生说我这丫头命贵，不能轻易许人，说她命中还要遇贵人哩。可是这都十八岁了，也没遇着贵人。"

"遇不上贵人又怎么着，女孩子非得嫁人吗？"那冯三儿被父亲说得不好意思，抢嘴道。

"让两位太老爷见笑了，这孩子被他妈惯坏了。"说到这里，老冯才注意到廷玉一直在给三儿扇着扇子，便失惊道："折煞人了，怎么能让太老爷给扇风哩！"

廷玉这也才意识到自己在给三儿扇风，便又扇了几扇，道："不碍的，我看她热得小脸红红的，这大热天的给我们煮茶喝，真难为她了。"

"那有什么，这孩子古灵精怪的，学什么都比别人强。我教她煮茶，她煮得比我还好；她妈教她做针线，如今她的针线活在这山里数第一；小时候让她跟着哥哥们到义学里识几个字吧，她那字也写得好着哩。"

"是吗？还会写字？"廷玉饶有兴趣地问。

"是啊，山口那碧峰庵里逢到有人来求《金刚经》，当家师就让她给抄哩。"

"是啊，我抄一部《金刚经》能挣一两银子哩。我为何要嫁人，我什么都会做，能养活自己哩。"

"瞧这孩子说的什么话。"那老冯憨憨地说着，看得出心里对这个女孩儿十分宠爱。

廷琢道："没想到老冯你们夫妇那么憨实的人，养的女孩儿倒伶俐

第卅六回　将错就错天子暗访　抚今追昔良相全身

得很。"

说话间，那三儿已将水煮得滚沸，先用滚水将两只盖碗烫了两遭，然后用小竹勺从竹茶筒里舀出茶叶，放入碗中，冲入沸水，腾起一股雾气，那茶叶便在水中旋转着慢慢展开，茶香水香随着雾气荡漾开来。

未饮先醉。

廷玉、廷璱都如父亲一样，是嗜茶之人，但他们都是终日饮茶，以此提神解乏，却难得有这种清闲雅兴，看着别人做这些茶道功夫。而这一番功夫之后，那茶确实平添了许多情致，呷一口，清香满口，咽下去，齿颊尚留余味。那五脏六腑被茶香过滤，顿觉水洗般的干净。

廷玉没想到这山野女孩能煮出这么一手好茶，又想着她父亲方才的话，便赞道："好灵慧的女孩儿！老冯，家中不缺人手吧？不若让三儿到赐金园里做活去，也没什么重活粗活，帮我煮煮茶，养养花就得，有时还得帮我抄写点什么。我一个月给一两银子。"

"我老冯家是庄上佃户，三儿给老爷们做事是该当的，二老太爷喜欢她就让她去，还给什么银子。给口饭吃就成。"

"那哪成呢？银子是要给的，三儿抄《金刚经》还能挣银子哩。我把她要去，不给银子，岂不断了你们家的财路？"

"罢哟，听她说。那经一年也抄不了一部两部，银子那么好赚的吗？"

"就这么说定了，让三儿到我那儿去！唔，还没问问三儿自己哩，你愿意吗？"

"回老太爷话，我愿意。"三儿笑遂言开地说着，一个月一两银子，那可跟个私塾先生挣的差不多了，她如何能不打心眼里高兴。她高兴地又对着父亲喊："爸，您看我这不遇上贵人了嘛！"

第二天，冯三儿便来到了赐金园。廷玉因了她像极珊儿，虽说那出身与自己的梦如此巧合，他是不言怪力乱神的，只有心中讷罕，可不能妄对人言。但是他年纪大了，有这么个乖巧的孙女儿般的女孩儿在身边服侍，心中也大是快慰。更何况她行动举止都让他觉得她是珊儿，那份心中的熨帖真是只有自己能够体会。

有一天，他忍不住对三儿道："你叫三儿，这名字太普通了，把它改为

'珊儿'怎么样？珊瑚的珊，音同字不同。"

"好哇，三儿进了园子，就是老太爷的人了，您赐什么名字都好。珊儿，珊瑚的珊，我记住了。以后我就叫冯珊儿啦！"

廷玉看着她的快乐劲儿，不知不觉也被感染了。心中感慨：世间万事万物真是奇妙极了，冯珊儿，你难道真是姚珊儿转世吗？若非如此，为何你们长得如此相像？冯三儿，逢珊儿，真的让我重逢了珊儿啊！

施氏是北方人，性格有些粗枝大叶，对于南方习性也不太会，以前在澄怀园时，也一直是吴夫人当家理事，她享福惯了。回到桐城，家中巨细事务要她操心，还真有些顾不过来。冯珊儿来家后，对于廷玉的饮食、衣着都安排得妥妥当当的，给她省了不少心。加上她还会抄抄写写的，是廷玉的一个好帮手。渐渐地，廷玉的事情就全交由珊儿来安排了。

廷玉回乡后，不再忙于政务，也便不再需要书办了，张筠已回到自己家中。平时回个信什么的，都是廷玉自己捉笔，但毕竟年纪大了，写字时手颤。珊儿来了之后，廷玉便只需口授，由珊儿动笔。珊儿着实写得一手好楷书，那字笔画端正，间架整齐，竟丝毫没有脂粉气，乍看之下，与廷玉的字颇有几分相像哩。

回到家乡，廷玉的心情便开朗多了，京城的种种不快都不再去想。如今有珊儿作伴，他可以安享晚年了。

然而，他想忘了京城，京城却不肯忘了他。

九月初九，重阳节，廷玉回到城里五亩园。今天是他七十九岁生日，按桐城男做九的风俗，今年该给他做八十大寿了。

五亩园里若泌牵头，要给二伯好好做个大寿。

没请外客，光是张家子弟及旁姓亲属来贺寿的就有一百多人。五亩园里张灯结彩，热闹非凡。

一大早起，廷玉就被请到正堂上，接受贺拜。

中午，寿筵刚刚拉开，门外传报："钦差大人到！"

廷玉闻言，心中一阵激动：必是皇上还记着我的生日，派钦差贺寿来了。

赶紧命请进堂来。只见来者是安徽巡抚卫大人，领着一队官兵，那样子不像来祝寿的，倒像来抄家的。

果然那卫大人一挥手，官兵们便分两排站好，把众人拦在两旁，中间只剩了廷玉和卫大人。

卫大人大喊一声："圣旨到！张廷玉接旨！"

廷玉赶紧面北跪下，颤声道："老臣张廷玉恭接圣旨！"

卫大人展开黄卷，大声宣旨道："奉天承运，皇帝诏曰：查四川学政朱荃，延报其母丧期，实乃贪位忘亲。着革职查办。大学士张廷玉与朱荃系儿女姻亲，为翰林院掌院时对朱荃屡有举荐，如此任人唯亲，殊失铨政体统，应负失察之责。着尽缴历年颁赐之物，以示惩戒。钦此。"

这真是晴天霹雳，再也想不到之事。张廷玉糊里糊涂地谢了恩，接过圣旨，瘫坐在地。

卫大人宣旨罢，才走上前来，将廷玉从地上扶起，道："老大人，晚生也是奉旨行事，不得已而为之。还望老大人原谅。"

张廷玉这时也回过神来，请卫大人坐下，命若泌带官兵们去取那历年来三朝皇上颁赐的物品。这些圣物，张家都好好放在库房里保管着，要取也很容易。

这边，廷玉、廷璩陪着卫大人喝茶，顺便问明事情起因源头。那朱荃虽与廷玉是儿女亲家，但一个在桐，一个在川，平时并无书信来往，对于朱荃的事廷玉根本就不了解。

卫大人告诉他，朱荃去年母丧时，正赶上岁考之期，他便没有即时上报此事，直到考期结束后他才回家给母亲发丧。此事被贵州道监察御史储麟趾得知，参了他一本。于是便有了那革职查办之说。

而朱荃是乾隆元年博学鸿词科取的士，当时取的是二等，张廷玉为主考官，他当然对廷玉甚为感激。乾隆六年，若澄丧妻。八年，他便托人将自己的女儿许配给若澄为继室。十三年，他以翰林院编修身份点四川学政，本是极为正常之事，因当时廷玉是翰林院掌院，又以大学士身份兼管吏部部务，所以朱荃治罪，他有失察之过，这也是正常的连坐。不过以正常连坐来说，也就得个罚俸或降级罢了。像这样尽缴历年颁赐，实是天大的耻辱。而这种处罚,皇上的理由是他们为姻亲,这任人唯亲之过,就可大可小,乃是不以国体为重了。

更为糟糕的是,雍正皇帝曾屡次赐银,加起来有六万余两,这些钱廷玉都拿来用于祭祀、修桥、治义田、赈灾以及补贴廷璐学政上用了,如今已所剩无几,皇上忽然要他缴还,他一时之间,哪里能够凑齐。

当下只在他房中搜出纹银不过二百余两,还有些银票,也不过一万余两,离六万两还差得远着哩。

钦差坐在堂上,廷璩叫过若泌,命将自己名下的银票全部拿来,也不过一万余两。其他各房子弟及亲属也都纷纷凑钱,急切之下,又凑了一万余两。合起来也有三万余两了,还差着两万余两。若泌对卫大人道:"钦差大人请暂缓几日,待我们想法凑齐银两。"

卫大人道:"各位不要怪卫某无情,卫某也是奉旨办事。这家我们也搜过了,银子确实只有这么多。我能在皇上面前担保,张大人没有隐瞒。所欠部分你们想法凑齐罢。我要回去复命了。"

廷璩道:"卫大人请回复皇上,我们张家变卖家产,也必帮二哥还上所欠银两。"

卫大人又对廷玉拱手道:"卫某不敬,搅了大人的寿筵,还请恕罪。"

廷玉瘫在椅上不能起来,只摆了摆手,道:"你我都是朝廷命官,岂能不知这朝中规矩。老夫知道须怪你不得,可否吃杯寿酒再走。"

"不了,卫某如何还有脸吃老大人的寿酒。有机会卫某再给老大人赔罪。"说罢,与众人拱了拱手,带着收缴的物品,退出五亩园去。

一场寿筵被搅了,喜事变丑。皇上如此绝情,分明还记恨着廷玉不肯留京,定要回桐之事。

张廷玉为爱新觉罗家族用尽了毕生心力,换来的是这样的奇耻大辱,怎不叫他心死如灰,哀莫大焉。更叫他羞愧的是,自己这样一折腾,却把全家族的人都牵连了进去。他如何不知,几房家产凑起来也难以还上这个缺口。他一人之过,竟带累了大家。

又羞又愧,又急又怒。八十岁的人了,哪里经得住如此打击,廷玉一下子病倒了。廷璩等人都来劝他,若泌忙着到处筹钱,冯珊儿更是整日陪在身边给他安慰。

十一月,若澄三兄弟从京城回桐,他们是回来给两位吴夫人和若霭葬坟的。见着病床上的父亲,若澄格外伤情,他哭着说道,都是自己连累了父亲。廷玉这时已从大羞大辱中恢复过来,把万事都看淡了,看开了。他对若澄道:"谁也不怪,皇上要治我,总能找着理由。"

冬至前后,廷玉从病床上撑起来了,指导若澄将若霭和吴夫人的灵柩送回挂车河堡抱晖山庄吴夫人的娘家坟地安葬,让他们母子葬在一起,也好有个照应。若淑之母吴氏则葬在了金塘湾,和早年死的李氏、蔡氏葬在一起,让她们也在地下作伴吧。

过完春节,廷玉催若澄他们回京,若澄却有些心灰意懒,他说:"父亲,您为官一生,耗尽了心力,到头来落了个什么下场。如今我那岳父大人获罪,皇上虽未迁怒于我,我在朝中也很抬不起头了。父亲的年纪这么大了,我想以奉养为由辞官不做了。"

廷玉道:"皇上要树自己威信,治的是我们这些老臣,估计牵连不到你。凡事当极好时,要往极不好处想,当极不好时,要往极好处想。我想我这坏事也该算到头了,你也不必以我为念。我在家中有你五伯和堂兄弟们照顾着,没什么大碍,这次病而不死,还有几年好活。你还是快快回到皇上身边要紧。"

"皇上开春就要南巡,我回京之后也没什么事,再多陪父亲几日吧!"

"不必了。皇上南巡,你照例该扈从的。你就直接往江宁去迎皇上吧。我说过等皇上南巡时要往江宁迎驾的,如今皇上必不愿见我,我也就不去招惹他了。我写封折子你带给皇上,就说我病得不能起床,无法去迎驾了。所欠帑银正在积极筹措。"

"我回乡前陛辞时,皇上并未说起扈从的事,只命我在家办完丧事后,多陪父亲几日,如今我大可不必急着回去。"

"那你就先回京吧,回吏部去销假。这时万不可再给别人话柄,记住,官场之上,时时刻刻都要冰渊自鉴。"

好歹过完了正月十五，在父亲的一再催促下，若澄兄弟于正月十六日起程返京。

皇上却于正月十三日就已起驾南下了。二月初，圣驾到了江苏，没见张廷玉前来接驾，倒收到了若澄回京后用快马报来的折子，知张廷玉病了，不能来迎驾。乾隆有些将信将疑：你不来，我去看你。乾隆打定了主意要微服去访桐城，对于张廷玉抄家只抄出三万两银子，还是合族凑的，乾隆怎么都不能信。张廷玉是清官，但也不至于一清如此吧？每年的俸禄足够家用吧？张家是桐城旺族，家产应该很大，怎么连赏银都用了个精光呢？定是打了埋伏，那查抄之人不是收了他的好处，便是查抄不力，或被他蒙混过关。此事必得亲自去查上一查，方才放心。

三月末，圣驾到了池口，驻跸乌沙镇。一天，皇上果然甩开众人，只带着几个贴身侍卫，装扮成商贩，从池口顾了一条小船，直驶对岸安庆港，从安庆码头上岸，换乘快马，沿官道一路驰向桐城。

中午，来到一个岔路口，乾隆跑得口干舌燥，正想找个地方打尖，却左右找不到一个饭店。这时人们都回家吃午饭了，路上行人很少，乾隆便勒住马，命随从去附近几条路上探看一下，找一找哪里有饭店可以歇脚。

待随从们走远，却见不远处有个妇人穿着水绿衫子，正在田中插秧。乾隆帝便牵马走近前来，见那妇人弯腰插秧的姿势挺美的，乾隆帝不觉动了兴致，随口戏道："喽，喽，那插秧的娘子，我问你，一天能插几千几百棵？"

那妇人直起腰来，看见一位客商模样的人正牵着马朝自己笑哩，便也回了一句："哟，哟，那赶路的客官，我问你，一天能行几千几百脚？"

乾隆一听那女人如此伶牙俐齿，不禁大为高兴，道："都说你们桐城是文化大邦，妇孺老幼，人人能诗，个个善对，我出一个上联，你能否对出下联。"

"客官有兴致，小妇人就奉陪一番，权当歇歇乏了。"

乾隆便指着那妇人道："我看你这绿衫子正好配这三春季节，我这上联有了：新岁乾坤芳草绿。"

"客官这红比甲正也好入联，我这下联就：安宁天下杏花红。"

"哈哈，对得好，果然是文化大邦，名不虚传。为了让后人记住今日这段佳话，我看今后此地就叫作'新安'吧！"

妇人扑哧一声笑了，喊道："你以为你是谁呀？这地名由得你想怎么叫就怎么叫？"

"我是谁不要紧，要紧的是我想怎么叫就怎么叫。不信啊，问你们县里的大学士张廷玉去？"

"我们小宰相的名字由得你随便叫的？你这人也忒无礼了。"

"唉，那张廷玉的名字我还就叫得，不信你去问他，就说有个洪哥儿对他直呼其名，问他是叫得叫不得？"

"吹牛皮不犯死罪，你就吹吧。我要干活了，没空陪你消遣。"说罢妇人又弯下腰来插秧。

乾隆忙问道："唉，唉，怎么就不理人了？我问你，那县城离此还有多远？"

那妇人恼他轻薄，又对小宰相出言不逊，便顺手一指，道："就在前面，十来里地就到了。"

乾隆一听，只有十来里地了，赶紧上马，道声："再会！记住喽，此地就叫新安。"打马便往前面驰去。

那也是一条大道，却不是通往县城的，原来那妇人恼他，故意指错了道。照他这样走法，不是去县城，而是转个圈，又回到了安庆。

乾隆哪里想到会这样，只道十来里地，一会儿就到，县城必定有饭店客栈，他饿了，只想找个地方吃饭。那些侍卫找不到他，自然会往县城来。

可是骑过了十里，却不见县城的影子，再骑了约莫十里，才终于看见前面有一座不小的集镇，他想，那必定就是桐城县治所在了。

尚未进镇，就见一座大宅矗在那里，远远望去，那宅子后面围了一道很高的院墙，墙里隐约可见亭台楼阁，树木葳蕤。打马上前，只见门楼高大，门前两个石狮子煞是威风，门匾上大书"张府"二字。乾隆想，这必是张廷玉的宅子了。我且进去会会他，给他个措手不及，看他这个以清廉著称的宰相大人在家里是个什么情形。

正巧有个老者走过身边，乾隆忙跳下马来，拱手道："请问老丈，这张府是不是'宰相张家'?"

"是啊,就是宰相府哇!"

这下没错了。乾隆谢过老丈,走上前来打门,那门应声而开,门人开口便道:"是洪老爷吧?我们家老爷正等着您哩!"说着接过他手中的马缰绳,就把他往里面带引。

乾隆奇怪了,难道那张廷玉在外面还有眼线,早已探到了自己的行踪?

一路往里走,乾隆一路打量着这座宅子,只见宅中房舍甚是高大,前后有好几进,不下百来间房屋。四周花园假山,小桥流水,在这小城偏地,这座园宅确实非同凡响,堪称世家大户,但对于张廷玉这个两朝大学士、兄弟子侄数十人在朝为官的豪门来讲,这园子也不算什么,看来他是够清廉的。

进得正堂,里面一个六十来岁的人迎出来,拱手道:"洪老爷怎么今日才来,老夫从昨日起就等着您了。"

乾隆一看,这人不认识啊,这口气也绝对不是知道自己身份的,便因话答话:"哦,昨日有事脱不开身。你们家老太爷呢?怎么不出来,难道病得不能起床了吗?"

那人道:"我们家老太爷早已归西了啊,洪老爷如何认识我们家老太爷?"

"你们家老太爷不是张廷玉吗?怎么前日才接到他的信,说是病了,这几日就归西啦?"

"哎哟,错啦!张廷玉老太爷是老夫的二伯,他在县城,我们这是练潭镇哩。"

"我说哩,张廷玉的府邸也不怎么样啊。"

"那洪老爷您可说错了,我二伯的府邸还是他父亲手上置的,叫作五亩园,只有五亩地大,哪比得上我这园子,我这有五十亩占地哩。"

"是吗?那你这宅子怎么也叫作宰相府?"

"是这样的,老夫的祖父也叫张英,和那五亩园里的老宰相同名同姓。"原来这张宅的主人就是当年被张英在池口搭救过的人,后来靠着那笔银子,张家置田置产,慢慢发迹起来,如今当家的已是第三代人了,现在的张家已是拥有两条船队的大富商了。因了那段渊源,张家的府邸一直被当地人戏称

第卅六回　将错就错天子暗访　抚今追昔良相全身　687

为"宰相府"。

乾隆听了上述缘由，才知一切都弄错了，可那张家人怎么一眼就认出自己是洪老爷呢？他不禁将这疑问说出。那张老爷道："客官难道不是从安庆来的洪老爷？"

"是啊，是从安庆来的呀？不过不是要来访你，是要访张廷玉的。"

"原来如此，莫非洪老爷认识我们家二老太爷？"

"算得上是忘年交了，我是从京城来的，路过安庆，听说他病了，特来看他的。"

"唉，我们家二老太爷这回是遭了罪了。皇上抄家，命缴还历年颁赐之物。上年大家凑在一起，帮他还了三万帑银，还差着两万多哩。若泌急得什么似的，把龙眠山里的房产庄田都抵给钱庄了，贷了一万两银子，我这不也急着为他筹钱嘛。约好了省里的一位客商，要来买船的。我们家是老相爷帮助发起来的，人不能忘恩，如今人家有急难，我们得报恩呐。我这现钱也不多，只好卖一条船救急。客官正好也姓洪，我们还以为是来买船的哩。"

乾隆听了这番话，倒有八分信了，但他还是奇怪，又问："那张大人在朝多年，怎么至于就那么点子家产呢？"

"唉。他们家是从老相爷起就有家训，都是清白持家，置产只准置田，子孙不准经商，不准放贷，总之凡取利之事都不准做。田租又常常减免，平时又讲究个乐善好施，那田庄有一半是义庄。家中积蓄实在是微薄得很。就说二老太爷吧，皇上每赏一次银子，他必分给这个，分给那个，说是广惠君恩。修县城东门那座桥，就一下子花去了六千多两银子，又屡次在家乡设粥厂施赈。就说乾隆三年那次，光二老太爷就捐了一万石粮食。平时在京城，乡里乡亲有事，都是他们几位在京做官的老爷们帮衬。再多的银子也经不住花呀。哪里会想到二老太爷那么好的人，会被追缴赐银呢？这银子赐了还要收回，官家的事，我们老百姓可真搞不懂。"

乾隆暗暗后悔，没想到竟把张廷玉逼到了这等地步。他忍不住问道："皇上这样对张大人，张大人必心中有怨吧？"

"唉，那二老太爷最是谨慎的人，他心中怎么想的我们可不知道。他对朝廷忠诚着哩，若澄回来，因他病着，想多陪陪他，硬被他逼着返京了。"

乾隆想自己近年来一直跟张廷玉闹别扭，恐怕真是错怪张廷玉了。由不得想起张廷玉的种种好来。一个八十岁的老人了，自己这样整治他，实在太也过分。想着，便对那张家老爷道："老伯且不忙着卖船，待洪某人回京城后知会皇上。皇上知道张大人如此正直清廉，肯定不再追缴帑银，说不定连以前追回的赐物都发还了哩。"

"那敢情好。可是皇上会听您的吗？您能见着皇上吗？"

"能的。若澄也是，就在皇上身边，也没听他给皇上说这些呀！"

"洪老爷也认识若澄？"

"怎么不认识，经常在宫中见面哩。我这里有把扇子，你带给张大人，他见了扇子就明白了。我只有一天工夫，耽搁在这了，不能去县城看他了。你代我问候他，就说我让他放心，等着好消息吧。"

皇上已觉得无法再跟廷玉见面了。便让张家派人从来路上去寻他的随从，这里张老爷也摆上了酒菜，盛情招待这位京城来的贵客。

一时，随从们都被找来了。大家见丢了皇上，正急得什么似的，问了那插秧的妇人，知道皇上往这边来了，便寻了来，正一路问人哩，被张家派出的人碰上了，便都领了来。

众人吃了酒饭，乾隆掏出怀表看看，已是申时。问那张家老爷，知道从此大路往安庆，不过六十里地，一个时辰就到了。

乾隆不想在桐城地界待了，便辞了张家，领着众人打马回安庆，当夜宿在安庆府衙，那安徽巡抚卫大人见了圣驾，吓得呆了，当即派人着意保护。乾隆又详细问了上一年卫大人抄张府情状，一如张家老爷所说。卫大人刚到安徽巡抚任上，对张家在当地情形也不太了解，乾隆又命他找来了一个号称万事通的桐城籍师爷，询问张家在地方上的情形。那师爷又从老宰相说到小宰相，把张家着实夸了一番。几番话互相印证，乾隆皇帝这回是确信无疑了。

当晚，乾隆帝就给卫大人下了一道手谕，还命他做钦差，把上回从张家抄没的钱物统统返还。

卫大人接了这道手谕，待皇上驾回京城时，便一路随驾进京，从内务府领了那些上年抄送来的东西，又送回了五亩园。那已是六月间的事了。

却说那日皇上在练潭镇的张家留下折扇为信物，第二日，张家老爷就亲自将扇子送到了五亩园。廷玉一见折扇，叫声："皇上！"赶紧面北跪下。眼泪不觉便流了下来。

原来那扇子上的画儿正是若霭手迹，旁边还钤着"练雪斋主"的印记。听了张家伭儿将事情原委说完，廷玉感激得涕泪交流，廷瑑在旁道："这下好了，皇上到底记着旧情，二哥没事了。"

廷玉感激之下，便想再去迎驾，想一想还是罢了，一则病体支离，不耐远劳；再则皇上的脾性现在他可摸不准了，没有奉旨，贸然去见驾，谁知皇上会不会再不高兴？

他被皇上三番五次的整来治去搞怕了，还是远着点儿好。

待到六月里收到发还的被缴钱物，他的激动劲儿已经过去了。荣宠和羞辱都经过太多，如今他已心如止水，波澜不惊。倒是皇帝来过桐城的消息传开了，那妇人与皇上对对联的事也传开了，皇上说"此地今后就叫新安"，那是金口玉言啊。当即那个岔路口的无名小庄子就被叫作了新安，因那里有个渡口，就叫作新安渡。此后来此聚居的人越来越多，形成了集镇，繁华起来。

再说经了这场大变之后，廷玉心情更加淡泊宁静了。大部分时间他都住在龙眠山里，有冯珊儿陪在身边，他似乎很满足了。倒是冯珊儿，见了皇上一会抄家，一会发还，出尔反尔，哪里是什么寻常说的"君无戏言"的气派，问廷玉："皇上这样翻来覆去，倒底是对是错呢？今后别人会怎么评价太老爷您呢？"

一句话提醒了廷玉，现在在世时已是是非不清了，百年之后历史将如何评价自己？他决定要编年谱了，将一生的事情一件件作个记录，给自己作个总结，也给后人留个交代。

虽然此时的他已是八十老翁，手颤眼花，不能写字了，但有冯珊儿帮他，这一点不成问题。

从此，每天清晨起床，吃过简单的早餐，廷玉便开始口述，冯珊儿记录，开始编订年谱。

这项工作陆续进行了两年方才告竣。冯珊儿又将年谱抄了一个备份。廷玉将年谱放在匣中收好，上面放了一封信，是写给若澄的，嘱他在自己死后将此年谱呈给皇上御览。

老年的廷玉像个老僧一样平和安详，唯一的心思是冯珊儿的婚事，他几次三番劝她找个婆家，她只是不肯，说就要陪着太老爷。

廷玉道："我死了你怎么办？"

冯珊儿头一甩，说："您死了我就出家！"

施氏劝廷玉纳了冯珊儿，廷玉道："我都年过八十了，她一个小姑娘，没的坏了她的名声。"

施氏道："那丫头是死了心不肯嫁人了，你纳了她，不过给她一个名分。将来好分一份家产，也好过活呀。"

廷玉想想也对，可是冯珊儿表示自己连名分都不要，她就愿意做太老爷的丫环，能服侍太老爷就够了。

如此又过了几年，到了乾隆十九年冬天，廷玉再次病倒了，这回他知道自己已离死不远了，而冯珊儿才二十四岁，她的一生还很长，为冯珊儿计，他终于纳了冯珊儿为妾。冯珊儿泪流满面，她不要什么名分，她只要太老爷好好地活着。

乾隆二十年三月二十四日酉时，八十四岁高龄的张廷玉阖然而逝。

冯珊儿在廷玉断七之后便到碧峰庵出家。悟本师太说她尘缘未了，不肯为她剃度，只许她带发修行，倒赐了她一个法号叫"心念"。她每日除跟随大家一齐做早晚课外，其余时间便在禅房里抄写《金刚经》。

若澄在家守制，遵嘱将张廷玉自编年谱派人送往京城，请皇上御览。皇上花了几个晚上，遂字遂句审完《年谱》，忽然觉得自己太对不住张廷玉了。《年谱》里没有丝毫涉及皇家秘闻的事，就连那年廷玉带同自己微服出行赣州之事都一语未及。对于后来自己变着法子整治廷玉之事，也写得很含蓄，并无丝毫损毁自己之处。而对于鄂尔泰这个与他分庭抗礼之人，以及那一派刻意诋毁他的力量，则一字未曾提及。只在《年谱》前面的导语中说了一句："笔载未详者，存而不论也。"

这是真正的正人君子，是大儒风范，严于律己，宽以待人。

张廷玉的一生，确实如他年谱所载，坦坦荡荡，清清白白，无可挑剔。而自己后来对他的种种裁抑，着实做得过分，可是也与鄂派之人着意对他的中伤有关。

思来想去，皇上下旨礼部，恢复张廷玉的配享资格，按伯爵品衔赐给祭葬银两，并亲拟谥号，为"文和"二字。一个"和"字，体现了张廷玉一生的高风亮节，也包含了多少忍辱负重。

皇上抚今追昔，总觉着对不起廷玉。终于下令将当年攻讦廷玉最为利害的鄂党中坚人物——翰林院编修，时为广西学政的胡中藻治罪问斩；将鄂尔泰灵位拆出贤良祠，罢了他的配享资格；又将与胡中藻走得极近的鄂尔泰之侄鄂昌勒令自尽。

这一切处罚都在张廷玉死后数月之内，有理由相信这是皇帝出于内疚，对张廷玉的一种补偿。然而，张廷玉自己既已深受党祸，设若他在日，恐怕也不会同意皇上这么做，否则也就当不得一个"和"字了。

一切名誉都恢复了。三年后的冬天，张廷玉的遗体和那厝寄了整整六十年的原配夫人姚士珊的遗骨合葬在龙眠山那处叫作金交椅的山坡上。钦差捧着祭文前来谕祭，墓碑、牌坊、神道、享堂，一切皆按伯爵例配置。

下葬之日，天空阴云密布，碧峰庵里的女尼们被请来念坛经。一坛经念完，众尼起身，却见那带发修行的心念依然端坐不动。一个尼姑来拉她，却见她浑身已经僵硬，那女尼惊道："心念小师弟往生了！"

悟本双手合十，道声："阿弥陀佛！"说谒道，"为心而来，为心而去。身死心灭，心死念灭。"

当即将心念坐缸火化，众人怜她对廷玉一片痴情，将其骨灰撒入廷玉墓地，两个珊儿都永远地陪伴着廷玉了，两个珊儿其实是一体的。

大墓合拢之后，一场大雪下了一日一夜，第二天整个龙眠山一片洁白。

葬罢父亲，若澄回到京城，礼部举行祭典，廷玉神位被送入太庙，安放在雍正皇帝灵位旁边。

终清之世，前有索额图、明珠，后有和珅，像张廷玉这样在大学士位上稳坐二十四年，而不揽权自重者，实难找出第二个。而那二十四年，正是清朝国力最为强盛之年。

历史无言，自有定论。

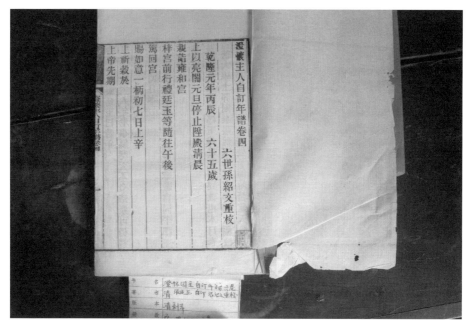

张廷玉作品《澄怀园主人自订年谱》，现存桐城图书馆。（白梦摄）

文和园正门（吴菲摄）

张廷玉墓园（吴菲摄）

文和园内一景（白梦摄）

别峰禅寺,位于龙眠山中。(白梦摄)

后　记

两个人就躺在我们身边，就在那草木茂盛、流水潺潺的龙眠山上。我们只知道他们在那里，没多在意，甚至熟视无睹。那是两个不同一般的人，两个古人，两个才华横溢的人，也是两个位居宰辅的大官。他们是清代父子宰相桐城人张英、张廷玉。将近三百年过去了，龙眠山依旧草长莺飞，龙眠河依旧飞泉溢彩，而那两个人一直不再说话，沉默是他们的方式，也是他们的权利。当然，我们明白他们该说的都已经说过了，而且凝练成思想和文字，留在厚厚的史书和他们的著述中。我们竟然很少翻动它们，很少在那些蒙着尘灰的发黄的古书中去探究他们的那个时代，和那个时代的他们对于历史和社会的作用与贡献。而他们也并不计较，依然是一副雍容大度、宰相肚里能撑船的样子。但我们是尊敬他们的，像尊敬我们所知道的诸多光耀了我们这片土地的乡贤。

2000年春天，我在安庆参加市政协的一次常委会。那次会议有一项考察活动，就在乘车考察途中，在交通车里，安庆市政协副主席、市委统战部长刘叶根先生笑着对我说："桐城有两代宰相，你不想写写他们吗？如果写，我支持。"是的，桐城有两代宰相，为什么不写写他们呢！我点头。那时刘先生任安庆市科委主任，会后立即就将父子宰相的创作计划列入当年的安庆市社科研究项目，予以支持。不久，桐城市委分管文化的副书记胡睿先生也有了同样的思考，希望我们创作《父子宰相》。说那是桐城文学创作的重大题材和素材，是一座富矿，值得发掘，市委、市政府会大力支持。我同样点点头。但由于诸多事情耽搁，在我来说，此事直到2002年才真正着手。

事情就这样开始了，既随意又必然。仿佛一切都是机缘，一切都有定数。"应该"两个字便一直在我眼前浮现。但那毕竟是一项巨大的创作工程，不像我平日里即兴的诗歌和散文创作，不免犹豫。我的学生白梦女士知道后，同样也说出了"应该"两个字，自告奋勇参与创作，而且要写一稿。

我们上山了，到两代宰相的墓前烧了香，焚化了纸钱。我们当然并不相信什么，只是觉得有必要那样做。我们知道他们依然会是沉默的，我们也会沉默，但我们和他们难道不能于无声处有一些不期而遇的心灵交流吗？正是夏天，龙眠山青翠欲滴，风、水、天空都清澄可爱。那山水和蓝天所占据的空间仿佛是一部巨大的打开的书，我们似乎清晰地看见了那些远处的山峦一样苍翠的回目。

我们走进一座迷宫，积满灰尘的史料的迷宫。在那些老厚的书籍的城砖上寻找星星点点的似乎有点杂乱无章的痕迹。我们发现了他们，他们的身影，他们的声音，他们的人生轨迹。当然更多的是他们的值得称道的道德规范和历史作用。清朝的皇帝一再称他们有古大臣之风，一条六尺巷和那首作为家书的诗，也就说明了他们为人处事的根本。父子宰相经历了清朝康雍乾三代帝王，他们的勤勉、认真、隐忍、清廉和才华深得帝王们的肯定和宠信。康熙和张英日夕相处，似乎不是君臣，而是两个老朋友。直到张英以老病乞休回乡之后，还对他眷眷情深，每次南巡都着他接驾。而雍正则更是对张廷玉百般信赖，几乎是言听计从。皇上深信着他们，他们当然也在影响着皇上，影响着朝廷的诸多政策。有人说帝王好做，宰相难为。而一个好的宰相，无疑也会对他的那一段历史起到很大作用。我们看见了这些，看见了在无数巨细之中，他们影响的存在，他们堪称端正高洁的品行，对于当时以至后世的影响。可以说，在史称的康雍乾盛世之中，张英、张廷玉的影响不容忽视。我们因此崇敬起来，也自豪起来，因为两代宰相，因为在清代将"桐城"这两个字叫得很响的人们以及他们的影响所在。

而正在这时，我们看到了一本书名为《张廷玉》的书，我们认为那个张廷玉或许是另外的一个人，那个人与我们在大批史料中发现的张廷玉似乎没有共同之处。或者说，那是一本市场化的书，其中无疑有着更多迎合某些读者的虚拟的成分。张廷玉因子嗣艰难，先后纳过几个小妾，而我们却想不通那本书怎么能将一个日理万机的首辅大臣,与那种淫乱的采花大盗式的市井人物连在一起。也正因为如此,我们越发慎重。历史小说首先是小说,它有着文学化、艺术化的塑造的成分,可以说它必须进行文学化、艺术化的塑造。但小说前面又冠以"历史"二字,则对于历史应当尊重。一部完全脱离历史事实的小说,还能叫历史小说吗?以历史为经,以文学为纬,就是我们创作本书的原则。我们希望这部书到了读者手里,既能当文学作品欣赏,又能当史料看。

两个人就躺在我们身边,而我们看见的是他们的品德和思想。我们与我们最近的一代人都有某种隔阂,也就是"代沟",何况是相隔十几代的古人。但我们相信,人的本质和本性是相通的,无论今人或古人,那一丝良善之心和律己的方式是相通和可供借鉴的。从这个意义上说,我们和古人便是相当贴近的。这也就是以古鉴今、古为今用的道理了。我们所塑造的两个古人,在许多方面,是堪称楷模的。我们为什么不看看他们究竟是如何做的呢?如果有更多的人由此真的探究了其中奥秘和真谛,我们的目的也就达到了。

我们用文字的方式再现了两代宰相,当然这种再现并非克隆,所以我们再现的父子宰相就只能是我们臆想和希冀中的人物,文学艺术化了的人物。我们最大的愿望就是大家能喜欢他们。

我们的这一工作一直被许多人关注着、支持着,除了刘叶根先生、胡睿先生一直热诚地关注和大力支持着以外,安庆市科委,桐城市委、市政府、市人大、市政协的许多领导同志也在关心着这项工作。另外,本书在创作过程中还得到桐城市烟草局、交通局、博物馆、图书馆、档案馆等单位和有关人士的大力支持和帮助,在此我们深深地向他们表示真诚的感谢!

尤其让我们高兴的是,就在本书即将付印的时候,传来本书书稿在"安徽省重点文学创作招标"中中标的好消息。在全省一百五十多部重点作品激烈的竞争中,本书书稿能受到青睐,脱颖而出,名列前茅,也证明了本书令人欣慰的应有的质量和价值。在此,我们也向"安徽省重点文学创作招标"的专家、评委和有关领导表示真诚的感谢!

陈所巨

2003年11月22日

创作谈
和父子宰相相处的日子

陈所巨

1

一大早,白梦在电话里告诉我,说半夜里有人在她书房里翻书,很响,开灯看看又没人。我说:"怎么可能?"停了一会,我们几乎异口同声地说:"是宰相!"是的,我们不是上山把父子宰相他们老人家请回来了吗?一定是他们。

花了很长一段时间准备资料,两个人又详细地咀嚼多遍。是动笔写《父子宰相》的时候了。白梦抢着要写一稿,说六七十万字,不是一天两天的事。你社会活动多,别累了。我说,你写不是同样累吗?还是我写,你打下手。相持不下,就只好启动老虎、杆子、鸡程序。白梦的虫子吃了我的杆子,命运使然,那就她写小说一稿吧,但说定了,改电视连续剧我可是一稿……

2

那天,我们一起到龙眠山里,先到老宰相张英墓前。张英墓"文革"期间遭到破坏,尚在准备修复之中。我们就在墓前的沙土里插三炷香,拜了拜。然后在幽篁绿树荫蔽的墓冢绕墓三匝,虔诚默祷。接着去张廷玉墓。张廷玉墓"文革"中也遭破坏，但已经修复，叫文和园，因张廷玉死后谥"文和"。墓园修得很好，有些气势，大抵恢复了原来模样。当初侍立神道旁的翁仲等物，"文革"中散落民间，也都找回来，依旧在神道边静静侍立。残缺的地方，还找能工巧匠给补上，新旧合璧，要不是颜色稍有不同，你还真看不出修补的痕迹。还有两进房舍的享堂，门匾虽然裂断，却是旧时之物，曰"张氏宗祠"。照壁的正面和背面分别镌有雍正御书的"赞猷硕辅""调梅良弼"。我们在享堂张廷玉画像前的香炉里焚了香。严格地说，那不是真实的张廷玉的画像，而是画家依照某电视连续剧中张廷玉的饰演者的模样创作的。因为画得较为逼真，反倒觉得那不是张廷玉。但我们的心是真的，虔诚的，暗暗地祈请两位宰相帮助和指导我们。我们似乎相信人的灵性的存在，或者说就是那种久不磨灭的个人信息的存在，尤其是那些受人崇拜、接受香火的人。何况张廷玉死后配享太庙，接受过一百多年皇家香火哩。

两代宰相当真就被我们请回去了，先在白梦的书房里，夤夜翻阅书籍。后来，又在我的书房兼卧室里，同样在夜里响响地、沙沙地翻书。我们知道，两代宰相都嗜茶，尤其是家乡龙眠山产的小花茶。张英喜浓茶；张廷玉自幼脾胃弱，饮淡茶。他们是在我们书房里的小茶几旁，边饮茶边看书吧？总之，我们下意识地明显地感觉到他们的存在，尤其是在进入近似魔幻的创作境界的时候。人的心灵是如此的相通，即便是相隔数百年，这让我们吃惊不小。

3

创作期间，白梦经历了不少烦神劳心的事，先是她古稀之年的老父亲住院手术，后又赶上家里因城市建设拆迁搬家。但即便如此，都没有影响创作。我们飞快地写作，每月不下十多万字，而且两个人头脑都特别清晰，竟如鬼使神差。大抵是宰相在帮助我们。真的觉得累了，就找家小酒店，对酌一番，别有情趣。有时也骑上自行车，到附近乡镇溜达，消消乏。那天，白梦将写出的前三回的初稿拿来给我看，竟是出乎意料，文字出奇的好。我开玩笑地说："别得意，那是你写的吗？是宰相写的啊。"白梦也玩笑着说："就算是吧。"

4

那是两个非同一般的人，不仅在于他们当朝一品的官职和所取得的皇上的信赖，更在于他们可以垂范后世的高尚的道德情操。可以说，清代的康雍乾盛世，乃至清王朝之所以能延续两百多年，与他们影响皇帝而出台的在当时较为先进、开明的政策不无关系，也与他们自身的人格魅力不无关系。如此重要的历史人物，在此之前，虽然他们与我们出生在同一片土地上，是被乡民们世代传诵的乡贤；虽然每当我们走过良弼桥、六尺巷、宰相府、赐金园等遗址旧迹的时候，都会不由自主地想起他们；虽然我们时常与他们在诸多历史记载和民间传说中不期而遇，但可以说我们只是与他们认识，却并不了解。有好长一段时间，我们的内心对于他们总是有着一种莫名其妙的拒绝和排斥。一是狭隘的民族心理，总认为清朝是外族入侵，而他们是为外族人做事。另外，我们早年所受的教育：帝王将相皆是封建余孽。人总容易被愚弄，尤其是我们这一代人。我们其实根本就没弄清"封建余孽"是什么，于是我们就不怎么理睬他们，顶多是敬而远之，后来竟然司空见惯、熟视无睹，再后来也就自然而然地淡忘了。大概是2000年，在安庆市政协的一次常委会上，安庆市政协副主席刘叶根先生（当时任安庆市科委主任）对我说："桐城有两代宰相，你不想写写他们吗？如果写，大家都会支持。"不久，桐城市委分管书记胡睿先生也说了同样的话，他希望我们抓重大题材创作，希望我们创作父子宰相题材的作品，并予以积极支持。除了刘主席和胡书记之外，还有不少同志也表露了他们相同的愿望。这让我觉得，是应该写写我们身边的这两位古人了。在后来的日子里，我们得到很多的支持和关注，安徽省、安庆市、桐城市的领导以及许多部门的领导都表示了对于此事的支持和关心。在此，不一一提及他们，但我们内心是感激的，我们书中的两位主人公亦会感激他们。

5

于是，我们走进尘封的史料，走进秋风荒草的旧址遗存和北方辽阔的碧血黄花的古战场，走进某一扇可以进入他们那个时代的门扉，才惊奇地发现与他们真是相见恨晚。我们本该可以早就写写他们，再现他们的形象，彰扬他们对于现在来说依然迫切需要的社会和人生的公德和美德。在达里诺尔，我们不仅看见夏天里大片的疯狂的野草，听见了悠扬的令人心动的蒙古长调，也看见了和听见了曾经的故事，那是这片长草的土地特意为我们保存的。在故宫等皇家禁苑，我们也看见和听见了许多，那或也是历史特意为我们保存的吧。在乡村小镇，那些有关两代宰相的传说轶闻向我们微笑着，样子有些神秘。我们似乎隐隐约约有种感觉，在这样的对于资料的搜寻之中，两位宰相一直充当着我们的向导。

6

立在良弼桥上，夜风吹着，刚刚经过改造建设的龙眠河水里，濡漾着五颜六色的灯火。雍正皇帝因张英曾为皇子师，便于即位之后赏赐一万两银子，让张廷玉为父亲建祠修墓。张廷玉节省用度，只花费银两二千，剩余八千两就为家乡修了这座桥。两三百年过去，桥很老了，却老而弥坚。记得曾听人说，两代宰相虽然官大，却没为家乡办什么事。是的，一个地方出了两代那么大的官，按照"一人得道，鸡犬升天"的说法，这个地方可是要大沾其光了。你看有些城市的那些园林，不都是清朝的那些州官、御史们的宅院吗？有一回我去看那些园子，就调侃道：要是我们的两代宰相是贪官就好了，大兴土木，留下许多亭台楼阁和老大一片园林，我们那里也就成了旅游风光之地了。我们的两代宰相留下什么？一座占地不多、十分普通的"宰相府"，一座十分普通却经久实用的老桥。相对他们的官职和所执掌的权力来说，对于家乡确实贡献不大，但是他们为家乡留下的精神财富却是巨大而无与伦比的。

宰相是国家的宰相，他们考虑的当然是国家大事，设若都只思一利于家乡，那还能当好宰相吗？

也就是在查阅大量清代史料时我们才发现，两代宰相乃至相府张家，都与方苞、戴名世、刘大櫆等桐城文人关系密切，与他们的进京，以及后来他们文章的影响不无关系。也就是说与"桐城派"的诞生不无关系。此外，他们的宽容礼让、教子有方等等，也对桐城地方文化传统产生了很大的影响。宰相府拆了，良弼桥老了，六尺巷修复了，不灭、不老和常新的是一种精神！

7

可以说，被古人感动不容易，而我们在搜寻资料的过程中，确实被他们感动了。我们便才想起来，难怪他们能历事三朝，倍受皇上器重！他们的忠诚、勤恪、爱民、清廉、自律、智慧、大度、隐忍都是少有能与之媲美的。我们为桐城自豪，为我们的这片土地自豪。在我们与他们心心相印的时候，不由自主也在检点自己。

我们认识了他们，了解了他们，也希望更多的人像我们一样与他们相识并相互理解。史料是珍贵的，有些是我们费了九牛二虎之力才查阅到的。我们不认同那种借助小说的杜撰，而完全不顾或歪曲历史事实，将一些真实的人物涂抹得面目全非，乃至无中生有、张冠李戴的做法。我们觉得历史应该是认真的，历史小说既然冠以"历史"二字，也就必须是认真的。你写了历史上的真实人物，使用了他们的名字和生平资料，你的编造就不能太过出格，乃至张冠李戴、黑白颠倒，与所写的人物丝毫扯不上边。创作当然就是创作，离不开编造，但对于真实的历史人物，我们的意思还是要在人物和重大历史事实基本准确的基础上的编造。我们创作《父子宰相》的宗旨是：以历史为经，以文学为纬。让读者既能当史料看，又能当文学作品欣赏。我们的方式得到了两代宰相的认可，也希望得到读者朋友的认可。

8

在前前后后一年多的时间里，父子宰相在我们家里，他们基本上都是在书房里。在看书，在审阅我们的文稿，在偶尔的时候进入梦中解答我们的疑惑，或在夜深人静的时候在我们的幻觉里出现。让我们觉得对于需要互相了解的人来说，时间与空间其实并不是障碍。当我们比较顺利地完成《父子宰相》全部创作的时候，正是那一年的春节前夕，我们决定将他们送回龙眠山去，那里有他们的归宿之地，也就是他们的"家"。

9

六十五万字的长篇历史小说《父子宰相》（上、下卷）在安徽省、安庆市、桐城市各级领导和诸多朋友的关心和支持下，终于顺利落笔。当年就由桐城市委宣传部和安庆市委宣传部推荐上报，在安徽省重点文学创作招标中中标。同时，安徽文艺出版社也看好这部书稿，他们十分重视，作为该社重点书目予以出版。从出版社拿到样书之后，我们极为虔诚地将一套书送上龙眠山，摆放到张廷玉享堂里的香案上。告诉他们这件事已经完成，这对于他们和我们都如愿以偿。

就在那次我们沿着石级一步一步上山的时候，发现有两只极为漂亮的不知名的小鸟在前面为我们引路，它们跳上三级台阶，停下来等我们，又跳上三级，再停下来等我们……就这样停停走走约有半里路。在快到张廷玉陵墓的时候，白梦感慨地说："好漂亮的小鸟！"我下意识地脱口而出："那是迎宾鸟，来迎接我们哩"。话音刚落，两只小鸟就一齐飞走了。它们是知道我们明白了它们的行为含义，才飞走的吧。

从那以后，我和白梦的书房里就再没有了翻书的声音，家里也没有了其他异象。我们明白父子宰相都已回山了。作为前辈和乡贤，他们与我们相处了一段极为亲切的日子，并给我们留下了极为深刻的印象。长篇历史小说《父子宰相》（上、下卷）已在全国发行，受到了广泛的认同和欢迎。而且几乎是在同时，由我们改编成三十集同名电视连续剧。我们用严肃认真的笔墨，再现了两代宰相认真而又起伏跌宕、引人入胜的人生，我们因此感到格外的欣慰。

(原载《安庆日报·下午版》2004年4月2日，
《江淮晨报》2004年5月13日)

本书作者陈所巨在六尺巷

本书作者白梦在文和园

本书作者在达里诺尔

本书作者与文友在内蒙采风

图书在版编目(CIP)数据

父子宰相：张英、张廷玉的政治人生：全2册/陈所巨，白梦著.—上海：复旦大学出版社，2018.8(2025.2重印)
ISBN 978-7-309-13251-9

Ⅰ.父… Ⅱ.①陈…②白… Ⅲ.长篇历史小说-中国-当代 Ⅳ.I247.5

中国版本图书馆CIP数据核字(2017)第221986号

父子宰相：张英、张廷玉的政治人生：全2册
陈所巨　白　梦　著
责任编辑/王联合　高　婧

复旦大学出版社有限公司出版发行
上海市国权路579号　邮编：200433
网址：fupnet@fudanpress.com　http://www.fudanpress.com
门市零售：86-21-65642857　团体订购：86-21-65118853
外埠邮购：86-21-65109143　出版部电话：86-21-65642845
上海四维数字图文有限公司

开本787毫米×1092毫米　1/16　印张44.75　字数673千字
2018年8月第1版
2025年2月第1版第3次印刷
印数7 201—7 700

ISBN 978-7-309-13251-9/I·1068
定价：118.00元

如有印装质量问题，请向复旦大学出版社有限公司出版部调换。
版权所有　侵权必究